Sissi

Sissi

La verdadera historia de Elisabeth,
emperatriz de Austria y reina de Hungría

Ana Polo Alonso

la esfera ⊕ de los libros

Primera edición: julio de 2024

© Ana Polo Alonso, 2024
© La Esfera de los Libros, S. L., 2024
Avenida de San Luis, 25
28033 Madrid
Tel. 91 443 50 00
www.esferalibros.com

ISBN: 978-84-1384-833-4
Depósito legal: M. 8.669-2024
Fotocomposición: Creative XML, S.L.U.
Impresión y encuadernación: Cofás
Impreso en España-*Printed in Spain*

A mis padres,
María Jesús y Lorenzo

Ich bin ein Sonntagskind, ein Kind der Sonne;
Die goldnen Strahlen wand sie mir zum Throne,
Mit ihrem Glanze flocht sie meine Krone,
In ihrem Lichte ist es, dass ich wohne.

Soy hija del domingo, hija del sol.
Sus rayos dorados tejieron mi trono,
sus destellos cosieron mi corona,
es por su luz que yo vivo.

Poema original de Sissi

Múnich, 24 de diciembre de 1837

El nacimiento de la nueva *Herzogin*[1] estuvo rodeado de malos augurios, comenzando porque vino al mundo en la víspera de Navidad, señal de mal fario, y encima tenía ya un diente fuera, como también le había ocurrido a Napoleón, lo que podía ser un presagio de que aquella chiquilla tendría un porvenir ilustre que los siglos venideros recordarían o, por el contrario, vaticinaba muchas desdichas y un final catastrófico, lo mismo que había sufrido aquel general que disfrutó de la gloria y se coronó emperador de Francia, pero acabó derrotado y en el exilio.

Sin embargo, dado que la pequeña *Herzogin* también había nacido en domingo, día del Señor, símbolo de luz y de vida eterna, muchos quisieron creer que los malos auspicios podrían ser contrarrestados. Pero, como demostrarían los años, ni siquiera semejante poder de protección serviría para lo que los astros le tenían preparado. Su devenir sería tan excelso como trágico y, aunque el destino le reservaba un lugar privilegiado, también le deparaba lágrimas, muchas desgracias y una muerte cruel a manos de un asesino.

---

[1] «Duquesa» en alemán.

Prólogo

La mujer detrás del mito

Ginebra, 10 de septiembre de 1898

El anarquista tomó aire y se aseguró de que el punzón seguía en su bolsillo. Acarició con los dedos la larga aguja y rozó suavemente la punta para comprobar si estaba lo suficientemente afilada. Algo gruesa, se lamentó. Tendría que asestar un golpe con gran fuerza para que diera resultado. Una puñalada profunda y seca. Ese era el plan, recordó: acercarse, dar un pinchazo limpio justo debajo del pecho y salir corriendo. La púa le perforaría el pulmón y llegaría directa al corazón. En unos minutos estaría muerta.

Luigi Lucheni miró a su alrededor. Era una tranquila mañana de sábado, soleada y sin una nube en el horizonte. El verano todavía se arrastraba en Ginebra y el calor al mediodía era asfixiante, pero aun así los transeúntes caminaban alegres por el paseo empedrado que bordeaba el lago Lemán mientras veían pasar los barcos de vapor que se acercaban al muelle. Lucheni también decidió andar un rato para calmar los nervios. Mientras avanzaba abría y cerraba la mano y movía los dedos para mantenerlos alerta. Solo dispondría de unos segundos, calculó: tendría que meter la mano a toda velocidad en el bolsillo, tomar el punzón justo por el mango de madera, agarrarlo con fuerza con el puño prieto, tensar los músculos, contener la respiración y dar el golpe. Tenía miedo de que la aguja se cayese. La noche anterior había metido cuidadosamente el aguijón en el soporte, pero no la había fijado bien y la púa aún se balanceaba. «Maldita sea», maldijo. No tenía ni una triste moneda y no había podido pagar los doce francos que le pedían por un cuchillo, por lo que había tenido que improvisar. Un amigo le había dado un alambre puntiagudo que usaba en su fábrica para agujerear los ojales de las agujas y él le había añadido un trozo de madera que se había encontrado por la calle. «Un vulgar alambre», rabió. Aquello no iba a salir bien. Notó cómo un sudor frío le recorría la frente. Volvió a abrir y cerrar el puño. Los nudillos crujieron.

Algunos lo miraron con miedo y se apartaron. Lucheni no tenía cara de muchos amigos y aquella mañana estaba especialmente tenso, por lo que su rostro, ancho y huesudo y con la mandíbula marcada, invitaba a mantener las distancias. Parecía viejo: aunque tenía poco más de veinte años, muchos le añadían una decena más. Tampoco se podía decir por su aspecto de dónde venía exactamente: tenía facciones rusas, de la estepa, unos rasgos duros, como si estuvieran cincelados, lo que demostraba que se había curtido a la intemperie y había pasado más de una adversidad. Lo que era verdad, pero no porque fuera ruso, que no lo era (había nacido en París, hijo de inmigrantes italianos), sino porque había vivido largos años en la miseria y últimamente no tenía ni para comer. Lucheni sobrevivía con lo justo y vestía de manera desaliñada: aquella mañana portaba un traje rozado y sucio, con chaleco y americana, y un feo jersey de rayas como si fuera un presidiario. En su cabeza se inclinaba un viejo sombrero polvoriento.

Mientras paseaba, el anarquista escuchó a lo lejos el estridente ruido de la chimenea de una embarcación que pedía paso entre las mansas aguas. Era una nave larga, oscura e impoluta, de varios pisos y un par de mástiles, bastante más lujosa que el resto de los buques que transportaban a pasajeros de una punta a otra del lago. En el centro de la cubierta lucía orgullosa su nombre: M. S. Genève.

A Lucheni aquel nombre no le dijo nada, pero sí a la condesa Irma Sztáray, que divisó la imponente nave desde una ventana del Grand Hotel Beau Rivage y se giró de inmediato a la mujer que tenía a su lado:

—Es la una y media, majestad. El barco está llegando.

Elisabeth, emperatriz de Austria y reina de Hungría, se ajustó el grueso velo para que le cubriera completamente la cara, se incorporó lentamente de su asiento y tomó un paraguas.

—Salgamos —ordenó.

Ambas damas se dirigieron al gran *hall*. Madame Mayer, la *maîtresse* del hotel, una mujer de rostro despierto y mirada inteligente, corrió a despedirlas y les dedicó una respetuosa reverencia. Todos los trabajadores la imitaron, y mientras la emperatriz avanzaba por la gran sala se giraron hacia ella y doblaron el cuerpo. Ninguno, sin embargo, se atrevió a musitar un «*Votre majesté…*». Elisabeth lo había prohibido tajantemente: estaba allí de incógnito, bajo el título falso de condesa de Hohenems, y no deseaba ser molestada con protocolos innecesarios.

—Madame, ¿queréis que algunos de nuestros guardas de seguridad os escolten? —preguntó Mayer. Que la emperatriz de Austria estuviera en la calle sin más protección que su dama de compañía la ponía muy nerviosa.

—No será necesario —respondió ella, y siguió andando.

Justo antes de salir, la condesa Sztáray miró de reojo al bonito reloj de pared que había en la sala. La una y treinta y siete minutos. Si no se daban prisa, perderían el barco.

Lucheni vio a dos mujeres en la gran puerta de madera oscura jalonada de columnas blancas que daba a la *rue du* Mont Blanc. Una era una mujer alta y muy delgada, completamente vestida de negro y con un suave velo que le tapaba la cara. Detrás de ella iba otra, también de luto, aunque con el rostro al descubierto. El portero le dedicó un gran saludo a la primera y tan solo inclinó la cabeza levemente a la segunda, lo que le indicó al anarquista quién de las dos era su presa. Era una lástima que no iba a poder ver su cara, pensó. Se rumoreaba que había sido la mujer más bella de Europa y a Lucheni le hubiera gustado comprobar qué quedaba de aquella reina que había desatado la histeria entre las masas.

Las damas dejaron atrás la fachada de piedra blanca y amplios balcones y giraron a su izquierda en la primera esquina. Una gran avenida se abrió ante ellas. A su izquierda, dos leones de piedra sobre altos pedestales custodiaban un monumento gótico que recordaba a la cima de un campanario antiguo. A su derecha, una carretera de polvo se entremetía por jardincillos con arbustos y un césped bien cuidado. No había apenas tráfico y los pocos carruajes avanzaban lentamente haciendo un ruido estrepitoso. Lucheni las observó mientras sus pequeñas figuras se entrecortaban entre los árboles. Metió la mano en el bolsillo, tomó el punzón por el mango y se dirigió hacia ellas. «Recuerda —pensó—, un golpe rápido y salir corriendo». Repasó la ruta: la mataría en el paseo, justo antes de que llegara al puerto, no esperaría a que cayese al suelo, saldría disparado por la *rue du* Mont Blanc, tomaría la *rue des* Alpes y se metería por una de las callejuelas que conducían al centro. Se concentró en su presa: «Mírala —se dijo—, no la pierdas de vista». El corazón le latía cada vez con más fuerza.

Un niño se le cruzó portando un aro que hacía rodar con un palo. Lucheni se fijó en su cara angelical, rubia e inocente, y aquella visión, como si fuera un ángel, hizo que se acordara de sí mismo de crío. Él nunca había podido jugar como aquel chiquillo suizo. La suya era una historia anodina y dura. No conoció a sus padres: su

madre lo dejó en la puerta de un orfanato nada más nacer. Supo que
era una italiana que había ido a París a buscar trabajo. Luigia, le
dijeron que se llamaba; siempre le había gustado aquel nombre tan
solemne y musical. Nunca nadie le supo decir quién era su padre
y él se lo había intentado imaginar millones de veces: un trabajador
italiano, fuerte como él y algo rudo. Quería pensar que era un
buen hombre, aunque temía que fuera todo lo contrario: un desalmado que habría violado a su madre y se habría fugado. Era lo
más probable. Rememoró todos los orfanatos por los que había
pasado: uno, dos, tres... Ya no recordaba el número exacto. En
todos lo trataron mal; de todos se intentó escapar. Lo pusieron a
trabajar con diez años. Y después vino el ejército. ¡Cuánto sufrimiento había visto mientras los ricos se divertían! Lucheni se acor-
dó de los soldados muertos en los campos de Abisinia, en aquellas
estepas inmensas de tierras ocres y rojizas. La sangre, los ojos en
blanco, las heridas pestilentes que perforaban cuerpos inocentes.
¡Cuántos se habían dejado la vida por la vileza y la estupidez de
los de arriba! Los poderosos, los ricos: Lucheni había aprendido a
odiarlos desde siempre. Eran el mal, el origen de sus desgracias, su
enemigo. El anarquismo lo había salvado. O eso pensaba él. Al
menos le había ordenado el odio y lo había dirigido hacia una meta:
destruir al sistema y liberar a los oprimidos. Era su destino: matar a
alguien importante para vengar la sangre de los suyos. Daba igual a
quién: un rey, un archiduque o un príncipe. En cuanto se enteró
de que la emperatriz de Austria estaba en Ginebra, le pareció una
presa tan buena como otra cualquiera. Lo había preparado todo en
cuestión de horas, pero lo importante era que su gran momento
había llegado: estaba a punto de cumplir su objetivo.

Agarró el punzón con fuerza y se dirigió hacia las dos mujeres. Al principio fue lento, luego aceleró el paso. Cuatro metros de
distancia, tres, dos...

∽

La emperatriz no sintió dolor. Tan solo notó una punzada rápida en un costado mientras aquel hombre se le abalanzaba. Del golpe cayó al suelo. Su cabeza chocó bruscamente contra el pavimento.

—¡Majestad! ¡Majestad! ¿Os encontráis bien? —gritó la condesa Sztáray. Ella no contestó: estaba demasiado aturdida por el impacto.

Un cochero que pasaba justo en ese momento se detuvo en seco y corrió a auxiliar a aquella dama tirada en la acera. Un conserje del hotel, un tal Planner, que la había estado vigilando por orden de madame Mayer, acudió a toda prisa.

—¡Madame! ¡Madame! —chillaban todos a su alrededor mientras la levantaban.

—Estoy bien, gracias —dijo ella finalmente—. No ha sido nada, no se preocupen. ¿Quién era ese hombre? ¿Le han podido ver el rostro?

—No… Lo siento —se excusó la condesa—. Creo que venía de detrás de aquellos arbustos. No me percaté de su presencia hasta que lo vi correr hacia vos y se tiró encima vuestro. Temí que fuera a robaros.

—Sí, yo también. En fin, menos mal que ha quedado todo en un susto. —Se limpió las ropas del polvo con gesto enérgico y ordenó a la condesa—: Bien, démonos prisa. El barco nos espera.

Nunca llegó a su destino. Después de embarcar, sintió un fuerte dolor en el pecho y perdió el sentido. Se desmayó en cubierta. Una enfermera que había entre el pasaje logró reanimarla. La emperatriz volvió a ponerse de pie, pero al cabo de unos minutos se desmayó de nuevo. La condesa Sztáray le desabrochó la blusa y le aflojó el corsé para que pudiera respirar. Fue entonces cuando la vio: una gran mancha roja de sangre se expandía peligrosamente a la altura del corazón.

—¡Detengan el barco! ¡Es la emperatriz de Austria! —gritó la condesa Sztáray ante la mirada atónita del resto de pasajeros.

—¿Cómo dice? —El capitán, que se había personado en la escena, no daba crédito.

—Esta mujer es Elisabeth de Austria, esposa del emperador Francisco José I. Es la emperatriz. Viajaba de incógnito —insistió la condesa.

El capitán no quiso tentar a su suerte y enzarzarse en una discusión sobre la verdadera identidad de aquella mujer que se desangraba en el suelo. Por si acaso, gritó a pleno pulmón:

—¡Den media vuelta!

El barco viró rápidamente.

Improvisaron una camilla con un bote salvavidas y unos cuantos cojines. Seis marineros la bajaron cuidadosamente del barco y la portaron corriendo hasta el hotel Beau Rivage. En el *hall* cundió el pánico al ver a la emperatriz llegar moribunda, con el rostro pálido y sin poder apenas respirar.

—¡Que alguien avise al doctor Golay! —se escuchó en la sala—. ¡Rápido! ¡Y traed a un párroco!

La llevaron a su habitación y la colocaron en la cama. Respiraba cada vez con mayor dificultad. La herida sangraba a borbotones mientras la condesa intentaba taponarla con una toalla que alguien le facilitó. El médico llegó en cuestión de minutos. En cuanto vio la herida, supo que no había nada que hacer. «Perforación de pulmón y probablemente de la aorta coronaria», pensó. Mortal.

Veinte minutos más tarde, Elisabeth, emperatriz de Austria y reina de Hungría, exhaló su último aliento. El doctor Golay cerró los ojos con rabia y, con los labios temblando, pronunció:

—Su majestad ha muerto.

❧

Viena, 15 de septiembre de 1955

—¡Corten!

El director Ernst Marischka rugió en medio del enorme salón del palacio de Schönbrunn, a las afueras de Viena, donde rodaba su última película. Era un hombre gordinflón, de cara redondeada, amplios mofletes y prominente calva que siempre estaba sudorosa. A pesar de que hacía mucho calor, vestía un traje de chaqueta gris y una corbata roja que desentonaba.

—Romy, querida, has estado estupenda —comentó con su voz meliflua.

Romy Schneider, la joven actriz que daba vida a la protagonista, sonrió y se sonrojó levemente. Tenía diecisiete años por entonces y, aunque ya había hecho unas cuantas películas, aún se azoraba un poco cada vez que un director la alababa.

—Cinco minutos de descanso —anunció el director—. Romy, ahora es la escena en que Sissi discute con su futuro marido, el emperador. Di que te cambien el traje.

Romy Schneider salió de la sala y se dirigió al vestuario. Por el camino se ajustó aquella maldita peluca que tanto le desagradaba y le daba dolor de cabeza. «¿Cómo diablos debía aguantar la verdadera Sissi una cabellera que pesaba cinco kilos?», maldijo. «¡Y aquellos trajes!», pensó. «¡Es imposible moverse con semejantes faldas! ¿Cómo podían sentarse?». Llegó a la sala que se había habilitado como ropero. Decenas de percheros custodiaban vestidos y uniformes del antiguo Imperio austrohúngaro, con sus galones y correas, cintas, condecoraciones y espadas falsas. Ya le tenían preparado el traje que llevaría: uno azul, sin mangas, con muchos volantes y bordados de pedrería. A su lado le esperaba una nueva peluca: un aparatoso monstruo repleto de bucles y tirabuzones.

La asistenta la ayudó a vestirse y una peluquera le colocó aquel armatoste de pelo castaño oscuro. Luego le acercó un estuche de terciopelo, lo abrió y le enseñó un enorme broche de diamantes con forma de flecha.

—Dicen que es un broche auténtico de Sissi. Que fue un regalo del emperador —le explicó la peluquera—. Habrá que ponerlo con cuidado.

Romy Schneider se miró al espejo mientras se lo colocaban y luego se quedó unos segundos en silencio, contemplando maravillada aquella joya. La tocó delicadamente, intentando imaginarse lo que debió sentir la verdadera Sissi al verse con aquello en la cabeza por primera vez.

—Qué maravilla ser la emperatriz de Austria, ¿verdad? —comentó la peluquera admirando la alhaja.

—¿Tú crees? —respondió Romy un tanto incrédula—. Tengo la sensación de que debió ser una desgraciada.

—Pero ¡qué dices! ¡Pero si vivía en palacios y tenía criados y Francisco José la amaba! ¿No te has leído el guion de la película? —Esbozó una sonrisa—. Una joven princesa de Baviera que encuentra al amor de su vida y resulta que ese hombre perfecto es el emperador…

—Todo esto… —dijo Romy Schneider, señalando a la sala del palacio—. Todo esto tuvo que ser una cárcel para ella. Creo que estamos vendiendo una farsa —suspiró la actriz con desgana. Y no le faltaba razón.

El 21 de diciembre de 1955 se estrenó en los cines austríacos la película *Sissi*, la primera de una trilogía que catapultó a la antigua emperatriz de Austria y reina de Hungría a un nivel de popularidad extraordinario y totalmente inesperado.

Romy Schneider apareció aquella noche radiante con un vestido a la altura del tobillo y un bolero a juego. A su lado iba su madre, Magda Schneider, también actriz en la película —daba vida a la duquesa Ludovica— con una estola de piel. En cuanto bajaron del coche que las portaba, el público enfervoreció y ambas sonrieron ampliamente mientras los *flashes* de los fotógrafos las deslumbraban. Romy parecía algo abrumada, pero Magda estaba encantada. Aquello era un triunfo personal para ella, el fin de su mala racha. Hacía años que rodaba películas y de joven había logrado una gran fama, pero había trabajado en muchas obras durante el Tercer Reich y Hitler la consideraba su actriz favorita. De hecho, Magda, su marido Wolf Albach-Retty y su hija Romy vivieron durante años muy cerca del retiro veraniego del Führer en Baviera. Lo visitaban a menudo y, décadas más tarde, Romy llegó a reconocer que su madre y Hitler habían sido amantes.[1]

Tras la Segunda Guerra Mundial, Magda llegó a temer que sus contactos con los nazis finiquitasen su carrera, pero pronto descubrió que tenía una tabla de salvación en su propia hija, la cual comenzó rápidamente a despuntar como actriz en películas de poca monta. Magda no dudó en explotar mediáticamente a Romy y juntas protagonizaron en 1954 *Los jóvenes años de una reina*, sobre los primeros años de la reina Victoria de Inglaterra y su historia de amor con el príncipe Alberto de Sajonia-Coburgo-Gotha. El éxito de la película fue tal que su director, Ernst Marischka, decidió seguir aprovechando las historias de jóvenes mujeres de la monarquía y, al año siguiente, volvió a llamar a Romy y a Magda para protagonizar la vida de Elisabeth de Austria y Hungría.

De la noche a la mañana, Elisabeth von Wittelsbach, antigua princesa de Baviera, se transformó en un objeto de culto, en un verdadero fenómeno que traspasó fronteras. Romy Schneider se convirtió en una estrella y también en un nuevo icono cultural: en un momento en que actrices exuberantes y de gran carga erótica, como Marilyn Monroe y Brigitte Bardot, dominaban el celuloide, Romy se erigió como su antítesis. Su imagen era el arquetipo de la mujer infantilizada, cuyo verdadero lugar estaba en el hogar con su familia. Era inocente, pura, humilde y, sobre todo, virginal. Mientras Brigitte Bardot representaba a una nueva mujer —poderosa, rebelde, liberada sexualmente—, Romy fue relegada a conservar los valores tradicionales. Una significaba la emancipación, la ruptura total con el pasado; la otra era la modestia, la reivindicación de la tradición y de la familia.

La realidad de Romy Schneider, por supuesto, no se ajustaba a aquella imagen anodina y algo cursi: por aquel entonces mantenía un romance —muchos dicen que tórrido— con el actor Horst Buchholz, el llamado James Dean alemán, un tipo mayor que ella y con fama de rebelde. Pero Magda intervino para que el romance no se conociera y su hija mantuviera intacta su fachada inmaculada ante la prensa.

El vestuario de la película contribuyó a consagrar esta imagen de pureza virginal. Los trajes de Sissi fueron diseñados por Gerda Gottstein, Franz Szivats y Leo Bei, los cuales se inspiraron en las creaciones de gran gala de mediados del siglo XIX, con esas faldas superlativas y profusión de encajes y bordados. La exactitud histórica fue lo de menos: se buscó la espectacularidad y el glamur a raudales, y aunque se respetó la gama de colores que la auténtica Sissi solía lucir antes de vestirse de luto tras la muerte de su hijo —el blanco, el azul claro, el rojo veneciano, el amarillo narciso, el rosa pastel y el verde oscuro—, los atuendos no siempre se correspondían con la realidad. En su día a día, la verdadera Sissi no utilizaba aquellos vestidos recargados y, de hecho, fue ella quien, después de cumplir los cuarenta años, más contribuyó a popularizar en Europa un nuevo estilo, con faldas rectas y siluetas entalladas.

Pero ese pequeño detalle histórico no fue tenido en cuenta: hacía poco, en 1950, se había estrenado la película *Cenicienta*, de Disney, y el público esperaba ver siempre a la realeza vestida como el personaje de dibujos animados, con vestidos de ensueño, mucho tul, brillo y fantasía. Y los diseñadores de Sissi se lo ofrecieron.

Además, el resto de la película tampoco es que fuera una representación fidedigna de la vida de Elisabeth de Austria y Hungría. Lo que explicaba la trilogía de Sissi —y lo que muchos espectadores dieron por cierto— era prácticamente falso. Más allá de que existió una tal Sisi —lo de *Sissi*, con dos eses, también fue por las películas— y de que se casó con el emperador Francisco José, la versión que se vendió de ella era una fábula artificial fabricada para unas masas que acababan de dejar atrás hacía poco la Segunda Guerra Mundial y querían distraerse con cuentos de hadas. Aquella Sissi era un bonito pero vulgar mito.

La auténtica no tenía nada que ver con aquella versión romántica y almibarada. Sissi era, en verdad, una chiquilla enfermizamente tímida, muy romántica, sin especial formación cultural y con la cabeza siempre en las nubes a la que obligaron a casarse contra su voluntad cuando tenía dieciséis años con un hombre al que apenas había visto unos días seguidos. Ni estaba enamorada de él ni lo estaría nunca, aunque con el tiempo le tomó cierto cariño. Su vida en la corte de Viena fue tal pesadilla que acabó con depresiones agudas y problemas de anorexia, probablemente también bulimia y vigorexia. Los ataques de ansiedad fueron constantes y, con los años, furibundos.

Más allá de una insípida mujer ataviada con trajes de amplias faldas y peinados imposibles, Sissi era un personaje increíblemente complejo que aún hoy en día vive atrapado en estereotipos. Aunque de joven su instrucción fue precaria y a todas luces insuficiente, con los años adquirió una vena casi intelectual y llegó a ser una mujer muy culta, aunque no según los parámetros de la época. En su tiempo fue consideraba una mujer muy bella

—la reina más hermosa de Europa, aseguraban muchos—, pero sin cerebro. Después de charlar con algunas condesas o duquesas en los bailes de palacio, estas solían comentar: «*Comme elle est bûche!*», «qué tonta que es» o, más bien, «qué dura de mollera». Su incapacidad para mantener conversaciones livianas fue objeto de bromas; su falta de habilidad en el idioma francés, entonces la lengua en la que se expresaba la realeza europea, provocó comentarios hirientes. Incluso su marido consideraba que no tenía ningún don para las lenguas extranjeras y, cuando ella le anunció que quería aprender húngaro, él le comentó que no lo conseguiría. Para su sorpresa, lo hizo. Poco después de cumplir los cincuenta años, también se puso a estudiar griego antiguo y llegó a traducir trozos de la *Odisea* de Homero. Se aficionó a la arqueología, se volvió una experta en mitología clásica, era una ferviente admiradora del poeta Heine y ella misma escribió varios volúmenes de poesía.

La suya fue una vida de fuertes contrastes. Sissi pasó de ser una adolescente sin especial donaire, un verdadero patito feo —de pequeña su propia madre aseguraba que no era muy agraciada—, a una musa de belleza y elegancia que provocó la histeria entre las masas. Muchas décadas antes de los fenómenos de Jackie Kennedy o la malograda Diana de Gales, ella ya se había convertido en una figura de culto mediático, el precedente directo de una fama a raudales que hoy solo despiertan algunas estrellas de Hollywood. Pero, aunque atrajo la atención del público y despertaba suspiros de admiración por donde pasaba, ella nunca superó su inseguridad profunda. Vivió bajo la mirada de miles de personas, pero ella siempre fue increíblemente solitaria y tímida. Encandiló a dignatarios extranjeros —el mismísimo sah de Persia quedó obnubilado en su presencia—, pero ella tenía tanta pena adentro y tantos complejos que acabó con severos trastornos de alimentación.

Su obsesión por mantenerse joven —llegó a dormir con máscaras recubiertas de filetes de ternera crudos para hidratar la piel—

y su afición desmedida al deporte —había días en que practicaba más de seis horas seguidas— han hecho que algunos biógrafos la presenten como una pionera, como una mujer muy avanzada a su tiempo. Pero es un error verla así: el culto a su imagen fue más el resultado de una enfermedad que de una voluntad sana de mantenerse en forma. Sissi no fue una precursora del fervor por los gimnasios y los cosméticos; fue una mujer con problemas de salud mental cuyas dolencias no eran ni conocidas y mucho menos entendidas en su tiempo.

En las últimas décadas se la ha intentado rescatar de los mitos en que estaba sepultada, pero no siempre se ha conseguido. Sissi ha pasado de ser el icono de la superficialidad a un símbolo del feminismo más vanguardista, sin que ninguna de estas categorías se ajuste a la realidad. Es verdad que fue una mujer muy liberal en sus ideas políticas que consideraba que el absolutismo recalcitrante que representaba su marido era pernicioso y estaba condenado al fracaso, pero no era ni de lejos la anarquista anticlerical que muchos han querido ver. También fue una mujer convencida de que el futuro estaba en las repúblicas y en valores burgueses y no aristocráticos, pero tampoco fue nunca una defensora de las clases obreras —de las cuales nunca se preocupó— y ella misma disfrutó de un tren de vida lujoso y, en sus últimos años, incluso hedonista. Defendió a algunas minorías dentro del imperio —a los húngaros, básicamente—, pero no hizo nada por otras —los checos, por ejemplo—. Se rebeló contra la corte y su absurdo protocolo, pero en vez de desarrollar una labor eficaz a favor de los más desfavorecidos, se embarcó en viajes interminables, se compró castillos fastuosos y dilapidó verdaderas fortunas en cacerías en Inglaterra y en comprar los mejores caballos del continente. Su personalidad fue tan carismática como errática, volátil y bastante caprichosa. Era tan perspicaz como narcisista, tan fascinante como frívola.

Este libro trata precisamente de reconstruir a Sissi en todos sus matices, de liberarla finalmente del yugo de los prejuicios y mitos. En los últimos años se han publicado numerosas obras —sobre ella y también su entorno, como nuevas biografías de la archiduquesa Sofía, y tratados sobre la vida de la corte de Viena— que permiten arrojar luz sobre aquel periodo y entender mejor su existencia. Hoy podemos afirmar que Sissi, por ejemplo, tuvo una vida política mucho más interesante y relevante de lo que pensábamos previamente. Su matrimonio con Franz fue bastante peor de lo que creíamos y hay pocas dudas de que la primera huida de Sissi a Madeira no se debió a una afección en los pulmones, como siempre se ha afirmado, sino al resultado de la gonorrea que él le contagió. Su relación con sus hijos fue pésima y ni siquiera con Valeria, su última hija y la única con la que, en teoría, se llevaba bien, tuvo una gran cercanía. Madre e hija acabaron distanciadas y sin saber qué decirse. Sissi no viajó a destinos lejanos por voluntad propia, sino porque estaba sola, profundamente aburrida y sin saber qué hacer con su vida.

Su vida sexual también fue mucho más intensa de lo que se ha publicado hasta ahora. Siempre se ha presentado a Sissi como una mujer romántica pero poco sensual, más coqueta que pasional, sin instintos físicos. Pero una lectura detenida y menos remilgada de las cartas a sus damas y una visión más moderna de su relación con varios hombres me permite afirmar que debió de tener varios amantes, además del conde Gyula Andrássy e incluso relaciones amorosas con mujeres. No hay duda de que estableció lo que los franceses llaman una *amitié amoureuse* con varias damas de su séquito, una serie de relaciones que no se debieron consumar sexualmente, pero que traspasaron los límites de la amistad para entrar en el terreno de la atracción.

Una de estas damas, la condesa Fürstenberg, publicó en sus memorias que la emperatriz era tan poliédrica, tan compleja y

contradictoria que siempre iba a «vivir en leyendas, no en la historia». Pero ese reto es precisamente el que he intentado solventar
en este libro: descubrir a la mujer que habitaba en los mitos y
rescatar al personaje de la leyenda.

1

Baviera

Rumbo a Múnich, 1837

El carruaje traqueteó sobre el camino de piedra y barro mientras un halo de polvo sacudía las espuelas de los caballos. Era un día cálido y luminoso, de un cielo puro y plácido, y tan solo la brisa que venía de los Alpes e impregnaba los valles impedía que el calor fuera sofocante. Dentro del vehículo, un hombre de unos sesenta años, bajito y entrado en carnes, con gran papada y prácticamente calvo se ajustó el cuello de su abrigo y se movió nervioso en su asiento. Enfrente de él, su acompañante, de mirada inteligente y rostro simpático, intentó tranquilizarlo:

—Unos cuantos minutos más y habremos llegado, majestad.

El rey Maximiliano José asintió con la cabeza y sonrió tímidamente.

—Gracias, Montgelas. Creo que no os tengo que describir lo mucho que estoy deseando llegar a Múnich.

—Sin duda, majestad. Ha sido un viaje muy largo.

—Demasiado largo —suspiró el monarca, y perdió su mirada por la ventanilla.

El carruaje avanzó por un paisaje de suaves dunas verdosas, bosques de pinos y ríos que serpenteaban entre villorrios agazapados bajo las montañas. Campanarios de piedra se erigían orgullosos por encima de los tejados mientras las campanas anunciaban algún rezo. «Ah, Baviera querida —pensó el rey para sí—. ¡Cuántos desvelos debo soportar por tu futuro!». El soberano venía de Viena, la capital de Imperio austríaco, de negociar con el emperador Francisco I. «Ese truhan embustero», maldijo el bávaro.

—Decidme, Montgelas, ¿cómo habéis visto a Austria? —se interesó Maximiliano.

—Un gran imperio con pies de barro, si me permitís la osadía, majestad —contestó el secretario con aire serio—. Su poder no tiene rival, pero algún día caerá sin remedio. Es imposible que semejante poder absoluto se mantenga en el tiempo. Ahora que Napoleón ha sido derrotado, se abre una nueva era. Las gentes pronto pedirán libertades, el fin de los privilegios.

—¿Más revoluciones? ¿Como los franceses? —El rostro del monarca se tensó—. El pobre del rey Luis, cada vez que lo pienso…

—Sin duda, majestad. Nada podrá detener el viento de los nuevos tiempos.

—¿El viento o el vendaval? A veces, mi querido Montgelas, las revoluciones no traen nada bueno. Solo son el presagio de nuevas guerras en donde todos acaban perdiendo.

—Cierto, majestad. Pero a veces el pueblo está tan desesperado que solo tiene como salida las armas. Es lo que el emperador Francisco no ha entendido: de momento goza de gran popularidad, pero llegará un día en que un emperador de Austria no cuente con el amor de su pueblo. Los Habsburgo, si me lo permitís, tienen los días contados.

El rey Maximiliano se quedó en silencio, giró la cabeza hacia la ventana y perdió la mirada en el horizonte. «Los Habsburgo tienen los días contados…». La frase retumbaba en su cabeza como si fuera un mal presagio. Él no llegaría a verlo, pero no quedaba demasiado tiempo para comprobar que Montgelas estaba en lo cierto.

El pequeño reino de Baviera, con poco más de cuatro millones de habitantes por entonces, estaba situado en el corazón de Europa, lo que lo convertía en un lugar estratégico, pero constantemente asediado, pues estaba rodeado de poderosas naciones que no siempre lo veían con buenos ojos. Por el este y el sur hacía frontera con el Imperio austríaco; al norte estaban Sajonia y docenas de diminutos ducados y principados germánicos; al oeste quedaban el reino de Wurtemberg, Suiza y el gran ducado de Baden.

Durante décadas, tanto Francia como Austria habían querido invadir Baviera y algunas veces lo consiguieron, pero el minúsculo reino siempre había acabado por salir victorioso, lo que no hablaba tanto de su capacidad militar, sino de sus buenas artes diplomáticas. Todo gobernante de Baviera era instruido para saber moverse diestramente por las turbulentas aguas del poder, unas veces aliándose con Francia, otras con Austria o Prusia, a veces tejiendo alianzas de varios países a la vez.

La dinastía de los Wittelsbach era la responsable de mantener aquel frágil equilibrio. Gobernaban Baviera desde hacía más de setecientos años y muchos de sus miembros habían sido excelentes dirigentes, aunque también bastante excéntricos. No era ningún secreto que los Wittelsbach tenían almas melancólicas, excesivamente sensibles y románticas, y se sabía que varios antepasados habían sufrido graves enfermedades mentales. La locura era tan frecuente en su árbol genealógico que se rumoreaba que la dinastía estaba maldita, si bien lo más probable era que sus problemas de salud derivasen de la consanguinidad: como toda familia real del momento, los Wittelsbach tenían la costumbre de casarse entre primos.

Pese a sus defectos, sin embargo, los Wittelsbach también tenían grandes virtudes y, en términos generales, fueron bastante queridos por su pueblo. Todos fueron grandes aficionados a las bellas artes y se rodearon de las mentes más sublimes de su época, de los filósofos, científicos y arquitectos más destacados del continente, lo que los animó a poner en marcha reformas muy avanzadas para su tiempo. A principios del XIX, Baviera era un reino de gran tolerancia en medio de una Europa que aplastaba cualquier disidencia y promovió bastantes libertades políticas cuando el absolutismo imperaba aún en las principales naciones.

El rey Maximiliano José I, abuelo de Sissi, era un hombre bonachón y de ideas modernas. Había recibido una esmerada formación con tutores privados, estudió en la universidad de Estrasburgo y era un gran admirador de la Ilustración francesa, por lo que intentó modernizar su reino acorde con la nueva filosofía de libertad y fraternidad. Ayudado por su secretario privado, el eficiente y sabio conde Max Joseph von Montgelas, fomentó el comercio, mejoró la agricultura, aprobó un nuevo código penal menos restrictivo, reformó el sistema de impuestos para hacerlo más justo y transformó antiguos conventos en centros educativos. También propició la apertura de la prensa, fue un gran defensor de la libertad de expresión y estableció la educación escolar obligatoria. Su labor cultural fue igualmente destacable: creó la Academia de Bellas Artes, el Teatro Nacional y el Jardín Botánico, favoreció las ciencias y amplió Múnich con nuevos edificios de estilo neoclásico.

Maximiliano José se casó dos veces. Su primera esposa fue la princesa Augusta Guillermina de Hesse-Darmstadt, con quien tuvo cinco hijos, dos varones y tres mujeres. Augusta Guillermina era una mujer alegre, guapa y de piel tan pálida que parecía transparente. De joven había frecuentado la corte de Versalles y había sido muy amiga de la reina María Antonieta, con quien compartía parecido físico y también aficiones. Las dos eran apasionadas del teatro y, sobre todo, de la moda: vestían trajes muy vistosos y se peinaban con elaboradas pelucas blancas o con recargados *coiffures* a base de tirabuzones. Sin embargo, a diferencia de la reina francesa, Augusta Guillermina era bastante culta, le gustaba el arte y había recibido lecciones avanzadas de economía.

Augusta Guillermina murió de tisis en 1796. Durante muchos años había sufrido graves problemas en los pulmones, pero en los últimos meses la infección fue tan grave que no paraba de toser y apenas podía respirar. Aunque su muerte sumió a Maximiliano José en una profunda tristeza, no tardó en recuperar el ánimo y, tan solo un año más tarde, anunció su compromiso con la princesa Carolina de Baden.

A pesar de que el suyo fue un matrimonio de conveniencia, entre los esposos surgió pronto un gran cariño. «Estoy loco por usted», le escribió Maximiliano José en la carta donde le pedía matrimonio. Tenía motivos para estarlo: Carolina era una mujer de gran dignidad, inteligencia y simpatía. No era tan bella como Augusta Guillermina, pero tenía unos ojos bonitos y una nariz alargada. Tampoco era tan elegante, si bien vestía con cierto esmero y, como toda dama de alta alcurnia por entonces, seguía los dictados del estilo Imperio que había popularizado la Francia napoleónica, con escotes marcados, mangas abullonadas, talles rectos y bordados de estilos griegos y romanos.

Carolina destacaba sobre todo por su cerebro. Había recibido una educación muy rigurosa, sobre todo en cuestiones literarias y artísticas, y llegó a ser una notable pintora y una gran amante de la música. También tenía un gran sentido del deber y, a diferencia de Maximiliano, que era un católico ferviente, ella era de religión protestante y no renunció a sus creencias al casarse, aunque accedió a que sus hijos fueran católicos.

Maximiliano y Carolina de Baden tuvieron ocho vástagos en diez años, una profusión que estuvo a punto de poner en riesgo la salud de ella. El primer crío nació muerto, y el segundo, Maximiliano, tan solo vivió hasta los tres años. En 1801 nacieron las gemelas Elisabeth y Amalia Augusta. Cuatro años más tarde, vendrían otras dos gemelas: Sofía y María Ana Leopoldina. En 1808 nació Ludovica y, dos años después, Maximiliana Josefa.

La familia vivía entre el palacio real de Múnich y el castillo de Nymphenburg, su residencia de verano y lugar favorito, un imponente edificio rodeado de grandes lagos, canales, enormes fuentes de mármol y extensos jardines a la manera inglesa, con árboles y vegetación distribuidos de manera natural, lejos de los parterres geométricos de Versalles.

En ambas residencias, la familia real llevaba una vida muy ordenada y las pequeñas princesas dedicaban largas horas al estudio. Carolina insistió en que sus hijas recibieran una buena educación y diseñó personalmente un programa de lecciones muy completo. La mayoría del tiempo hablaban en francés, el idioma de la corte de Baviera, y también aprendieron algo de inglés. El afamado pedagogo Wilhelm Thiersch, un académico protestante experto en literatura clásica y apasionado de la antigua Grecia, se encargó de enseñarles historia, geografía y mucha literatura, tanto clásica como moderna. Las obras en lengua alemana fueron otra gran asignatura, así como la poesía: Thiersch puso mucho énfasis en ella y les hacía escribir poemas constantemente.

El 13 de octubre de 1825 el rey Maximiliano José murió en Nymphenburg. Su hijo Luis subió al trono con el nombre de Luis I. Físicamente agraciado, con buena figura, bonita nariz y un gran bigote, había heredado la vena más artística de sus padres, había viajado bastante, sobre todo a Roma, Venecia y Atenas, y había leído mucho sobre historia y filosofía. Con el tiempo se convirtió en un verdadero esteta, alguien con gustos artísticos, literarios y musicales muy sofisticados, y también tenía ideas políticas muy avanzadas para su época, casi democráticas; le gustaba mezclarse con los ciudadanos de a pie, odiaba toda ostentación y se vestía de manera descuidada. Sus compañías favoritas eran los artistas y los escritores y, gracias a su influencia, Luis decidió transformar Múnich en una «nueva Atenas» y, desde el principio de su reinado, comenzó a diseñar edificios y estatuas que cambiarían para siempre la faz de la ciudad.

Luis completó la vieja pinacoteca y creó una nueva, mandó construir los *Propylaea* (una gran puerta monumental de entrada a la ciudad que imitaba la entrada de los Propileos de la Acrópolis de Atenas), proyectó un centro de exhibiciones artísticas, una gran sala de conciertos y una magnífica biblioteca. También ordenó crear una gran colección de esculturas antiguas y contrató a los mejores arqueólogos del momento, como Haller von Hallerstein o el paleontólogo Johann Andreas Wagner, para que fueran a Grecia y Egipto a hacer excavaciones. Los hallazgos se depositaron en un nuevo edificio que llamó Glyptothek: allí Luis reunió una de las colecciones arqueológicas más formidables de Europa.

Además, Luis compró los terrenos que había al noreste de la ciudad y, en lo que antes eran prados, proyectó una gran avenida, la Ludwigstrasse, la calle de Ludwig, flanqueada por pequeños palacetes de fachadas de estilo italiano. En uno de esos edificios viviría una de sus hermanastras, Ludovica, con su marido, el duque Max.

El rey Maximiliano José de Baviera había estado muy unido a uno de sus primos, un tal Wilhelm de Birkenfeld-Gelnhausen, al cual nombró *Herzog in Bayern*, duque en Baviera, un título que no le daba derecho a tener tierras de propiedad ni tampoco una residencia oficial, ni le obligaba a participar en asuntos protocolarios de la corte, pero que sin duda mejoró sus perspectivas económicas.

Wilhelm tuvo tres hijos. El último fue el duque Pío Augusto, un hombre enfermizo y muy débil de carácter. Le gustaba la naturaleza y viajar al extranjero, pero tenía un intelecto limitado y una tendencia excesiva al decaimiento. Como sus expectativas en la vida no eran ventajosas, a su padre no le quedó más remedio que buscarle una esposa de poco rango y encontró a la candidata perfecta en la princesa Amelia Luisa de Arenberg, una mujer de la alta aristocracia, no de la realeza, algo que se consideraba una tara a evitar, pero que, dadas las circunstancias, se decidió obviar.

El matrimonio tuvo un único hijo, el duque Maximiliano José, conocido simplemente como Max. Nacido el 4 de diciembre de 1808, Max demostró desde pequeño una gran pasión por las artes, la literatura y, sobre todo, por la naturaleza: siempre que podía se escapaba a los bosques y estudiaba plantas, insectos y animales, sobre todo pájaros. Max también resultó ser un magnífico deportista: era un jinete consumado, le encantaba dar larguísimos paseos por los prados y escalaba montañas. La caza era otra de sus grandes aficiones y, de mayor, probó suerte con las letras, sobre todo con la poesía.

Como su padre estaba permanentemente de viaje, fue su abuelo quien se encargó de su formación y contrató a muy buenos tutores. En contra de las costumbres aristocráticas, que establecían que la educación previa a la universidad se debía impartir íntegramente en casa, también lo matricularon en una academia de Múnich donde se codeó con estudiantes de diversa procedencia y nivel social. Luego asistió a la universidad de Múnich, donde estudió historia, economía y, sobre todo, ciencias naturales. Al graduarse, y siguiendo la tradición bávara, se convirtió en miembro del Consejo, el gobierno del país, pero enseguida dejó claro su

poca predisposición para asuntos de Estado. Tampoco tenía ningún
interés en cuestiones militares: conforme al protocolo, en cuanto
cumplió los treinta años, lo pusieron a dirigir un comando de
caballería y, años más tarde, y sin atesorar ningún mérito, lo ascen-
dieron a general. Pero eran distinciones meramente simbólicas y
Max siempre odió tener que vestir de uniforme.

De hecho, a él le gustaba vestirse como un ciudadano más.
Cuando estaba en Múnich iba con ropas de burgués, con pantalones largos, chaleco, abrigo, sombrero de copa, bastón y reloj de
bolsillo. En las montañas, parecía un campesino, con sombreros
con una pluma, chaquetas cortas de fieltro, pantalones hasta la
rodilla, calcetines largos y zapatos de suela gruesa. A Max le gustaba mezclarse con la gente humilde, incluso le encantaba la música tradicional. De pequeño había conocido a un músico llamado
Johann Petzmacher, el hijo de un posadero de Viena, que tocaba
muy bien la cítara, el instrumento predilecto de los bávaros y los
austríacos para acompañar sus canciones populares. A Max le
había gustado tanto el sonido que nombró a Petzmacher su maestro de música y, con los años, llegó a ser un verdadero virtuoso.
Le gustaba organizar conciertos, a veces en la corte, pero a menudo en casas de campesinos. Incluso tocaba en las fiestas de los
pueblos.

Cuando era aún un niño, se decidió que el duque Max se
casaría con Ludovica, una hija del rey Maximiliano con Carolina
de Baden. En 1828 se celebró la boda: ambos tenían veinte años
y en los retratos de la época él aparece como un joven bastante
alto, delgado y de porte muy distinguido. Tenía una bonita nariz,
los ojos claros y se peinaba con unas larguísimas patillas. Con el
tiempo ganaría en atractivo y llegaría a ser un hombre ciertamente imponente: en una fotografía suya de 1850, cuando tenía más

de cuarenta años, parecía un galán de cine, con una mirada enigmática, facciones muy elegantes y un bonito bigote acabado en puntas.

Ella era también una gran belleza. Ludovica, a quien su familia llamaba Louise, tenía un rostro plácido y una preciosa cabellera que peinaba a la moda, con una raya en medio, muchos tirabuzones a los lados y un gran moño con trenzas en lo alto. También vestía con esmero, con trajes generalmente blancos con encaje, grandes escotes que dejaban al descubierto los hombros, mangas abullonadas, faldas de vuelo y muchos volantes y abalorios en los bajos, casi siempre bordados. Llevaba grandes chales, pendientes largos y collares de perlas, normalmente de varias vueltas y con un destacado broche.

Ludovica tenía grandes cualidades: era culta, calmada, prudente y siempre actuaba con un férreo sentido moral. Max y ella adoraban la vida campestre, pero sus similitudes acababan ahí: ella era muy seria y formal, no compartía el espíritu aventurero de su marido ni tampoco comprendía la pasión de Max por mezclarse con personas humildes como si fuera uno más. Ludovica era muy consciente de su condición de princesa y, aunque desde muy pequeña hizo muchas obras de caridad y trató con gran educación a gentes de toda disposición, siempre mantuvo ciertas distancias con ellas.

El matrimonio de Ludovica y Max fue claramente por compromiso y a ninguno le preguntaron si le parecía bien. Si lo hubieran hecho, probablemente no hubieran aceptado ni uno ni otro. Ella hubiese preferido al príncipe Miguel de Braganza, futuro rey de Portugal, pero su familia no aprobaba la unión por motivos políticos. Él estaba profundamente enamorado de una mujer no aristocrática con la que no podía casarse por una cuestión de rango social. Cuando se anunció su enlace, Max le dijo abiertamente a Ludovica que no la quería y que solo aceptaba aquella boda porque le daba miedo enfrentarse a su abuelo.

Como era de prever, el matrimonio fue un desastre, vivieron prácticamente separados desde el principio y él comenzó enseguida a coleccionar amantes. Años más tarde, Ludovica explicaría a sus hijos que se pasó su primer aniversario de bodas llorando todo el día y no era difícil verla sollozando a lágrima viva mientras se quejaba de que «cuando una se casa, se siente abandonada».

De cara a la galería, por supuesto, intentaron mantener las formas. En invierno la pareja vivía en Múnich, en el Herzog-Max-Palais, un palacete en el número 13 de la Ludwigstrasse que estaba considerado uno de los más bellos de la capital. La fachada de piedra blanca, con ventanas coronadas de frontispicios y separadas por columnas corintias, recordaba a los majestuosos *palazzi* de la Roma del Renacimiento, y el interior era aún más suntuoso, con salones ricamente decorados y multitud de cuadros inspirados en la mitología clásica, como un gran fresco de cuarenta y cuatro metros que había en el salón de baile donde se exponían bacanales muy explícitamente. Fiel a sus excentricidades, Max mandó instalar en el palacio una pista ecuestre para domar caballos y también un *café chantant*, una especie de teatrillo donde se presentaban comedias y operetas ligeras, algunas *risqué*. Con los años, y para escándalo de la corte, el teatro se transformó en un pequeño circo donde Max actuaba de director y varias damas de la nobleza participaban con acróbatas y animales.

En 1834, Ludovica y Max se compraron el castillo de Possenhofen como residencia de verano. A unos treinta kilómetros de Múnich, era un edificio blanco y cuadrado de estilo medieval que resultaba pequeño y sin duda primitivo para los estándares reales, si bien contaba con un bonito paisaje, con frondosos bosques y altas montañas a la orilla del lago Starnberg. En los días muy despejados se podía ver a lo lejos los montes Wetterstein e incluso la cima del Zugspitze en la frontera con Austria.

El primer hijo de la pareja, Ludwig, nació en junio de 1831. Tres años más tarde, el 4 de abril de 1834, vino al mundo una niña, Hélène, llamada Néné. En 1837 la duquesa se quedó de nuevo embarazada. El nacimiento estaba previsto para finales de diciembre, aunque todos contuvieron la respiración para que no fuera el día de Nochebuena, un signo de mal agüero. Pero el día 24 llegó y, por la tarde, la duquesa sintió las primeras contracciones.

Siguiendo la tradición de la corte, los máximos dignatarios del reino y miembros del Consejo debían acudir a los nacimientos de la familia real para la presentación oficial del recién nacido. Por ello, en cuanto se enteraron de que la duquesa Ludovica estaba de parto, fueron rápidamente al palacio de los duques en la Ludwigstrasse y se acomodaron en las estancias mientras los sirvientes los agasajaban con vinos y licores. No tuvieron que esperar mucho tiempo: a las diez y cuarenta y tres minutos de la noche nació la nueva *Herzogin*. Pasadas las once, la comadrona apareció con la pequeña en el *boudoir* blanco que había al lado de la habitación de la duquesa Ludovica. El bebé fue mostrado ante la corte y se anunció solemnemente que sería conocida como su alteza serenísima Elisabeth Amalia Eugenia von Wittelsbach.

Lo de Elisabeth fue por su madrina de bautismo, su tía Elisabeth de Baviera, una de las hermanas de su madre, la cual se había casado con el entonces príncipe heredero Federico Guillermo y dos años más tarde se convertiría en reina de Prusia. Pero casi nadie la llamaría nunca así. Siguiendo la tradición, la bebé enseguida tuvo un apodo: de pequeña la llamaban Lise o Lisel y, más tarde, fue Sissi.

El duque Max no disfrutó demasiado de su nueva hija. Cuatro semanas después de su nacimiento puso rumbo a Grecia, Arabia y Egipto. Trepó a las pirámides, sorprendió a los egipcios con

conciertos de cítara y se hizo con antigüedades, incluso con sarcófagos. En un mercado de esclavos de El Cairo compró a cuatro
niños negros, probablemente sudaneses, y se los llevó a Múnich.
Su bautizo fue todo un acontecimiento social y acudió prácticamente toda la corte de Baviera.

Tras su vuelta a casa, Max estaba tan impresionado con la
cultura clásica que pasó largas horas en la biblioteca leyendo libros
de historia antigua. Llegó a estar tan absorto en la lectura que a
veces se olvidaba de lavarse y de dormir, y solo se acordaba de
comer si los sirvientes aparecían con una bandeja. También escribió poesías y publicó un pequeño poemario con el seudónimo de
Phantasus, pero era bastante mediocre y no recibió apenas atención. Con la prosa tuvo más éxito: en 1839, apareció *Wanderungen
nach dem Orient, Paseos por Oriente*, un libro donde relataba sus
experiencias.

Con tanto esfuerzo intelectual, parecía que Max finalmente
había sentado la cabeza o eso, al menos, deseó Ludovica. Pero fue
un espejismo. En cuanto acabó su libro, volvió rápidamente a las
andadas. Regresó a sus actuaciones circenses y creó lo que bautizó como la «mesa redonda del rey Arturo», un grupo de catorce
amigotes que se reunían para beber cerveza y cantar canciones
populares, algunas con pareados de dudoso gusto. También volvió
a tener amantes: las actrices de Múnich y las campesinas de Possenhofen eran sus conquistas favoritas y, según algunas biografías, llegó a tener bastantes hijos fuera del matrimonio. Por supuesto, su
esposa, Ludovica, lo sabía. Él no se molestaba en disimularlo y,
pasados los años, almorzaba con frecuencia con un par de hijas
ilegítimas en el palacio de la Ludwigstrasse.

La moral de la época era tan machista que hubiese sido
impensable que Ludovica hubiese montado un escándalo, por lo
que tuvo que aguantar las humillaciones estoicamente y poner
buena cara en público. Para sobrellevar su situación, se centró en
la educación de sus hijos y en sus dos aficiones predilectas: colec-

cionar relojes y aprender geografía. Sin embargo, en algún momento en que la situación se volvió insufrible y las infidelidades de él fueron excesivamente notorias, tomó medidas más drásticas: no le dirigió la palabra a su marido durante meses y movió sus aposentos y los de sus hijos a una zona del palacio de Múnich que Max no frecuentaba para no tener que cruzarse con él. La mayoría de las veces los pequeños Wittelsbach solo sabían que su padre estaba en casa porque lo oían silbar a lo lejos.

Tan solo muy de vez en cuando el matrimonio se daba una tregua y, cada dos o tres años, tenían otro hijo. En 1839, dos años después del nacimiento de Sissi, vino al mundo Carlos Teodoro, a quien apodaron Gackel, «gallo» en alemán. María nacería en 1841 y, dos años después, aparecería Matilde, conocida como Spatz, «gorrión» en alemán, porque era pequeña y dulce. Sofía Carlota nació en 1847 y el último vástago, Maximiliano Manuel, apodado Mapperl, vino al mundo en 1849.

De todos los hermanos, Sissi no era ni mucho menos la más guapa y a los nueve años tenía la cara redondeada y tan sonrojada por el sol que parecía más una campesina que una princesa. Nada en ella presagiaba una gran belleza futura: tenía los ojos marrones, una nariz respingona y un pelo castaño que se estaba tornando en un feo color pajizo. Sin embargo, tenía un gran encanto y era tan frágil y sensible que sus padres no quisieron nunca negarle ningún capricho o castigarla por miedo a que cayera en una pena profunda. Semejante remedio dio como resultado una personalidad tan libre como algo consentida. Sissi era melancólica, fantasiosa y romántica, pero también testaruda y obstinada, incapaz de obedecer ninguna norma.

En 1846 llegó la institutriz de los pequeños príncipes: la baronesa Luisa Wulffen (años más tarde se convertiría en la condesa Von Hundt). Enseguida se dio cuenta de que, de todas las hermanas, Néné parecía la más encaminada a triunfar —era muy bonita, con una gran inteligencia y compostura—, por lo que se decidió que recibiría una educación muy esmerada. La formación de Sissi, por el contrario, no se consideró prioritaria y, como hacía que Néné se desconcentrara de sus lecciones, la baronesa Wulffen decidió separarlas. Discretamente, se encargó de que Sissi se juntara más con su hermano Carlos Teodoro, Gackel. Los dos iban con sus niñeras a jugar al Englischer Garten, el gran jardín inglés en Múnich, y se veían con otros niños del barrio, sobre todo con los hijos del conde Paumgarten. La hija de este, Irene, una niña muy sensible y de gran imaginación, se convirtió en la mejor amiga de Sissi.

Más que estar en Múnich, a Sissi le gustaba ir a Possenhofen, al que llamaba Possi. Como a su padre, a ella le apasionaban la naturaleza y los animales. Sissi llegó a tener perros, corderos, conejos, gallinas y una larga lista de ponis. Con el tiempo, se convirtió en una amazona fabulosa, capaz incluso de hacer acrobacias encima de un caballo. También adoraba andar por las montañas y muchos días se perdía por los Alpes y aparecía con un gran ramo de flores que había cortado. Años más tarde, los campesinos del lugar aún recordarían que era fácil ver a Lisel de Possenhofen, como ellos la conocían, con un gran ramo de *Edelweiss*.

Las lecciones, por el contrario, la aburrían soberanamente: en cuanto la baronesa Wulffen se giraba, ella miraba por la ventana y se perdía en sus pensamientos. Sissi fue incapaz de aprender francés, el idioma de la corte, le costó horrores aprender inglés y se expresaba en el dialecto bávaro del alemán, considerado poco elegante. Tampoco con la música tuvo ninguna suerte, carecía de oído artístico y odiaba las clases de piano. Solo el dibujo y, sobre todo, la poesía la atrajeron lo suficiente como para que se quedara sentada durante horas. Pintaba paisajes, en especial de Possi y de sus mascotas, y a veces hacía caricaturas bastante graciosas de su institutriz. También le gustaban mucho los poemas del alemán Heinrich Heine, leía a escondida sus libros y escribía versos algo recargados y muy románticos, casi espirituales.

Cada día, Sissi desayunaba con su madre y sus hermanos a las ocho en punto y luego tomaba sus lecciones, que duraban hasta las dos. Cuando no estaba ausente en sus viajes o absorto en sus muchas diversiones, su padre solía interrumpir cada dos por tres en la sala de estudio tocando la cítara y llevaba a sus hijos al circo que tenían en palacio. En Possenhofen los sacaba a las montañas y les enseñó a pescar y también a nadar, algo bastante inaudito por entonces.

A Sissi le encantaba estar con su padre y, de todos los hijos, ella era la que estuvo más unida a él. A pesar de que apenas se veían, Sissi lo admiraba profundamente y, de vez en cuando, él le dejaba compartir sus aventuras, como cuando se escapaban a refugios de montaña o cuando se iban a algún pueblo cercano, se ponían a tocar la cítara y a bailar enfrente de las cervecerías. En más de una ocasión los lugareños les tiraron monedas como si fueran titiriteros o mendigos.

2

«*Adiós a mi juventud*»

Ludovica nunca pudo superar que todas sus hermanas hubie-sen hecho buenas bodas y ella no. Sofía era archiduquesa de Austria; Amalia Augusta, reina de Sajonia; y Elisabeth, reina de Prusia. En cambio, ella fue obligada a desposarse con un duque de segunda fila, excéntrico y con poca fortuna personal para los estándares de la realeza. Con el tiempo, llegó a sentirse la pariente pobre e incluso su familia comenzó a mirarla con cierta condescendencia. Pensaban que la proximidad a Max y sus largas estancias en Possenhofen, lejos de la corte, la habían barbarizado. Y algo de razón llevaban; Ludovica no prestaba excesiva atención a sus atuendos, por ejemplo, y sus modales dejaban mucho que desear. En su casa reinaba el desorden, sus hijos vivían en un estado prácticamente salvaje y estaba rodeada de compañías no siempre adecuadas a su posición real: en vez de damas de las mejores familias, Ludovica prefería a mujeres de la nobleza rampante e incluso a las hijas de algún burgués adinerado.

Sin embargo, Ludovica tenía su orgullo y se empeñó en que sus hijas tuviesen mejor futuro que ella. Por ello, en cuanto Néné era aún adolescente comenzó a hacer gestiones para casarla con el

mejor postor del momento: Francisco José, el mismísimo emperador de Austria.

Por aquel entonces, el Imperio austríaco era el segundo Estado más grande de Europa, tan solo por detrás de Rusia y muy
por delante de Francia y Prusia. Con cuarenta millones de habitantes, se extendía desde los Balcanes y el norte de Italia hasta
Polonia, e incluía lo que hoy es Croacia, Montenegro, Serbia,
Rumanía, Hungría, Eslovaquia, Ucrania, la República Checa y
Eslovaquia.

Las relaciones entre Austria y Baviera no siempre habían sido
fáciles, sobre todo durante los tiempos de Napoleón Bonaparte.
Los intentos del emperador francés por hacerse con el control de
todo el continente habían provocado que, durante más de una
década, de 1803 a 1815, las principales naciones europeas, sobre
todo Austria, Prusia, Rusia e Inglaterra, se enzarzaran en san-
grientas guerras para detenerlo. Sin embargo, Baviera lo apoyó
activamente: le cedió miles de soldados, le facilitó provisiones y
dejó que el ejército francés campara a sus anchas en su territorio.

Baviera lo hizo porque creyó que Napoleón saldría victorioso, y la verdad es que, al principio, todo indicaba que así sería. La
Grande Armée, la todopoderosa armada francesa, capturó Viena y
arrasó al ejército austríaco sin demasiado esfuerzo en la batalla de
Austerlitz. En 1805, el propio Napoleón se instaló unos días en el
palacio de Schönbrunn, la gran residencia de verano de los Habsburgo; cinco años más tarde volvería a pasar unos meses allí. Durmió en una habitación decorada con tapices de Bruselas, usó la
Sala de la Porcelana como estudio y el Salón Chino como salón
de recibir. Aunque la decoración no le impresionó en exceso, no
pudo dejar de sentirse maravillado y abrumado por todo el poder
imperial que lo rodeaba.

Para los austríacos, la situación llegó a ser tan desesperada que aceptaron firmar un humillante armisticio: a cambio de librarse de la invasión, cedieron muchos territorios a Francia y se comprometieron a pagar cuarenta millones de francos en compensación por los gastos de guerra. También tuvieron que dar territorios a los aliados de Napoleón, en especial a Baviera.

Pero ni aun así las hostilidades cesaron y, en 1810, el entonces emperador Francisco I de Austria ofreció a su hija mayor, María Luisa, en matrimonio con Napoleón. Este se acababa de divorciar de su primera esposa, la emperatriz Josefina, porque no le había dado un heredero varón —y le había sido infiel en multitud de ocasiones—, y buscaba una nueva mujer con la que asegurar su descendencia. De entrada, María Luisa no era una candidata muy apetecible: todas las crónicas la describen como una mujer alta y un tanto fea, con ojos saltones y el típico labio salido de los Habsburgo. Su manera de andar era poco femenina y no era especialmente cariñosa ni agradable. Sin embargo, era culta, dócil y obediente, buena en música —tocaba el piano y el arpa— y pintaba acuarelas con cierta habilidad.[1]

A Napoleón, por supuesto, intentaron vendérsela de la mejor manera posible. Claude Méneval, su secretario privado, le dijo que «tenía el pelo castaño muy claro, abundante y fino, con ojos agradables y una expresión dulce».[2] Sexualmente, eso sí, no debía de saber nada, le advirtió. Su educación había sido tan recatada que durante años solo le habían permitido tener animales hembras para que no descubriera nada pecaminoso sobre la reproducción y todos los libros que había leído habían sido censurados previamente.

A Napoleón semejante detalle no le preocupó en absoluto. «¿Me puede dar un hijo varón?», preguntaba a los diplomáticos austríacos. Era lo único que le importaba. «Por supuesto —le contestaban—. La archiduquesa tiene amplias caderas y un gran busto, lo que da cuenta de su fertilidad. Y su madre tuvo nada menos que trece hijos; y su abuela, veintiséis».[3]

Napoleón dio su consentimiento al enlace y la archiduquesa partió de Viena rumbo a Compiègne, una antigua fortaleza militar transformada en lujoso palacio campestre. En la pequeña ciudad de Braunau, justo en la frontera, la cuñada del emperador francés, Caroline Murat, la obligó a seguir un antiguo ritual de los tiempos de los Borbones. El protocolo dictaba que cualquier novia extranjera debía despojarse de toda posesión de su tierra, por lo que María Luisa tuvo que desnudarse completamente y tomar un baño. La vistieron con ropas francesas: «Ahora huelo a esas damas», escribió a su madre con desdén.

A finales de marzo, Napoleón pasó la noche con una amante, madame de Mathis, y a primera hora de la mañana partió en una calesa hacia Compiègne. Llovía a mares, pero la comitiva no se detuvo. Cuando se vieron por primera vez, él la abrazó; ella le dijo: «Es usted mucho más apuesto que en los retratos». Fue un buen comienzo.

Esa misma noche, Napoleón se desvistió, se roció *eau de cologne* por todo el cuerpo y, ataviado con un largo camisón, fue a la habitación de María Luisa. En las principales cancillerías europeas correrían rumores de que el francés, con su estilo rudo y primario, «habría violado a su esposa», pero, por lo que se sabe, a ella no le debió disgustar la experiencia y, según relató Bonaparte a la mañana siguiente, ambos habrían disfrutado enormemente.[4] Desde luego, la pareja debió resultar a nivel sexual altamente compatible porque en los días posteriores, Napoleón no paró de recomendar a sus ayudantes que «se casaran con germánicas». Ella, por su parte, reconoció en una carta a su padre que ahora encontraba a su marido «cautivador».[5]

La boda oficial no se celebró hasta una semana más tarde. El 1 de abril de 1810 fue la ceremonia civil. Al día siguiente, la pareja dio un paseo triunfal por París en carroza y pasaron al lado del Arco de Triunfo, entonces en construcción y cubierto con unas lonas (las obras no finalizarían hasta 1836). La ceremonia religiosa fue en el Salón Carré del palacio del Louvre. Napoleón apareció con un uniforme blanco bordado en hilo de oro y una gorra de terciopelo aderezada con plumas y diamantes. Luego fueron al *château* de Neuilly, donde hubo fuegos artificiales y bailes. El emperador francés parecía de un excelente humor e incluso «pellizcaba los mofletes de su mujer y le daba cachetes en el culo».[6]

El 20 de marzo de 1811 nació su hijo, el ansiado varón. Lo llamaron Napoleón Bonaparte II.

Ni siquiera las nuevas relaciones familiares entre Austria y Francia consiguieron traer la paz y, al cabo de pocos años, las dos naciones volvieron a estar enfrentadas. Esta vez, sin embargo, la suerte de Napoleón no sería la misma. Su intento de invasión de Rusia fue un desastre y su ejército fue arrasado en Leipzig. Napoleón se exilió en la isla de Elba, cerca de Córcega, y desde allí intentó reorganizar sus tropas. Pero en la batalla de Waterloo quedó claro que ya nada podía hacer: había sido claramente derrotado. Napoleón fue enviado al exilio en la remota isla de Santa Elena, en medio del océano Atlántico, a cuatro mil kilómetros de Río de Janeiro. Allí murió el 5 de mayo de 1821.

Las principales naciones europeas respiraron aliviadas al saber que su gran enemigo había sido por fin eliminado. Pero aún quedaba un escollo por resolver: cómo repartirse los terrenos que Napoleón había conquistado. Fue entonces cuando el diplomático austríaco Klemens von Metternich, ministro de Asuntos Exteriores y excelente negociador, convocó una gran conferencia en Viena para que los países victoriosos se repartieran el botín de guerra. Metternich era un hombre apuesto y de gran cultura, aunque propenso a los escándalos: no hay duda de que disfrutaba en las fiestas y de que le gustaban mucho las mujeres. Sus amantes se contaban por docenas y se rumoreaba que, cuando acompañó a la archiduquesa María Luisa a Francia para sus esponsales, él aprovechó para liarse con la cuñada del mismísimo Napoleón. Pero más allá de esta imagen superficial, Metternich era un brillante diplomático y, gracias a su tacto y buenas artes, el Congreso de Viena fue un éxito.

El 23 de septiembre de 1814, el emperador de Austria Francisco I recibió al zar Alejandro de Rusia y al rey Federico de Prusia a las afueras de la capital. Los tres entraron triunfalmente en la ciudad a caballo entre los vítores entusiastas de los lugareños y se dirigieron al Hofburg, el palacio imperial en el centro de la villa donde vivían el emperador y su familia. No tardaron mucho tiempo, por entonces Viena era una ciudad diminuta, aún rodeada de murallas y con callejuelas de tierra donde se agolpaban edificios de pocas plantas y comercios con escaparates de madera. No vivían más de trescientos mil habitantes, pero la variedad era considerable. Convivían, entre otros, húngaros, polacos, serbios, croatas y turcos, cada uno con su propio idioma, aunque usaban el alemán para comunicarse entre sí. La familia imperial también hablaba alemán, pero la aristocracia prefería el francés. El inglés era muy minoritario, aunque se estaba poniendo de moda entre la creciente burguesía.

Fuera de las murallas había grandes parques, barriadas marginales y también grandes residencias palaciegas, como la del príncipe Andreas Rasumovsky, una magnífica construcción con jardines exóticos y su propio puente sobre el Danubio que albergaba una de las mayores colecciones de arte en el continente.[7] En el centro de Viena se erigía el palacio imperial del Hofburg, una antigua fortaleza militar del siglo XIII que, con los siglos, se había transformado en un conjunto de edificios, pabellones y alas conectados entre sí de manera caótica. Austeras paredes encaladas en blanco propias de la Edad Media convivían con repujadas fachadas barrocas repletas de columnas, escudos en piedra y figuras alegóricas. En medio había una elegante plaza con una estatua ecuestre.

En el Hofburg se sucederían los entretenimientos que la corte austríaca había preparado para sus distinguidos huéspedes: se celebraron banquetes, exhibiciones hípicas y bailes de gala. El emperador Francisco estaba tan eufórico por la celebración del congreso que se dejó la friolera de veintidós millones de *guldens*, una verdadera fortuna, en agasajar a los dignatarios extranjeros. En un baile de disfraces, por ejemplo, se hizo cargo de todo, la comida, la música e incluso de los vistosos ropajes, y las delegaciones solo tuvieron que aportar las condecoraciones de sus respectivos países.[8] Más de seis mil personas acudieron, aunque no todos debieron ser de la mejor calaña, pues al día siguiente se descubrió que mil quinientos cubiertos de oro habían sido robados.[9]

En los saraos, los caballeros intercambiaron miradas furtivas con grandes damas aristocráticas venidas de todos los rincones del imperio. Las mujeres más bellas acudieron —la princesa María Teresa Esterházy, la condesa Széchenyi o la también condesa Julie Zichy (*née* Festetics), por ejemplo[10]— y en alguna ocasión se estuvo al borde de un conflicto diplomático. Como cuando la princesa Gabriela Auersperg, de la distinguida familia Lobkowitz y considerada de gran guapura, aseguró que el zar de Rusia había intentado propasarse con ella, lo que provocó un airado debate sobre si debía ser retado a un duelo.[11]

Más allá, sin embargo, de cuestiones hedonistas, en Viena se decidió el futuro de Europa. Tras largas deliberaciones, Rusia se quedó con gran parte de Polonia. Prusia anexionó trozos de Sajonia y Westfalia y muchos ducados germánicos. Austria recuperó todos los territorios que había perdido desde el inicio de la guerra, excepto lo que hoy se conoce como Bélgica. Además, consiguió reafirmar su influencia en Italia: recuperó el Tirol, adquirió Lombardía, Dalmacia y el Véneto y puso a miembros de la casa real de los Habsburgo en el gran ducado de Toscana y en los ducados de Parma y Módena. Multitud de Estados germánicos, como Baviera, Hannover, Wurtemberg o Baden, quedaron agrupados en

la denominada Confederación Germánica, una liga de países independientes, pero bajo la supervisión y el amparo de Austria. El
éxito de Metternich fue de tal calibre que rápidamente fue nombrado príncipe y canciller del imperio.

Baviera tuvo un papel muy incómodo en el Congreso de
Viena. Después del fracaso de Napoleón en Rusia, al comprobar
que el francés podría ser derrotado, Baviera había decidido rápidamente cambiar de bando y aliarse con Austria. Juntas lucharon
algunas batallas, pero los rencores persistían y, aunque Baviera
logró mantener prácticamente todo su territorio —incluso el que
había conseguido gracias a Napoleón—, Metternich los obligó a
ceder algunos territorios a Austria, entre ellos Salzburgo.

Los bávaros sabían que su posición era muy delicada, pero
eran magníficos diplomáticos y enseguida vieron una oportunidad
perfecta para cambiar su suerte. En 1816, el entonces emperador
de Austria, Francisco I, se quedó viudo por tercera vez. Hábilmente, la corte de Múnich maniobró para que la princesa Carolina
Augusta, una de las hijas del rey Maximiliano I de Baviera y de su
primera mujer, se convirtiera en su nueva esposa. A los vieneses se
les explicó que sería la oportunidad perfecta para sellar viejas
rencillas y asegurar un mayor control de los austríacos sobre el
pequeño reino. El truco surtió efecto y la boda se organizó a
toda prisa.

Carolina Augusta no era una gran belleza —de pequeña
había sufrido un grave caso de viruela y aún tenía cicatrices por
todo el rostro—, pero presentaba buenas cualidades: tenía una
personalidad agradable y una cultura más que destacable. «Es fea,
inteligente y amable», dijo de ella el embajador inglés, Frederick
Lamb. Su recién estrenado marido fue de la misma opinión: le
desagradó profundamente que fuera tan poco agraciada, aunque

apreció su buena disposición para adaptarse rápidamente a su nuevo país y a las obligaciones de la corte.

El emperador Francisco tenía cuarenta y ocho años por entonces. Era un hombre bajito, prácticamente calvo, de nariz fina, ojos azules, chepa prominente y frente excesiva. No era demasiado inteligente ni había recibido una formación esmerada, pero resultaba servicial, comedido y cauto. Sobre todo, tenía una espléndida intuición y, a pesar de haberse criado en palacios entre nobles y aristócratas, entendía mejor que muchos a su alrededor lo que se cocía en las calles del imperio. Por ello, aunque como monarca era exponente del absolutismo y no tenía ninguna simpatía por las libertades, los derechos políticos o las constituciones modernas, en su día a día se preocupó por resultar muy cercano y servicial a sus súbditos. Él fue uno de los primeros monarcas europeos en entender el valor de la popularidad y la importancia de una opinión pública favorable. Dos días por semana recibía en audiencia, de las siete de la mañana a la una y media de la tarde, a personas de toda clase social y, aparte del dialecto vienés del alemán, también usaba el italiano, el checo y el húngaro si convenía.[12] El emperador, vestido como un simple oficial sin galones de ninguna clase, escuchaba con atención y ordenaba que se solucionaran inmediatamente los problemas que le presentaban.

También viajaba con frecuencia por todo el imperio y en Viena se escapaba de vez en cuando a dar paseos por los jardines públicos ataviado como un burgués más. Francisco insistía en vivir con los menores lujos posibles y en sus residencias, sobre todo en el Hofburg, el palacio real que había en el centro de Viena, la decoración era bastante austera para lo que se esperaba de una de las familias reales más poderosas de Europa. El castillo de Persenbeug, uno de sus retiros favoritos de descanso, tenía tan pocos muebles que el propio Metternich reconoció que «nadie se hubiese podido creer que el emperador vive en un ambiente tan sencillo».

Muy astutamente, Francisco se encargó de que esta faceta suya de líder próximo y espartano fuera conocida en todos los confines del imperio, y grabados del monarca atendiendo a sus súbditos fueron distribuidos por todo el país y vendidos como si fueran postales. También se repartieron ilustraciones suyas como gran líder militar que había derrotado a Napoleón y salvado a Europa y, por supuesto, hubo además cuadros y litografías de él como hombre de familia, rodeado de sus hijos y, años más tarde, jugando con sus nietos. Siglos antes de que los políticos modernos compartieran fotografías caseras para hacerlos más humanos, el emperador Francisco de Austria ya estaba llevando a cabo con éxito su propia campaña mediática de imagen.

Francisco I de Austria había tenido una hija con su primera mujer y doce hijos más con su segunda esposa, María Teresa de Nápoles y Sicilia, de los cuales solo habían sobrevivido siete, dos chicos y cinco chicas. El hijo mayor y heredero al trono era el archiduque Fernando, nacido en 1793. El otro hijo varón era el archiduque Francisco Carlos, nacido en 1802.

Dado que sus padres eran primos hermanos, Fernando había nacido con múltiples problemas físicos y mentales. Tenía una cabeza demasiado grande, alargada y con una frente desproporcionada, era prácticamente calvo, con ojos saltones y tenía las mejillas siempre coloradas, como si sufriera sofocos permanentes. Desde pequeño sufrió un grave defecto en el habla, aunque lo peor, sin duda, era su epilepsia: llegó a ser tan aguda que había días en que tenía veinte ataques. Aun cuando estaba sereno y estable, su carácter era débil, casi infantil, y a todas luces no estaba preparado para gobernar.

El otro hijo varón, Francisco Carlos, aunque algo más inteligente que su hermano y un poco más agraciado, presentaba de todos modos graves defectos: era también muy bajito, con un torso enjuto, una cabeza grandilocuente y excesivamente alargada. Ni siquiera los retratos de la época, pensados para embellecer a los personajes, pudieron obviar unos labios excesivos, sobre todo el inferior, como si fuese un besugo, y una frente prominente y abombada. Su personalidad tampoco era muy chispeante: su intelecto era muy limitado, solo le entusiasmaba verdaderamente la caza y no tenía ningún interés en el teatro o las artes. No leía apenas y la política le resultaba mortalmente aburrida y, probablemente, incomprensible.

El emperador Francisco I decidió que Francisco Carlos se casaría con una princesa bávara; la corte de Viena consideraba que un nuevo matrimonio entre los Habsburgo y los Wittelsbach ayudaría a asegurar su influencia en la zona. La princesa Sofía, una hija del rey Maximiliano con su segunda esposa, y hermanastra, por tanto, de Carolina Augusta, fue la escogida para convertirse en la nueva archiduquesa de Austria.

Aunque ahora solo la recordamos a través las películas de Sissi como una suegra desagradable y huraña, la verdad es que Sofía estaba lejos de ese estereotipo. Era una mujer de gran cultura, tenía una astucia política superlativa y de joven fue muy bella. De hecho, con su rostro ovalado, finas facciones, pelo oscuro y bonitos ojos azules, estaba consideraba la más hermosa entre sus hermanas y también la más elegante.

Sofía y el archiduque Francisco Carlos se conocieron en 1824 en Tegernsee, una de las residencias del rey de Baviera. Aunque estaba decidido de antemano que iban a casarse, la corte pensó que sería bueno que se viesen antes de hacer público el compromiso para que se fueran tratando. Sin embargo, la primera impresión no pudo ser peor y ella llegó a sentir verdadero asco al verlo. Aun así, los planes de boda siguieron adelante: era una unión política demasiado importante como para hacer caso a los sentimientos y, aunque Sofía lo sabía, no pudo ocultar su malestar. De

vuelta a Múnich, pasó tres días enteros llorando y, de tan deprimida que la vio, su institutriz intentó interceder ante su madre, la
reina, para que anulara el compromiso.

Pero semejante posibilidad era impensable y a Sofía no le
quedó más remedio que poner rumbo a Viena para casarse. Para
animarla, le explicaron que aquella boda la podría convertir en
emperatriz de Austria: el archiduque Fernando no podría gobernar y sería apartado tarde o temprano de la línea de sucesión, por
lo que su hermano llevaría la corona. Sofía, ambiciosa como pocas,
entendió la gran oportunidad que se presentaba ante ella.

En el viaje a Austria la acompañaron su madre y centenares
de baúles donde iba su ajuar, el cual incluía, entre otras muchas
prendas, unas ciento cincuenta camisas, seis docenas de faldas de
seda, treinta y seis docenas de guantes y doce sombreros de paseo.
La colección de joyas era igualmente espléndida, se calcula que
entre tiaras de diamantes, brazaletes, pendientes y collares portaba
un tesoro de setenta y nueve mil florines de la época, casi dos
millones de euros actuales.[13]

La boda se celebró en la iglesia de los Agustinos el 4 de
noviembre de 1824. La novia tenía diecinueve años; el novio,
veintidós. Después de la consumación del matrimonio, Sofía recibió treinta mil florines (unos seiscientos ochenta mil euros actuales), aparte de la aportación anual que la corte de Viena se había
comprometido a pagarle: veinte mil florines (unos cuatrocientos
cincuenta mil euros).[14]

A Sofía le costó adaptarse a su nuevo país y bastantes meses
después de su enlace escribió a su madre que «mi corazón y mi
alma siguen en Múnich». A pesar de que su suegro, el emperador
Francisco (el cual era, también, su cuñado, al estar casado con su
hermanastra) la trataba con gran cariño, su vida en la corte le
resultó increíblemente tediosa al principio y su vida marital fue
tan calamitosa como ella había temido. Su esposo no tenía conversación y sus excentricidades le resultaban insoportables: cada

mañana, antes de partir en carruaje por el Prater, el gran parque de Viena, Francisco Carlos disponía a sus seis caballos en un semi-círculo y les dirigía un pequeño discurso.

Para compensar sus frustraciones, Sofía solía ir con frecuencia al teatro y a la ópera. También montaba a caballo o disfrutaba en algún museo de la ciudad. Pero no es que tuviera demasiado tiempo libre: sus obligaciones oficiales como nueva archiduquesa eran numerosas y ya en 1825 su marido y ella tuvieron que acompañar al emperador a un viaje oficial a Lombardía y el Véneto.

Poco a poco, Sofía fue acaparando más poder y, como Carolina Augusta odiaba la notoriedad y las funciones oficiales, ella acabó ejerciendo de verdadera emperatriz de Austria. Era Sofía quien acompañaba a su suegro en los eventos más destacados y quien comenzó a asesorarlo políticamente. Pero semejante preeminencia acabó por destapar envidias en la corte. Metternich, en especial, consideraba que era demasiado ambiciosa y la miraba con recelo. Él era el hombre con más poder en Austria después del emperador y, como canciller del imperio, no había una sola decisión que no pasara por sus manos. Sin embargo, pronto comenzó a creer que Sofía estaba limitando su influencia y llegó a temer que estuviera intentado que el emperador lo cesara, lo apartase de sus funciones o, como mínimo, limitara sus privilegios. Y no iba mal encaminado.

Aunque su marido llegó a quererla sinceramente, Sofía nunca sintió lo mismo, si bien intentó mantener una relación amistosa con él. El matrimonio no tuvo descendencia en los primeros seis años (ella sufrió cuatro abortos), lo que provocó hirientes comentarios en la corte. De hecho, cuando finalmente nació el primer hijo, muchos dieron por hecho que, en realidad, el padre era otro. En concreto, muchos apuntaron al príncipe Gustavo Gustavsson de Vasa, con quien se sospechaba que Sofía tenía una *liaison*.

De ojos claros, pelo castaño y ondulado, Gustavo era muy atractivo y, a diferencia del archiduque Francisco Carlos, resultaba muy inteligente y tenía un gran interés en el teatro y las artes. Además, su vida era lo suficientemente azarosa como para hacerlo interesante: Gustavo había sido el heredero al trono de Suecia hasta que su padre, Gustavo IV Adolfo, fue derrocado en 1809 por un golpe de Estado. La familia se refugió en Baden y, cuando Gustavo alcanzó la edad adulta, se enroló en el ejército austríaco y llegó a alcanzar una alta graduación, lo que le permitió estar continuamente en la corte de Viena. Así fue como conoció a la archiduquesa Sofía, él era seis años más joven que ella, pero no hay duda de que hubo una gran atracción mutua.

Aunque parece cierto que tuvieron un romance, algunos biógrafos dudan de que Sofía se quedase embarazada de él. Creen que era demasiado consciente de su posición imperial como para arriesgarse a un escándalo que la hubiese condenado a la desgracia. Otros, por el contrario, alegan que, precisamente porque sabía que tenía que dar un heredero, debió considerar oportuno encontrar una solución a sus problemas maritales. Además, Sofía se las habría apañado para ser discreta: nombró a una hermana del príncipe de Vasa, la princesa Amalia, dama de compañía, lo que debió favorecer los contactos entre ellos, el intercambio de cartas y, seguramente, los encuentros furtivos. Entre ambas damas surgió una gran amistad que duró hasta la muerte de la princesa en 1853.

Sea como fuere, a principios de enero de 1830 se anunció el embarazo de Sofía. Tenía veinticinco años y por orden de los médicos, que temían un nuevo aborto, se pasó los primeros meses de gestación recluida en el Hofburg. Aquel fue un invierno especialmente gélido y en febrero hizo tanto frío que el Danubio se congeló. Cuando comenzó a deshelarse, la inundación fue tan súbita e intensa que varias zonas de la ciudad sufrieron importantes daños y algunas personas que vivían en condiciones míseras en barracas y casas desvencijadas cerca de la ribera del río perdieron la vida. En abril, la situación ya había mejorado lo suficiente como para que Sofía pudiese ir a la ópera o al teatro, pero sus escapadas fueron rápidamente restringidas. Fue enviada a Schönbrunn, el palacio de verano situado a las afueras de Viena, y solo se le permitió dar pequeños paseos por los jardines, aunque sin esforzarse lo más mínimo.[15]

Sofía estuvo prácticamente recluida en sus aposentos hasta mediados de agosto. El lunes 16 de ese mes, a pesar de que la archiduquesa no sufría aún contracciones, los médicos aseguraron que el parto iba a ser inminente, por lo que el emperador, que estaba en Viena, partió inmediatamente.[16] Pero Sofía no rompió aguas hasta un día más tarde, ya entrada la noche. A estas alturas, archiduques y archiduquesas, ministros, militares de alta graduación y altos cargos de la corte ya se habían acomodado en las elegantes estancias contiguas al dormitorio de Sofía. Muchos no podían disimular su impaciencia y el propio emperador Francisco I estaba tan nervioso con la llegada de su nieto que pasó toda la noche en un sofá.

A las ocho de la mañana del día 18 de agosto se escuchó el llanto del bebé. Un par de horas más tarde, a las once menos cuarto, la emperatriz Carolina Augusta, que había estado presente en el parto, salió a dar la buena noticia:

—¡Es un niño! ¡Y está sano! —exclamó emocionada.

Toda la corte estalló de júbilo, las campanas de las iglesias cercanas a palacio comenzaron a repicar y en Viena se lanzaron salvas de honor para anunciar que los Habsburgo tenían un nuevo miembro. Se iba a llamar Franz Joseph, Francisco José, en honor a su abuelo.

Sofía volvió a quedarse embarazada dos años más tarde: el archiduque Fernando Maximiliano nació el 6 de julio de 1832. Así como los rumores sobre la paternidad de Francisco José recayeron en el príncipe sueco, con el segundo hijo las habladurías apuntaron al duque de Reichstadt, también seis años más joven que Sofía.

El duque de Reichstadt era en realidad aquel Napoleón Bonaparte II, hijo de Napoleón y de su segunda esposa, María Luisa de Austria, la hija del emperador Francisco. Cuando su padre fue derrotado, él tuvo que abandonar rápidamente Francia y partió con su madre hacia Viena. Allí comenzó a hacerse llamar Franzl y, bajo la tutela del emperador Francisco, su abuelo materno, quien le tenía un gran aprecio, recibió una esmerada educación y fue tratado como un miembro más de los Habsburgo. Con los años incluso se le concedió el título de duque de Reichstadt con rango de príncipe imperial y tratamiento de su alteza serenísima para que realmente se sintiera parte de la familia. Sin embargo, no todos estaban de acuerdo con arroparlo de esa manera. El canciller Metternich siempre lo miró con recelo; creía que, cuando creciera, exigiría el trono de su padre y comenzaría nuevas disputas en el continente, por lo que lo mantuvo bajo vigilancia, como si fuera su prisionero.

Cuando Sofía llegó a Viena, en 1824, el duque de Reichstadt era apenas un chiquillo de trece años y, aunque enseguida congeniaron, al principio ella lo trataba como un hermano pequeño. No obstante, al cabo de poco tiempo, él se trasformó en un joven increíblemente apuesto: era muy alto para la época (con diecisiete años medía metro ochenta), tenía el pelo rubio muy ondulado, los ojos claros y una elegante nariz alargada. Era muy agradable, ingenioso, muy inteligente y, vestido de uniforme, con su chaqueta blanca repleta de medallas y pantalones azules bordados, resultaba muy atractivo para las damas de la corte. Sofía, desde luego, no pudo dejar de percatarse de semejante cambio y comenzó a pasar muchos ratos con él. Ambos tenían mentes afines: ella era una de las mujeres más cultas de la corte, probablemente la que más, pero no tenía con quien compartir sus inquietudes intelectuales. La familia de su marido no destacaba precisamente por su inteligencia y el resto de los nobles y aristócratas se jactaban de sus gustos artísticos poco selectos. Reichstadt era el único con el que podía hablar de libros y poemas, y no era difícil verlos en público en el teatro o en museos. También se divertían: en las grandes celebraciones de palacio, ella siempre le reservaba unos cuantos bailes.

Sofía anunció a principios de 1832 que volvía a estar embarazada y, durante los primeros meses, no paraba de hablar de su futuro bebé y de Franzl a todas horas. Pero su felicidad se truncó cuando al duque le diagnosticaron una tuberculosis. Sofía pasó todo el tiempo que pudo con él. Le leía libros, le llevó al pequeño Francisco José para que le hiciera compañía y ordenó que algunas de sus estancias en Schönbrunn fueran cedidas a Reichstadt (las salas de la archiduquesa eran de las más cálidas de palacio y de las que más luz del sol recibían).

La mañana del 4 de julio fue la última vez que se vieron. Por la tarde, ella rompió aguas. Fue un parto tan largo que duró más de un día y el pequeño archiduque Fernando Maximiliano no nació hasta la madrugada del 6 de julio. En cuanto le dieron la feliz noticia, Reichstadt, en el lecho y muy débil, sonrió complacido.

Sofía estaba tan exhausta que los médicos la obligaron a guardar cama durante semanas. Por ello, no pudo estar al lado de Reichstadt cuando, el 22 de julio de 1832, el duque murió. Fue su marido quien le dio la terrible noticia; Sofía rompió a llorar desconsolada. Quizás para sobrellevar su dolor, se entregó completamente al cuidado de su nuevo bebé, el cual se convirtió en su hijo favorito. No sería la única que se desvelaría por el pequeño Max, como pronto comenzó a ser conocido. La archiduquesa

María Luisa, madre de Franzl y antigua emperatriz de Francia, también se preocuparía mucho por él toda su vida.

Aunque Sofía fue una madre devota, la verdad es que el cuidado diario de los niños se dejó en manos de ayas e institutrices. El aya del archiduque Francisco José, la baronesa María Aloisia von Sturmfeder, conocida por el pequeño como Amie, era una mujer soltera, austera y de gran cultura, que descendía de una familia de militares y nobles prusianos. En cuanto llegó a palacio, recibió el tratamiento de su excelencia y la consideración de gran maestra de la corte, lo que significaba que, en las grandes ceremonias, podía andar justo detrás de las archiduquesas y las princesas y por delante de condesas.

En cuanto la familia imperial dejó Schönbrunn y regresó a Viena, el pequeño archiduque fue instalado en un *appartement* formado por seis estancias: una era para él, la otra para su aya (ambas estaban separadas por una pared de cristal) y las otras eran para sirvientes. El bebé disponía de un par de enfermeras, su propia cocinera, una doncella, dos lacayos y una criada para fregar suelos, limpiar y encender chimeneas.[17]

Las salas no eran especialmente grandes, ni tampoco estaban bien ventiladas, por lo que solía hacer un calor asfixiante. Además, la habitación del bebé estaba justo encima de los baños de los guardias, con lo que, en ocasiones, el olor era bastante desagradable. La *suite* estaba situada entre las dependencias del emperador y de la archiduquesa Sofía, y como no había separación con pasillos entre ellas, para ir a ver al emperador, los ministros y otros dignatarios tenían que pasar necesariamente por las habitaciones del bebé. Por si no fuera poco, cada día había multitud de cortesanos, princesas y duquesas que se acercaban a visitar al pequeño archiduque.

Franzi, como lo llamaba su familia, fue un bebé precioso, con un pelo tan rubio y una piel tan rosada que el duque de Reichstadt dijo que parecía «un helado de fresa cubierto de nata».[18] También era muy fuerte, aunque a los pocos meses de nacer, los médicos comenzaron a preocuparse seriamente por su salud: el cólera estaba haciendo estragos en varios puntos de Europa y también en Rusia, en donde había matado incluso a un hermano del zar. Las noticias que venían de Londres eran alarmantes y en Hungría la epidemia era tan virulenta que estaba costando la vida a miles de personas. En julio de 1831, cuando Franzi aún no contaba ni un año, se diagnosticaron los primeros casos de cólera en Viena. Inmediatamente, Sofía, su marido y su hijo partieron hacía Ischl, una pequeña población en la ribera del río Traun, rodeada de montañas cubiertas de pinos y famosa por sus aguas termales. Luego fueron a Praga, una ciudad libre de cólera, y más tarde se instalaron en el castillo de Laxenburg, a las afueras de Viena. No regresaron a la capital hasta las Navidades.[19]

De vuelta a la rutina, la baronesa Sturmfeder aplicó métodos muy modernos para la crianza de Franzi. En un momento en que se creía que cualquier brisa de aire fresco podía ser perjudicial, ella era defensora de airear continuamente las habitaciones. También era partidaria del ejercicio físico y de la disciplina. Mientras a muchos hijos de la realeza se les consentía en exceso, a Franzi se le sometió a una rutina estricta: tenía que comer sin rechistar todo lo que le servían y debía recoger sus juguetes. El niño pronto demostró ser increíblemente ordenado y no se iba a dormir hasta que sus muñecos estaban en línea recta, como si fueran un batallón de soldados.

Desde muy pequeño Franzi desarrolló una gran pasión por el ejército. Sus primeras palabras fueron: «¡Armas al hombro!» y, a los cuatro años, ya conocía todas las órdenes que los comandantes dirigían a sus tropas, desde «¡Presenten armas!» a «Apunten, disparen, ¡fuego!», e insistía en vestirse con uniforme. A su abuelo, el emperador, le hacía mucha gracia esta afición militar. Ambos estuvieron muy unidos y se veían prácticamente a diario, la baronesa Sturmfeder llevaba a Franzi muchas tardes después de cenar a las estancias del emperador y allí pasaban una hora antes de que el pequeño se fuera a la cama. Normalmente jugaban a los soldados, se ponían en fila y desfilaban por la sala. Si hacía buen tiempo, el emperador llevaba a su nieto a pasear por las calles de Viena o por los jardines de Laxenburg o, en verano, por los parques que rodeaban el palacio de Schönbrunn.

La formación de Franzi empezó en cuanto pudo hablar. Siguiendo la tradición de la familia imperial, lo primero fueron los idiomas: había largas horas de gramática alemana, además de lecciones de inglés y francés. A los seis años, Franzi tenía trece horas semanales de clase. Aparte de los idiomas (a los cuales se añadió el húngaro), se le comenzó a enseñar redacción, geografía, religión, dibujo, danza, esgrima, equitación e instrucción militar. Franzi se levantaba puntualmente a las siete de la mañana y a las siete y media ya tenía una primera lección de húngaro. El desayuno era a las ocho y después se sucedían lecciones, de media hora cada una, hasta las doce. Disfrutaba de un par de horas para salir a tomar el fresco y comía a las dos. De tres a cuatro descansaba y por la tarde se reanudaban las lecciones hasta las siete, cuando cenaba. Luego veía un rato a su familia y a las ocho se iba a la cama.

El riguroso horario solo se alteraba los domingos por la tarde, cuando disfrutaba de *goûters*, suculentas meriendas con pasteles, dulces y, pasados los años, cafés cubiertos por una espesa capa de nata. A menudo también llegaban a palacio las creaciones del famoso pastelero vienés Ludwig Dehne, a Franzi le encantaban el sorbete de violetas y las enormes tartas decoradas con pequeñas fortificaciones, incluso con animales y frutas, como si fueran un bosque.

Sofía favoreció que Franzi y su abuelo estuvieran muy unidos. Entendió que ese cariño podría hacer que el emperador deci-
diese apartar definitivamente al archiduque Fernando como heredero, cosa que, para consternación de Sofía, todavía no se había
producido. La archiduquesa estaba aguantando un matrimonio
infeliz y a todas luces frustrante solo para llegar al trono, pero
últimamente temía que sus planes se fuesen al traste.

Tenía motivos de sobra para preocuparse: Metternich estaba
claramente maquinando para que Fernando siguiese como heredero legítimo. El canciller sabía que, si el archiduque Francisco
Carlos finalmente subía al trono, quien realmente gobernaría sería
su esposa, lo que a él le costaría el cargo y, probablemente, el
destierro. Por lo que persuadió al emperador de que no podía
saltarse la línea de sucesión porque dañaría la legitimidad de los
Habsburgo y pondría en riesgo a la Corona. Francisco I, un hombre con ideas muy conservadoras y chapadas a la antigua, le dio
la razón.

No solo eso, Francisco I aprobó que su hijo mayor se casara
con la princesa María Ana de Saboya, hija del rey Víctor Manuel
de Cerdeña. En principio, la corte había asumido que Fernando
no se casaría nunca, pero Metternich se encargó de que la boda
tuviera lugar. Pensó que, si la pareja lograba tener descendencia,
una posibilidad remota pero no imposible, el archiduque Francisco Carlos quedaría relegado en la línea de sucesión y, con él, su
esposa.

En 1831, año de la boda, María Ana tenía veintisiete años,
una edad que entonces se consideraba muy avanzada para desposarse. Era profundamente religiosa, pero no demasiado inteligente,
ni tampoco bella (tenía un bigote imponente). Sin embargo, y
dadas las circunstancias del enlace, se pensó que una persona ya de
cierta edad y sin expectativas en la vida resultaría más manejable
y dispuesta a aceptar los sacrificios que una vida con Fernando
implicaría.

Sofía captó el juego de Metternich y se puso muy nerviosa, pero el médico de la corte, el doctor Stifft, la tranquilizó asegurándole que era muy difícil que Fernando y su esposa llegasen siquiera a consumar sexualmente su matrimonio. No se equivocaba: en la noche de bodas, Fernando tuvo nada menos que cinco ataques epilépticos. Además, María Ana dejó claro enseguida que no tenía ninguna intención de acaparar poder, y aunque hizo muchas obras de caridad y disfrutó por ello de cierta popularidad entre el pueblo, le costó adaptarse a la corte de Viena, nunca llegó a aprender alemán y se expresó siempre en francés.

El 2 de marzo de 1835, cuando Franzi tenía cinco años, su querido abuelo, el emperador Francisco I, murió a causa de una neumonía a la edad de sesenta y siete años. Exhaló su último aliento rodeado de su esposa, sus hijos y nietos, incluido el pequeño Franzi, a quien le impresionó profundamente ver a su abuelo postrado en su lecho, enfermo, pálido y sin respirar.

En cuanto el fallecimiento del emperador se hizo público, Viena no solo se cubrió de luto, sino que pareció vivir una suerte de histeria. Francisco I, que durante décadas había cultivado cuidadosamente su imagen pública, se convirtió, tras su muerte, en prácticamente un objeto de culto, en una auténtica leyenda. Se publicaron libros exaltando su vida y logros, se vendieron grabados y litografías con su imagen e incluso pequeños *souvenirs* conmemorativos celebrando su reinado. El historiador Andrew Wheatcroft relató que el interés por coleccionar cualquier pieza relacionada con él alcanzó tal nivel que damas de la corte llegaron a pelearse por conseguir una de las plumas de las tres almohadas que había en su lecho de muerte.[20]

El entierro fue de una suntuosidad extraordinaria. Primero, el féretro se instaló durante tres días en la catedral de San Esteban, en pleno centro de Viena, para que sus súbditos pudieran presentar sus respetos. Estaba situado en un monumental catafalco presidido por una torre coronada por un águila imperial de dos cabezas, emblema de los Habsburgo. Al cuarto día, una larga y distinguida procesión portó los restos a la cripta imperial de los Capuchinos, donde se oficiaron las exequias y se enterró el cuerpo al lado de los sarcófagos donde descansaban sus antecesores.[21] Siguiendo la tradición de los emperadores de Austria, su corazón fue extraído, embalsamado y colocado en una urna que se guardó en la *Herzgruft*, literalmente la «cripta de los corazones», una cámara funeraria en la iglesia de los Agustinos, dentro del palacio imperial de Hofburg.

Tal como Metternich había querido, después de la muerte de Francisco I, su hijo Fernando subió al trono. A pesar de sus obvias limitaciones, enseguida se volvió popular, aunque solo fuera porque inspiraba una condescendiente pena entre sus súbditos. Los asuntos de gobierno, por supuesto, eran conducidos por otros. Antes de morir, el emperador Francisco había ordenado que se estableciera una especie de Consejo de Estado para asistir a su hijo. El canciller Metternich era uno de sus miembros, su responsabilidad era la política exterior. El conde Franz Anton von Kolowrat-Liebsteinsky supervisaba la política interior, sobre todo las finanzas. El archiduque Luis, uno de los hermanos de Francisco y tío, por tanto, del nuevo emperador, también estaba presente, así como el archiduque Francisco Carlos, hermano de Fernando y marido de Sofía.

El grupo era disfuncional en grado sumo. Metternich era un conservador a ultranza, estaba seriamente preocupado por las revoluciones que se sucedían en Europa y, aunque era consciente de que muchos dentro del imperio pedían reformas y más libertades, él se oponía a cualquier cambio. Es más, insistía en que se debía controlar más estrechamente a los elementos díscolos y quería por ello más policía, más censura, más represión y un ejército más potente. Kolowrat quería lo contrario, él era un liberal y estaba totalmente en contra de gastarse el dinero en soldados. El archiduque Luis defendía a Metternich, pero poco importaba porque él no pintaba nada: era de escasas luces, soso, poco resolutivo y extremadamente gandul. El archiduque Francisco Carlos era directamente incapaz de entender un documento oficial, por lo que sus contribuciones fueron nulas.

Sofía miraba atónita a semejante grupo y se llevaba las manos a la cabeza. Puede que no hubiese conseguido que su marido fuese emperador tras la muerte de su padre, pero estaba segura de que su hijo ascendería al trono. Al fin y al cabo, era imposible que Fernando tuviese hijos, por lo que la corona pasaría a Francisco Carlos y, de él, al pequeño Franzi. Y Sofía no pensaba tolerar que nada ni nadie se interpusiese entre su hijo y el trono. Mucho menos aquel Metternich a quien no podía ni ver.

Sofía entendió mejor que muchos que el rechazo de Metternich a cualquier cambio estaba creando resquemor en amplios sectores del imperio. A pesar de que en las calles de Viena todavía se respiraba una total admiración por el fallecido emperador Francisco I y que era fácil creer que la monarquía gozaba de buena salud, Sofía era consciente de que Austria, en realidad, se estaba resquebrajando por dentro. Aunque el canciller se negara a verlo, había una importante burocracia, pero estaba mal pagada, los altos oficiales de la administración se sentían frustrados, el sistema educativo era primitivo y la economía, aunque mejor que en la época de las guerras napoleónicas, ni estaba avanzando a buen ritmo ni se estaba beneficiando de la Revolución Industrial que ya estaba despuntando en otros países de su entorno. Las libertades políticas eran inexistentes y cualquier atisbo de apertura era perseguido y duramente represaliado. Sofía sabía que, con semejante caldo de cultivo, una revolución podía surgir en cualquier momento.

Sofía no era ni de lejos una liberal y desconfiaba de los movimientos modernos que reclamaban constituciones, parlamentos democráticos y el sufragio, pero venía de Baviera, un reino bastante más tolerante que la obstinada Austria y, sobre todo, era una mujer profundamente realista y sensata, capaz de comprender que el imperio no podía seguir adelante sin reformas profundas. Por lo que comprendió que debía deshacerse de Metternich lo antes posible y, luego, hacer abdicar a su cuñado, el emperador Fernando. Astutamente, comenzó a hacerse muy amiga de María Ana, su cuñada y emperatriz, y también se acercó discretamente a la facción liberal del Gobierno. Poco a poco, Sofía alineó sus fuerzas contra el canciller.

La gran batalla, sin embargo, tuvo que esperar porque una inesperada tragedia hizo que Sofía dejara la política de lado por un tiempo.

El 30 de julio de 1833 nació su tercer hijo, el archiduque Carlos Luis, un niño agradable y tranquilo, pero sin excesivas luces, de quien su propia madre reconoció que no era demasiado brillante. Dos años más tarde, el 27 de octubre de 1835, pocos meses después de la muerte del emperador Francisco I, nació su hija María Ana, conocida familiarmente como Ännchen. Sofía adoraba a aquella niña preciosa, rubia, de tez sonrosada y supuestamente muy fuerte. No obstante, antes de que cumpliera un año, la pequeña comenzó a tener graves problemas de salud. Los médicos no le dieron importancia y pensaron que se trataba de consecuencias de la dentición, pero Sofía intuyó desde el principio que había algo más e imploró que la viesen más doctores y se tomaran medidas. Nadie le hizo caso.

Desgraciadamente, Sofía tenía razón: la pequeña sufría de epilepsia. Los ataques empezaron a ser frecuentes y cada vez más virulentos, con lo que Ännchen se fue poco a poco consumiendo, agotada por la ferocidad de aquellas convulsiones súbitas. El 5 de febrero de 1840, cuando tenía tan solo cuatro años, un ataque especialmente violento le costó la vida. Sofía se quedó desconsolada, totalmente devastada. En el entierro de la pequeña, apenas pudo tenerse en pie y durante meses deambuló por los pasillos como un alma en pena, normalmente con los ojos rojos de tanto llorar.

Nuevas tragedias se sucedieron. Cuando enterró a Ännchen, Sofía estaba embarazada. El bebé nació muerto. Al año siguiente falleció su madre, la reina Carolina, a la que estaba muy unida y a la que siempre había considerado su confidente, mentora y mejor amiga. Tras semejantes catástrofes personales, Sofía se recluyó en sí misma. Pasaba largas horas encerrada en sus aposentos y, quizás para ahogar sus penas, comenzó a escribir un diario, una práctica que mantendría hasta su muerte.

En el año 1842, ya algo recuperada, Sofía comenzó una gran transformación. El 15 de mayo nació su último hijo, el archiduque Luis Víctor, conocido como Bubby por su familia. Este nacimiento marcó un punto de inflexión en su vida y, simbólicamente, como si quisiera inaugurar una nueva era, Sofía empezó a redecorar sus aposentos para adecuarlos a sus nuevos gustos. En el Hofburg había por entonces pocos muebles y los que había eran de una gran sencillez. Ella, sin embargo, optó por imponer una especie de nuevo rococó, suntuoso y recargado. Las paredes se cubrieron con damascos granates, los muebles se tapizaron en rojo y todo se engalanó con estucos, maderas repujadas y adornos dorados. El comedor de gala y el salón de baile también se modificaron, así como la *Bilderzimmer*, la sala de los cuadros, donde colgaban retratos de su familia. Cuando acabó con las obras en el Hofburg, se centró en sus aposentos en Schönbrunn.

Mientras redecoraba las estancias, Sofía también se dedicó con ahínco a la preparación de Franz, como empezó a ser cono- cido ahora que era un poco más mayor. En cuanto cumplió los doce años, se decidió que su educación la supervisaría un precep- tor, el conde Henri-François de Bombelles, un francés conserva- dor y muy religioso, hijo de un general de Armada Real en la corte de los Borbones que, tras la Revolución francesa, se había refugiado en Viena. Bombelles no destacaba precisamente por su capacidad pedagógica ni su gran intelecto —el baron Wessenberg, un antiguo ministro de Asuntos Exteriores del Imperio austríaco, dijo de él que «no tenía nada de remarcable, excepto su piedad y pasión por los jesuitas»—, pero este fervor ultrarreligioso fue pre- cisamente lo que más pesó para nombrarlo.

Bombelles era ayudado por el conde Johann Baptiste Alexius Coronini-Cronberg, un militar estirado y muy chapado a la anti- gua que provenía de Gorizia, un territorio italiano al lado de la frontera con Eslovenia. Entre los dos diseñaron un programa sema- nal increíblemente exigente: si a los seis años, Franz ya tenía trece horas de clase y a los ocho, treinta y seis, ahora se incrementaron a cuarenta y seis horas semanales. Además de las asignaturas que ya cursaba, se añadieron cursos de historia, literatura, matemáticas y bastantes temas de ciencias, desde química a astronomía. Tam- bién había huecos para la equitación, la música y, sobre todo, los idiomas. Como en el Imperio austríaco se hablaban multitud de lenguas, se esperaba que la familia real tuviese un conocimiento al menos rudimentario de todas y, por ello, Franz vio desfilar ante él a tutores de húngaro, checo e italiano y, más tarde, de polaco, croata y serbio.[22] Hubo lecciones de latín y, un año después, de griego antiguo.

Semejante carga lingüística hubiese sido imposible de sobre- llevar incluso para el más aguerrido de los políglotas, pero para él fue directamente traumática. Franz no tenía ningún tipo de habilidad para los idiomas y, aunque se esforzó mucho, solo logró dominar con fluidez el alemán (en su dialecto vienés) y el francés, la lengua oficial de la corte y la única que aprendió con sorprendente rapidez. Se conservan cartas suyas escritas en francés a su madre cuando estaba a punto de cumplir los ocho años. Aunque su vocabulario era aún limitado y estaba plagado de errores gramaticales, demostraba un conocimiento bastante avanzado del idioma para un chiquillo de su edad.

Aparte del alemán y el francés, Franz tan solo adquirió realmente conocimientos, aunque algo rudimentarios, de húngaro e italiano. El inglés, por el contrario, siempre se le resistió y, ya de mayor, en 1903, cuando el rey inglés Eduardo VII fue a Viena de viaje oficial, Francisco José pronunció el brindis de la cena de gala en francés (el monarca británico, en cambio, se dirigió a los comensales en un perfecto alemán). La corte de Viena se excusó alegando que el emperador era un gran defensor de las tradiciones y que el protocolo dictaba que el francés era la lengua de la diplomacia internacional. La verdad era menos ceremoniosa: Francisco José era simplemente incapaz de decir más de tres frases seguidas en la lengua de Shakespeare.

Además de supervisar personalmente los horarios de las lecciones (y de estar presente en algunas de ellas), Sofía se preocupó mucho de que sus hijos no demostraran el mismo desinterés por las artes que caracterizaba a los Habsburgo. La archiduquesa empezó a invitar a destacados escritores y músicos para que charlaran con sus hijos: el joven Franz y sus hermanos pudieron disfrutar de cuentos tradicionales explicados por el mismísimo Hans Christian Andersen y la soprano Jenny Lind los deleitó con conciertos privados.[23]

Pronto Franz empezó a desarrollar una gran afición por el teatro, aunque no por obras de gran calado intelectual, sino más bien representaciones populares, ligeras y costumbristas. Con el tiempo también se volvió un experto en *ballet*. Se sabe que era un gran bailarín y que comenzó a ir a bailes de palacio a edad bastante temprana. La música, en cambio, nunca lo atrajo más allá de las marchas militares y los valses, y de todas las disciplinas artísticas, tan solo demostró una verdadera aptitud para el dibujo, sobre todo los paisajes.

Sofía también insistió en que Franz se codeara con las compañías adecuadas y, para que no se sintiera tan solo (únicamente veía a sus hermanos pequeños), se creó un grupo de estudio con cuatro críos más: el conde Taaffe, Francesco de Coronini y los hijos del conde Bombelles, Markus y Karl. Taaffe se convertiría en el mejor amigo de Franz y, más adelante, en su mano derecha (llegó a dirigir varios gabinetes de gobierno). Coronini, por el contrario, fue díscolo desde el principio y, pasados los años, lideró el grupo de los liberales en el Parlamento, la facción más contraria a la familia imperial.

La presencia de chicos de su edad fue, sin duda, de gran ayuda para sobrellevar un horario de clases excesivamente riguroso. El nivel de exigencia era tan elevado que, a los trece años, Franz cayó enfermo. Los médicos recomendaron un período de descanso, tras el cual la instrucción se retomó incluso con más ahínco. A los quince años daba cincuenta y cinco horas de clases a la semana y, a los dieciséis años, tenía tantas lecciones —se añadieron cursos de derecho, filosofía y diplomacia— que sus clases comenzaban a las seis de la mañana y duraban hasta las nueve de la noche.

El objetivo era que Franz no solo estuviera preparado para gobernar con eficiencia, sino que fuera un conservador convencido, el perfecto monarca absolutista. Los tutores que le dieron las materias más avanzadas —el abate Othmar von Rauscher en filosofía, por ejemplo— eran exponentes de las ideas más reaccionarias, hipercatólicas y contrarias a cualquier atisbo de apertura o modernidad. Joseph Fielo, su profesor de historia, le llegó a explicar que las constituciones debían ser evitadas a toda costa y que los derechos políticos solo producían revoluciones. El canciller Metternich, que le daba charlas sobre diplomacia los domingos por la tarde, remató esta idea recomendándole que nunca se preocupase por asuntos domésticos del imperio y que se centrase, en cambio, en la política internacional.[24]

Con semejante bagaje, Franz se convirtió en un adolescente excesivamente serio, responsable y disciplinado, muy perfeccionista y también compasivo, totalmente alejado de cualquier comportamiento egoísta o, aún peor, despótico. Sin embargo, sus ideas eran obsoletas, totalmente inadecuadas para lo que él tendría que vivir. Su instrucción, basada en el aprendizaje de memoria y la repetición, había servido para ejercitar su memoria, pero no su capacidad analítica. Había sido entrenado para recitar, pero no para comprender, ni para cuestionar, ni para preguntarse el porqué de las cosas. En consecuencia, Franz nunca tendría ninguna curiosidad intelectual, ni tampoco sería capaz de entender que el imperio iba a necesitar cambios drásticos si quería sobrevivir. Como tampoco se le ejercitó en el arte de la oratoria, no desarrolló un especial carisma y sus discursos resultarían siempre pésimos y somnolientos.

En lo que sí fue realmente exitosa su instrucción fue en transformarlo en un verdadero soldado. A los trece años fue nombrado coronel de su propio regimiento y en 1844 participó en ejercicios militares en Moravia. Se entendió bien con el resto de los soldados y disfrutó con la vida en el cuartel. En cuanto tuvo la edad suficiente, el coronel Hauslab, uno de los mejores oficiales del Ejército austríaco, le enseñó teoría militar y maniobras, y le diseñó un programa de ejercicios para que se familiarizara con la infantería, la caballería, la artillería y el cuerpo de ingenieros.[25]

En 1845, Franz empezó sus viajes oficiales. Acompañado de sus hermanos Maximiliano y Carlos Luis, fue a Lombardía y el Véneto, el área más industrializada de todo el imperio, en donde fue recibido con vítores y aplausos, a pesar de que el nacionalismo italiano era ya muy fuerte en la zona. En la ciudad de Venecia su pequeño barco fue escoltado por una procesión de góndolas y el joven Franz se quedó maravillado con la imagen de la plaza de San Marcos iluminada por la noche. Sus anfitriones llevaron a los archiduques a museos e iglesias (Maximiliano, el más artístico de los hermanos, se quedó tan extasiado que se volvió un italianófilo) y, unos días más tarde, el insigne mariscal Radetzky, uno de los grandes héroes de las guerras napoleónicas, les organizó desfiles militares, visitas a fortalezas defensivas y una curiosa exhibición de globos aerostáticos que servían para espiar al campo enemigo (Radetzky era un visionario que estaba convencido de que la aeronáutica, entonces una ciencia en pañales, sería el futuro. No se equivocaba).[26]

En enero de 1847, Franz fue enviado a Hungría, un reino propio dentro del imperio, con su propio gobierno, parlamento y ejército. A pesar de gozar de una amplia autonomía, los húngaros tenían que pedir permiso a Viena para aprobar sus leyes, lo que era visto como insultante y vejatorio. Los sentimientos de repulsa eran tan airados que el movimiento nacionalista, pilotado por Lajos Kossuth, un líder increíblemente popular, estaba ganando adeptos tanto entre las clases populares como entre la nobleza. Metternich quería contrarrestar este crecimiento y pensó que la visita del joven heredero al trono serviría para atraer húngaros a la causa imperial. Pero, aunque Franz se esforzó (incluso habló en húngaro) y causó cierta buena impresión, no consiguió triunfar en su propósito. Para que quedase claro su rechazo hacia su presencia en Hungría, un grupo de estudiantes locales prendió fuego al llamado «Teatro Alemán».[27]

De regreso a Viena, Franz retomó sus lecciones y su instrucción militar. También comenzó a participar más en la vida social de la corte, aunque en este campo pronto demostró no tener demasiadas habilidades. Era tan tímido y serio que resultaba estirado, y su conversación era tan tajante y escueta que resultaba incluso de mala educación. Su madre decidió ayudarlo y le propuso un ejercicio sorprendente: participar en pequeñas obras de teatro, a poder ser comedias y tan solo delante de la familia imperial, para superar sus inhibiciones. Franz aceptó de mala gana y, aunque se aprendió su papel de memoria, odió cada segundo que pasó en el escenario.[28] No ha quedado constancia de si su interpretación fue buena o no, pero todo parece indicar que fue un auténtico desastre. Franz, sin embargo, no tendría demasiado tiempo de disfrutar de sus ejercicios teatrales, tal como había temido su madre, la revolución estaba a punto de estallar.

A principios de 1848, toda Europa parecía un polvorín. En enero se declaró una insurrección en Sicilia, y Nápoles pidió su propia constitución. En febrero, el mariscal Radetzky tuvo que declarar la ley marcial en todo el área de Lombardía y el Véneto. Las peores noticias, no obstante, llegaron de Francia: una gran manifestación en París marchó hasta la Asamblea Nacional para protestar contra las condiciones de cuasiesclavitud de los obreros. Motivos para la queja, desde luego, había: los trabajadores tenían que soportar jornadas interminables de quince horas con salarios de miseria y se hacinaban en viviendas cochambrosas en barrios insalubres. Ese año, además, las cosechas fueron bastante malas, lo que provocó que el precio de los alimentos subiera, el consumo bajara y el paro se disparara.

El Gobierno francés, lejos de simpatizar con los obreros, envió enseguida al ejército para aplastarlos, pero la Guardia Nacional se interpuso entre los soldados y el pueblo para evitar una masacre. Al día siguiente, la Guardia se unió a los manifestantes y

la insurrección se extendió. París se llenó de barricadas. Finalmente, el Estado cedió y comenzó a promulgar leyes a favor del pueblo. Pero los franceses pidieron más y al rey Luis Felipe no le
quedó más remedio que abdicar. El 24 de febrero de 1848 partía
hacía el exilio.

El ejemplo francés cundió rápidamente en otros lugares europeos, sobre todo en los Estados italianos y en Hungría. Lajos Kossuth, el histórico dirigente nacionalista húngaro, un hombre de un
carisma excepcional y dotado de una oratoria sublime, pronunció
un discurso en el Parlamento donde exigió la autonomía total para
su país. En cuanto la noticia llegó a Viena, el pueblo decidió copiar
la idea y exigió más derechos políticos. Enseguida se organizaron
protestas, se convocaron asambleas y se llegó a hablar de crear una
Guardia Nacional de ciudadanos para enfrentarse al ejército del
emperador.

La corte empezó a ponerse muy nerviosa, aunque muy
pocos fueron capaces de vislumbrar la verdadera dimensión del
peligro. La archiduquesa Sofía fue una de las pocas en entender
lo que les venía encima. Desde hacía tiempo, y desafiando a la
censura, leía panfletos revolucionarios y periódicos de la oposición tanto de Austria como de Francia, por lo que estaba muy
bien informada de las quejas de los manifestantes. Por ello, sabía
que no había más remedio que ceder a las presiones y, desesperadamente, maniobró para que Metternich reconociera algunos
derechos políticos. Pero el canciller no pensaba transigir ni un
ápice y, erróneamente, mandó publicar un boletín oficial donde
se ordenaba a las tropas austríacas de todo el imperio que mantuviesen el orden costase lo que costase. El día 13 de marzo,
cuando los ciudadanos de Viena se lanzaron a las calles a mani-
festarse, Metternich dio orden al ejército de cargar contra ellos.
La decisión, increíblemente torpe, solo consiguió lanzar más leña
al fuego y, en cuestión de pocas horas, lo que era una mera protesta que se podría haber disipado espontáneamente se transfor-

mó en una auténtica revolución. Los estudiantes universitarios y los trabajadores de las fábricas se unieron para crear una improvisada Guardia Nacional que tomó el control de la ciudad fácilmente. Un destacamento armado con palos y pistolas se dirigió hacia el edificio gubernamental donde trabajaba Metternich.

En el Hofburg, Sofía movía los hilos con rapidez. Hábilmente, retomó sus contactos con la facción más liberal del Gobierno y los convenció para que unieran fuerzas contra el canciller. Tuvo tanto éxito que por los pasillos de palacio se empezaron a escuchar gritos de «¡Metternich ha de marcharse! ¡Metternich ha de marcharse!». Pero no serían ellos los que lo harían caer; de eso se encargaría el pueblo. El pequeño destacamento armado invadió el edificio de la Cancillería a gritos de «¡Abajo con Metternich! ¡Que lo aten!». El canciller, sin alterarse lo más mínimo, abrió las puertas de su despacho y, con solemne dignidad, anunció su dimisión: «Si ustedes creen que mi continuación en el cargo puede poner en peligro el bienestar de la monarquía, entonces no es ningún sacrificio para mí el tener que dimitir». Cuando a las nueve de la noche se anunció la noticia, Viena estalló de júbilo. En el Hofburg, Sofía sonrió complacida. Pero lo peor aún estaba por llegar.

No contentos con haber hecho caer al todopoderoso canciller del imperio, la revolución siguió su curso con una renovada furia y pronto decenas de fábricas ardieron y el caos se extendió por la ciudad. Grupos de delincuentes destrozaron tiendas, robaron comestibles, prendieron fuego a establecimientos y sembraron el miedo entre los propios revolucionarios que se habían manifestado durante días. La corte decidió cortar por lo sano, se estableció la ley marcial y se envió al ejército.

Sofía llegó a temer un golpe de Estado que obligase a la familia imperial a acabar en el exilio, por lo que intentó convencer a su cuñado, el emperador Fernando, de que tomase medidas. Con el apoyo de la facción más moderada de la corte, consiguió que firmase un manifiesto donde levantaba el estado de sitio y permitía la creación de una asamblea de diputados elegidos por el pueblo. Pero la medida no convenció a nadie: la asamblea, al fin y al cabo, no iba a tener poderes reales, tan solo consultivos, y no podría aprobar leyes. Los revolucionarios, hartos de que les tomasen el pelo, no solo rechazaron la propuesta, sino que invadieron el ayuntamiento de Viena y tomaron los lugares más estratégicos de la ciudad. El emperador, asediado, finalmente cedió y anunció que se crearía un Parlamento elegido por sufragio popular.

La corte pensó que con aquel gesto trascendental se calmarían los ánimos, pero las tensiones persistieron. En ese momento, el movimiento revolucionario se había tornado en una fuerza radical que veía los logros conseguidos como el comienzo de un auténtico giro histórico; muchos albergaron la ilusión de proclamar una república. Toda Viena se llenó de rumores de que un escuadrón de milicianos atacaría el Hofburg, le prendería fuego y, con toda probabilidad, mataría a la familia imperial. En la corte se vivieron momentos de auténtico pánico al pensar que iban a correr la misma suerte que Luis XVI y María Antonieta.

Para evitar la guillotina, el emperador Fernando y su esposa salieron discretamente de palacio una tarde con la excusa de dar un paseo. A los pocos minutos les siguió otro carruaje con Sofía, su esposo Francisco Carlos y sus hijos. Pero en vez de dirigirse al Prater, el gran parque de Viena, las carrozas tomaron calles discretas, se enfilaron hacia los barrios de las afueras y abandonaron Viena. Viajaron a galope tendido durante toda la noche y todo el día siguiente. Al anochecer, llegaron a Innsbruck, en el sur del país, a doscientas millas de la capital. Allí, en un pequeño palacete de piedra ocre, se recluyeron varios meses.

Dada la proximidad entre Innsbruck y Baviera, la duquesa Ludovica aprovechó para visitar a su hermana Sofía y prestarle apoyo en aquellos trágicos momentos. La acompañaron cuatro de sus hijos: dos varones y las dos hijas mayores, Néné y Sissi. Esta última llevó como compañeros de viaje a un perrito y una jaula con bastantes canarios.

Fue la primera vez que Sissi y Franz se vieron, aunque ninguno reparó en el otro. Franz, de dieciocho años, no pensó nada especial de su prima bávara, entonces de once años, algo feúcha, excesivamente tímida y muy soñadora. Además, la situación política en su país lo tenía demasiado preocupado como para perder el tiempo en juegos infantiles y se pasó los días leyendo los informes que le pasaban sus asesores. Por recomendación de su madre, Franz decidió nombrar al general Karl Ludwig Grünne, conde de Pinchard, como su ayudante principal. Grünne, un hombre ultra-conservador, estaría a su lado prácticamente toda su vida y sería uno de sus colaboradores más cercanos.

Si bien Franz no se fijó en Sissi, su hermano Carlos Luis, por el contrario, se quedó completamente rendido ante ella. De quince años, no tan agraciado físicamente como Franz y bastante poco inteligente, era sin embargo sumamente agradable y muy servicial. Durante aquellos días en Innsbruck se dedicó a seguir a su prima bávara a todas partes y a agasajarla con ramos de flores que cogía él mismo del jardín. Cuando Ludovica y sus hijos partieron de nuevo hacia Múnich, Carlos Luis se quedó devastado, prácticamente en un estado depresivo, y durante meses no paró de enviarle cartas y regalos a Baviera. El primero fue un anillo y el segundo, un reloj de bolsillo con una larga cadena. Ella correspondió con otro anillo (que él aseguró que jamás se quitaría) y cartas muy inocentes, escritas con papel azul decorado con cenefas de florecillas en los márgenes, en donde Sissi le explicaba con una caligrafía aniñada y muy mala gramática cosas sin demasiada importancia de su día a día, como que su madre le había regalado unas

ovejas que había logrado domesticar y que, al cabo de poco tiempo, la seguían por Possenhofen.

Mientras la familia imperial estaba recluida en Innsbruck,
llegaron buenas noticias: se estaba organizando una contraofensi-
va para retomar el control de Viena y, lo que era más importante,
la opinión pública, lejos de estar enfadada por la huida del emperador, empezó a sentir lástima por él, por lo que poco a poco se
convirtió en una especie de mártir. Acontecimientos en Praga e
Italia también ayudaron a los Habsburgo. Cuando Praga, la capital
de Bohemia, inició una revuelta a mediados de junio, el ejército
no tardó en sofocarla, aunque la operación, de una gran virulencia,
le costó la vida a cuatrocientas personas. Un par de semanas más
tarde, las tropas del mariscal Radetzky arrasaron al ejército suble-
vado de Cerdeña-Piamonte.

Una vez comprobado que las aguas habían vuelto a su cauce,
la familia real regresó a Viena el 12 de agosto. El emperador Fernando fue ovacionado al entrar en la capital y Sofía, en otro carruaje, no pudo reprimir las lágrimas al comprobar el fervor popular
que les dispensaba el pueblo. Franz también estaba eufórico.

Al cabo de pocos días, Franz celebró su dieciocho cumpleaños en el palacio de Schönbrunn. Para conmemorar su mayoría
de edad, asistió a un tedeum y participó en un desfile militar. Sus
familiares le agasajaron con regalos (sus padres le dieron unas pipas
meerschaum) y luego se fue con sus hermanos a un festival popular
que había en una villa cercana.[29] Pero las celebraciones se acabaron
abruptamente cuando Grünne le recomendó que regresara rápidamente a palacio: había disturbios de nuevo en los barrios más
humildes de Viena y se temía por su vida.

Aunque se suponía que lo peor ya había pasado, los nuevos
desórdenes fueron el preludio de otra crisis de grandes proporcio-

nes. Los obreros volvían a estar frustrados, los estudiantes estaban
hastiados y los diputados, aunque ahora elegidos por sufragio, no
estaban a la altura de las circunstancias. Las batallas políticas en el
Parlamento, generalmente por temas menores y sin la menor
importancia, eran continuas y condenaban al país a estar perpe-
tuamente paralizado. Muchos en la corte, y en especial Sofía,
observaron la situación otra vez con pánico.

Las crisis se sucedieron con rapidez. En marzo estalló una
gravísima insurgencia en Hungría que fue parcialmente superada
cuando, en el mes de abril, el emperador Fernando firmó una serie
de decretos cediendo a todas las demandas que se habían hecho:
se instituyó el sufragio popular, se abolieron privilegios feudales y se
proclamaron las libertades de prensa y asociación. Como resultado,
Hungría se convirtió en un país virtualmente independiente, aunque seguía siendo parte del imperio y el emperador era considerado rey. El conde Lajos Batthyány, un hombre moderado y muy
eficaz, fue nombrado primer ministro. En su gobierno había políticos de todas las facciones, incluido el radical Lajos Kossuth, que
ejercía de ministro de Finanzas.

A pesar de haber logrado un hito histórico, un error de sus
líderes pronto iba a dar al traste con las nuevas libertades adquiri-
das. Básicamente, muchos políticos húngaros pecaron de chovi-
nistas e insistieron en que el país era básicamente magiar cuando,
en realidad, incluía diversas nacionalidades, como serbios en la
región de Voivodina, o rumanos en la Transilvania. Todos ellos
reivindicaron un estatuto específico dentro de la nueva constitución, pero los húngaros se lo negaron. Los serbios se alzaron en
armas. Los croatas pronto se les unieron. Desde Viena se jugó a
varias bandas para debilitar Hungría y desacreditar el gobierno del
conde Lajos Batthyány. Enseguida se enviaron tropas para ayudar
a los serbios y, sobre todo, al coronel croata Josip Jellaçic, un tipo
que en el pasado había sido mal visto por Viena por rebelde,
pero que ahora fue elevado a categoría de héroe nacional.

Mientras tanto, en Viena se sucedían los alborotos y la situación llegó a ser tan tensa que la familia tuvo que abandonar otra vez la capital, esta vez con destino a la ciudad de Olomuc, donde los Habsburgo se instalaron en el palacio arzobispal. Allí, Sofía acabó de gestar una idea que tenía en la cabeza desde hacía tiempo. La política era demasiado complicada como para que el emperador Fernando, un hombre con numerosos problemas, siguiera al mando. Se necesitaba a alguien más joven y enérgico al frente, capaz de ofrecer una nueva imagen de la corona, más moderna y cercana al pueblo. Sofía entendió que había llegado el momento de forzar una abdicación de su cuñado y, dado que su marido tampoco estaba capacitado intelectualmente, ella tenía que renunciar a su gran sueño de convertirse en emperatriz. Le tenía que ceder la corona al joven Franz.

De nuevo, la archiduquesa movió los hilos con eficacia y rapidez. Se reunió con su cuñada, la emperatriz María Ana, para atraerla a su causa y que fuera ella quien convenciera al emperador de la necesidad de abdicar. María Ana dio su consentimiento de inmediato, estaba cansada de las revoluciones y las intrigas, y quería una vida alejada de la corte de Viena, a poder ser en algún retiro religioso. Superado este escollo, Sofía se enfrentó al siguiente obstáculo: convencer ella a su marido de que renunciase a sus derechos sucesorios y pasara la corona a su hijo. Aunque en principio parecía una tarea sencilla, Francisco Carlos demostró una gran obstinación y costó bastante persuadirlo, aunque al final cedió.

Organizar la ceremonia de abdicación y coronación fue todo un reto. Dado que no se quería que se filtrara la noticia por miedo a que fracasara la operación o que apareciera un escuadrón revolucionario, todos los preparativos se llevaron en el mayor de los sigilos y ni siquiera los hermanos de Franz supieron de antemano lo que iba a pasar. Para guardar las apariencias, el propio Franz siguió con sus estudios como si su rutina no fuese a alterarse y, el mismo día de antes de su proclamación, dio una clase de derecho canónico.

Finalmente llegó el sábado 2 de diciembre, la fecha escogida para tan histórico relevo, un día que a más de uno le traía malos recuerdos: un 2 de diciembre también fue coronado Napoleón y un 2 de diciembre las tropas francesas humillaron a los austríacos en la batalla de Austerlitz.[30] Pero nadie quiso centrarse en semejantes malos augurios y los presentes en la ceremonia fijaron su mirada en la transcendencia del momento. A las siete y media de la mañana, el emperador Fernando y su mujer entraron en la sala del trono del palacio arzobispal seguidos del resto de la familia imperial. El último en entrar fue Franz. Fernando abrió la sesión anunciando su abdicación y su decisión de ceder la corona a su sobrino. Franz se le acercó, se le arrodilló en señal de respeto y Fernando le puso las manos sobre la cabeza.

—Que Dios te bendiga —le susurró al oído—. Sé bondadoso y Dios te protegerá.

Hizo que se incorporara y ambos se fundieron en un abrazo. Justo después, los presentes rindieron homenaje a Franz Joseph I, Francisco José I, el nuevo emperador. Este, visiblemente emocionado, solo pudo murmurar:

—Adiós a mi juventud…

3

Bad Ischl

El debut de Franz como emperador fue muy tenso. Se declaró la ley marcial en Viena y Praga, en Hungría continuaron las batallas y también en Cerdeña y el Piamonte, aunque en este último caso las tropas del mariscal Radetzky ganaron otra vez fácilmente.

Las primeras decisiones de Franz, claramente torpes, no ayudaron a mejorar la situación. Ingenuamente, no solo se rodeó exclusivamente de militares, sino que les concedió un poder casi absoluto, sobre todo al príncipe Alfred zu Windisch-Grätz, un general ultraconservador, tan temido por sus rivales como odiado por sus enemigos, pero que era gran amigo de la archiduquesa Sofía.

Windisch-Grätz, un hombre de rostro chupado, nariz imponente y largas patillas blancas, estaba en contra de toda apertura o cambio político. De pequeño había visto a muchos franceses abandonar su país a toda prisa tras la revolución y la amenaza de la guillotina, y ya de mayor, su mujer murió a causa de una bala perdida en medio de las revueltas de Praga. Semejantes desgracias lo habían convertido en un defensor a ultranza del absolutismo, el emperador y el Ejército. El príncipe había ejercido durante años el mando militar de la región de Bohemia con mano de hierro y durante las revoluciones de 1848 no dudó en usar toda la fuerza para aplastar los disturbios en Viena.

Sin embargo, unas cuantas decisiones mal calibradas le hicieron perder pronto el favor real. En Hungría, la falta de reflejos del príncipe provocó que el ejército revolucionario, capitaneado por el general Artúr Görgei, un militar de extraordinario talento, consiguiese victorias sonadas contra todo pronóstico. Esto desató un auténtico fervor nacionalista en la región y llevó a Kossuth a dar un paso radical: el 14 de abril proclamó la independencia de Hungría, la ruptura total con los Habsburgo.

Aturdido, Franz decidió relevar a Windisch-Grätz del mando y envió a Hungría al barón Julius von Haynau, un general con fama de cruel que tiempo atrás se había ganado el mote de «la hiena de Brescia» por su brutalidad con las víctimas del norte de Italia, incluidas verdaderas atrocidades cometidas contra mujeres y niños. La represión salvaje que Von Haynau ejercería en Hungría abriría unas heridas imposibles de cerrar.

A Franz le dio igual la crueldad del barón y, mientras él partía hacia Hungría, Franz decidió dejar Olomuc, de donde no se había movido desde su coronación, y regresar a Schönbrunn. Las represiones militares y la dureza de ley marcial en Viena habían aplacado a los revolucionarios, por lo que el nuevo emperador pudo emprender el camino sin miedo a contratiempos. No estaría mucho tiempo en la capital. Apenas una semana después de haber llegado, partió hacia la frontera de Austria con Hungría para infundir ánimos a sus tropas.

Lo que vio le dejó estupefacto: el ejército estaba prácticamente acabado, desorientado y sin recursos. Estaba claro que sus soldados no podrían ganar la partida por sí solos, por lo que, en un gesto de gran ingenuidad, hizo caso de un consejo asombrosamente erróneo que le dieron algunos generales: pedir ayuda a los rusos. Franz escribió personalmente al zar Nicolás I para suplicarle que le enviase tropas y, semanas más tarde, se reunió con él en Varsovia.

De todos los zares de Rusia, Nicolás I fue seguramente el más tirano y despótico. Incluso físicamente inspiraba terror y su presencia intimidaba. En su juventud había sido muy apuesto —en un viaje a Inglaterra encandiló a todas las damas—, pero con los años había perdido en atractivo y ganado en autoridad. Ahora, a sus cincuenta y dos años, su físico aún imponía, pero su cabeza se había ovalado, su papada era prominente, su pelo castaño escaseaba y su frente presentaba grandes entradas. Lo peor, sin duda, era su mirada. El escritor y político ruso Alexander Herzen dijo que sus ojos «carecían totalmente de compasión, eran ojos fríos como el invierno».[1]

Su personalidad era tan severa como su rostro. Nicolás era duro e inflexible, y se expresaba sin vacilaciones. Sus únicas dos pasiones eran el Ejército y el honor de Rusia. Su patria era para él más que un país, era un ideal místico. Adoraba su lengua y sus costumbres, su historia e instituciones. También era un devoto ferviente de la fe ortodoxa.

Como Franz, él era un absolutista convencido y sus tutores se habían encargado de instruirlo en las virtudes del autoritarismo. En concreto, su tutor de francés e historia, el suizo monsieur Puget d'Yberdon, le explicó la Revolución francesa «de la manera más horrenda imaginable», por lo que Nicolás acabó odiando cualquier atisbo de libertad y apertura. Incluso llegó a decir que el rey francés Luis XVI, cuya cabeza fue guillotinada y rodó por la plaza de la Concordia en París, había sido demasiado débil al principio de la sublevación. «Luis XVI no cumplió con su deber y fue castigado por ello», sentenció.[2] Sería un error que él no pensaba cometer.

Nicolás I gobernó con mano de hierro desde el mismísimo día de su coronación, en septiembre de 1825. A pesar de que era un día gélido, con temperaturas de diecisiete grados bajo cero, unos tres mil manifestantes, básicamente jóvenes oficiales del Ejército, casi todos aristócratas, y unos cuantos intelectuales, se reunieron en la plaza del Senado, en San Petersburgo, para exigir más derechos políticos. Nicolás ordenó a la caballería que cargase contra ellos y, pocas horas después, mandó dispararles cañonazos. Los sublevados se rindieron de inmediato. Muchos de ellos se exiliaron a Siberia, otros fueron deportados a lugares aislados y la gran mayoría fueron condenados a trabajos forzados.

El nuevo zar impuso un sistema de control férreo con gendarmes y una tupida red de espías que informaban de cada movimiento de personas sospechosas. En Rusia se decía que nadie podía estornudar sin que el zar se enterase. La censura era implacable y se prohibieron las manifestaciones. Multitud de periódicos y editoriales fueron clausurados, se eliminó la autonomía en varias partes del imperio, como en Polonia y Besarabia, y se dieron poderes especiales a la Iglesia ortodoxa. Incluso un inocente poema satírico, como uno que publicó el poeta Taras Shevchenko riéndose de la mujer del zar, provocaba la deportación inmediata a Siberia y la prohibición expresa de volver a escribir una sola palabra.

La política exterior del zar también fue muy agresiva, sobre todo durante sus primeros años en el trono. Se enfrentó a sus vecinos del sur y conquistó nuevos territorios, en especial en la zona del Cáucaso. Nicolás les quitó a los persas lo que hoy es Georgia, Azerbaiyán, Armenia y el Daguestán. También consiguió ampliar su influencia sobre el Imperio otomano.

Sin embargo, a pesar de sus logros —el Imperio ruso nunca había tenido tanto poder ni tantos dominios—, Franz sabía que últimamente el zar se sentía frustrado y abatido. Rusia no pasaba entonces por su mejor momento, y aunque en los últimos años la economía rusa había mejorado, la industria había prosperado, las exportaciones habían crecido y las fábricas se habían multiplicado, a principios de 1848 todo se había paralizado. Las cosechas habían sido pésimas, lo que estaba provocando fuertes hambrunas, y en enero se había declarado una epidemia de cólera que, para el mes de mayo, ya afectaba a todo el imperio. Tan solo en San Petersburgo, una de cada veinte personas se había contagiado y la gran mayoría habían muerto. Varios diplomáticos informaron a Franz de que la capital del Imperio ruso se había convertido en una ciudad fantasma donde solo se respiraba muerte.

La durísima situación había hecho mella en el zar y Franz supo de antemano que Nicolás ya no era el mismo que antaño. Ambos se habían visto en persona varias veces. La primera fue cuando el zar visitó Viena tras la muerte del emperador Francisco, el abuelo de Franz. Una tarde, mientras tomaba el té con la archiduquesa Sofía, el pequeño Franzi fue presentado al augusto Nicolás I. El zar lo montó en su rodilla y jugó con él un rato.[3] De eso hacía ya décadas y ahora Franz se encontró con un hombre muy diferente del que él recordaba. A pesar de su imagen imponente, Franz vio a un hombre bastante cansado. Por una extraña razón, los Romanov tenían tendencia a envejecer rápidamente tras cumplir los cincuenta y Nicolás, ya de cincuenta y dos, estaba especialmente consumido y se le veía muy fatigado. El embajador austríaco en San Petersburgo había informado a Franz de que el soberano ruso «tiene que hacer esfuerzos para superar la fatiga (…) Ahora apenas habla y evita reuniones; dice que los eventos de sociedad, los bailes y las *fêtes* se han convertido en una carga pesada».[4] Además, no era ningún secreto que acababa de sufrir una aguda inflamación en el abdomen y, lo que era peor, estaba sumido en una gran tristeza tras la muerte hacía poco de una de sus hijas, la gran duquesa Alexandra Nikolaevna, a la que estaba muy unido.[5]

Por todo ello, Franz temió que su viaje a Polonia iba a ser en vano y que el zar no iba a ayudarle. Pero, para su sorpresa, Nicolás aceptó enseguida enviar tropas a Hungría. No porque sintiera una especial simpatía hacia el emperador austríaco, sino porque entendía que las revueltas húngaras podían extenderse rápidamente a Rusia, algo que no pensaba tolerar.

Al cabo de unas cuantas semanas, varios destacamentos del zar aparecieron en Hungría y decantaron la balanza a favor de los Habsburgo. En verano, el campo de batalla había cambiado tanto que muchos líderes rebeldes se exiliaron (Kossuth escapó al Imperio otomano). A mediados de agosto, los húngaros se rindieron oficialmente. A pesar de implorar clemencia, el general Von Haynau no pensaba dispensarla y, en cuestión de pocos días, más de un centenar de líderes húngaros fueron ejecutados a balazos o ahorcados. El conde Lajos Batthyány, antiguo primer ministro, fue una de las víctimas. Decenas de políticos y activistas abandonaron el país a toda prisa. Entre ellos había un conde llamado Gyula Andrássy que, muchos años más tarde, tendría un papel muy importante en la vida de Sissi.

Viena estalló de júbilo al conocer la victoria de las tropas imperiales en Hungría y, pocas semanas más tarde, la alegría regresó a las calles cuando se supo que el mariscal Radetzky había conseguido un nuevo triunfo en el norte de Italia. Durante más de un año, la situación se había complicado tanto en Venecia que se llegó a proclamar la independencia de la llamada República de San Marco. Pero el 28 de agosto de 1849, tras largos meses de asedio, las fuerzas austríacas reconquistaron el territorio. A diferencia de lo que había pasado en Hungría, el mariscal Radetzky, mucho más sabio y magnánimo, no aplicó castigos excesivos a los rebeldes ni hubo ejecuciones públicas. Sin embargo, los venecianos

no apreciaron el gesto y, cuando el mariscal hizo su entrada triunfal en la plaza de San Marcos, ningún italiano lo estaba esperando.

El viejo militar se tuvo que contentar con saber que, a kilómetros de distancia, en Viena, lo aclamaron a rabiar. Incluso, aprovechando que se iba a celebrar un festival de la victoria para
conmemorar sus hazañas, el compositor Johann Strauss le compuso una marcha. Tuvo tanto éxito que la «Marcha Radetzky»,
como pronto fue conocida, se convirtió en un himno muy
popular.

Franz se tomó la victoria en Hungría y Venecia como la señal
definitiva de que el Antiguo Régimen debía ser completamente
reinstaurado; el absolutismo, reforzado; y las libertades conseguidas
en las revoluciones de 1848, totalmente abolidas. A finales de 1851
se hizo público que los derechos fundamentales concedidos por el
emperador Fernando quedaban anulados y los consejos locales, elegidos democráticamente, se eliminaban.[6] La única ley para todo el
imperio, incluida Hungría, iba a ser la austríaca.

Semejante represión iba a costarle muy cara. Lejos de elimi-
nar el sentimiento nacionalista en varias regiones, lo exacerbó,
sobre todo en Hungría, donde las heridas por lo sucedido en el
campo de batalla y, sobre todo, por la sangrienta represión posterior, seguían muy abiertas. En la corte empezaron a correr pronto
rumores de que radicales húngaros iban a intentar asesinar al
emperador y, desgraciadamente, los peores pronósticos se cumplieron.

Una tarde de febrero de 1853, Franz salió del Hofburg a dar
un paseo por las antiguas murallas de la ciudad. Indicó que no
quería llevar escolta y tan solo le acompañaba un ayudante, el
conde O'Donnell. Mientras ambos estaban parados al lado de una
torreta para ver unos ejercicios militares, un joven húngaro de

unos veintiún años, de nombre János Libényi y aprendiz de sastre de profesión, se acercó por detrás y le clavó un cuchillo en el cuello al emperador. Los gritos de una mujer que presenció la escena alertaron a Franz, el cual pudo girarse segundos antes y evitar así que la herida fuese mortal. Afortunadamente, llevaba un uniforme militar y el elaborado bordado del cuello sirvió de escudo.

O'Donnell redujo rápidamente al criminal y un médico que casualmente paseaba por los alrededores, el doctor Joseph Ettenreich, acudió a auxiliar al emperador.[7] En el suelo, Libényi gritaba en húngaro:

—*Eljen Kossuth! Eljen Kossuth!* ¡Viva Kossuth!

Un destacamento de guardias se personó en unos minutos y se lo llevaron detenido. Franz, en un gesto de nobleza, ordenó que no lo torturaran. Pocos días más tarde, un tribunal lo condenó a morir en la horca.

Franz tardó bastante en recuperarse. Al llegar al Hofburg se comprobó que la herida era más profunda de lo que parecía, por lo que perdió mucha sangre, sufrió fuertes fiebres y tuvo que guardar cama durante casi un mes entero. Cuando se recuperó, mandó celebrar una misa de acción de gracias en la catedral de San Esteban. Franz se desplazó en carruaje descubierto y se emocionó al comprobar que los vieneses se habían echado a la calle a aclamarlo. El atentado había disparado su popularidad.

La archiduquesa Sofía también sonreía complacida ahora que lo peor había pasado. Sin embargo, todo aquel desagradable episodio le produjo un gran impacto y le hizo desarrollar un odio visceral contra los húngaros. También la convenció de que era crucial asegurar la sucesión al trono. Desgraciadamente, otro atentado podía darse en cualquier momento y, aunque Franz contaba con varios hermanos varones que lo podían suceder, era mejor que el emperador tuviera descendencia. Había llegado la hora de que Franz se casara, y ella, como en todos los momentos decisivos de la vida de su hijo, iba a ser quien tomase la decisión de elegir a la que sería su esposa.

Desde que su hijo accedió al trono, Sofía había ejercido de Madame Mère, como la llamaban en la corte, una especie de reina madre. Su poder era enorme y no solo en cuestiones políticas. Consciente de que la monarquía debía reafirmarse, Sofía se había encargado de dar mayor lustre a la vida palaciega para apuntalar el poder imperial. En poco tiempo, Sofía mejoró la decoración de los palacios, supervisó la música y los entretenimientos, refinó los menús, escogió arreglos florales, modificó uniformes, dispuso a personas de su total confianza en puestos claves e, incluso, días antes de los grandes banquetes de gala, era ella quien determinaba quién se sentaba al lado de quién. También se encargaba de que su hijo empleara bien las horas del día y una copia de la agenda del emperador era enviada a Madame Mère con días de antelación para su visto bueno. Sofía ejercía plenamente de primera dama del imperio, pero era muy consciente de que otra debía ocupar el lugar de honor.

Franz ya tenía algo de experiencia con las mujeres. A pesar de que hasta que subió al trono llevó una vida prácticamente recluida, centrada en sus estudios y formación militar, en cuanto cumplió diecinueve años su madre decidió que debía dar rienda suelta a los ardores propios de la juventud y, para evitar escándalos que pudieran amenazar al trono, Sofía dio indicaciones al conde Grünne para que, discretamente, ayudara al joven emperador a disfrutar de mujeres aprovechando viajes por el imperio. Ella también organizó pequeños bailes a los que invitó a una serie de condesas que podían instruirlo en materia sexual.

Más allá de estos encuentros fortuitos, se sabe que Franz se había enamorado un par de veces. La primera fue de la archiduquesa Elisabeth, una mujer bella e inteligente, viuda del príncipe de Módena y con una hija de dos años. Sofía se quedó estupefacta al saber de los amoríos de su hijo con una mujer que ya había estado casada, aunque lo peor a sus ojos era que Elisabeth era hija del archiduque Joseph, el cual había servido como palatino de Hungría y se había integrado tan bien en el país que llegó a dominar el idioma y consiguió ser muy popular entre la población. Su hija también se sentía muy próxima a todo lo húngaro, algo que Sofía odiaba con todas sus fuerzas. A Franz, sin embargo, no le debió importar en absoluto. La influencia de Elisabeth sirvió para que desarrollase cierto interés en Hungría e incluso llegó a aparecer en bailes de palacio en Viena vestido con el uniforme de húsar húngaro.[8]

La relación, sin embargo, aunque intensa, no llegó a cuajar. La oposición de Sofía a la unión fue implacable y, pocos años más tarde, Elisabeth decidió pasar página y se casó con un primo hermano suyo, el archiduque Carlos Fernando. Con él tendría seis hijos, entre ellos a María Cristina, que se casaría en 1879 con el rey Alfonso XII de España.

Franz no tardó mucho en olvidarla. En el invierno de 1852, durante una estancia en el palacio de Charlottenburg, en Berlín, para reforzar su alianza con el rey Federico Guillermo de Prusia, conoció a la princesa Ana, sobrina del monarca, una mujer de gran belleza, rostro angelical, con una preciosa cabellera oscura y porte de gran elegancia que atraía todas las miradas en la corte prusiana. Franz se enamoró de ella nada más verla, pero Ana estaba comprometida con otro hombre, el príncipe Federico Guillermo de Hesse-Kassel.

Franz llegó a estar tan prendado que su madre escribió una carta a su hermana, Elisabeth, reina de Prusia, para intentar deshacer el compromiso matrimonial de la joven. «[Ana] le ha impactado directamente al corazón, de manera mucho más profunda de lo que pensé al principio —desveló—. Me pregunto si habría alguna esperanza para que este triste matrimonio que le han impuesto a ella y que la va a condenar a llevar una vida sin felicidad pudiera ser evitado».[9] Fue en vano: la corte de Prusia no veía con buenos ojos una unión tan estrecha con Austria, un país al que miraban con recelo. A Franz no le quedó más remedio que buscarse a otra.

Sofía escribió una lista con posibles candidatas. Eliminada la posibilidad de una unión con una princesa de Prusia, la opción favorita de la corte de Viena, la siguiente pretendiente se buscó en Sajonia, un reino con el que Austria tenía interés en reforzar sus lazos. La archiduquesa convenció a su hijo para que viajara a Dresde, donde vivía la princesa Sidonia, a la que Sofía veía con muy buenos ojos. Pero al emperador no le convenció: la princesa no era guapa, ni tampoco vivaz ni alegre, por no decir que su salud era muy frágil (moriría muy joven, con tan solo veintiocho años, de fiebres tifoideas).

Descartada Sajonia, solo quedaba la opción de Baviera y, casualmente, por aquel entonces la archiduquesa Sofía recibió una carta de su hermana pequeña Ludovica hablando maravillas de sus hijas y sugiriendo, muy astutamente, el nombre de su hija mayor, Néné, como posible novia. Al principio, Sofía dudó. Baviera, aunque era su tierra natal, ahora le parecía un reino de tercera, y las hijas del duque Maximiliano, si bien eran sobrinas suyas, le resultaban poco distinguidas para convertirse en emperatriz. No era ningún secreto que Max era un mujeriego y un excéntrico, que Ludovica apenas pisaba la corte de Múnich, que ambos vivían como burgueses más que como la realeza y que ninguno era demasiado religioso. Ludovica se vanagloriaba de sus ideas liberales y de haber sido criada en una familia de origen protestante. «¡Cómo fuimos protestantes cuando éramos pequeños!», comentaba con orgullo.[10]

No obstante, Sofía recapacitó y asumió que el tiempo apremiaba demasiado como para tener en cuenta demasiados mira-

mientos. En junio de 1853 escribió a su hermana para proponer-
le que viajara a mediados de agosto junto con Néné y Sissi a Bad
Ischl, en donde el emperador tenía pensado celebrar su veintitrés
cumpleaños aquel año.

A principios del año 1853 Sissi tenía quince años (cumpliría
los dieciséis en diciembre). A pesar de que de niña había sido
bastante poco agraciada, con el tiempo se había convertido en una
jovencita muy agradable, con una piel de porcelana, ojos azul
brillante y una preciosa cabellera larga de color cobrizo. Aún no
era todo lo bella que llegaría a ser, aunque ya era muy alta (medía
1,72 metros) y, gracias al continuo ejercicio, tenía una figura muy
estilizada, con un gran porte y movimientos femeninos.

Sissi seguía siendo tan sensible y fantasiosa como en su infancia y pasaba largas horas encerrada en su habitación escribiendo
poemas tristes. Las primeras tragedias en la vida agudizaron esta
vena lánguida. A principios de año, el pequeño David Paumgart-
ten, de tan solo cinco años, hermano menor de Irene, la mejor
amiga de Sissi, murió por una grave afección en los pulmones. La
princesa se quedó muy afectada, lloraba a todas horas y pensaba
con frecuencia en la muerte.

Su primer gran fracaso amoroso fue otro gran revés. Sissi
había conocido hacía poco al joven conde Ricardo S., el cual había
entrado recientemente al servicio de la corte de Múnich. No se
sabe prácticamente nada de él excepto que tenía unos preciosos
ojos marrones de los que Sissi se quedó tan prendada que les dedicó uno de sus poemas: «*Oh, ihr dunkelbrauen Augen / Lang hab ich
euch angesehn…*». «Oh, sus ojos marrones oscuros / los he mirado
durante largo tiempo».

El corazón de la joven princesa palpitaba con fuerza cada vez
que lo divisaba a lo lejos y sus miradas coincidían. Sentía que las

piernas le flaqueaban y que le faltaba el aire. Él a veces le sonreía
y ella se ruborizaba, tímida, sin saber cómo expresarle todo lo que
sentía. A veces coincidían y sus manos se rozaban. Más tarde
encontraron excusas para verse a escondidas, lejos de las miradas
indiscretas. Ella llegó a tener un retrato suyo en su dormitorio. Sin
embargo, fueron descubiertos y, para poner fin a su relación, él fue
enviado lejos con la excusa de participar en una misión militar.
Sissi y él no se vieron en largos meses y, cuando él regresó a
Múnich, estaba muy enfermo. Murió al cabo de poco tiempo.

Sissi se encerró en su habitación, devastada, rota de dolor por
dentro. Tomó su cuaderno de poemas, un tintero de tinta roja y,
en una de las páginas, comenzó unos versos de despedida titulados
«*An Ihn*»: «*Die Würfel sind gefallen / Ach, Richard ist nicht mehr!*». «La
suerte está echada / Ah, Ricardo ya no está aquí». En los márgenes,
dibujó una procesión fúnebre con un ataúd escoltado por soldados
a ambos lados.

Sissi cayó una profunda depresión. Lloraba sin parar, lo único
que quería era estar sola, encerrada con llave durante días en su
dormitorio, lejos del mundo y el dolor que le causaba. Tan solo
de vez en cuando, en Possenhofen, salía a dar un paseo a caballo
y galopaba por las montañas que tanto amaba. Su madre estaba tan
angustiada al ver que no mejoraba que, para ayudarla, la envió unas
semanas en abril a Dresde para estar con su tía, la princesa Amalia
Augusta, una de las hermanas mayores de Ludovica.

Amalia Augusta estaba casada con el príncipe Juan, heredero
al trono de Sajonia (se convertiría en rey en agosto de 1854). El
matrimonio había tenido nueve hijos, entre ellos un tal príncipe
Jorge, el tercer hijo varón, un chico espabilado y de cierto atractivo, cinco años mayor que Sissi, del cual Ludovica esperaba que
se fijara en su hija. En una carta a su hermana Amalia, Ludovica
reconoció abiertamente sus planes: «[Jorge] es el único que probablemente piense en ella. Lo primero, por supuesto, es saber si le
gustará, y luego seguramente pensará en su fortuna… [Ella] es

bonita porque tiene una expresión muy lozana, aunque no tiene un solo rasgo bello».

Ludovica seguía pensando, como lo hacían todos en la corte de Múnich, que, de todas las hermanas, Néné seguía siendo la más bella, con sus gestos dulces, sus facciones elegantes y su pelo oscuro, de un negro casi azabache. Sissi, por el contrario, les parecía muy niña, con su cara ancha, casi redonda. El tal príncipe Jorge de Sajonia debió de pensar lo mismo, porque Sissi regresó de Dresde sin pretendiente alguno, aunque, como había deseado su madre, al menos el viaje sirvió para que la joven princesa empezara a superar la muerte de su amado Ricardo. Pronto volvió a sonreír y aparecieron en su cuaderno versos más alegres: «*Und die liebe vergeht… / Schneller, wie der Schnee zergeht…*». «Y el amor se pasa… / más rápido que la nieve se funde».

Un nuevo amor ayudó a aliviar su pena. No se sabe nada de él más allá de que era un conde de poco rango, sus iniciales eran E. R. y tenía unos preciosos ojos azules con los que Sissi soñaba todas las noches. Pese a ello, el conde no pareció reparar en ella y el enamoramiento, esta vez, le duró a Sissi tan solo unos pocos meses.

Ludovica, en esta ocasión, no pudo estar pendiente de su segunda hija. Quedaban pocas semanas para que fueran a Bad Ischl y estaba demasiado ocupada preparando a Néné para lo que se suponía iba a ser su gran destino como emperatriz de Austria. Astutamente, Ludovica empezó a enviar cartas a su hermana Sofía para demostrarle lo mucho que la adoraba y la admiraba, diciéndole que la ponía constantemente de ejemplo a seguir a sus hijas. Sofía, claramente adulada, le desveló a su hermana pequeña lo que ella creía que Franz buscaba en una mujer: «Movimientos elegantes y delicados, una sonrisa agradable y siempre presente, una risa suave y, sobre todo, grandes habilidades como amazona».[11] «No hay nada que el emperador admire más en una mujer que un galope elegante sobre el caballo»,[12] recalcó, por lo que a Néné no le quedó más remedio que comenzar a dar clases intensivas de equitación, aunque jamás demostró una especial aptitud para la hípica (tenía miedo a los caballos) y nunca pudo emular la maestría de su hermana Sissi.

Ludovica también insistió en que su hija mayor frecuentara la corte de Múnich para refinar sus habilidades sociales y adquirir cierta sofisticación. Dado que el duque Max no ocupaba un puesto destacado en la familia real bávara, Ludovica y sus hijos no participaban en eventos en palacio, apenas conocían el protocolo, sus modales dejaban mucho que desear y no se desenvolvían con donaire entre otros miembros de la realeza y de la aristocracia. Néné tuvo que aprender en pocos meses lo que a muchas princesas les llevaba años. Durante semanas, se sometió a un riguroso programa de formación con largas horas de clases de idiomas para pulir su francés, aprender italiano, mejorar su inglés y adquirir nociones de checo, croata y húngaro. Estudió historia y geografía, y algunos asesores de la corte la instruyeron en los complicados asuntos de Estado que afectaban a Austria. El maestro de baile fue requerido días enteros para que la princesa refinase sus movimientos. Acudió a cenas de gala y tés por la tarde y, en las pocas horas sueltas que le quedaban, Néné recibió a su modista para preparar el suntuoso equipaje que llevaría a Bad Ischl.

Las ropas de Sissi, por el contrario, no parecían importarle a nadie y, mientras su hermana no tenía un minuto libre, ella fue dejada a su suerte, sin más ocupación que leer, escribir poemas y pasear acompañada de una de sus institutrices, mademoiselle Roide. Tan solo cuando la archiduquesa Sofía escribió para anunciar que su hijo Carlos Luis también iría a Bad Ischl, Ludovica reparó en su segunda hija y se emocionó al pensar que el viaje también serviría para que Sissi consiguiera un buen partido. Hábilmente, le indicó que escribiese al archiduque para recordarle los preciosos días que habían pasado juntos en Innsbruck. Sissi así lo hizo y también buscó el anillo que Carlos Luis le había regalado y que ella, despistada y sin prestar mucha atención al obsequio, había dejado abandonado hacía años en algún joyero.

Estaba previsto que Ludovica y sus hijas llegaran a Bad Ischl el 16 de agosto. Días antes de partir comenzaron los problemas. Una tía de Max murió repentinamente y la familia se tuvo que vestir inmediatamente de luto. A pesar de que habían preparado trajes con lujosas telas de vistosos colores para Néné, las tres viajeras tuvieron que partir de Múnich ataviadas completamente de negro. Como era su costumbre, no iban acompañadas de muchos criados y tan solo viajaba con ellas la institutriz de Sissi. En otro carruaje iban una doncella y los baúles con el equipaje.

Todavía no brillaban los primeros rayos de sol cuando la berlina traqueteó suavemente frente a la puerta principal de Possenhofen y emprendió su marcha. El cochero calculó que el trayecto duraría unas ocho horas: avanzarían por polvorientos caminos hacia el pintoresco pueblecito de Rosenheim, en la ribera del Inn, luego discurrirían por los márgenes del tranquilo lago Chiemsee, el mayor de Baviera, hasta llegar a Salzburgo y, de ahí, avanzarían en suave trote hasta Bad Ischl. La idea era llegar al mediodía, a tiempo para almorzar con la tía Sofía.

No habían transcurrido ni un par de horas cuando Néné comenzó a sentirse mal. Tenía la piel amarillenta y los labios blancos, le dolía la cabeza y sentía náuseas. Su madre le alargó un frasco de sales para reanimarla e indicó al cochero que se diera prisa para llegar a Rosenheim. Este sacudió las riendas con fuerza y obligó a los caballos a galopar con más brío. Cuando, al cabo de un buen rato, divisaron el pueblo, Néné estaba a punto de desmayarse. En cuanto llegaron a la posada, bajó como pudo las escaleras de la berlina y se sentó en una silla a la sombra. Su madre se quedó a su lado, dándole la mano y abanicándola para que recuperara las fuerzas.

Sissi aprovechó para ayudar al cochero a quitar las bridas a los caballos. Agarró un cubo de madera, fue hasta una fuente cercana, lo llenó y se lo dio a beber a los animales. El agua resbalaba por los costados y le manchaba el vestido, pero a ella le dio igual. Solo era agua y se secaría enseguida. Luego cogió ella misma un poco de agua que quedaba en el cubo y se humedeció la cara. Su madre observó atónita la escena desde lejos y le ordenó que dejara de comportarse como una campesina cualquiera. ¿Qué diría la tía Sofía si la viera? Pero a Sissi le importaba muy poco el protocolo. Hacía mucho calor y necesitaba refrescarse.

Néné se recuperó lo suficiente para reemprender el viaje. La pausa había hecho que perdieran mucho tiempo, por lo que Ludovica temió llegar tarde. ¡Su hermana estaría furiosa! Subió a la berlina, se aseguró de que su hija mayor estuviera cómoda e indicó con un golpe en el techo que podían iniciar la marcha. Sin embargo, en cuanto las ruedas comenzaron a girar, Ludovica ordenó que pararan en seco.

—¿Dónde está el coche con los baúles? —preguntó, horrorizada. Con todo el ajetreo no se había dado cuenta de que lo habían perdido.

—Viene con retraso, alteza —explicó el cochero—. Pero no os preocupéis, seguro que llega a Bad Ischl a tiempo.

Ludovica resopló con impaciencia y ordenó que partieran. Al cabo de una hora, era ella la que sufría una terrible migraña. Néné también volvía a sentirse indispuesta, pero ya no podían pararse.

Como había temido, Ludovica y sus hijas llegaron con más de una hora y media de retraso al hotel Austria de Bad Ischl, un gran caserón de cuatro plantas, con fachada amarilla, ventanas blancas y tejado de piedra oscura en forma triangular. Sofía y su marido, el archiduque Francisco Carlos, las estaban esperando.

—¡Por fin! ¡Habéis llegado! —exclamó la archiduquesa mientras las observaba detenidamente. Las tres estaban somnolientas, fatigadas, llenas de polvo, con los vestidos arrugados y los peinados deshechos. Néné estaba muy pálida, con los labios aún blancos, el semblante tenso y las ojeras muy marcadas. La impresión que causaba no era la mejor y Sofía temió que a Franz no le gustara.

Ludovica abrazó a su hermana cariñosamente y la besó en las dos mejillas. Las princesas bávaras le besaron la mano y le dedicaron una profunda reverencia.

—Dios os guarde, tía Sofía —pronunciaron solemnemente a modo de saludo.

—Dios os guarde a vosotras también —contestó ella—. Pero, decidme, ¿y vuestro equipaje? ¿Qué os vais a poner para tomar el té? No pensaréis ir vestidas de esa guisa, ¿verdad? ¡Qué diría el emperador!

Pero el segundo carruaje aún no había llegado, por lo que no podrían cambiarse a tiempo. Tampoco disponían de su criada, por lo que Sofía ordenó a una de sus damas de compañía que acompañase a Néné y le arreglase el pelo. Dado que no tendría más remedio que ir de luto, con un vestido algo provinciano que le quedaba mal y no destacaba su figura, al menos debía presentar un *coiffure* esmerado, con la raya en medio y muchos bucles, como a Franz le gustaba.

Néné y Sissi subieron a sus habitaciones. Sofía se había encargado de que su hermana y sus sobrinas dispusieran de una planta entera para ellas solas. Néné se sentó al tocador y la dama comenzó a organizarle los rizos con la ayuda de unas tenacillas que le prestaron en el hotel. Sissi tuvo que peinarse ella sola, se hizo varias trenzas y se las enrolló en moños a la altura de la nuca.

—Este *coiffure* es demasiado plano —se quejó Sofía en cuanto vio a Néné. El peinado de Sissi, en cambio, pareció gustarle—. *Elle est ravissante*, es encantadora —susurró en francés a su hermana, mientras le indicaba que bajaran a tomar el té. El emperador debía estar a punto de llegar.

El viaje de Viena a Bad Ischl duraba normalmente más de treinta horas, pero Franz estaba tan ansioso por llegar que ordenó al cochero que fuese a galope tendido y llegaron en diecinueve. El emperador aprovechó el trayecto para departir con el conde Grünne sobre un asunto de máxima trascendencia política: la posible e inminente guerra entre Rusia y el Imperio otomano.

Desde que se vieron en Varsovia, Franz tenía el mal presentimiento de que el zar iba a dar un gran golpe de efecto en cualquier momento para recuperar el entusiasmo perdido y demostrar que seguía teniendo un poder absoluto. Y no se equivocaba, Nicolás deseaba dejar atrás los años catastróficos del cólera, las enfermedades, la crisis económica, la hambruna y las revoluciones. Anhelaba conquistar nuevos territorios ajenos, cosechar un gran triunfo que los siglos venideros recordaran. Que su salud fuese cada vez peor le hizo darse cuenta de que no tenía tiempo que perder. A principios de enero de 1853, Nicolás había sufrido fuertes fiebres durante una semana entera y se imaginó que en cualquier momento podía morir. Debía actuar de inmediato.

Ingenuamente, Nicolás comenzó a soñar con adueñarse de un trozo substancial del Imperio otomano. Muchos años atrás, sobre todo durante el siglo XVI, el Imperio otomano había sido uno de los más poderosos del mundo y su influencia se había extendido por tres continentes: de la zona de Grecia y los Balcanes al norte de África y Oriente Próximo. Sin embargo, en el siglo XIX había perdido bastante territorio y sus problemas internos eran cada vez más acuciantes. El imperio estaba dividido en provincias y estas estaban gobernadas por caciques generalmente incompetentes y casi siempre corruptos. La administración era ineficaz, la economía estaba estancada y la población vivía ahogada por impuestos excesivos. El Ejército había sido muy numeroso y poderoso en el pasado, pero ahora estaba mal equipado y peor formado. En vez de soldados profesionales y oficiales preparados, los batallones estaban integrados básicamente por mercenarios.

Desde el siglo XVII, Rusia y el Imperio otomano se habían enfrentado siete veces y Rusia había conseguido casi siempre ganar las guerras o, al menos, había sacado bastante tajada en cuanto a nuevos territorios incorporados se refería. El propio Nicolás había enviado sus tropas hacía años y había estado a punto de conquistar Constantinopla, la capital del imperio. Semejante antecedente le hizo creer que ahora tenía muchas posibilidades de salir otra vez victorioso. Discretamente, comenzó a hacer planes para lanzar una nueva ofensiva.

En julio de 1853, los ejércitos del zar ocuparon los principados del Danubio, el núcleo de lo que hoy es Rumanía y que entonces estaban bajo protección otomana. Nicolás I dio por hecho que las tropas austríacas se les unirían. Al fin y al cabo, Rusia les había ayudado contra los rebeldes húngaros hacía pocos años y ahora esperaba cobrarse el apoyo. Además, el zar comunicó oficialmente a Franz que, si se aliaba con él, estaba dispuesto a cederle Bosnia y Herzegovina, entonces provincias del Imperio otomano, como botín de guerra.

Franz, aún muy ingenuo y con poca experiencia, no sabía qué hacer. Radetzky le recomendaba que apoyase a los rusos, pero su ministro de Asuntos Exteriores le aconsejaba justo lo contrario. Ir en contra de Rusia era un suicidio, le imploraban unos; dejarles invadir a sus anchas era aún peor, le aconsejaban otros. Franz se había quejado amargamente a su madre por carta de lo difícil que se presentaba aquel conflicto y en el carruaje que lo llevaba preguntó a Grünne sobre las consecuencias de actuar en uno u otro sentido.

Finalmente, después de horas de discusión y viendo que no iba a sacar nada en claro, decidió olvidarse del problema durante los días que estuviera en Bad Ischl. Debía descansar y, sobre todo, centrarse en otro asunto apremiante: decidir si quería a Néné de Baviera como esposa y emperatriz de Austria.

Por entonces, Bad Ischl era una localidad de veraneo muy famosa. Desde que en la década de 1820 se hubiese puesto de moda acudir a sus balnearios, la aristocracia austríaca solía desplazarse los meses de verano y se habían construido numerosos hoteles y villas de recreo. La familia real no tenía allí un palacio propiamente dicho, sino que alquilaba todos los años una pequeña casa propiedad del doctor Eduard Mastalier. Era un lugar modesto y sin pretensiones donde la familia imperial podía hacer una vida prácticamente normal y seguramente por ello a Franz le gustaba tanto.

En la primera planta de la vivienda había un saloncito de paredes rojas y unos cuantos cuadros. Fue allí donde, a las cuatro de la tarde, el emperador entró y saludó a la mujer que su madre le había recomendado para casarse. Su primera opinión de ella, como había temido Sofía, no fue la mejor: Néné seguía con mala cara e iba muy mal vestida. Sissi, por el contrario, le resultó preciosa, dulce, vivaz, alegre y mucho más expresiva. No estaba refinada, pero tenía una bonita figura, se movía con elegancia y resultaba natural, no tan acartonada y rígida como su hermana. En cuanto el emperador la vio, sintió que su corazón latía con una fuerza inusitada. Para él, fue amor a primera vista.

El té transcurrió prácticamente en silencio. Ninguno de los presentes tenía especial habilidad para la conversación, por lo que el ambiente resultó tenso y bastante incómodo. Néné miraba de reojo a Franz, sentado a su lado, pero este tan solo parecía interesado en su hermana pequeña, la cual estaba instalada en la otra punta de la mesa, al lado de su institutriz y de una dama de compañía de Sofía. Sissi no se percató de que la estaban observando y, simplemente, se limitó a decir a sus acompañantes en voz baja:

—Néné tiene mucha suerte, porque ya ha conocido a mucha gente, pero yo no. Estoy tan aterrorizada que no puedo ni comer.[13]

El archiduque Carlos Luis, que también estaba entre los invitados, miraba a Sissi embelesado. Habían pasado años desde que se enamoró de ella perdidamente en Innsbruck, pero sus sentimientos seguían intactos. Le parecía la criatura más bonita del mundo y no quería que se fuera esta vez de su lado sin haberse declarado. Sin embargo, cuando vio la cara de su hermano, radiante y feliz, se temió lo que iba a pasar. «En el mismo momento en que el emperador posó sus ojos en ella —escribió más tarde a su madre—, surgió una expresión en su cara de tal placer que no quedó ninguna duda de a quién iba a escoger».[14]

A la mañana siguiente, muy temprano, Franz fue a ver a su madre en sus aposentos.

—¿Os distéis cuenta, madre, de lo entrañable que es Sissi? —le comentó, extasiado. Sofía nunca lo había visto tan emocionado—. Tiene la frescura de las almendras al nacer. ¡Y qué magnífica corona de pelo enmarca su cara! ¡Y qué ojos tan dulces y encantadores![15]

—¡Pero, Franz! —protestó su madre—. ¡Sissi es aún una chiquilla! ¿No te percataste de que Néné está mucho mejor preparada?

—¿Néné? Es agradable, sin duda, pero demasiado tímida y seria. En cambio, Sissi… ¡Sissi tiene una dulzura irresistible!

Sofía se dio cuenta de que su hijo estaba encaprichado, pero le pidió que pensara el asunto detenidamente y no se precipitara.

—No tienes que tomar una decisión aún, Franz. Hay tiempo de sobra. Seguramente lo mejor será postergar la decisión unos cuantos meses.

Pero Franz estaba decidido a zanjar el tema.

—No, es mejor que proceda sin demora —sentenció.

Ese mismo día se celebró una cena de gala seguida de un baile. Néné apareció espléndida, con un deslumbrante vestido blanco con zarcillos de hiedra cayéndole en cascada desde una de las mangas. Sissi, mucho más recatada, lució un vestido rosa de muselina. Su pelo estaba recogido en un moño repleto de trenzas y llevaba un broche de diamantes en forma de flecha. En el comedor, Néné se sentó nuevamente al lado del emperador; Sissi estuvo entre la archiduquesa Sofía y el príncipe Luis de Hesse. Franz no le quitó el ojo de encima.

En cuanto se abrió el baile, el emperador le dijo a su madre que no iba a participar en las primeras polkas, pero que deseaba ver cómo se desenvolvía Sissi. La archiduquesa, consciente de que la joven bávara aún no había participado en ningún baile en la corte, le pidió a uno de los ayudantes de Franz, Hugo von Weckbecker, que ayudase a la princesa.

—Va a necesitar a una persona con experiencia en su primer debut —susurró Sofía.

Sissi estaba muy nerviosa, aunque bailó con soltura. El emperador, de pie en un extremo de la sala, no paró de mirarla enamorado. Weckbecker se dio cuenta y, después de la segunda polka, le comentó a un amigo:

—Creo que acabo de bailar con nuestra futura emperatriz.

No se equivocaba. Franz no pisó la pista del baile hasta el *cotillion*. Sissi fue su pareja y, al terminar, él le entregó un pequeño buqué de flores, lo que en lenguaje palaciego significaba que la había escogido como prometida. Pero la princesa bávara no dominaba estos mensajes: de todos los presentes en la sala, ella fue la única que no entendió lo que estaba pasando.

El 18 de agosto, aniversario de Franz, amaneció lluvioso. En el almuerzo, Sissi ya se sentó al lado de Franz, mientras que Néné fue relegada al otro extremo de la mesa. Tras la comida, el tiempo había mejorado lo suficiente como para que el emperador propusiera ir de excursión a Sankt Wolfgang, un pueblecito a las orillas de un hermoso lago que contaba con una iglesia famosa entre los peregrinos. Franz, Sofía y las dos princesas bávaras fueron juntos en la calesa de madera negra que solía usar la archiduquesa. Néné, tragándose el orgullo y demostrando una gran dignidad, charló amistosamente durante todo el trayecto, aunque nadie reparó en ella. Franz no podía dejar de mirar a su amada y su madre también la observaba detenidamente. Bonita y con encanto, debió de pensar Sofía, pero sin modales ni formación para convertirse en emperatriz. No dominaba apenas idiomas extranjeros, ni sabía nada de política. ¿Y esos dientes amarillos? Sissi estaba en silencio, demasiado abrumada por lo que estaba sucediendo como para articular palabra.

De vuelta a Bad Ischl, Franz pidió a su madre que tanteara a Ludovica para saber si Sissi aceptaría casarse con él. Sofía así lo hizo y, en cuanto su hermana supo de la proposición, no pudo contener sus lágrimas.

—¿Crees, querida Ludovica, que Sissi podrá amarlo?

—¿Cómo alguien no podría amar a un hombre así? —contestó Ludovica entre sollozos de alegría—. Oh, mi querida Sofía, estoy segura de que Sissi hará todo lo que esté en sus manos para hacerlo feliz.

Pero Sissi no estaba tan segura. Estaba deleitada por las atenciones de Franz, por supuesto, ¡cómo no estarlo! Ella, una insignificante Wittelsbach que no había conseguido destacar en la corte de Múnich ni en la de Sajonia, había atraído la atención del mismísimo emperador de Austria. Pero no tenía por él el mismo sentimiento que por Ricardo o el misterioso conde de ojos azules. No había tenido el impulso de dedicarle algunos de sus versos, ni había soñado con él. Además, y quizás lo más importante, no quería hacer daño a su hermana.

—¡No, mamá, no! —gritó cuando supo de la intención del emperador de casarse con ella—. ¡Es Néné, es Néné!

Su madre la intentó calmar.

—Shhhh —susurró para que se callara—. Mi querida Sissi, nadie le da calabazas a un emperador.

La joven princesa se pasó toda la noche llorando. A la mañana siguiente, a primerísima hora, Ludovica escribió a su hermana para comentarle que Sissi «se había emocionado» al conocer las intenciones de Franz. «¿Cómo ha podido pensar en mí? —se supone que habría dicho—. ¡Si soy una chiquilla sin importancia!».Y para rematar el romanticismo, Ludovica se inventó un colofón digno de un cuento de hadas: «Amo al emperador con todas mis fuerzas —puso en boca de su hija—. ¡Pero ojalá no fuera emperador!».[16]

Cuando Sofía leyó la carta a Franz, este sonrió complacido. Ingenuamente, estaba convencido de que Sissi lo amaba de verdad y estaba dispuesta a aceptar todos los sacrificios de una vida a su lado.

Al día siguiente muy temprano, Franz se desplazó al hotel donde se hospedaba su amada. Saludó primero a su tía Ludovica y luego fue a abrazar a Sissi, la cual, bastante azorada y tímida, no supo qué hacer. Aún menos cuando Franz la besó delante de todos los presentes con una pasión inaudita. La pareja desayunó junta y, a las once en punto, salieron acompañados de sus familiares hacia una iglesia cercana. Sissi iba al lado de Franz, y Sofía, al llegar a la puerta, dejó pasar primero a su sobrina. La joven iba a convertirse en emperatriz de Austria, por lo que ella, una archiduquesa, debía cederle el lugar de honor. Sissi también entró al lado de Franz a la iglesia. Mientras avanzaban por el largo pasillo sonó el himno de Austria. Era una melodía que iba a acompañarla el resto de su vida.

Tras la misa, el emperador pidió al párroco que dijera unas palabras para celebrar el compromiso:

—Le pido, padre, que bendiga nuestra futura unión con mi prometida, la princesa Elisabeth de Baviera.

Para Sissi, aquellas palabras sonaron como una lápida. Fueron la señal de que no había marcha atrás, su suerte estaba echada.

Por la tarde, todos fueron a dar un paseo en calesa por los alrededores del bellísimo lago de Hallstatt, rodeado de altas montañas y bosques de pinos y robles. Franz, del brazo de su amada, le iba enseñando los nombres de los lugares: las cascadas de Waldbach-strub, la torre de Rudolf I, el primer líder del imperio Habsburgo. Ella miraba entusiasmada aquel paisaje idílico que le recordaba a su querido Possi. Quizás, pensó, podría ser feliz en aquel país que se convertiría dentro de poco en su nueva patria. En medio de su ensimismamiento, no se dio cuenta de que estaba temblando de frío. A pesar de que lucía el sol, el aire corría gélido y ella no llevaba más que un ligero chal. Franz se quitó su capa militar y se la colocó sobre los hombros.

Por la tarde, Ludovica telegrafió a su marido, Max: «El emperador ha pedido la mano de Sissi y espera tu consentimiento. Está en Ischl hasta finales de agosto. Todos estamos muy felices». Max, sorprendido, en vez de alegrarse por la noticia, no pudo dejar de apenarse por su hija favorita. Sissi era como él, un alma libre, imposible de domesticar y mantener encerrada en una jaula, por muy dorada que fuese. Max entendió lo que su mujer no llegaría a comprender nunca, que era imposible que Sissi fuera feliz con semejante matrimonio. Pero era inconcebible no dar su consentimiento a la unión, por lo que telegrafió enseguida a su esposa para dar su conformidad.

En los días siguientes se sucedieron cenas y bailes de gala hasta la madrugada para agasajar a la futura emperatriz. Franz, muy generoso, la colmó de regalos: le hacía llevar flores frescas cada mañana y le enviaba joyas que había encargado a toda prisa a los mejores orfebres de Austria. Sissi recibió collares de diamantes, broches con rubíes, pendientes con grandes perlas y un precioso adorno para el pelo, en forma de zarcillo de flores, hecho con diamantes y esmeraldas.

Sissi también recibió la visita de varios artistas para preparar retratos suyos que serían repartidos entre los periódicos del imperio y distribuidos por todas las embajadas y cancillerías. Eduard Kaiser, el principal pintor de la corte, y Johann Richard Schwager, uno de los mejores ilustradores de Viena, llegaron a toda prisa a Bad Ischl e hicieron sentar a la princesa durante largas horas. Franz estuvo con ella, mirándola embelesado mientras los pintores la inmortalizaban. Pero el resultado no acabó de gustarle —en especial, odió el grabado que le hizo Kaiser— y ordenó que Franz Schrotzberg, uno de los retratistas más prestigiosos del imperio, formado en París y muy requerido por todas las damas de la aristocracia austríaca, viajase de inmediato a Bad Ischl. El resultado fue un cuadro de gran naturalidad, donde Sissi aparecía bellísima sobre un fondo rojo oscuro portando un sencillo vestido blanco sobre el cual descansaba una capa de encaje negro y un gran lazo de seda de azul cobalto. No llevaba ninguna alhaja y su cabellera ondulada estaba sin peinar, tan solo recogida en un discreto moño en la nuca. Al emperador le agradó tanto que mandó que lo instalasen en su despacho en Schönbrunn para poder verlo todos los días.

Sofía, por su parte, indicó a la condesa Sofía Esterházy von Galántha, princesa de Liechtenstein, una de sus damas de compañía y su principal confidente, que comenzase a formar a Sissi en los complicados rituales de la corte. De unos cincuenta y cinco años, lo que entonces se consideraba una edad muy avanzada, de nariz aguileña, ojos saltones y vestida siempre a la antigua usanza, con feos rizos sobre la cara y gorros con puntillas, la condesa era extremadamente conservadora, devota y defensora del ceremonial. Enseguida se dio cuenta de que la princesa bávara no sabía pronunciar una sola frase en francés y que no dominaba *l'art de la conversation*, como se denominaba entonces a la habilidad para mantener conversaciones livianas y agradables con personas de toda condición, uno de los requisitos básicos para toda dama de alta alcurnia. Horrorizada, empezó a dar órdenes a la princesa para que mejorara de inmediato. Sissi la detestó desde el primer momento. El odio no tardaría en ser mutuo.

Sissi tampoco se llevaría bien al principio con el conde Grünne, la mano derecha de su prometido. El conde era también muy arrogante y puntilloso con el protocolo, y miraba a la futura emperatriz con absoluta condescendencia, dejándole claro con sus miradas desaprobadoras que pensaba que no estaba a la altura e indicándole en todo momento lo que debía hacer y cómo debía hablar. Sissi comenzó a sentirse profundamente agobiada, sobrepasada por los acontecimientos.

Cuando el compromiso se hizo público, el 24 de agosto, entre el emperador y «su alteza serenísima la princesa Elisabeth Amalia Eugenia, duquesa de Baviera», los vieneses reaccionaron con cautela. Sofía nunca había sido excesivamente popular entre el pueblo, que la veía como una intrigante, y después de las revoluciones de 1848, cuando la archiduquesa maquinó para que se aplastara a los rebeldes con fuerza, su desprestigio llegó a cotas insólitas. Que la futura emperatriz fuera su sobrina, otra Wittelsbach de Baviera, insignificante y desconocida, hizo que muchos sospecharan que se tratase de otra mujer sin escrúpulos ni encanto alguno.

La corte de Viena, consciente de la falta de fervor popular por el enlace, inició una intensa campaña de imagen para vender a la futura emperatriz como una princesa de cuento y su historia de amor como una fábula de hadas, dulzona y a rebosar de romanticismo. Comenzó entonces el mito de Sissi que, muchos años más tarde, se consolidaría con las películas de Romy Schneider. Los periódicos de Viena se llenaron de historias a cada cual más fantasiosa e improbable. La versión más extendida era que, mientras iba en el carruaje de camino a Bad Ischl, el emperador había visto a una alegre y bella muchachita que caminaba por unos prados cercanos. El emperador se había quedado tan prendado de ella que incluso mandó parar la carroza y bajó a conocerla en persona, sin intuir que aquella chiquilla que parecía una campesina era, en realidad, una princesa. No fue hasta días más tarde cuando supo de la verdadera identidad de la joven, la cual ya le había robado perdidamente el corazón. Incomprensiblemente, muchos creyeron que semejante historia era real.

Cuando, a finales de agosto, llegó el momento de marcharse de Ischl, Sissi no pudo reprimir las lágrimas. Todos pensaron que era por decirle adiós a su prometido y, aunque había algo de verdad en ello (Sissi nunca había soportado las despedidas), el llanto era, en realidad, de puro agotamiento. La pobre princesa estaba exhausta tras tantos días de emociones, eventos y nervios continuos por saberse el centro de todas las miradas. Franz, sin embargo, pensando que lloraba por él, la abrazó e intentó consolar:

—No te preocupes, mi queridísima Sissi. Pronto volveremos a vernos. Iré a verte a Possenhofen en cuanto pueda. Te lo prometo.

Franz regresó a Viena; Sissi partió con su madre y su hermana. En el carruaje, Sissi miraba a su hermana tiernamente, implorándole de algún modo que la perdonara. «Yo no quería, Néné, lo prometo —decían unos ojos tristes y desconsolados—. Era a ti a quien debería haber escogido». Pero Néné no le hacía caso y observaba el paisaje con la vista perdida en la inmensidad de las montañas. Los últimos días habían sido demasiado dolorosos y humillantes para ella, y ahora solo quería llegar a Possenhofen, encerrarse en su habitación y llorar desconsolada. Su vida había acabado o, al menos, así lo sentía. Tenía dieciocho años, una edad que entonces se consideraba ya avanzada para comenzar de nuevo en el mercado matrimonial, y pensaba que nadie se fijaría en ella. «Aquel maldito viaje», se lamentaba. «Aquel maldito viaje…»

A Franz le esperaban numerosas crisis a su vuelta en Schön-brunn. La situación en el Imperio otomano se había agudizado y el zar lo presionaba insistentemente para que se aliara con él. Pero el emperador, joven, inexperto y demasiado enamorado como para concentrarse, no prestó demasiada atención a las batallas que se avecinaban en el Lejano Oriente y, en cambio, ordenó que se levantara el estado de sitio en Viena, Graz y Praga. El barón Kempen, ministro de la Policía, le alertó de que semejante decisión era prematura, pero Franz le contestó tajante que estaba tan feliz por su futura boda que quería que todos sus súbditos en el imperio compartieran su alegría.

Obviamente, Nicolás I no pensaba dejar pasar el tema tan fácilmente y anunció que viajaría personalmente a Olomuc. En una carta, exigió verse allí con Franz el 14 de septiembre. Al emperador no le quedó más remedio que partir de inmediato y, para no insultar más al zar, ordenó organizarle un recibimiento multitudinario. Centenares de soldados perfectamente alineados presentaron sus más altos honores al soberano ruso. Sin embargo, eso fue todo lo que consiguió Nicolás. Después de largas conversaciones entre ambos monarcas, Franz se negó a comprometer al Ejército austríaco en una nueva guerra. Las finanzas del imperio eran deficitarias, se tenía que reducir el número de soldados para ahorrar gastos y, además, el emperador no quería otro gran baño de sangre como el de las guerras napoleónicas. Austria no se opondría a las ansias expansionistas de Rusia, pero tampoco participaría en ellas. El zar partió de Olomuc profundamente enfadado.

Franz no sabía si había hecho lo correcto, pero no quiso darle más vueltas y se centró en algo que le hacía verdadera ilusión: volver a estar con su amada Sissi. «No puedo esperar mucho más para que llegue el momento en que pueda partir de viaje a Possenhofen para ver otra vez a Sissi. No paro de pensar en ella», escribió Franz a su madre.[17]

Mientras su prometido decidía el futuro de Oriente con los rusos, Sissi se sometía a un programa intensivo de estudio. Del mismo modo que su hermana Néné había tenido que prepararse a conciencia, ahora le tocaba a ella, aunque en su caso la exigencia era aún mayor, porque su educación había sido hasta la fecha completamente deficitaria. El maestro de baile fue de nuevo requerido y tutores de francés e italiano fueron rápidamente contratados, aunque no consiguieron gran cosa y la propia Ludovica reconoció por carta a su hermana Sofía que: «Desgraciadamente, mis hijos no tienen ninguna facilidad para aprender lenguas extranjeras».[18]

En historia hubo un poco más de suerte. El duque Max conocía a un historiador húngaro que vivía en Múnich, un tal Johann Mailáth, ya muy mayor, de mediana estatura, ciertamente excéntrico, pero simpático y divertido. El hombre vivía en condiciones cochambrosas, prácticamente de miseria, pues no tenía más ocupación que escribir libros por los que no recibía apenas dinero.[19] Entre sus obras destacaba *La historia del imperio austríaco*, un volumen muy controvertido en los círculos académicos porque lo consideraban poco riguroso y lleno de observaciones imaginarias, demasiado proclives a defender a los Habsburgo sin ningún tipo de juicio crítico.

Consciente de que le vendría bien algo de dinero, Max lo contrató para que le diese a Sissi clases tres veces por semana. Para sorpresa de muchos, que sabían que la princesa no había demostrado ningún interés por la materia antes, Sissi se entusiasmó con lo que le explicaba Mailáth, sobre todo cuando le describía la belleza de su Hungría natal, y muchas tardes las lecciones se alargaron hasta altas horas porque la joven no paraba de hacerle preguntas. A diferencia del resto de los idiomas, que no le atraían en absoluto, Sissi también desarrolló un gran interés por el húngaro y aprendió bastante rápido a decir algunas palabras.

El historiador, sin embargo, no solo le descubrió las maravillas de su tierra y su idioma. A pesar de que era un ferviente defensor del imperio y leal al emperador, también era consciente de que Hungría merecía un trato mejor del que recibía y comentó a la joven princesa que Franz había abolido totalmente la autonomía del reino, lo que había provocado grandes resquemores. También le habló de las repúblicas, una materia arriesgada para quien estaba a punto de convertirse en emperatriz. No obstante, Mailáth insistía en que eran la «forma de gobierno más apropiada» y que «serían el futuro», unas frases que Sissi repetiría con frecuencia más adelante para gran escándalo de la corte de Viena, incluso de su propio marido.

El emperador llegó a Múnich el 11 de octubre para ver al rey de Baviera. Luego partió hacia Possenhofen. Al ver a su amada, la abrazó tiernamente. La encontró cambiada: había ganado algo de peso desde Bad Ischl (poder relajarse lejos de miradas extrañas había hecho que recuperase su apetito) y tenía una expresión mucho más feliz y saludable. Franz pensó que estaba aún más bella. Juntos pasaron unos días tranquilos donde el emperador, alejado de todo protocolo, jugó con los hermanos pequeños de su prometida y dio largos paseos a caballo con ella. Fue la primera vez que la veía montando y no pudo más que admirar su destreza como amazona. Franz escribió entusiasmado a la archiduquesa Sofía: «Nunca, mi querida madre, seré capaz de agradecerte lo suficiente por haber traído a mi vida semejante felicidad. Cada día amo más a Sissi».

El día 15, el emperador, Sissi y la familia de esta regresaron a Múnich para asistir al cumpleaños oficial de la reina de Baviera. La corte había pensado celebrar la ocasión con una ópera y decidieron que se representaría *Guillermo Tell*. Pero el emperador se opuso a la obra (la trama trata de un héroe suizo que se enfrenta a la casa de Habsburgo) y exigió que se cambiara de representación. Finalmente se optó por *Catharina Cornaro*, de Franz Lachner, una pieza que tampoco ofrecía buenos auspicios: comenzaba con un compromiso matrimonial que se rompía.

A Sissi el libreto le dio igual, a ella lo que le horrorizó fue tener que aparecer en el palco de honor y que todos la observaran. Fue la primera vez que se enfrentaba a un acto semejante y se sintió acomplejada, torpe y totalmente fuera de lugar. En la recepción posterior se la vio incómoda y sin saber qué hacer. Tampoco estuvo muy animada en un baile de gala celebrado en los días posteriores. Sissi fue presentada a todo el cuerpo diplomático y, aunque intentó mantener una conversación agradable, no pudo más que balbucear algunas frases incomprensibles. La impresión que causó fue muy pobre y bastantes diplomáticos enviaron notas a sus respectivos países informando de que la futura emperatriz de Austria era una muchachita excesivamente tímida y en absoluto preparada para lo que le esperaba en Viena.

Sissi estaba de acuerdo. Aquellos días tuvo un ensayo de lo que sería su vida y se asustó. No solo estaba todo el ceremonial, sino que empezó a entender la carga de trabajo que portaba su prometido. Cada día llegaba de Viena un jinete con las últimas noticias e informes que debían ser leídos sin demora. Franz pasaba largas horas con el conde Grünne despachando asuntos y analizando la situación en el Imperio otomano. Precisamente, fue la escalada de los problemas en Oriente lo que le hizo acortar sus vacaciones en Baviera y regresar antes de lo previsto a Viena. Sissi lloró tanto en la despedida que su cara acabó hinchada.

Unos días más tarde, Sissi reconoció ante sus padres que tenía mucho miedo. Aunque seguía sin estar enamorada, ahora apreciaba al emperador y estaba aprendiendo a tenerle cariño, pero estaba atemorizada. No quería dejar Possenhofen, ni a sus hermanos, ni su libertad. Sabía que no estaba a la altura de lo que se esperaba de una emperatriz y que, seguramente, nunca lo estaría. Aquella vida no podía hacerla feliz. Sissi se sumió de nuevo en la melancolía, en el mismo halo de tristeza que la embargó cuando murió Ricardo. A su cuaderno de poesías regresaron versos de desánimo: «Qué feliz sería yo rompiendo todos los obstáculos / desgarrando todas las ataduras…».

Su madre, muy preocupada porque su hija acabase con una depresión, escribió una carta a Sofía implorándole que se retrasara la boda unos meses. Sissi necesitaba tiempo, explicó. Para prepararse, para mentalizarse, para crecer y madurar. Seguramente, también para aprender a amar a Franz. Pero a la archiduquesa semejante posibilidad le resultó inconcebible. La boda tendría lugar en pocos meses, el 24 de abril, tal como se había previsto, y daba completamente lo mismo si a Sissi le apetecía o no.

Ya era demasiado tarde para echarse atrás.

El 4 de octubre, el Imperio otomano le declaró la guerra a Rusia. Franz entendió que la contienda era inevitable, pero aun así siguió más pendiente de su amada que de los problemas que le acechaban. Cada día pensaba en nuevos regalos para enviarle. Un día, apareció en Múnich un correo especial portando un retrato del emperador en miniatura incrustado en un brazalete de diamantes. El 17 de noviembre, día de Santa Isabel, la onomástica de Sissi, llegó otro obsequio fabuloso: un broche en forma de ramo de rosas, hecho íntegramente con diamantes, que había costado la fortuna de ochenta mil florines. Un retrato del emperador en uniforme de lancero imperial también fue cuidadosamente trasladado. Más collares fueron enviados. Y pendientes, brazaletes, ramos de flores y lujosas pieles.

Franz contaba los minutos para poder regresar a Múnich. A finales de diciembre, emprendió otra vez el viaje, las larguísimas treinta horas que separaban por entonces Viena de la capital bávara. Franz llegó la madrugada de la noche del 20 al 21 y, a pesar de lo tarde que era, fue directamente al palacio de Ludwigstrasse e insistió en ver a su amada. Sissi tuvo que ser levantada de la cama y vestida a toda prisa.

El emperador se quedó todas las Navidades. Era la primera vez que pasaba las fiestas lejos de su propia familia, pero el esfuerzo valía la pena, Sissi iba a cumplir dieciséis años el día 24 y Franz no quería perderse semejante fecha señalada. Le había llevado más joyas y un servicio de plata maciza para tomar el desayuno cuando estuviera de viaje, grabado con la inicial E, por Elisabeth, y una corona imperial. Lo mejor, de todos modos, lo reservó para la Nochebuena. Ella le regaló un retrato suyo a caballo; él le hizo traer de Viena un obsequio muy especial. Esa misma noche, a pesar de la fuerte tempestad de nieve, llegó puntual un destacamento con rosas frescas de los invernaderos de Schönbrunn, todo un lujo exótico por entonces. También, y siguiendo con las rarezas, venía un animal poco común: ¡un loro rosa! En 1853 prácticamente nadie en Múnich había visto uno al natural y muchos no sabían ni que existían. De hecho, debía de ser el único en su especie en la ciudad y, probablemente, en todo Baviera. A Sissi le gustó más que las joyas y las pieles y los retratos de los mejores artistas.

—Es el regalo más bonito que me han hecho jamás —le reconoció a Franz, y luego, con voz apesadumbrada, susurró—: Tan vivo y bello y único. ¡Qué lástima que tenga que vivir siempre enjaulado!

A Franz, las palabras sombrías de su prometida no parecieron importarle. Estaba tan loco de amor por ella que no quiso ver que Sissi era profundamente desgraciada y que, en el fondo, estaba pidiendo a gritos que se alejara de ella, que la olvidara y la dejara ser feliz en Possenhofen, lejos de la corte, de la etiqueta y las miradas maledicentes que la perseguían y la observaban allá donde fuese.

Franz tampoco se dio por enterado cuando supo que Sissi se escapaba de las costureras y que su ajuar estaba muy atrasado. Decenas de modistas, bordadoras, planchadoras y zapateras habían sido contratadas a toda prisa para crear trajes que estuvieran a la altura de una emperatriz. Hasta entonces, Sissi había ido siempre muy mal vestida y apenas contaba con dos o tres vestidos lo suficientemente dignos como para llevarlos en actos de la corte. Pero, a pesar de que todas las oficialas trabajaban sin parar desde el alba hasta bien entrada la noche, Sissi no cooperaba en lo más mínimo: se escabullía de las pruebas, no soportaba estarse quieta más de unos minutos y muchas veces, en Possenhofen, salía corriendo hacia las montañas para esconderse. El propio Franz se alarmó del retraso en el ajuar y escribió a su madre: «Con el *trousseau* las cosas no avanzan bien y tengo serias dudas de que acabe siendo bonito».

Sofía respondió indignada. En una carta a Ludovica le recordó que, cuando ella partió a Viena, más de cuarenta baúles la acompañaron, y eso que ella iba a convertirse en archiduquesa, no en emperatriz. ¡La futura esposa del emperador no podía aparecer en Viena como una cochambrosa cualquiera! ¡Qué iba a decir la corte!

Ludovica lloró desconsolada al leer la misiva. ¡Si dispusieran de un poco más de tiempo!

—¡Qué dirán de nosotros en Viena, Señor! —sollozaba a lágrima viva—. ¡Qué vergüenza será para todos nosotros! ¡Qué desgracia, Señor, qué desgracia!

Sissi no lo entendía. ¡Ella nunca había visto tantos trajes lujosos juntos! ¿Cómo alguien podía llorar de pena ante semejante dispendio de riqueza? Franz le intentó explicar que, en la corte, las apariencias eran lo único que importaba y que aquel ajuar, aunque digno, no estaba a la altura de lo que se esperaba de una futura emperatriz. La corte no tardaría en llenarse de chismorreos hirientes. Ludovica no lloraba por los vestidos y los zapatos, sino por los insultos que iba a recibir su hija.

A Sissi le hubiera gustado pasar las Navidades en familia, sin ceremonial innecesario, pero la presencia de Franz la obligó a acudir a un sinfín de eventos oficiales. Quizás para compensar, él la colmaba de atenciones:

—¿Está todo a tu gusto, querida? —insistía—. ¿Qué más puedo hacer por ti? ¿Qué regalos te agradarían?

Cuando ella tembló una noche de frío, él ordenó que trajeran rápidamente de Viena el mejor abrigo que hubiera. Al cabo de pocos días arribó una elegante capa de terciopelo azul recubierta con pieles de marta cibelina. Le siguieron más joyas. Nuevas flores exóticas fueron enviadas a toda prisa. Cuando él regresó a Viena, ella lloró de nuevo desconsolada. Él volvió a creer que era por el amor a raudales que sentía por él. Pero se equivocaba.

En Austria, Franz se topó con noticias alarmantes: la guerra era inminente. El zar exigía que lo apoyara y sus ministros seguían sin ponerse de acuerdo en cómo proceder. Franz intentó desesperadamente contener las ansias imperialistas de los rusos, pero nuevamente su cabeza estaba en otro sitio y, a la mínima, se olvidaba del Imperio otomano y se centraba en los preparativos de su boda.

Como Sissi y él eran primos (en primer grado por parte de madre, pero también relacionados lejanamente por parte de padre), se requería una dispensa papal. Pío IX envió enseguida su autorización. Al mismo tiempo, era necesario establecer el contrato matrimonial, los términos monetarios de la unión. Sissi recibió como dote de su padre cincuenta mil florines y el emperador se comprometió a darle doce mil ducados de oro como *Morgengabe*, literalmente «el regalo de la mañana», una tradición germánica que consistía en ofrecer dinero la mañana después de la noche de bodas, tras haber consumado sexualmente el matrimonio. Siguiendo el protocolo de la corte, el dinero sería cuidadosamente preparado por el ministro de Finanzas en piezas de oro y plata de nuevo cuño, el que no hubieran sido usadas antes era una metáfora de la virginidad de la novia.

El contrato matrimonial también establecía que Sissi recibiría una pensión anual de cien mil *guldens* para sus gastos personales (básicamente ropa), una cantidad desorbitada (era cinco veces superior a la que recibía la archiduquesa Sofía), más teniendo en cuenta que el coste de sus criados, alimentación e incluso de sus caballos iba a ser sufragado aparte por el emperador.

También se estipuló dónde viviría la pareja. Sofía se encargó de que les destinaran veintiséis estancias dentro del Hofburg, las cuales incluían antesalas, salas de recepción y de conferencias, su propia galería de espejos, salones para audiencias, cámaras para departir con las damas, un comedor, varios dormitorios, vestidores y gabinetes de trabajo. No había, sin embargo, ni un solo baño mínimamente actualizado incluso para los estándares del siglo XIX: las bañeras se llenaban con agua calentada en las cocinas y, en vez de váteres, aún disponían de *chaises percées*, unas sillas de madera con un agujero en donde se insertaba un orinal.

Sofía quiso que todas las estancias fueran decoradas con el mayor lujo y boato posible. La mayoría de las paredes se forraron en damasco carmesí, los techos se adornaron con artesonados dorados y los muebles fueron de la mejor calidad. El dormitorio principal, una de las estancias más grandes, tenía las paredes blancas, cubiertas con espejos y guirnaldas de oro. Los muebles se tapizaron en rojo, se instalaron dos estufas gigantescas, grandes lámparas de araña, sofás, sillones, mesas con patas repujadas y una cama descomunal sobre una alfombra ricamente bordada. El comedor privado era otra de las salas más recargadas, con jarrones de porcelana, candelabros y multitud de cuadros, casi todos de paisajes.

Consciente de que el ajuar de Sissi no sería el adecuado, Sofía también se encargó de que le prepararan peines, cepillos y espejos de mano de oro macizo. Frascos de perfume fueron encargados a Filz, el proveedor oficial de la corte. Incluso se adquirieron nuevas sábanas de finos hilos y encajes, toallas y mantas gruesas.

Franz, por su parte, ordenó que Biedermann, el joyero imperial, diseñase una corona fastuosa para su futura esposa como regalo de bodas. La pieza, de un coste de cien mil florines, era de una belleza descomunal, con grandes flores de diamantes y esmeraldas entrelazadas. En cuanto estuvo lista, la emperatriz Carolina Augusta, viuda de Francisco I, se agachó a admirarla y, sin darse cuenta, el manto que portaba se enganchó en uno de los diamantes. Cuando se incorporó, la tiara cayó al suelo y algunas esmeraldas saltaron y rodaron por el parqué de madera. Biedermann fue requerido a toda prisa para arreglar el estropicio. Muchos creyeron que aquel desafortunado incidente era un muy mal presagio.

Franz viajó otra vez a Múnich el 15 de marzo, a poco más de un mes de la boda. Llevó esta vez, entre otros, el regalo de bodas que Sofía le hacía a Sissi: un magnífico *parure* compuesto por una tiara de diamantes y grandes ópalos, a juego con una gargantilla y pendientes. Era el mismo juego de joyas que la archiduquesa había lucido en su boda y esperaba que su futura nuera también las llevara en la suya. Sissi no pudo contener un «ooh» emocionado en cuanto abrió la caja aterciopelada que custodiaba aquel tesoro.

La joven princesa se puso enseguida a escribir una carta de agradecimiento a su tía, pero Franz le indicó que esta vez se dirigiera a ella de usted y no de tú, como había hecho hasta entonces. Aunque fuese su sobrina, le dejó claro, semejante grado de informalidad era impensable en la familia imperial. Él mismo, sin ir más lejos, se dirigía a su madre de usted, y esperaba que su futura mujer hiciera lo mismo. Sissi comenzó la carta con un protocolario «Muy queridísima y muy honorable archiduquesa». El resto del texto fue de una gran frialdad.

Sissi estaba harta. Llevaba semanas recibiendo cartas frecuentes de Sofía dándole órdenes. ¿Habían mejorado algo sus dientes y ya no los tenía tan amarillentos? ¿Se sabía ya de memoria todos los títulos que ostentaría? Le había enviado una lista a Múnich con todos ellos: emperatriz consorte de Austria, reina consorte de Hungría, Bohemia, Croacia, Eslavonia, Dalmacia, Galicia, Lodomeria e Iliria; gran duquesa de Toscana, Cracovia y Transilvania; margravesa de Moravia, Lusacia e Istria… ¿Sabía mantener ya una conversación en francés? ¿Estaba mejorando algo su italiano y su húngaro? ¿Dominaba ya la genealogía de los Habsburgo desde los tiempos de Rodolfo I, en el siglo XIII, el primero de la dinastía en ascender al trono? Y ahora, encima, aquel fastidioso *usted*.

Sissi ya no podía más, pero lo peor aún estaba por llegar.

4

Matrimonio

Las ceremonias oficiales por los esponsales empezaron el 14 de marzo con la recepción oficial que Ludovica y Max ofrecieron en su palacio de la Ludwigstrasse. Trece días más tarde, el 27 de marzo, Sissi tuvo que renunciar oficialmente a sus derechos sucesorios de Baviera. Lo hizo en un acto solemne en la sala del trono del palacio real, acompañada por toda la familia Wittelsbach. La princesa iba ataviada con un fabuloso vestido y portaba algunas de las joyas que el emperador le había regalado. Sin embargo, a pesar del esplendor de los ropajes y el brillo de los diamantes, Sissi apareció acongojada, seria y muy pálida. En los bailes de gala que se organizaron en su honor tembló todo el rato de nervios.

En Viena, Franz se pasaba doce horas al día en su despacho tratando de evitar una guerra con Rusia. Decidió enviar emisarios a Berlín para buscar una alianza con Prusia que presionara al zar, pero los prusianos no querían que los arrastrasen a un conflicto en donde no tenían nada que ganar.

Mientras tanto, Inglaterra y Francia habían decidido aliarse contra Rusia. En el país francés se habían sucedido muchos cambios en los últimos años: tras la caída de la monarquía después de la revuelta de 1848, se había establecido formalmente una república y un tal Luis Napoleón Bonaparte, un sobrino de aquel mítico emperador Napoleón Bonaparte que había arrasado media Europa, había aprovechado la coyuntura para presentarse a las elecciones.

Luis Napoleón, como se le conocía por entonces, había sufrido una vida azarosa: de pequeño, cuando su tío fue derrotado, él tuvo que partir al exilio con su familia. Su madre y él se instalaron unos años en Baviera y luego en Roma, donde aprendió italiano y se enamoró tanto del país que se alistó en los Carbonari, un grupo revolucionario clandestino que luchaba contra la ocupación austríaca de la península. Perseguido por la policía, tuvo que huir nuevamente y comenzó un periplo que lo llevó a Inglaterra, Suiza, Brasil, Nueva York y de nuevo a Londres, donde vivió durante varios años y se codeó con las figuras más destacadas del momento, incluidos el político Benjamin Disraeli y el escritor Charles Dickens.

Tras la revolución de 1848, regresó a París y se presentó a las elecciones legislativas que se acababan de convocar. La primera vez que pisó el Parlamento, muchos esperaban ver en él a un gran líder, de un carisma equivalente al de su tío, el emperador Napoleón. No era ningún secreto que muchos en Francia echaban de menos a los Bonaparte y estaban deseando que alguno de sus herederos naturales asumiese de nuevo el poder. Pero Luis Napoleón resultó un fiasco, su primer discurso político fue un auténtico desastre. Carecía de ritmo y de entonación, se embarulló en la mitad de las frases, tartamudeó y no supo decir más que cuatro expresiones obvias y manidas. Encima tenía un horrible acento alemán, fruto de su juventud en el exilio. Nadie lo tomó en serio.

Luis Napoleón no se amilanó, al fin y al cabo, seguía teniendo su apellido, lo que le ayudó a ganar adeptos. Algunos mandamases creyeron que, como parecía tonto, sería fácil de controlar y lo apoyaron para que avanzase políticamente. «Es un cretino al que podremos manejar», aseguró Adolphe Thiers, uno de los políticos más destacados del momento.[1] «Es un cabeza hueca enigmático, sombrío e insignificante», pensaba Alexis de Tocqueville, uno de los mayores filósofos de la época.[2] Apoyado por varias facciones que lo trataban como un pelele, Luis Napoleón se presentó a las elecciones para elegir al primer presidente de la historia de Francia, en diciembre de 1848. Tras una campaña donde prometió restaurar «el orden y la prosperidad» y recuperar «el orgullo nacional», arrasó en los comicios (consiguió el 74 por ciento de los votos emitidos).

Una vez instalado en el palacio del Elíseo, sede de la presidencia de Francia, mandó colgar un gran cuadro de su tío, el emperador Napoleón, en el salón principal. Luego comenzó a vestir con uniformes del Ejército e insistió en ser llamado «príncipe-presidente», en vez de presidente a secas. Dos años más tarde, en 1851, y demostrando que de tonto no tenía un pelo, Luis Napoleón dio un golpe de Estado para asegurar su permanencia en el poder y, en 1852, se hizo proclamar emperador. Adoptó el nombre de Napoleón III (Napoleón II, según él, había sido el duque de Reichstadt).

Las cortes europeas no supieron cómo reaccionar frente a ese supuesto pelele que se acababa de autocoronar. La tradición dictaba que los reyes se debían dirigir entre ellos como *monsieur mon frère*, algo así como «muy señor y hermano», pero algunos monarcas se negaron en rotundo. El zar de Rusia, aún muy afligido por el dolor y la muerte que Napoleón I había causado en su país, le escribió una carta con el tratamiento de *monsieur et cher amie*, señor y muy amigo. Pero de hermano, nada.

Franz también dudó en tratarle como un igual. Apenas sabía nada de aquel hombre que en cuestión de pocos años había pasado de ser un don nadie a coronarse emperador. Algunos le decían que era un conspirador peligroso; otros, que era un *parvenu*, esa palabra tan francesa para designar a alguien de orígenes modestos que alcanza la fama muy rápido, pero que sigue siendo un don nadie incluso en la cúspide. Unos y otros, sin embargo, coincidían en que tenía una ambición desmesurada y que la buena estrella parecía sonreírle.

Franz supo que el francés era físicamente imponente, con un rostro agradable, perilla y un bigote grueso acabado en afiladas puntas. Era gentil en sus modales, bastante *snob*, le gustaban la fama y el lujo y le encantaban las mujeres. Los rumores apuntaban a que había yacido con centenares, quizás miles. De su paso por Londres se contaban las historias más inverosímiles sobre sus proezas sexuales, aunque, como esclareció uno de sus biógrafos, David Duff, «el número de mujeres con las cuales Luis Napoleón se supone que se habría acostado en tan solo dos años, de 1846 a 1848, bordea lo imposible, incluso para los estándares de un francés con mucho tiempo libre».[3] Además, según explicaría años más tarde una de sus amantes, la marquesa de Taisey-Châtenoy, su rendimiento en el lecho dejaba mucho que desear.[4]

Más allá de estos detalles, sin embargo, a Franz le preocupaba que, como buen arribista, en el fondo fuese un inseguro, por lo que no vacilaría en adoptar políticas arriesgadas solo para demostrar su poder. Y no se equivocaba: Napoleón III tenía tanto miedo a acabar en la guillotina que quiso comenzar su reinado con un gran triunfo que le afianzara en su frágil trono. Una gran victoria contra Rusia se le antojó tan buena idea como cualquier otra. Además, aquella guerra permitiría acercar Francia a Inglaterra, un país por el que Napoleón III sentía verdadera admiración.

Después de intensos preparativos, el 17 de marzo, barcos británicos y franceses entraron en el mar Negro. Las declaraciones de guerra contra Rusia se sucedieron: Londres el 27 de marzo y París al día siguiente. Franz comprendió que, tarde o temprano, Austria tendría que hacer lo mismo.

El viernes 14 de abril, veinticinco baúles, diecisiete de gran tamaño y ocho más pequeños, partieron de Múnich hacia Viena con el ajuar de Sissi. En cuanto llegaron al Hofburg, un oficial se encargó de inscribir minuciosamente cada pieza en un registro: había solo cuatro vestidos para bailes de la corte (dos blancos, uno rosa y otro azul con detalles de rosas blancas); diecisiete vestidos de gala con grandes faldas acabadas en cola; catorce vestidos de seda para el invierno y diecinueve para el verano, normalmente en rosa, violeta, azul claro o amarillo; cuatro corsés más tres especiales para montar a caballo; y dieciséis sombreros. La ropa interior también fue anotada: catorce docenas de medias de seda, veinte docenas de pañuelos, ciento cuarenta y cuatro camisolas interiores, tres docenas de camisones (la mayoría en batista con encaje de Valenciennes) y tres camisolas para el baño. Había, además, docenas de pares de zapatos; según la tradición de la corte, la emperatriz solo podía llevar unos zapatos una vez y luego debía regalárselos a una dama.

Como había temido Ludovica, en cuanto el ajuar fue expuesto, la corte se asombró de su pobreza. «¡Solo cuatro trajes de baile!», exclamaron con desprecio. «¿Y qué va a hacer una emperatriz con solo dieciséis sombreros?». Su colección de plata y oro era igualmente modesta y las únicas joyas remarcables eran las que le había enviado el emperador como regalo. «¿Qué clase de ajuar lamentable era aquel? ¡Menuda vergüenza! —se oyó por los pasillos del Hofburg—. ¡Viena va a ser el hazmerreír de Europa!».

El domingo de Pascua, toda la corte de Baviera y el cuerpo diplomático fueron invitados a un gran baile de gala para despedir a Sissi. La joven apareció radiante, vestida por primera vez como una futura emperatriz, con un traje de gran gala blanco con falda amplia y larga cola, y el fabuloso *parure* de diamantes y ópalos que le había regalado la archiduquesa. Sobre el pecho lucía ya las condecoraciones oficiales que Franz le había enviado desde Viena.

Sin embargo, su rostro reflejaba una gran pena y, a pesar de toda la formación recibida en los últimos meses, fue incapaz de mantener una conversación con los diplomáticos que la saludaban formalmente. Balbuceaba, se encogía de hombros, se ruborizaba. El embajador de Prusia, Heinrich Friedrich von Bockelberg, entendió lo que le pasaba: «La joven duquesa parece sufrir por la idea de dejar su país y a su ilustre familia —escribió—. La expresión de esta pena arroja una sombra ligera sobre su joven rostro radiante de belleza y finura».

Al día siguiente, Sissi regresó a su querido Possi para decirle adiós. La próxima vez que viese a sus queridas montañas ya nada sería igual. Ella ya no sería la misma; nunca volvería a serlo. En su cuaderno de poemas escribió una despedida: «Adiós, piezas silenciosas / Adiós, viejos castillos / Y vosotros, primeros sueños de amor, / reposad en paz al fondo del lago...».

El jueves 20 de abril, Sissi se despertó muy temprano. Sus doncellas la ayudaron a vestirse y, en cuanto estuvo lista, acudió a misa con toda su familia en la capilla del palacio de Ludwigstrasse. El rey de Baviera y su esposa, así como varios miembros de los Wittelsbach, todos vestidos con uniformes y trajes de gala, se presentaron en el hogar de Ludovica y Max para dar el último adiós a la princesa. Sissi se despidió sentidamente de todos, y también del servicio, a quienes entregó regalos y les dio la mano, un gesto que como emperatriz ya no podría volver a hacer. La corte de Viena consideraba vulgar semejantes confianzas con personas de menor rango.

Un precioso carruaje tirado por seis caballos la esperaba a la puerta. También centenares de bávaros que se agolpaban en la gran avenida y agitaban sus pañuelos para homenajear a la futura emperatriz. Ella subió a la carroza, se acomodó al lado de su madre y, al escuchar tanto griterío, se levantó solemnemente y dirigió al gentío un bonito saludo. Estaba tan emocionada que no pudo contener las lágrimas.

La carroza enfiló por las principales calles de Múnich, todas vistosamente engalanadas para la ocasión. En algunos puntos, Sissi se volvió a levantar y a saludar con la mano. Aún lloraba sentidamente.

El viaje hasta Viena duró tres días y dos noches. Primero fueron de Múnich a Straubing y de ahí, al puerto fluvial de Passau, en la ribera del Danubio, el punto que servía de frontera natural entre Austria y Baviera. Sissi fue agasajada en los pueblecitos por los que pasó con gritos de felicidad y lugareños ondeando banderitas. En Passau incluso le construyeron un gran arco de triunfo con flores, todas las campanas de las iglesias repicaron de júbilo, los cañones dispararon salvas y, en el muelle, la esperaron altos oficiales del imperio. Fue la primera vez que se la trató oficialmente como emperatriz. Decenas de austríacos se habían acercado para verla, pero su primera impresión no pudo ser peor: la princesa se mostró tímida, iba muy mal vestida con un vestido oscuro que, a estas alturas, estaba cubierto de polvo y, como estaba agotada de tantas emociones y nervios, les pareció frágil y endeble.

Franz decidió darle una gran sorpresa a su prometida. El momento no podía ser menos propicio. El día 20, el mismo en que Sissi partió de Baviera, Franz forzó un movimiento político de gran ingenuidad: creyendo que el zar Nicolás se amilanaría fácilmente, le dejó claro que Austria no se aliaría formalmente con Francia e Inglaterra, pero tampoco iba a prestar apoyo al zar ni pensaba tolerar amenazas expansionistas, por lo que, si Nicolás insistía en seguir anexionando tierras ajenas, le declararía la guerra. La medida, ambigua en grado sumo y sin comprometerse claramente a nada, solo sirvió para enfadar a todos los bandos. Franz, sin embargo, no fue consciente de la indignación que había provocado y el día 20, unas horas después de que Sissi saliese de la Ludwigstrasse, él partió de Viena.

El día 21, a mediodía, la familia ducal tomaba un gran barco de vapor rumbo a Linz, la primera parada en suelo austríaco y en donde pasaría su segunda noche. Fueron cuatro horas de travesía y Sissi pudo disfrutar de un paisaje idílico, con altas montañas y bosques de ensueño. Muchos campesinos y niños pequeños se encaramaron a los árboles para verla pasar y gritarle: «*Hoch Elisabeth! Hoch Elisabeth!*», «¡Viva Elisabeth!». Lo mejor, sin embargo, fue que, al llegar a puerto, Franz estaba esperándola, a pesar de que el protocolo establecía que el emperador debía recibirla en Viena.

Ella se alegró sinceramente de verlo y, aquella noche, fueron juntos al teatro a ver *Die Rosen der Elisabeth*, *Las rosas de Elisabeth*. Después acudieron a una procesión con antorchas en su honor, dieron un paseo en carroza para ver las iluminaciones de la ciudad y asistieron a un recital de piezas populares. Al acabar, Sissi estaba agotada, pero no pudo dormir mucho. Fue despertada de madrugada para comenzar a vestirla. Franz, por su parte, partió a las cuatro de la mañana a Viena para estar presente en la recepción oficial de su amada.

A las ocho en punto, Sissi y su familia se montaron en el barco Franz Joseph, de larguísima eslora y equipado con la última tecnología, lo que entonces significaba motores ingleses y altas chimeneas negras que escupían grandes nubes blancas. El gran mástil portaba banderas rojas y blancas (por Austria), amarillas y negras (por los Habsburgo) y blancas y azules (por Baviera), pero sin duda lo más impactante era que toda la parte trasera de la cubierta estaba decorada como si fuera un jardín, repleto de rosas frescas cortadas en Schönbrunn.

La princesa estaba tan cansada que no se percató de la belleza de los arreglos y, en vez de estar en el puente, saludando a sus nuevos súbditos, se refugió en un camarote. Tan solo cuando su madre le indicó que una emperatriz no podía esconderse, accedió a salir.

Se había prohibido navegar en la misma ruta que seguiría el Franz Joseph, por lo que el barco discurría solo por las plácidas aguas del Danubio. Sissi intentaba sonreír a las multitudes que se agolpaban, pero estaba tan nerviosa que su rostro parecía tenso. Los gritos le provocaban dolor de cabeza; el saberse el centro de todas las miradas hacía que se mareara. De nuevo, generó una pésima impresión entre todos aquellos que la observaban desde la distancia y se preguntaban qué podría haber visto el emperador de Austria en aquella chiquilla insignificante.

A las cuatro de la tarde, el barco atracó en Nussdorf, el puerto más cercano a la capital. Una recepción de centenares de altos oficiales, generales, obispos y diplomáticos estaba perfectamente alineada. De nuevo, las campanas repicaron, los cañones dispararon salvas y el arco de triunfo de rigor lucía espléndido con su decoración de tapices, banderas, espejos y rosas frescas.

Franz subió corriendo al barco seguido por su madre, la archiduquesa Sofía. Vio a Sissi en la cubierta, ataviada con un vestido de seda rosa, una capa y un sombrero blancos. Fue directamente a ella, la abrazo y la besó apasionadamente. Luego, ambos bajaron del brazo y Sissi tuvo que pasarse una larga hora saludando a dignatarios y sus esposas. ¿Realmente aquella muchachita sin ninguna belleza especial ni donaire había podido encandilar al emperador?, se escandalizaron muchos. ¡Menuda emperatriz de tres al cuarto que les esperaba! ¿En serio no había otra candidata?

Sissi notaba el peso de las miradas desaprobadoras y sentía que se ahogaba. Quiso correr, huir muy lejos de aquel mundo que la asfixiaba. Pero sabía que era imposible, aquel era su destino y ya nada se podía hacer. Sissi subió sumisamente al carruaje que la trasladaría a Viena. A su lado viajaba la archiduquesa Sofía.

Dos obeliscos coronados con águilas doradas enmarcaban las gigantescas verjas de hierro que daban acceso a los jardines de palacio. Sissi divisó al fondo la fachada imponente de Schönbrunn, toda reluciente con sus pilastras blancas y estucos amarillos. Schönbrunn era el palacio de verano de los Habsburgo desde los tiempos de la emperatriz María Teresa, allá por el siglo XVIII, le había explicado Sofía en una de sus cartas. El verdadero corazón del imperio, el auténtico hogar de la dinastía.

Las carrozas traquetearon suavemente y se detuvieron delante de aquella mole que a Sissi le resultó terrorífica. Franz, que había ido en otro carruaje, se bajó rápidamente y ayudó a abrir la portezuela a su prometida. Al pisar por primera vez aquel lugar, ella tuvo un mal presentimiento y tembló de miedo. Aquel lugar esplendoroso, uno de los palacios más refinados de Europa, sería su tumba, pensó. Y no se equivocaba.

Franz la condujo al gran salón de palacio, una galería de más de cuarenta metros de largo y diez de ancho con paredes blancas lujosamente decoradas con estucos dorados. A un lado, grandes ventanales daban al patio; al otro, gigantescos espejos con marcos repujados reflejaban el tintinear de las miles de velas que colgaban de lámparas de oro. En el techo, suntuosos frescos pintados por el artista italiano Gregorio Guglielmi representaban a la monarquía austríaca en todo su esplendor.

En el salón la esperaban decenas de personas en uniforme y trajes engalanados formando dos largas filas: los hombres a un lado y las mujeres al otro. Sofía le presentó a las féminas: todas archiduquesas de la dinastía de Habsburgo, duquesas de alto rango, princesas y alguna que otra condesa. Todas solemnes, viejas, estiradas y dignas. Todas escrutando sus movimientos, criticando mentalmente su traje poco esmerado y su falta de belleza. Franz luego la introdujo a los varones: archiduques y altos oficiales. De nuevo el examen, otra vez el suspenso. Sissi intentaba contener el llanto: aquello era mucho peor de lo que ella había temido.

Sofía le presentó después a la que sería su propia corte, capitaneada por la condesa Esterházy, su camarera mayor, a quien Sissi ya conocía de Ischl. El príncipe Lobkowitz sería su chambelán y las condesas Paula Bellegarde y Karoline Lamberg, sus *Hofdamen*, sus damas de compañía. Sissi también dispondría para ella sola de un mayordomo, dos doncellas, dos criadas, cuatro lacayos, un mozo y un portero.

Franz se dio cuenta de la mirada aterrada de su prometida, abrumada por las circunstancias, y, para animarla, la llevó rápidamente a otra estancia donde le esperaban regalos y, en especial, la espectacular tiara de diamantes que le había mandado fabricar. Un *corsage*, un gran broche para llevar sobre el pecho, con diamantes y esmeraldas engarzados, resplandecía a su lado. Y también otra preciosa tiara de diamantes que le había enviado el emperador Fernando.

Luego la acompañó a sus dependencias privadas. Mientras le enseñaba la decoración, le iba diciendo: «Sissi, amada mía, ¿está todo a tu gusto? ¿Qué más puedo hacer por ti? ¿Qué necesitas para ser feliz aquí?». Era tristemente enternecedor verlo tan solícito, pero Sissi sabía que no había nada, ninguna joya por muy valiosa que fuera, que la pudiera alegrar. Sin embargo, no quiso parecer desconsideraba y sonrió tímidamente.

—Franz, ya soy feliz teniéndote a mi lado —mintió. Él sonrió ampliamente.

La condesa Esterházy anunció que la princesa debía retirarse a sus aposentos para prepararse. Tenía que salir al balcón de palacio a saludar a la multitud y luego debía asistir a un banquete de gala. Al día siguiente participaría en la procesión que la presentaría oficialmente a la ciudad de Viena y aún tenía que aprenderse todo el protocolo que implicaba. En una mesita, la princesa Esterházy dejó un grueso dosier titulado «Ceremonia para la entrada pública de la augustísima princesa Elisabeth» con instrucciones muy precisas de lo que se esperaba de ella.

Sissi no pegó ojo en toda la noche a pesar del cansancio. Todo a su alrededor le aterraba. Sofía había mandado decorar su dormitorio y había puesto una fea tela azul oscuro de damasco de seda en las paredes con cenefas de flores que, en la oscuridad y solo iluminadas por velas, producían sombras diabólicas, como si fueran ojos que la observaban. Incluso la augusta cama con cabezal de madera de palisandro oscuro y recargado le daba miedo.

Al día siguiente la despertaron de nuevo antes del amanecer y la trasladaron de Schönbrunn al Neue Favorita, un palacio a las afueras de Viena que antaño había usado la emperatriz María Teresa y que, desde hacía años, funcionaba como colegio mayor. Allí la vistieron con un recargado traje de corte, un proceso que duró varias horas, porque muchas piezas había que cosérselas literalmente encima. El vestido era en color rosa y plata, con una amplia falda acabada en una larga cola. Portaba una guirnalda de flores sobre el pecho y estaba rematado por la extraordinaria tiara de diamantes que Franz le había regalado el día anterior.

Pasado el mediodía, Viena estaba engalanada y prácticamente todos los habitantes esperaban ya en la calle para ver a su nueva emperatriz. Las campanas repicaban solemnes; las banderas ondeaban en balcones y ventanas; pétalos de rosa estaban listos para ser lanzados. A primera hora de la tarde, Sissi y su madre se montaron en una preciosa carroza dorada, decorada con pinturas de Rubens y tirada por ocho bonitos caballos —los famosos lipizzanos austríacos— con adornos en oro y plumas en la cabeza. Detrás de ella había un sinfín de carruajes, todos tirados por seis caballos. Había pajes, lacayos de librea y sombreros de tricornio, oficiales del Ejército a caballo dando escolta, granaderos, coraceros y soldados portando trompetas y anunciando solemnemente que «la augustísima princesa Elisabeth» iba a ser la futura emperatriz de Austria.

Sissi, exhausta y emocionada y con los nervios a flor de piel, no pudo reprimir las lágrimas mientras avanzaba por las calles de Viena y sollozó amargamente durante todo el trayecto mientras agitaba un pañuelo de encaje a modo de saludo. A muchos vieneses aquello les impactó, y no precisamente para bien. ¡Aquella no era la imagen de una futura novia feliz, radiante y enamorada que les habían prometido! ¿Qué se podía esperar de una emperatriz que no era capaz de mantener la compostura en público?

Sissi aún lloraba cuando llegó al que sería su nuevo hogar, el Hofburg, el palacio imperial situado en el centro de Viena. Al salir del carruaje tropezó porque la tiara se dio contra el techo. Muchos creyeron que era un mal fario. Otro más.

Siguiendo con la tradición, los novios fueron a la capilla que había en palacio para confesarse y comulgar. Luego hubo una presentación oficial de los altos funcionarios del Hofburg y, más tarde, visitaron los aposentos que usarían cuando estuvieran casados y que la archiduquesa Sofía había decorado personalmente.

En una de las mesas ya estaba preparado otro grueso dosier, de diecinueve páginas y titulado «*Très humbles rappels*», donde se especificaba el protocolo de la boda y el orden de precedencia. En cuestión de horas, Sissi tuvo que aprenderse de memoria todo el ceremonial y la jerarquía de la corte, con nombres con los que ella no estaba en absoluto familiarizada. Estaban, entre otras, las *allerhöchste Damen* y las *höchste Damen* y las *appartementmässige Damen*, todas ellas con tratamientos y privilegios distintos. Algunas podrían entrar en sus estancias, otras no; algunas podrían tomar té con ella, otras no; estaba perfectamente estipulado quién encabezaría desfiles y en qué orden seguirían las demás. Como emperatriz debía conocer al dedillo aquellas diferencias sutiles, pero ella era incapaz de recordarlas. Leía y releía el orden de precedencia, y todo le parecía absurdo.

Cuando, ya entrada la noche, Sissi se quedó por fin sola en su dormitorio, entre aquellas paredes blancas con recargados estucos dorados y los retratos de sus antecesoras que parecían mirarla con el mismo desdén que todos en la corte, la princesa lloró de nuevo amargamente. Temblaba y se ahogaba en los sollozos, pero nadie acudió en su auxilio.

Al día siguiente, 24 de abril de 1854, a las seis y media de la tarde, Francisco José I de Austria entró con paso firme en la iglesia de los Agustinos. Detrás de él, Sissi avanzó lentamente acompañada por la archiduquesa Sofía y su madre, la duquesa Ludovica. Quince mil velas encendidas parpadeaban en la penumbra y producían sombras que a Sissi le parecieron fantasmagóricas. Mientras el arzobispo de Viena, Ritter von Rauscher, oficiaba la ceremonia asistido por más de setenta obispos y prelados —y pronunciaba una homilía que, a tenor de varios testigos, fue eterna—, Sissi miraba angustiada a su alrededor. Ni siquiera la presencia a su lado de Franz, vestido elegantemente con el uniforme de mariscal, con chaqueta blanca y pantalón rojo, una banda sobre el pecho roja y blanca y numerosas condecoraciones, sirvió para calmarla.

En el momento justo en que se intercambiaron los anillos, un batallón de granaderos apostados en la Josefsplatz, la plaza que hay en el interior del palacio del Hofburg, disparó salvas de honor. Aquello anunció solemnemente a los vieneses que ya tenían nueva emperatriz. Los gritos de «*Hoch der Kaiser! Hoch die Kaiserin!*», «¡Viva el emperador! ¡Viva la emperatriz!», se escucharon por toda la ciudad.

Después de la ceremonia, una larga procesión de más de cincuenta metros salió de la iglesia y se adentró en palacio para comenzar con las audiencias de gran gala. Los novios necesitaron más de dos horas para saludar a todos los presentes. Primero recibieron al ejército, encabezado por los generales Radetzky y Jelačić, y acto seguido, a los diplomáticos. Luego se dirigieron a la Galería de Espejos, adonde les esperaban las mujeres de los diplomáticos, pero justo antes de entrar, Sissi no pudo más. Presa de un ataque de pánico, salió corriendo hacia una estancia cercana y se encerró a llorar. Salió al cabo de largos minutos. Tenía la cara hinchada y los ojos rojos, le temblaban los labios y las manos, y era incapaz de balbucear más de dos palabras seguidas. Las grandes damas de la corte, que habían esperado ansiosamente aquel momento para poder decir que habían sido las primeras en hablar con la nueva emperatriz, se sintieron decepcionadas. ¡Aquella chiquilla no estaba a la altura!

¡Y encima no sabía nada de protocolo!, añadieron. Entre otros muchos errores, cuando vio entre la multitud a dos primos suyos, Sissi les retiró la mano y quiso, en cambio, abrazarlos. Suspiros de horror se oyeron en la sala. ¡Cómo osaba no extender su mano! La archiduquesa Sofía tuvo que ir corriendo a indicarle que, de ahora en adelante, no podría abrazar en público a nadie que no fuera su marido.

—¡Pero si somos primos! —exclamó Sissi.

—Da igual, Sissi, mi querida hija. Ahora eres la emperatriz de Austria.

Los festejos de la boda incluyeron un paseo triunfal de los emperadores en carruaje por las calles de Viena y un gran banquete de gala por la noche que comenzó muy tarde, ya pasadas las diez. Se sirvieron una docena de platos y, entre otros, los prestigiosos vinos dulces húngaros de Tokaji, una de las bebidas favoritas por entonces entre las casas reales.

No se sabe exactamente qué trajes llevó Sissi en todos estos eventos, ni siquiera a la boda en los Agustinos, aunque por lo que se ha podido averiguar, seguramente optó por diferentes vestidos durante el día. Probablemente fueron de seda blanca, con larga cola y recargados bordados de flores en hilos de oro y plata. Los velos seguramente serían de encaje de Bruselas. No se ha conservado ningún traje porque, siguiendo la tradición, se donaron a iglesias y se usaron para crear casullas y estolas para eclesiásticos. Algunas piezas acabaron en la basílica de María Taferl de Viena y el velo acabó en la ciudad bávara de Altötting, un lugar de peregrinaje para católicos. También se enviaron algunos trozos de encaje a la iglesia de Matías, en Budapest.

Al acabar el banquete, tuvo lugar la ceremonia del *coucher*, el acompañamiento de los novios hasta el lecho donde pasarían la noche de bodas. El protocolo dictaba que la novia debía ser acompañada por todas las princesas casadas de la corte hasta la habitación, debían rezar juntas y luego la novia debía meterse en la cama. Un chambelán anunciaría entonces al novio que podía entrar. Este sería acompañado por todos los príncipes casados, los cuales se quedarían en la sala hasta que los esposos estuvieran juntos en el lecho. Sin embargo, a pesar de lo que dictaba la etiqueta, Franz ordenó que el *coucher* fuera menos intimidatorio. Las doncellas quitaron a Sissi el recargado traje que portaba y le pusieron un camisón de encaje. Solo Ludovica y Sofía la acompañaron hasta sus estancias privadas. Al llegar a la antecámara, Sofía se detuvo y le dio un beso en la frente a su nuera. Ludovica fue con ella hasta el lecho y la metió en la cama. Sofía fue entonces a avisar a Franz y entraron juntos en la habitación. Ludovica y Sofía les dieron solemnemente las buenas noches. Sofía apuntó aquella noche en su diario que «Sissi escondió su bonita cara en la almohada, rodeada de masas de su pelo, tan asustada como un pájaro se esconde en su nido».[5]

La noche no transcurrió como se esperaba y Sissi, aún una adolescente virgen, de tan solo dieciséis años y, con toda probabilidad, sin ninguna noción sobre sexo (la moral de la época era tan conservadora que muchas novias llegaban a su noche de bodas sin saber qué esperar), se negó a consumar el matrimonio. No perdería la virginidad hasta dos noches más tarde y la experiencia le resultó humillante y nauseabunda. Franz no era precisamente un hombre delicado y entendía todas sus funciones con ese aire marcial, de perfecto soldado, que le caracterizaba: debía ser expeditivo, rápido, eficiente y sin atender a romanticismos. Las experiencias sexuales de él con aquellas condesas previamente seleccionadas lo debían haber educado seguramente en un sexo primario y rudo, poco adecuado para una princesa muy aniñada que soñaba con hadas y escribía poesía.

Sissi sintió dolor y vergüenza, pero lo peor, sin duda, fue tener que aguantar las miradas de la archiduquesa Sofía horas después. A la mañana siguiente de la boda, Sissi y Franz tuvieron que desayunar con Sofía y Ludovica. La tradición de la corte exigía que el desayuno se tomaba *en famille* y no había excepciones. Antes de sentarse, Sofía le indicó a su hijo discretamente que se apartaran un momento y, lejos de oídos curiosos, le preguntó sobre la consumación. Franz negó con la cabeza. Al día siguiente, al volver a ser preguntado por su madre, negó con la cabeza una vez más. Sofía, muy preocupada, mandó que la princesa Esterházy le informara de todos los movimientos de la nueva emperatriz. Ludovica, por su parte, intentó persuadir a su hija de que debía ceder a los avances sexuales de su marido. Actualmente, resultaría aberrante pensar que una madre quisiera que su hija fuera forzada sexualmente, pero en aquella época era lo habitual. Una mujer no tenía derecho a quejarse. Y aún menos, una emperatriz. Al tercer día, cuando Franz les aseguró que «Sissi había culminado su amor», Sofía y Ludovica respiraron aliviadas.[6]

La corte, sin embargo, no fue tan benevolente. Desde la mañana después de la boda corrían rumores insidiosos por los pasillos. Las doncellas y los lacayos habían chivado que no se había consumado el matrimonio y la noticia se extendió como la pólvora. «¡Qué esperar de aquella mujer insignificante a la que, desgraciadamente, tenemos que hacer una reverencia!», «¡No traerá nada bueno! ¡Esto será el final de los Habsburgo!».

El día después de perder la virginidad, Sissi le pidió a Franz que quería desayunar por su cuenta, lejos de preguntas indiscretas y miradas cínicas. Franz se lo permitió y él fue a desayunar con su madre y Ludovica. Al cabo de unos minutos, sin embargo, regresó y le exigió que lo acompañara. Su madre había insistido en que estuviera presente.

—¡No puedo, no puedo! Por favor, no me obligues —imploró ella.

—Has de venir. ¡Es la costumbre! Tienes que entenderlo.

Sissi se resignó y acudió a cumplir con su deber. Muchos años más tarde, aún recordaría aquella mañana como una auténtica pesadilla.

5

La vida en la corte

En la década de 1850, toda Europa estaba cambiando a un ritmo vertiginoso. Nuevas fuentes de energía —el vapor, el gas y, en poco tiempo, la electricidad— estaban alterando la industria para siempre. En 1837, el estadounidense Samuel Morse patentó el telégrafo y revolucionó las comunicaciones. También los medios de transporte mejoraron: los barcos se hicieron más grandes, veloces y resistentes gracias al mayor uso del acero, y las principales naciones empezaron a construir potentes líneas de ferrocarril.

El 1 de mayo de 1851, la reina Victoria de Inglaterra inauguró en el Palacio de Cristal, en Hyde Park, Londres, la «gran exposición de los trabajos de la industria de todas las naciones», más conocida como Exposición Universal, en donde se mostraban los últimos avances tecnológicos de todo el mundo. En la exposición, organizada por el príncipe Alberto, marido de la soberana, se podían ver desde nuevas formas de cerámica a primitivas cámaras de fotografía, telescopios de gran potencia e incluso una máquina que, con los años y unos cuantos arreglos, conoceríamos como fax.

Pero los inventos no acababan ahí, en 1842 se usó por primera vez la anestesia y, cinco años más tarde, se inventó el cloroformo. En 1849, un jardinero francés, Joseph Monier, harto de que las macetas de barro se rompieran tan fácilmente, se puso a investigar y acabó creando el hormigón armado. En 1851, Isaac Singer patentó la primera máquina de coser. Tan solo un par de años antes, el político húngaro István Széchenyi había pedido al ingeniero inglés William Tierney Clark y el escocés Adam Clark que idearan un puente suspendido sobre el Danubio. El resultado, un auténtico prodigio técnico para la época, conectó Buda y Pest.

Los avances científicos y tecnológicos abrieron nuevas posibilidades, pero también implicaron cambios drásticos en la sociedad. Las ciudades se llenaron de fábricas y los antiguos artesanos fueron sustituidos por obreros que abandonaron el campo y se hacinaron en viviendas cochambrosas en las capitales. Nuevos barrios florecieron: grandes explanadas de barracas y edificios insalubres se podían encontrar a tan solo unos cuantos metros de distancia de recién inaugurados bulevares donde ricos burgueses construían lujosos palacetes.

El proletariado y la nueva clase social de los burgueses millonarios fueron el principal resultado de aquella convulsión económica que se estaba viviendo. Para la corte de Viena, ambos suponían un reto.

La revolución de 1848 había dejado claro que, en cualquier momento, el proletariado podía alzarse en armas y pedir la cabeza del emperador. Los burgueses adinerados —muchos de ellos, como los Rothschild o los Siemens, verdaderas fortunas— no tenían intención de construir barricadas, pero tampoco querían que el Antiguo Régimen siguiese dándoles la espalda. Exigían pertenecer a la corte, disfrutar de los privilegios a los que durante siglos solo había podido optar un número de familias muy reducido. Por supuesto, las dinastías más selectas, la aristocracia y la alta nobleza —los Pallavicini, Fürstenberg o Montenuovo, entre otros— no estaban dispuestos a ceder un ápice de sus prerrogativas y miraban con desdén a aquellos nuevos ricos a los que tildaban de *arrivistes*.

La aristocracia se sentía amenazada y, para reafirmar su poder, exigió que el protocolo de la corte se hiciera más suntuoso, recargado y exigente. Dado que los nobles ya no podían competir con los burgueses en dinero, la batalla la iban a librar en otros lares: la nobleza iba a dejar claro que ellos se comportaban de una manera determinada, solo ellos podían realmente tratar al emperador y solo ellos tenían acceso privilegiado a las habitaciones de la nueva emperatriz. El Antiguo Régimen sabía que el mundo tal como ellos lo conocían se estaba derrumbando para siempre y, por ello, se agarró como un clavo ardiendo al protocolo y a la etiqueta. En el fondo, era lo único que les quedaba para demostrar —o seguir creyendo— que eran superiores.

La noche del 27 de abril, el día después de haber «culminado su amor», la nueva emperatriz tuvo que enfrentarse al primer gran despliegue de aquel protocolo a todo gas que la aristocracia reclamaba. Para su primer gran baile oficial en la corte, Sissi apareció con un bonito traje de satén blanco con incrustaciones doradas. Iba recubierta de joyas: en su cintura portaba una especie de cinturón de diamantes que había pertenecido a la augusta emperatriz María Teresa y sobre su cabeza lucía una de las fastuosas tiaras que le había regalado su marido y que ella acompañó de rosas blancas esparcidas por el pelo. Pero lo más impactante, sin duda, era el gigantesco diamante amarillo con reflejos verdes que colgaba de su cuello. Conocido como el Florentino, la leyenda aseguraba que provenía de la India y que había pertenecido a Carlos el Temerario, duque de Borgoña, a los Medici y al papa Julio II, aunque lo más destacable no eran sus propietarios anteriores, sino que, con sus ciento treinta y siete quilates, se le consideraba el diamante más grande conocido.

Antes de entrar en el gran salón de baile, Sissi miró de refilón aquel valioso tesoro que tantas veces había portado la emperatriz María Teresa y que representaba, mejor incluso que la corona, el poder imperial. Salió de su ensimismamiento cuando el gran maestro de ceremonias, el conde Joseph Hunyady von Kéthely, dio tres toques en el suelo con una enorme vara de marfil y plata y anunció con voz solemne a los presentes: «*Seine Majestät, der Kaiser! Ihre Majestät, die Kaiserin!*», «¡Su majestad el emperador! ¡Su majestad la emperatriz!». Franz comenzó a andar con paso firme; Sissi, a su izquierda, tomó aire y lo siguió en silencio. Detrás de ellos había una larga procesión de archiduques, archiduquesas y altos miembros de la corte. Los hombres iban a la derecha de sus esposas.

Sissi temblaba de miedo mientras avanzaba por el largo pasillo central que habían formado los centenares de invitados. Discretamente miró a los lados para buscar entre la multitud los rostros de las damas que la condesa Esterházy, su camarera mayor, le había señalado como las más destacadas de la corte. Estaban las condesas Ana Erdöry y Anastasia Wimpffen, consideradas las más bellas del imperio. También la condesa Hermine Rességuier de Miramont, hija del conde de Strachwitz y antigua dama de honor de la archiduquesa Sofía, que aquella noche vestía un elegante traje de satén en rosa salvaje bordado con hilos de oro. Cerca de ella, una de las princesas Liechtenstein portaba un diseño de encaje de Alençon aderezado con turquesas. No muy lejos, la princesa Schwarzenberg brillaba con un vestido marrón con destellos dorados cubierto de rubíes.[1] Sissi pensó tristemente que cualquiera de aquellas mujeres podría ser muchísimo mejor emperatriz que ella. Seguramente ellas estuvieron de acuerdo.

La etiqueta dictaba que la pareja imperial no podía bailar junta hasta el *cotillion*. Hasta entonces, debían bailar con otras personas, aunque el emperador tenía muy tasado con quién: para las mazurcas y los valses solo podía optar por archiduquesas; las condesas se tenían que conformar con las *quadrilles*.[2] Sissi, aún poco acostumbrada a las coreografías, cometió numerosos errores en los pasos. Su marido le sonrió dulcemente cada vez que ella se equivocó, un gesto bienintencionado que a ella, sin embargo, la hundió en la miseria.

Tampoco ayudó en exceso que las grandes damas de la corte la miraran con desprecio cuando Sissi se dirigió a ellas. Como emperatriz, ella debía iniciar las conversaciones y todas las damas esperaban algún comentario ingenioso. Pero ella no hablaba francés y hacía preguntas sumamente insulsas: «¿Le gusta a usted Viena? ¿Bailó usted mucho el año pasado?» y frivolidades por el estilo.[3] «*Son cerveau est fatigué*», «su cerebro está cansado», comenzaron a susurrar algunas damas, una referencia malintencionada a que la emperatriz debía ser tonta. Rumores de una posible deficiencia mental pronto estuvieron en boca de todos. «¿No estaban acaso todos los Wittelsbach locos?», comentaron algunos con inquina. «*Vraiment fous*», «locos de verdad», contestaron otros con una sonrisa cínica.

Al día siguiente, Sissi estaba claramente al borde de una crisis nerviosa. Franz, muy preocupado, decidió sacarla de palacio y llevarla al Prater, el gran parque público de Viena, donde se había instalado hacía unos días el circo Renz, el más prestigioso de toda Europa central. Acompañados por la archiduquesa Sofía, Ludovica, Max, todos los hermanos de Sissi y varios miembros de los Habsburgo, la pareja imperial dio un largo paseo en carruaje, disfrutó de un pícnic al aire libre y luego fue a ver la representación circense. El espectáculo de acróbatas y, sobre todo, de jinetes sobre caballos, entusiasmó tanto a Sissi que se la vio sonreír por primera vez en semanas.

Su alegría, no obstante, no duró mucho. Al día siguiente, su familia regresó a Baviera, dejándola sola en aquel mundo extraño.

Sissi lloró amargamente mientras vio cómo las carrozas se alejaban dejando un rastro polvoriento. No volvería a verlos en meses.

Al verla sollozar desconsolada, la condesa Esterházy le ordenó que se calmara.

—Majestad, ahora que sois la emperatriz, no os podéis permitir estos espectáculos —comentó tajante—. ¡Qué dirán de vos!

Además, prosiguió, ahora no tenía ni un minuto que perder, decenas de audiencias la esperaban. Delegaciones de todo el imperio habían acudido a conocerla y debía atenderlas, lo que significaba estudiar largos informes, aprenderse de memoria nombres y cargos, cambiarse de vestido para cada una y, en algunas ocasiones, como cuando recibió a los húngaros, ponerse el traje regional. También había varias cenas programadas para los próximos días y un gran baile que había organizado la municipalidad de Viena en la Winterreitschule con música del maestro Strauss.

Sissi se secó las lágrimas y acudió a todos los actos que le habían programado. Durante más de doce horas diarias, recibió a embajadores, aguantó las peroratas inacabables de dignatarios, departió con generales y altos oficiales y soportó interminables audiencias de pie y sin quejarse. Al cabo de pocos días, Sissi estaba tan exhausta que Franz pensó que iba a desmayarse, por lo que, en un bonito gesto de amor, dejó todo lo que tenía que hacer (que era mucho, teniendo en cuenta la situación con Rusia) y la sacó a dar un paseo de nuevo por el Prater. Esta vez fueron ellos dos solos. Franz conducía él mismo la calesa.

Dada la guerra en el Imperio otomano, Franz había descartado de antemano una luna de miel lejos de Viena y tan solo dispuso que su mujer y él pasarían unos días en el castillo de Laxemburg, un edificio a unos veinte kilómetros al sur de la capital que los Habsburgo empleaban a veces en verano y que estaba rodeado de un precioso jardín de doscientas cincuenta hectáreas con una gran isla en el medio.

Franz, sin embargo, no pudo disfrutar de muchos paseos con su amada por el parque. La situación con Rusia era tan tensa que, cada mañana, a primera hora, se desplazaba al Hofburg para despachar con sus ministros y no regresaba hasta las seis, justo a tiempo para la cena. Sissi se pasaba el día completamente sola, acompañada únicamente por la vieja condesa Esterházy y sus damas, y pronto se sintió una prisionera en aquel castillo extraño y húmedo. No podía dar dos pasos sin ser seguida de cerca y ni siquiera podía vestirse de manera cómoda para andar por los alrededores. «Una emperatriz debe siempre dar ejemplo», le había recordado su suegra, la cual le indicó que su vestimenta tenía que ser impecable a todas horas.

Al cabo de unos días en Laxemburg, Sissi sintió que se ahogaba. En su cuaderno de poemas aparecieron versos tristes: *«Ich bien erwacht in einem Kerker / Und Fesseln sind an meiner Hand...».* «Me he despertado en una mazmorra / y con cadenas en mi mano...». Un tarde compuso un poema titulado «Nostalgia» que acababa con: *«Ich sehn' mich nach der Heimat Sonne / Ich sehn' mich nach der Isar Strand...».* «Extraño el sol de mi tierra / Extraño la rivera del Isar...».

Sissi se sentaba largas horas en su escritorio y escribía cartas a su familia en Possenhofen. Grandes lágrimas resbalaban por sus mejillas mientras intentaba expresar lo sola y desamparada que se sentía. En la sala de al lado, sus damas de compañía escuchaban amargos sollozos. La condesa Esterházy, preocupada por la melancolía de la emperatriz, escribió una nota a la archiduquesa Sofía y esta comenzó a aparecer cada mañana en Laxemburg para hacer compañía a su nuera. Fue un gesto cordial, pero Sissi creyó que lo hacía para espiarla.

Muchos años más tarde, Sissi le reconoció a una de sus damas y principales confidentes, la condesa María Festetics von Tolna, que en aquellos días de luna de miel «tenía miedo del momento en que la archiduquesa Sofía aparecía (...). Yo estaba *à la merci* de aquella mujer maliciosa. Todo lo que yo hacía estaba mal. Hacía comentarios despectivos de todos aquellos a los que yo amaba».[4] Las críticas fueron, sin duda, exageradas. Gracias al diario personal de Sofía, hoy sabemos que la archiduquesa no tenía ningún interés en desquiciar a su nuera, más bien al contrario. Sofía era, en el fondo, la que mejor la entendía, básicamente porque ella también había tenido que amoldarse a la corte de Viena y el proceso no había sido sencillo. Ella también había sufrido lo indecible durante años y había llorado mucho al principio mientras escribía cartas a su familia.

Con los años, sin embargo, Sofía había aprendido a sobrevivir. También había aprendido que la única manera de subsistir en la corte de Viena era poniéndose una máscara impertérrita, aparecer siempre sonriente y digna, aparentar ser feliz, aunque no se fuera. Por ello, la archiduquesa intentó explicarle aquellos días a Sissi que todos esperaban ver en ella a una actriz consumada. Necesitaba crearse un escudo, una coraza que la protegiese. Debía aprender rápidamente las normas y jugar mejor que nadie.

Pero la emperatriz no estaba dispuesta a encerrarse tras una armadura, mucho menos a amoldarse sin rechistar a un mundo repleto de hipocresía. Sissi tenía tan solo dieciséis años, aún era una niña en muchos sentidos y su alma era demasiado frágil, soñadora y libre como para dejar que la enjaularan. Ella necesitaba expresarse, sentir plenamente sus emociones, ser natural, espontánea y sincera, todos aquellos atributos que la corte de Viena detestaba.

Durante su estancia en Laxemburg, Sofía intentó someterla a un cursillo contrarreloj para transformarla en una verdadera emperatriz.

—Es por tu bien, mi querida hija —insistía—. Si mi querida Ludovica no te hubiera enseñado tan mal... —se lamentaba.

Por orden de la archiduquesa, cada movimiento de Sissi fue observado, registrado y, si hacía falta, inmediatamente corregido. La condesa Esterházy informaba puntualmente a Sofía de todos los fallos detectados: la emperatriz había querido cenar sin guantes (¡horror!), insistía en llevar sus botas más de un día seguido (¡espanto!), quería beber cerveza en las comidas y había solicitado un baño más moderno (¡sin comentarios!). «Eso no es adecuado para una emperatriz —escucharía Sissi continuamente—. No es la costumbre».

—Sissi, mi querida niña —le reprochó un día la archiduquesa—. Ha llegado a mis oídos que realizas tus abluciones matinales desnuda. ¡Eso es impúdico! ¡Debes llevar siempre una camisa! ¿Y por qué insistes en bañarte a diario?

La archiduquesa también fijó una serie de lecciones: Sissi debía aprender rápidamente idiomas, comenzando por el checo y el croata, y después el húngaro. Por las noches, en las cenas, hacía que la sentaran siempre al lado de Hugo von Weckbecker, un ayudante de campo del emperador, para que la ayudase a desarrollar *l'art de la conversation*. Por las mañanas, la condesa Esterházy dedicaba horas a enseñarle los complicados entresijos del protocolo, la denominada «etiqueta española» o «ceremonial español» (porque venía de los tiempos del emperador Carlos V), y, sobre todo, a ponerle al día de los chismorreos de la corte, algo por lo que Sissi nunca demostró interés alguno.

No había duda de que Sofía actuaba sin malicia, pero sus métodos no fueron los más adecuados para enderezar a una adolescente de dieciséis años. Al contrario, aquel rigor excesivo solo hizo que Sissi se hundiera aún más en la melancolía y lloraba a todas horas.

Por las tardes, cuando Franz regresaba a Laxemburg, solía encontrarla aún con la cara hinchada y los ojos rojos. No era, desde luego, el mejor recibimiento tras un día tenso en el que había debido tomar decisiones sumamente difíciles respecto a la guerra en el Imperio otomano. Franz estaba sometido a una presión descomunal y su recién estrenada vida conyugal no lo estaba ayudando, precisamente.

La crisis con Rusia había llegado a un punto crítico. Las relaciones entre Franz y el zar estaban completamente rotas y unidades del ejército habían sido rápidamente movilizadas a la frontera. Todo intento diplomático para suavizar la situación había fracasado y en un gesto arriesgado, aunque de gran valentía, Franz puso su ultimátum encima de la mesa a San Petersburgo: debían irse rápidamente de los principados del Danubio y renunciar a sus ansias imperialistas. Si se negaban, Viena les declararía la guerra. Al leer la carta, Nicolás I montó en cólera.

A principios de junio, Sissi y Franz partieron en su primer viaje oficial juntos. El emperador quería agradecer a Bohemia y Moravia que se hubiesen mantenido leales al imperio durante la revolución de 1848 y por ello los había escogido como destino del primer *tour* de la pareja imperial.

Hacía un par de décadas que el gran magnate de la banca Salomon Mayer von Rothschild había financiado la construcción de la primera línea de trenes, el Kaiser Ferdinands-Nordbahn, para unir las principales ciudades del imperio. En 1837 se había inaugurado la conexión entre Floridsdorf y Deutsch Wagram y, un año después, se habían enlazado ambas con Viena. En junio de 1839 la capital quedó conectada con Břeclav y Brno, en el sur de Moravia (actual República Checa). A Franz le horrorizaban aquellos adelantos técnicos. Nunca le gustaron los trenes ni, años más tarde, los teléfonos o, aún peor, los automóviles. Las luces eléctricas serían un suplicio para él y llegó a asegurar que le irritaban los ojos. Sin embargo, en aquel viaje oficial accedió a montarse en uno de esos trenes para demostrar que el imperio era pionero en el continente en cuanto a tecnología. En tan solo cuatro horas, una auténtica proeza para la época, una locomotora —denominada Proserpina y cubierta para la ocasión con flores— desplazó a la pareja y a su séquito de Viena a Brno.

En cuanto pisó Bohemia, y para sorpresa de todos, incluso para ella misma, Sissi demostró más fuste de emperatriz de lo que muchos esperaban. Acudió disciplinadamente a desfiles y audiencias, escuchó interminables discursos (Franz habló en alemán y en checo) y, mientras el emperador se reunía con altos dignatarios, ella visitó orfanatos y hospitales. No dominaba aún el idioma local —solo sabía contar hasta diez—, pero se esforzó por decir *Dobrý den*, buenos días, y *Děkuji*, muchas gracias. Lo más sorprendente, sin embargo, fue que Sissi fue capaz de relacionarse con gran naturalidad con personas de toda clase social, algo que en Viena hubiese sido impensable. La emperatriz habló con médicos y enfermeros, con monjas que cuidaban niños y con personas míseras que apenas tenían nada. Sissi estaba inaugurando, sin saberlo, una manera revolucionaria de ejercer la realeza que, siglos más tarde, perfeccionaría la princesa Diana de Gales.

Dos días más tarde, Sissi y Franz pusieron rumbo a Praga y se hospedaron en el castillo de Hradčany, la residencia de los antiguos reyes medievales de Bohemia. De nuevo se sucedieron los desfiles, las audiencias y las cenas de gala y, otra vez, Sissi visitó obras de beneficencia, incluido un asilo psiquiátrico y un hogar para sordomudos. Las noticias que publicaron sobre ella los periódicos fueron tan elogiosas que incluso la archiduquesa Sofía la ensalzó en su diario.

Después de aquel éxito, la corte de Viena podría haber recapacitado y, en vez de someter a la emperatriz a una etiqueta tras-

nochada, podría haber usado su talento para conectar con las masas en beneficio de los Habsburgo. Podrían haberla hecho visitar hospitales y escuelas en vez de obligarla a ir a bailes; o haberla puesto a recibir en audiencia a personas de clases humildes en lugar de a viejas damas aristócratas. Pero no lo hicieron, la simple idea de cambiar de hábitos era inconcebible.

En cuanto volvió a Viena, Sissi tuvo que ceñirse otra vez a los antiguos rituales, lo que significaba que, al día siguiente de regresar, le tocó participar en el Corpus Christi, un gran desfile solemne por las calles de Viena, el principal evento religioso del año para la corte.

—¿No sería suficiente si solo aparezco en la iglesia? —imploró a su marido en el tren que la traía de Praga—. Creo que tengo aún poca experiencia para ejercer con la dignidad necesaria una celebración pública de este calibre… Quizás en un par de años…

Pero Franz se negó en redondo.

—Es la tradición, Sissi. Es tu deber…

No tuvo más remedio que asistir. Se levantó al alba para que la peinaran y la vistieran con un recargado traje de gala, con gran falda y larga cola, un proceso que duró horas. Luego se montó en una carroza tirada por ocho caballos blancos y se dirigió a la catedral de San Esteban, donde, portando un pesado cirio, escuchó una interminable misa. Estaba tan exhausta que no podía ni rezar.
```

Tras su regreso de Bohemia, la pareja imperial se instaló en el Hofburg. A los pocos días, Sissi volvió a sentirse agobiada. Lloraba a todas horas, tosía con demasiada frecuencia y, lo que era peor, sufría pequeños ataques de pánico cuando se enfrentaba a alturas o tenía que bajar escaleras muy empinadas. Es más que probable que, a estas alturas, padeciera una depresión. Desesperado por verla feliz, Franz permitió que el hermano favorito de Sissi, Gackel, fuese unos días a Viena para animarla.
```

Franz, sin embargo, no pudo hacerle demasiado caso esta vez. Eran tantos los temas de gobierno que requerían su atención que el emperador se levantaba a las tres y media de la madrugada y se pasaba el día entero en su despacho. Cada mañana, un *valet de chambre*, Joseph Legrenzi, se encargaba de despertarlo. Entraba en sus aposentos y anunciaba solemne:

—*Leg mich zu Füßen Eurer Majestät, guten Morgen!* Me pongo a sus pies, vuestra majestad. ¡Buenos días!

—Gracias —contestaba Franz, y acto seguido preguntaba por el tiempo.[5] Luego se levantaba de la cama de un salto.

Un lacayo aparecía en la estancia para asear al emperador. Una alfombrilla y un par de toallas se dejaban preparadas dentro de la habitación imperial la noche de antes. Franz se colocaba sobre la alfombrilla, el criado humedecía una de las toallas en una palangana que había traído, la untaba con jabón y se la frotaba por todo el cuerpo. Dadas las horas intempestivas, muchos criados encargados *de la toilette* se quedaban despiertos toda la noche y se sabe que algunos aprovechaban para ir a tabernas a beber. En alguna ocasión, alguno se presentó completamente borracho delante del mismísimo emperador de Austria.

El *valet de chambre* se encargaba de vestirlo. Franz iba casi siempre de uniforme y apenas tenía ropa civil (solo se la ponía cuando iba de viaje por motivos privados). Le gustaba tanto la ropa militar que incluso llevaba botas o gruesos zapatos militares con sus trajes.[6]

Tras unas oraciones matutinas en un reclinatorio que tenía en su dormitorio, Franz se dirigía a su gabinete de trabajo y comenzaba a leer papeles sin haber desayunado. A las cinco, el *valet de chambre* le llevaba una bandeja de plata con café, panecillos, mantequilla y, algunos días, un poco de jamón cocido. A las nueve, el emperador iniciaba las reuniones con sus ayudantes y luego despachaba con los altos jerarcas de la corte. Varios días por semana, recibía en audiencia a personas de todo el imperio. El objetivo era que el emperador departiese con gentes de toda clase social y condición, pero, en realidad, solo veía a funcionarios, militares de alta graduación y burgueses de cierto renombre. Franz casi nunca habló con obreros o campesinos durante todo su reinado. Tampoco con abogados o directores de periódico. La posibilidad de encontrarse con científicos, escritores o artistas era para él impensable. Las audiencias, además, solo duraban unos pocos minutos y los temas eran filtrados previamente. Cualquier persona que quisiera hablar con el emperador debía solicitarlo por escrito, un departamento específico dentro de palacio se encargaba de tramitar y solucionar los problemas que les presentasen, y el emperador tan solo leía en voz alta el asunto por el que le habían pedido audiencia y comentaba que ya se estaba resolviendo.

Franz comía a las doce y media, siempre en la mesa de su despacho. El menú era sencillo pero contundente: una sopa espesa seguida de un plato de carne con vegetales. A Franz le gustaba especialmente el *Tafelspitz*, un plato típico austríaco consistente en un filete de carne de ternera hervida servido con judías, puré de patatas, compota de manzana y salsa de cebollino. También le agradaban las *Sacherwürstel*, unas salchichas muy populares en Viena. Muchos días se las tomaba con un vaso de cerveza Pilsener.

Por aquel entonces, se estaba poniendo de moda entre las clases altas tomar a las cinco de la tarde una especie de merienda, llamada *Jause*, consistente en café cubierto de crema y pasteles. La cena era a las ocho. Sin embargo, el emperador prefería seguir los horarios tradicionales y cenaba a las cinco, excepto en verano, cuando estaba en Ischl, que lo hacía a las tres y luego, sobre las ocho, tomaba un gran vaso de leche agria, pan negro y mantequilla.[7] Las cenas oficiales con dignatarios extranjeros comenzaban a las cuatro de la tarde. A las cenas de diario eran invitados siempre, además de la familia del emperador, altos funcionarios de la corte, generales y miembros del clero.

A Sissi le costó acostumbrarse a aquel ritmo extenuante. Cada mañana, la duquesa Esterházy aparecía en sus aposentos con el programa del día: recepciones a delegaciones durante horas, alguna que otra obra de caridad y *cercles* por la tarde, reuniones muy exclusivas con damas aristocráticas para tomar el té y charlar. Las lecciones seguían, el maestro de baile acudía varios días a la semana, varios tutores se encargaban de los idiomas y los ayudantes de campo del emperador la instruían en el *art de la conversation*. La instrucción sobre etiqueta era continua: como emperatriz, cualquiera de sus actos, incluso su aseo matutino, se regía por rígidas reglas y era realizado como si fuera un ritual religioso, por lo que saltarse cualquier norma, por nimia que fuese, era considerado un sacrilegio.

Sissi llegaría a odiar aquellos horarios, si bien lo peor para ella fueron los eventos de gran gala. La corte seguía un calendario estricto, comenzaba en enero con el *Neujahrscour*, la recepción de Año Nuevo, en donde la clase alta acudía al Hofburg para presentar sus respetos al emperador. Los aristócratas y embajadores podían hacerlo en persona; el resto (nobles de menor rango, burgueses, militares, etcétera) lo hacía a través del *Obersthofmeister*, el jefe de la casa imperial, el puesto de mayor postín dentro del organigrama. La emperatriz solo recibía a archiduquesas, princesas, condesas y a las mujeres de los embajadores. El resto, incluidas las baronesas y las marquesas, no podían dirigirse a ella.

La recepción de Año Nuevo marcaba el inicio de la temporada de baile: cada semana había varias *soirées* repartidas en los palacios de los aristócratas. Las damas competían por ser la más elegante y, como repetir traje era impensable, se dejaban una pequeña gran fortuna en lucir radiantes. Un vestido especial se reservaba para finales de enero, cuando tenía lugar el primer gran baile en la corte, el *Hofball*, a donde acudían unos dos mil invitados, desde altos aristócratas a burgueses adinerados. La decisión de abrir un baile de palacio a personas de fuera de la nobleza comenzó después de la Revolución francesa, cuando se entendió que una excesiva exclusividad era contraproducente. Para los altos aristócratas, sin embargo, era un oprobio tener que codearse con aquellos seres de menor rango a los que algunos, como el conde Roger de Rességuier, describió en sus memorias como «*épiciers enrichis*», «tenderos enriquecidos».[8]

El *Hofball* comenzaba a las ocho, cuando empezaban a llegar los invitados al Hofburg. A las ocho y media, el emperador y la emperatriz iniciaban el *baisemain*, el besamanos, con el cuerpo diplomático, un proceso que solía durar una hora. Sobre las nueve y media, el jefe de ceremonias anunciaba la entrada solemne de la pareja imperial al gran salón de baile. En ese justo momento, la orquesta empezaba a tocar el himno nacional.

Aunque los salones eran espaciosos, había tanta gente que apenas se podía bailar. Pero a nadie le importaba en exceso, lo importante era estar en palacio y, sobre todo, participar en el *cercle*, el momento álgido de la noche, cuando algunos aristócratas podían hablar con el emperador y la emperatriz en la *Rittersaal*, una imponente sala flanqueada con columnas y con un elaborado techo con estucos y dorados del que colgaban decenas de enormes lámparas repletas de velas. Para algunas jóvenes damas de la alta aristocracia era una ocasión muy especial: ser presentadas a la emperatriz y charlar con ella unos segundos significaba «su puesta de largo», su presentación en sociedad. Sin embargo, el proceso solía ser decepcionante ya que a pesar de las lecciones, Sissi seguía sin ser capaz de mantener una conversación interesante. «*Comme elle est bûche!*», «qué tonta (dura de mollera) que es», solía ser el comentario de aquellas damas tras su intercambio de palabras con Sissi.

Otro gran privilegio era lo que se llamaba «tomar el té» con la emperatriz, si bien no se trataba solo de beber una taza, sino de disfrutar de una suculenta cena, normalmente de once platos, en la Galería de los Espejos. Allí se instalaba una gran mesa imperial cubierta con un mantel de seda azul y adornos de encaje que llegaba hasta el suelo. Encima, multitud de platos de oro y copas de cristal de Venecia relucían en medio de recargados arreglos florales y miles de rosas *jacqueminot* y *noisette*.[9] Siguiendo la tradición, los cubiertos solo estaban a la derecha, nunca a la izquierda. Al té, por supuesto, solo podían acudir las personas de más rango. El resto se tenía que conformar con un bufé en un salón más pequeño conocido como Pietradura.

El *Hofball* acababa alrededor de la medianoche. Al partir, cada invitado era agasajado con una *bonbonnière*, una pequeña cajita de porcelana que era puesta en un lugar destacado de los hogares.

Dos semanas más tarde, el palacio de Hofburg acogía el segundo gran baile de la temporada, el *Ball-bei-Hof*, un evento muy exclusivo al que solo acudían las familias con más pedigrí del imperio, es decir, aquellas que podían demostrar que atesoraban en su árbol genealógico dieciséis generaciones ininterrumpidas con títulos aristocráticos, ocho por parte de padre y ocho por parte de madre. Y no valía con asegurar que se disponía de tal rango: la oficina del chambelán se encargaba de recibir y comprobar la información que certificaba la existencia de semejantes antecedentes.

Si en el *Hofball* los hombres acudían con uniformes militares y condecoraciones nacionales y extranjeras, en el *Ball-bei-Hof* solo se admitían los denominados uniformes y trajes de corte. Los hombres iban con un uniforme especial (normalmente, con chaquetas ajustadas negras y bordadas en hilo de oro) y las damas debían ir ataviadas con un largo manto de cola que sujetaban a los vestidos con broches de diamantes.

A partir de ese día se sucedían *soirées* de nuevo en palacios de aristócratas hasta el miércoles de ceniza, cuando toda diversión se suspendía. La pareja imperial siempre acudía al baile organizado en el Rathaus, el ayuntamiento de la ciudad, al que celebraba el ministro de Asuntos Exteriores y al que ofrecían algunas de las familias más nobles, como los Liechtenstein o el príncipe Adolf von Auersperg.[10] Algunos embajadores destacados también tenían el honor de recibirlos en sus casas.

Aparte de en los bailes, la alta sociedad coincidía en la ópera (los autores italianos y Mozart eran especialmente populares) y, sobre todo, en el Burgtheater, el gran teatro de la ciudad, donde se solían interpretar obras germánicas de Friedrich Schiller o Goethe, además de clásicos de Shakespeare, Molière o Calderón.[11]

Durante la Cuaresma no se celebraban bailes ni conciertos y tan solo se salía de casa para ir a la iglesia. El Jueves Santo el emperador participaba en el «lavatorio de pies»: vestido con uniforme, procedía a lavar los pies de doce hombres y mujeres de edad avanzada traídos de algunos hospicios de beneficencia de Viena. Más que lavar, en realidad lo que hacía era empapar el pie con un gesto rápido —apenas un leve toque— con una toalla mojada en un cuenco de oro que portaba un criado. Los ancianos eran devueltos a sus hospicios en carruajes de la casa imperial.[12]

Una procesión se organizaba dentro de palacio el Viernes Santo y otra el Domingo de Resurrección. Otro gran momento era el Corpus Christi, la gran celebración religiosa de Viena y también el final oficial de la temporada social. A partir de ese día, los aristócratas partían a sus palacios de verano. En otoño, se iban de cacería. Regresaban a Viena unas semanas antes de Navidad.

Además de a los bailes, Sissi se tuvo que acostumbrar a los banquetes que se organizaban regularmente para acompañar a los bailes o para agasajar a dignatarios extranjeros y que, como era costumbre por entonces, incluían una docena de platos. Cada comensal disponía de una cartulina con el emblema imperial y el menú íntegramente en francés. Un banquete típico para un baile de gala consistía en:

POTAGE

Potage à la Royale (consomé denso con base de caldo de pollo aderezado con leche en crema y huevo batido y coronado con un toque de nuez moscada, pimienta y perifollo)

HORS D'OEUVRE (entremeses, aperitivos)

Mayonnaise de volaille à la ravigotte (pechuga de pollo hervida en salsa mayonesa hecha con mostaza, vino blanco, caldo y cebolla)

Rissoles à la modérne (una especie de croquetas rellenas de foie gras y servidas con lechuga cocida con mantequilla)

RELEVÉS (el plato principal, normalmente consistía en grandes piezas de carne)

Pièce de bouef à la flamande (literalmente, pieza de ternera al estilo de Flandes; consistía en carne estofada con salsa hecha con cerveza, cebolla y mostaza)

ENTRÉES (literalmente, entrantes. Eran los segundos platos en importancia y normalmente consistían en carnes troceadas o a filetes)

Poulardes à la Céléstine (Rousselot, el jefe de cocina del restaurante Cercle, de Lyon, se enamoró de la dueña del local, una tal Célestine Blanchard, y para ella inventó este plato de pollo troceado flambeado con coñac y acompañado de champiñones y tomates)

Petits pois à l'anglaise (guisantes hervidos y luego rehogados con mantequilla)

SORBET (sorbete)

RÔTS (rustidos)

Rein de chevreuil à la broche (riñón de corzo a la parrilla)

ENTREMENTS (postres)
Beignets de chocolat glacés (pastelitos esponjosos rellenos
de helado de chocolate)
Gelée aux ananas (gelatina de piña)
Compote mêlée (compota de frutas)

GLACÉS (helados)

DESSERT (fruta)[13]

Aunque parezca mucha comida, la verdad es que la cena no duraba más de una hora, básicamente porque el emperador comía muy rápido y, una vez él acababa un plato y dejaba los cubiertos, los demás comensales no podían seguir comiéndolo.

Después de las cenas, Franz indicaba al resto de los hombres que fuesen al salón de fumar. Allí se servían cafés, licores, puros y cigarrillos. El emperador no tomaba café por las noches, pero sí fumaba con gusto varios puros. En realidad, fue el primer emperador de Austria en hacerlo: hasta 1848, lo de fumar estuvo muy mal visto en la corte y se consideraba que los fumadores eran tipos peligrosos, revolucionarios y, aún peor, con tendencias demócratas. Sin embargo, con los años, los hábitos cambiaron tanto que los puros se hicieron muy populares y hasta a Franz le encantaba disfrutar de sus Virginia (cuando se hizo mayor, los médicos le recomendaron fumar algo más suave y optó por los Regalia Media).

Sissi no disfrutaría mucho de las comidas. Pocas semanas después de la boda estaba tan depresiva que apenas probaba un bocado y sus almuerzos no duraban más de veinte minutos. Sissi seguía llorando a todas horas y solo encontraba consuelo en la poesía y en los libros. A pesar de que de pequeña había sido muy mala estudiante, por aquel entonces empezó a desarrollar un gran interés intelectual por la historia y, sobre todo, la literatura. Le encantaba que los ayudantes de campo de su marido le hablasen de Hungría y su pasado y siguió leyendo con fruición obras de Heine.

Otro gran autor que Sissi comenzó a leer sin parar fue Shakespeare. Le gustaban especialmente *Hamlet*, el *Rey Lear* y, sobre todo, *Sueño de una noche de verano*, una obra que leía en inglés una y otra vez y de la que llegó a saber trozos enteros de memoria. Al emperador, en cambio, le parecía una obra estúpida. A los pocos meses de estar casados, la pareja imperial fue al Burgtheater para ver una representación y Franz reconoció que le había parecido «aburrida».

Otra de las aficiones de Sissi eran los animales: se había traído de Possenhofen algunos pájaros que ahora eran cuidados en una gran jaula en los aposentos imperiales. El precioso loro rosa que Franz le había regalado también estaba en Viena y Sissi pasaba largas horas mirándolo y enseñándole a hablar. De vez en cuando, salía a montar a caballo, normalmente acompañada del conde Grünne, considerado uno de los mejores jinetes del imperio. A su suegra, que saliera a montar acompañada solo de un hombre le pareció inmoral. «¡Qué dirán de ti, Sissi! ¡Qué dirán!», le echó en cara.

Los caballos, sin embargo, pronto tuvieron que ser dejados en los establos, pero no por los chismorreos. A las pocas semanas de regresar de Bohemia y Moravia, Sissi dio síntomas de estar embarazada.

6

Maternidad

El nivel de injerencia de la archiduquesa Sofía estaba llegando a tales niveles de agobio que Sissi se quejaba amargamente de que los trataba, tanto a ella como al emperador, como a dos críos a los que amonestar continuamente. Algo de razón llevaba, por las cartas que les escribió sabemos que se metía en todos los asuntos privados de la pareja, que les reñía con excesiva frecuencia y que daba órdenes a diario sobre todos los temas imaginables, desde los menús que se iban a servir en palacio hasta las horas que Sissi debía pasar montando a caballo.

Cuando se enteró de que Sissi estaba esperando su primer hijo, Sofía no dudó en escribir a Francisco que fuera «gentil con ella», si bien también le indicó que: «No creo que Sissi deba pasar mucho tiempo con sus loros, dado que, si una mujer mira demasiado a animales, sobre todo en los primeros meses, los niños pueden acabar pareciéndoseles. Es mejor que se mire a sí misma en el espejo. O que te mire a ti».[1]

Con semejantes impertinencias, por muy bienintencionadas que fueran, no es de extrañar que Sissi acabara odiando a su suegra. Que sus primeros meses de embarazo fuesen complicados no ayudó a mejorar la situación. Sissi sufrió muchos vómitos, le dolía la cabeza a todas horas y tenía que pasarse días enteros tumbada en la cama. Hay que tener en cuenta que solo tenía dieciséis años por entonces, una constitución frágil y que estaba padeciendo clarísimamente una depresión, por lo que es más que comprensible que su estado de salud fuese muy delicado.

Francisco llegó a estar tan preocupado por ella que, en cuanto tuvo unos días libres en julio, decidió llevarla unas semanas a Ischl. La archiduquesa Sofía había comprado a la pareja la villa donde se conocieron y que la familia imperial solía alquilar cada año para pasar sus vacaciones de verano. En realidad, no solo se la regaló, sino que ordenó que la ampliasen y estaba supervisando la decoración. La nueva Kaiservilla, la villa del emperador, como empezó a ser conocida, acabaría disponiendo de varias alas en forma de E (por Elisabeth), un precioso jardín de estilo inglés y estancias decoradas con un exquisito gusto, normalmente con grandes ventanales que daban a un bonito paisaje.

A petición de Francisco, Ludovica fue a visitarlos unos días. En un telegrama, la madre de Sissi les anunció que llegaría acompañada de Gackel y Spatz. Ella se refería a dos de sus hijos, pero, dado que en alemán significan «gallo» y «gorrión», un lacayo de la corte los esperó en la estación de tren con un par de jaulas para transportar lo que él había entendido que eran aves. Sissi soltó una carcajada al conocer lo sucedido, la primera vez en semanas que consiguió reírse.

Sissi logró relajarse unos días en Ischl, pero su alegría duró muy poco. Como cada año, algunos miembros de familias reales extranjeras se desplazaban a Ischl a pasar unos días. Aquel verano, el rey de Sajonia, Federico Augusto II, había acudido a participar en las cacerías que organizaba la corte de Austria en la zona. Desgraciadamente, el coche de caballos donde viajaba se estrelló y uno de los caballos le dio una coz mortal en la cabeza. Sissi se quedó profundamente afectada por el accidente.

De vuelta a Viena, nuevos disgustos la esperaban. Sin consultarle, Sofía había decidido que la *nursery* del bebé se instalaría cerca de sus aposentos —Sofía vivía en el piso de encima de los emperadores— porque así tendría más luz natural y las estancias estarían mejor aireadas. La archiduquesa aún recordaba con pavor las pésimas condiciones en las que se había criado Franz cuando era un bebé —en aquella sala sin ventilación y maloliente— y estaba empeñada en que a sus nietos no les pasara lo mismo. Había seleccionado las estancias pensando únicamente en el bienestar de los futuros archiduques, pero Sissi creyó que lo había hecho para alejarla de sus hijos.

Quién estaría al cargo del bebé también fue decidido por la archiduquesa. Como aya o responsable máxima escogió a Karoline von Welden, una mujer agradable y simpática, viuda de un comandante del Ejército que había participado en la dura represión de la revuelta de Hungría. Leopoldine Nischer, una experimentada enfermera y cuidadora, se encargaría del día a día. Ambas eran afables y cariñosas, por lo que los hijos imperiales estarían bien cuidados, pero a Sissi le molestó que nadie le preguntara qué pensaba. De nuevo, Sofía lo había hecho con buena intención —su nuera no conocía a nadie en la corte, por lo que ella le había facilitado la elección—, pero Sissi se lo tomó nuevamente como una afrenta. La emperatriz volvió a llorar desconsolada.

Francisco no pudo ayudarla esta vez. La crisis en Rusia lo tenía demasiado preocupado como para perder el tiempo con problemas familiares. La situación, desde luego, iba peor de lo que él hubiera podido imaginar: a finales de julio, y tal como Franz había exigido, el zar había abandonado los principados del Danubio, por lo que la guerra, en principio, tendría que haber sido evitada. Franz suspiró de alivio al conocer la noticia, pero su tranquilidad duró poco. En Inglaterra y Francia unos cuantos políticos con pocas luces habían arengado tanto a las masas con ideas de victorias en el Lejano Oriente que ningún partido quería el fin de la guerra para no parecer poco patriótico. Lo peor, sin embargo, vino de la mano de la prensa y, en concreto, de las imágenes que llegaban del frente.

A mediados del siglo XIX, los periódicos vivían un gran apogeo. Gracias a la expansión del ferrocarril, los diarios empezaron a llegar a más sitios en tiempo récord y, a través de las nuevas técnicas de impresión, se abarataron y pudieron llevar ilustraciones, grabados y, más tarde, fotografías. En el año 1842, en Londres se puso en marcha *The Illustrated London News*, el primer periódico con ilustraciones del mundo. Al año siguiente, en París, surgía *L'Illustration*. El éxito en ambos casos fue inmediato.

Con todos estos cambios, la población pronto se acostumbró a leer noticieros a diario y a comentar eventos que, apenas una década antes, no hubiesen llamado especialmente la atención, como las guerras en tierras lejanas. En concreto, el interés por lo que sucedía en el Imperio otomano llegó a tal punto que, por primera vez, algunos periodistas fueron enviados a las trincheras para explicar la guerra contra Rusia. Cronistas como William Howard Russell, de *The Times*, se unieron a brigadas militares y enviaron reportajes diarios desde el frente. Que por entonces el telégrafo ya existiese facilitó mucho que en Inglaterra y en Francia se siguiese lo que ocurría a miles de kilómetros de distancia con pocas horas de diferencia.

Los periodistas, sin embargo, no solo se limitaron a reproducir los partes de guerra que facilitaban las autoridades. Hubo artículos sobre soldados y sus miserias diarias, sobre sus duras condiciones durante las batallas, sobre el frío y hambre que pasaban. También se enviaron por primera vez ilustradores para poner rostro a aquellos soldados anónimos. Tan solo *The Illustrated London News* desplazó allí a tres artistas: Edward Goodall, Joseph Archer Crowe y Constantin Guys.[2] Los *sketches* de William Simpson para el grupo editorial *Colnaghi's* fueron especialmente famosos. Sus trabajos retrataron batallas, y también las penurias y el dolor. Era la primera vez que muchos ciudadanos de Londres veían cómo era en realidad un campo de batalla: lejos de ser como habían imaginado a través de los cuadros heroicos en los museos, se dieron cuenta de que era un gran cementerio donde jovencísimos hombres yacían muertos y abandonados. La impresión que causaron aquellas imágenes en la opinión pública fue hondísima.

Tanto, que algunos editores empezaron a alterar las acuarelas que les llegaban del frente para aportarles más dramatismo y conseguir atraer a más lectores. El negocio fue redondo, muchos diarios vieron cómo sus beneficios se duplicaron en cuestión de semanas. Pero semejante egoísmo tuvo una consecuencia no deseada: la opinión pública estaba tan solidarizada con aquellos soldados que no quería una simple retirada de las tropas del zar. Ahora exigían una derrota contundente, una humillación de San Petersburgo en toda regla.

Ni Londres ni París supieron calmar a la población, por lo que, después de que el zar se retirara de los principados del Danubio, en vez de sellar la paz, decidieron seguir con la contienda. Fue una decisión absurda que le costaría la vida a miles de soldados, pero ningún político tuvo las agallas de enfrentarse a los ánimos exaltados de sus ciudadanos. Al contrario, Londres llegó a sopesar seriamente invadir San Petersburgo y, una vez descartada semejante idea descabellada, se dieron órdenes inmediatas para que tropas inglesas y francesas atacaran la base naval rusa de Sebastopol, en la península de Crimea. En septiembre de 1854, trescientos sesenta barcos zarparon de las costas inglesas y francesas rumbo al mar Negro.

En Viena, Franz observaba atónito aquel movimiento demencial. Muchos de sus ministros le alertaron de que Rusia, esta vez, aprovecharía para atacarlos, por lo que, en octubre, el emperador ordenó movilizar a todo el ejército imperial. Más de cuatrocientos cincuenta mil soldados fueron enviados rápidamente a la frontera. Semejante despliegue estuvo a punto de arruinar las arcas públicas —el presupuesto para defensa hacía meses que se había agotado— y, como no había dinero, a Franz no le quedó más remedio que pedir un préstamo y subir impuestos, una medida siempre impopular.

A Sissi todas las noticias sobre Rusia le resultaban incomprensibles y no le prestó demasiada atención al conflicto. Sin embargo, sintió mucha envidia de que aquella maldita guerra estuviese sirviendo para unir aún más a Franz y a su madre. En los últimos meses, Sofía se había mantenido al margen de la política, pero, al ver a su hijo claramente desbordado por los acontecimientos, volvió a asesorarle. Ambos pasaban largas horas discutiendo la difícil situación y, con toda probabilidad, seguramente fue ella la que tomó las principales decisiones.

Sissi, en cambio, fue claramente marginada. Nadie se preocupó por informarle de lo que estaba pasando ni mucho menos le preguntaron sobre cómo proceder. La opinión en la corte era que la emperatriz era demasiado inmadura y muchos llegaban al extremo de considerarla poco inteligente. El emperador, por supuesto, no estaba de acuerdo, pero tampoco estimaba que fuera la persona más adecuada para hablar de algo tan enrevesado como diplomacia internacional. Sissi era para él una chiquilla, una criatura inocente, incapaz de comprender el complicado mundo en el que le había tocado vivir.

Tampoco es que Franz fuese un gran mago de la geoestrategia. En aquellos días demostró que la situación internacional le resultaba demasiado compleja y que tomaba decisiones demasiado a la ligera, sin sopesar bien las consecuencias. En la guerra en Crimea se estaba mostrando indeciso y en otros frentes tampoco estaba especialmente lúcido. Su política dentro del imperio era errática, seguía con un absolutismo férreo y su sujeción al Vaticano era tan fuerte que, al cabo de un año, llegó a firmar un Concordato con la Santa Sede por el que se cedían poderes sumamente extraordinarios a la Iglesia católica. Entre otros puntos, se le permitió el control prácticamente absoluto sobre todos los colegios de primaria, la decisión sobre el currículum educativo, la selección de profesores, la posibilidad de establecer una fuerte censura sobre publicaciones y la jurisdicción completa sobre el matrimonio. En términos prácticos, fue como retroceder en el tiempo y regresar al siglo XVI. En las principales cancillerías de Europa, los diplomáticos se llevaron las manos a la cabeza al conocer unas condiciones que muchos consideraron «medievales». Incluso en Francia, un país donde los católicos tenían mucha fuerza, nadie entendía por qué el emperador había cedido tanto.

Sissi tampoco daba crédito. Ella se había criado en Baviera, un reino de gran tolerancia religiosa, y su propia abuela había sido protestante. Para ella, la convivencia entre diferentes religiones resultaba algo natural e incluso saludable. Seguramente por eso, aceptó un día recibir en audiencia a una pequeña congregación luterana de Attersee, el pastor de la cual, Herr Schlieker, le comunicó que estaban recabando fondos para construir un campanario en su iglesia, algo que hasta hacía poco no les estaba permitido a los luteranos. Sissi no solo les atendió con mucha educación, sino que les dio un generoso donativo. La noticia pronto salió publicada y generó un gran escándalo. Jerarcas de la Iglesia católica protestaron enérgicamente contra aquella —a sus ojos— herejía, la archiduquesa estaba indignada y a Franz no le quedó más remedio que amonestar a su mujer. Sissi regresó a sus aposentos y lloró a lágrima viva.

Sissi estuvo días recluida en sus estancias y su suegra tuvo que ordenar que saliese. De nuevo, Sofía recordó con pavor cómo los médicos la habían obligado a recluirse en sus habitaciones durante largos meses y quiso que a su nuera le diera el aire. Pero otra vez expresó una buena intención de la peor manera posible:

—Es tu obligación como emperatriz —le indicó—. Ahora que llevas en el vientre al futuro heredero, a una nueva archiduquesa quizás, debes lucir tu vientre ante el pueblo. Tu hijo pertenece al imperio, mi querida hija. ¡Cuándo lo comprenderás!

A Sissi no le quedó más remedio que obedecer. Otra vez. Cada día era vestida por sus damas y, con la tripa bien ceñida, paseaba por el Prater a la vista de los transeúntes curiosos, los cuales susurraban y la miraban entretenidos, como si la emperatriz fuese una atracción de circo.

Al amanecer del 17 de octubre de 1854 comenzó el sitio de Sebastopol, en la costa de la península de Crimea. Setenta y dos cañones ingleses y cincuenta y tres franceses empezaron a disparar y, a las pocas horas, la batalla era tan intensa que la pequeña ciudad portuaria estaba cubierta de humo. Sus atemorizados habitantes no veían nada, como si de repente hubiese desaparecido el sol y una amenazante sombra se hubiese cernido sobre ellos. Durante más de doce horas solo escucharon el rugido estremecedor e incesante de cañones.[3]

Para los británicos y los franceses la situación no fue mucho mejor. Sebastopol disponía de menos armamento que ellos, pero los rusos demostraron una gran valentía y, sin duda, mejor puntería. También contaban con gruesas murallas muy resistentes. Al final del día, muchos barcos habían sido destruidos. La moral entre los soldados estaba por los suelos.

A partir de ahí, y para sorpresa de Londres y de París, los rusos recuperaron terreno y cosecharon unas cuantas victorias importantes. Incluso en las pocas ocasiones en que los británicos y los franceses consiguieron vencer, lo hicieron con un coste ingente de soldados. Las imágenes de campos de batalla repletos de muertos y las noticias sobre la mala situación de sus tropas causó un profundo malestar en Inglaterra y Francia, donde la población se enfadó sobremanera por lo mal que iba una guerra que, pocos meses antes, todos daban por ganada.

Pero lo peor vendría a las pocas semanas: se acercaba el invierno, que en Crimea era de una dureza espantosa, y los soldados británicos y franceses tan solo iban equipados con finos uniformes y ligeras mantas, pensadas para aguantar una suave lluvia de verano, pero no las inclemencias de tormentas de hielo. En Londres, muchos políticos comenzaron a decir en voz alta que se debía abandonar el asedio y ordenar el regreso de las tropas. Sobre el terreno, muchos soldados decidieron desertar, incluso entregarse voluntariamente al enemigo. Era mejor la deshonra que morir congelados.

En San Petersburgo también cundía el pánico. Apenas quedaban soldados en Crimea, la munición escaseaba y los víveres solo aguantarían unas semanas. Por mucha valentía que hubiesen demostrado los rusos, muchos generales dieron por hecho que Sebastopol caería tarde o temprano y alguno tuvo las agallas de reconocer públicamente que debían retirarse. Al conocer semejante ocurrencia, el zar montó en cólera:

—¿Para qué diablos habrá servido el heroísmo de nuestras tropas si ahora aceptamos la derrota? —gritó—. ¿O acaso nuestros enemigos no han sufrido también lo indecible? No pienso rendirme ni pienso consentir que otros lo hagan. Tenemos a Dios de nuestro lado.[4]

Sin embargo, a pesar de su determinación, no había duda de que Nicolás I, a estas alturas, también estaba convencido de que la derrota era inevitable. Incluso le reconoció a alguno de sus ministros que toda la contienda con el Imperio otomano había sido un desastre que no tendría que haberse producido. El zar se sumió en una profunda depresión y ni siquiera delante de la corte se obligó a poner buena cara. Aquel hombre todopoderoso que antaño había infundido pavor con su sola presencia era ahora un hombre acabado.

Como muchos habían temido, el invierno llegó a principios de noviembre y, con él, un frío inusitado incluso para los parámetros rusos. Durante días llovió y el viento rugió con tanta intensidad que las tropas francesas y británicas acabaron ahogadas en el barro, sin protección ni auxilio. Lo peor tuvo lugar en la madrugada del 14 de noviembre, cuando un fuerte huracán sacudió las costas de Crimea. Los árboles fueron sacudidos violentamente; grandes troncos con gigantescas ramas fueron partidos y arrancados abruptamente de la tierra; pesadas piedras de colinas cercanas cayeron peligrosamente como si fueran bombas sobre los cuerpos inocentes de militares que no tenían donde protegerse. En la bahía, los barcos se movían con una fiereza inusitada, muchos volcaron y otros chocaron y acabaron convertidos en un amasijo de maderas y hierros puntiagudos. Miles de hombres murieron en un solo día.

Uno de los pocos aspectos positivos de aquella maldita guerra fue la importancia creciente y el reconocimiento que empezaron a tener las enfermeras. Los franceses, que a todas luces estaban mejor organizados y equipados en Crimea que los ingleses, habían creado pequeños pero eficientes hospitales de campaña donde monjas de la orden de San Vicente de Paul atendían devotamente a los heridos.

Los rusos también diseñaron un sistema bastante eficaz para auxiliar a sus soldados. Gracias al doctor Nikolái Pirogov, un hombre de talento excepcional, se creó una red de quirófanos y puestos de socorro cerca de las trincheras que, más tarde, en la Primera Guerra Mundial, muchas naciones copiarían. También él dio mucha importancia a la presencia de enfermeras, algo que, en principio, era mirado con recelo por los oficiales, los cuales pensaban que la presencia de mujeres en el frente solo crearía problemas y distraería a los hombres. Pero las ideas de Pirogov se impusieron y en San Petersburgo muchas damas de alta alcurnia se movilizaron para reclutar a mujeres dispuestas a ir al frente. Incluso señoras de la familia imperial, como la gran duquesa Elena Pavlovna, cuñada del zar, se implicaron en la iniciativa. De sus esfuerzos surgió la Comunidad de la Santa Cruz, un conjunto de damas enfermeras de la baja nobleza y la burguesía, más bienintencionadas que preparadas para lo que les venía encima. El primer destacamento llegó a Crimea a principios de diciembre. Dos equipos más partieron en enero.

Los ingleses no disponían de nada semejante y el corresponsal de *The Times*, Thomas Chenery, escribió un duro artículo criticando la falta de ayudas a los soldados, el caos en los hospitales y la carencia absoluta de enfermeras. Aquella pieza generó tal escándalo en Londres que enseguida se creó un Fondo Especial de Ayuda a los Heridos de Crimea y muchas mujeres se presentaron voluntarias para ir a la guerra. Entre ellas había una llamada Florence Nightingale.

Considerada hoy una auténtica heroína nacional en Inglaterra, Nightingale está reconocida como la madre de la enfermería moderna —el Día Internacional de la Enfermería, el 12 de mayo, se escogió por ser su fecha de cumpleaños—. De pequeña estatura y muy delgada, de aspecto dulce e incluso frágil, Florence Nightingale provenía de una rica familia de Derbyshire y había tenido una esmerada educación por parte de su padre, quien le enseñó literatura, filosofia, historia y matemáticas.

También hizo que lo acompañara en sus viajes por Europa y fue así como Nightingale conoció a la mujer que le cambiaría la vida. Su nombre era Mary Clarke, aunque era más conocida como madame de Mohl por su apellido de casada. Libre, fuerte, excéntrica y ferviente defensora de la igualdad entre hombres y mujeres, madame de Mohl, nacida en Londres, pero criada en París, se había codeado en su juventud con los mejores escritores del momento, de Víctor Hugo a Stendhal, Prosper Merimée y Chateaubriand. En 1838 ella misma creó su propio salón filosó-fico en su casa del número 120 de la *rue du* Bac, en el barrio parisino de Saint Germain, y allí logró congregar a escritores de la talla de Victor Hugo y Alexis de Tocqueville, pintores como Eugène Delacroix y los políticos más destacados. También a escri-tores que venían de Inglaterra, como el matrimonio Browning y los Trollope.

Durante su estancia en París, los Nightingale participaron en una de las tertulias y la joven Florence pudo ver en acción a aque-lla mujer menuda pero de exultante personalidad que vestía de manera desaliñada y tenía un pelo lleno de rizos encrespados («Madame de Mohl y mi pequeño Scotch terrier comparten *coi-ffeur*, peluquero», dijo una vez el político François Guizot).[5] Fue madame de Mohl quien la animó a desarrollar su talento intelec-tual y a no creer que fuera inferior a un hombre, una idea revo-lucionaria por aquel entonces.

En Europa, la joven Florence también conoció los trabajos de las monjas de San Vicente de Paul y, en Kaiserswerth, cerca de Düsseldorf, se puso en contacto con el Instituto de Salud que dirigía el pastor protestante Theodor Fliedner y en donde se for-maba a enfermeras para ayudar a los más pobres. En este centro se educaría ella también y, cuando regresó a Londres, aplicó lo que había aprendido en un hospital para mujeres situado en Harley

Street. Cuando se enteró de lo que sucedía en Crimea, movió contactos familiares y consiguió que Sidney Herbert, secretario de la Guerra, la enviase al frente. Nightingale y otras treinta y ocho enfermeras seleccionadas por ella llegaron en noviembre de 1854. En diciembre partió otro equipo. Las condiciones sobre el terreno eran tan horrendas que Nightingale y el resto trabajaban veinte horas diarias.

Es más que dudoso que Sissi supiera entonces de la existencia de Florence Nightingale y del resto de las enfermeras británicas, francesas y rusas que se estaban dejando la piel para auxiliar a los soldados en Crimea. También es altamente improbable que supiera que existían mujeres como madame de Mohl que estaban rompiendo todos los esquemas en París. Es una lástima, desde luego, que ella no recibiese la influencia de alguien así, alguien que hubiese podido canalizar su talento y dar forma a su ambición. Ella, en cambio, seguía rodeada de estiradas damas de la corte que la miraban con desprecio y la trataban como una chiquilla inestable que no hacía más que llorar a todas horas. «¡Menuda emperatriz! —suspiraban de asco por los pasillos del Hofburg—. *Quel dommage!* ¡Qué lástima!».

La archiduquesa Sofía, mientras tanto, seguía moviendo los hilos de la alta diplomacia. Astutamente, se alió con los ministros más conservadores de su hijo y presionó a Franz para dar un giro a la estrategia de Austria: era hora de recuperar el control de la situación.

Asesorado por su madre, Franz no solo rompió todo lazo con el zar, sino que le dejó claro que iba a aliarse con franceses y británicos. Esta vez, Austria estaba dispuesta a prestar apoyo logístico en Crimea y, lo que era más preocupante en San Petersburgo, estaba sopesando seriamente invadir Polonia, un territorio clave para Nicolás I. Para que la amenaza fuera creíble, diplomáticos austríacos fueron enviados a toda prisa a recomponer las maltrechas relaciones con Londres y París, y se llegó a firmar un acuerdo de amistad entre las tres naciones.

En cuanto las noticias llegaron a Rusia, el zar supo que era el final. Él hubiese querido aprovechar el duro invierno para dar el último golpe a sus enemigos en Crimea, pero la amenaza de una invasión en Polonia hizo que detuviera todos sus planes y que derivase tropas hacia el norte. Británicos y franceses aprovecharon la ocasión para ganar terreno y conseguir unas cuantas victorias decisivas.

El 2 de marzo de 1855 murió el zar Nicolás. Desde principios de febrero arrastraba una grave gripe y, en contra del consejo de sus médicos, había salido el día 16 a pasar revista a las tropas en San Petersburgo sin llevar suficiente ropa de abrigo.[6] Las temperaturas eran gélidas, de cinco grados bajo cero, y el soberano había regresado a palacio temblando y con fuertes fiebres. En pocos días había desarrollado una pulmonía, sus pulmones se encharcaron de líquido y los médicos advirtieron a la familia imperial que no había nada que hacer.

Hasta el último momento, Nicolás siguió de cerca los acontecimientos en Crimea. Las últimas derrotas fueron tan humillantes para él que, cuando se hizo pública la muerte del zar, muchos rusos creyeron que, en realidad, se había suicidado. Hoy en día, algunos historiadores siguen pensando que sí lo hizo.[7]

En Austria, Franz decretó un luto preceptivo de cuatro semanas y envió una nota de pésame personal a San Petersburgo, pero no tuvo demasiado tiempo para lamentarse por el triste destino de Nicolás I. En la madrugada del 5 de marzo de 1855, Sissi notó las primeras contracciones del parto.

Franz en persona fue a alertar a su madre a las siete en punto. Sofía mandó que sus damas la vistiesen a toda prisa y, una vez lista, tomó una pieza de labores y se instaló en la antecámara de la emperatriz. Durante horas, bordó un bonito cestillo de flores mientras Sissi seguía con las contracciones y Franz, muy nervioso, entraba y salía de la habitación de su mujer. Al mediodía, las comadronas anunciaron que el nacimiento era inminente. Sofía dejó el bordado, entró en la habitación de su nuera y comenzó a dar órdenes. Como segunda dama en importancia en la corte, debía ser ella quien ayudase a la emperatriz a parir.

La comadrona se situó detrás de Sissi, una dama de compañía le sujetó las rodillas y Sofía se puso delante para agarrar la cabeza del bebé. Franz, muy emocionado, dio la mano a su esposa, la besó en la frente y la confortó durante las largas horas de esfuerzo que todavía le quedaban por delante.

A las tres de la tarde, nació la criatura. Una niña. A pesar de la decepción enorme por no haber dado un heredero al imperio, Sissi sollozó de alegría al ver aquel cuerpecito que había surgido de sus entrañas y que ahora lloraba con desgarro. A su lado, Franz no pudo reprimir las lágrimas. Ambos se abrazaron y se besaron.

La comadrona lavó y vistió a la nueva pequeña archiduquesa de Austria. Sissi, completamente exhausta, se quedó dormida al poco rato y Sofía, sentada al lado de la cama de la emperatriz, tomó en brazos a su nieta y la acunó tiernamente. Muchos a su alrededor se sorprendieron al ver el nivel de ternura que le demostró al bebé, un gesto inusitado en una mujer que, a estas alturas, nadie creía que fuera capaz de tener emociones: la miraba dulcemente, le acariciaba la carita con suavidad, le susurraba palabras de amor. Seguramente, aquella pequeña niña, muy rubia y con una piel muy pálida, le debió recordar a su querida Ännchen, muerta hacía años. Por ello, no se separó de ella hasta pasada una hora, cuando dejó al bebé con su gobernanta, la baronesa Karoline von Welden, y fue a la antecámara, donde ya estaba reunida toda la familia imperial y se había servido el té. La archiduquesa Sofía resplandecía de alegría.

En el bautismo se anunciaron solemnes los nombres de la nueva archiduquesa: Sofía Federica Dorotea María Josefa. Sissi no fue consultada en ningún momento sobre cómo debía llamarse su hija y Franz tomó la decisión de que el nombre principal sería Sofía, como su madre, que también sería la madrina de la niña. Al bautismo fue invitada toda la corte y el cuerpo diplomático. Tan solo el embajador de Rusia no asistió siguiendo órdenes estrictas de San Petersburgo.

Sissi siempre se quejó de que le habían quitado a la criatura enseguida, a los pocos días del nacimiento. No es cierto: durante el primer mes, madre e hija estuvieron juntas y Sissi solo se separaba de ella cuando la pequeña archiduquesa era llevada por la baronesa Von Welden a su paseo matinal por el Prater. Lo que sí es verdad es que, justo a las cuatro o cinco semanas, la archiduquesa Sofía dio órdenes de que se trasladara la cuna del bebé a sus nuevos aposentos. Sissi lloró de rabia al saber que ya no podría ver a su hija siempre que quisiera. Ahora tenía que subir escaleras, hacerse anunciar solemnemente y traspasar las estancias de su suegra. Cada vez que se acercaba, un grupo de viejas damas rodeaba la cuna y miraban extasiadas a la nueva archiduquesa.

—¿Habéis visto, majestad, qué bien se cría junto a su abuela? —le echaban en cara, reprochándole que ella no hubiese estado a la altura. Y, luego, como si quisieran profundizar aún más en la herida, se dirigían a Sofía y le comentaban—: ¡Qué alegría que el cielo os haya regalado a esta niña!

Fue una humillación de la que Sissi nunca se recuperaría. Se sentía excluida, como si no existiera y todos en la corte hubiesen decidido que lo mejor era ignorarla. Su odio hacia su suegra se acrecentó a niveles obsesivos. Ejercer plenamente la maternidad la hubiese ayudado a sobrellevar su penosa vida en Viena y hubiese servido para tender puentes con Sofía, que la hubiese podido ayudar, pero sin atosigarla. Sin embargo, a estas alturas, Sofía se había acostumbrado demasiado al poder absoluto como para ser diplomática y ceder ante su nuera. Ella era la verdadera matriarca de la dinastía, Madame Mère, como aún se la conocía en la corte, no solo la verdadera emperatriz, sino también el verdadero emperador de Austria. Sofía vio aquel conflicto familiar como veía la diplomacia internacional, como un juego de poder donde lo único importante era que ella ganara a toda costa, independientemente de las consecuencias. Lo único que contaba era el honor de los Habsburgo, su legado y futuro, y ella se había erigido en su principal guardiana.

Ni siquiera cuando algunas de sus damas de más confianza, como la propia condesa Esterházy, le sugirieron que devolviera a la pequeña niña a los brazos de su madre por el bien de todos, Sofía se negó en redondo:

—¿Devolverle a la criatura? ¡Jamás! —gritó airada.

Sissi explotó de rabia. Al mes y medio de dar a luz, y para gran escándalo de la corte, la emperatriz ordenó que la vistieran con ropa de montar e indicó que le prepararan el caballo más veloz que encontraran.

—¡Pero, majestad! —le imploró la condesa Esterházy—. ¡Aún no podéis montar! ¡Aún es demasiado pronto! Vuestro cuerpo aún está débil. —Y repitió después el mantra que Sissi odiaba—: No es la tradición. ¡Sois la emperatriz de Austria! ¡Qué dirán de vos!

Pero Sissi, esta vez, no pensaba tolerar que la controlaran. Galopó durante horas con una fiereza inusitada, corrió por las onduladas colinas del Prater, saltó vallas y obstáculos y troncos que veía en el suelo, como si necesitara expulsar con aquel galope raudo y peligroso la rabia que la quemaba.

De regreso al Hofburg, cansada, sudorosa pero más tranquila, tuvo que sufrir de nuevo las miradas de reproche. Pero esta vez no pudieron con ella. Sissi dio aquel día su primera gran muestra de rebeldía, la prueba de que se estaba rodeando de aquella coraza que, irónicamente, tanto le había recomendado su suegra que se construyera. Sin ser consciente de ello, estaba aprendiendo, por fin, a ser una verdadera emperatriz.

Al cabo de unas horas, cuando Franz la visitó antes de la cena, Sissi demostró un desafío inaudito.

—Me han dicho que has vuelto a montar —le comentó él con una mueca de enfado—. No creo que sea lo prudente para tu salud. Además, la corte no para de comentarlo. Una joven madre no ha de dejar a su hija recién nacida sola durante horas para irse a galopar como una vulgar *vedette* de circo.

—¡Cómo te atreves! —gritó ella con una garra que Franz no había visto jamás en su esposa—. ¡Una joven madre puede ver a su hija! ¡Una joven madre puede acunarla y decidir sobre cómo cuidarla! ¡Yo no puedo ni verla y me he de anunciar cada vez que quiero acercarme a ella!

Franz se quedó sorprendido por aquella reacción.

—Mi querida Sissi… —susurró él al cabo de unos segundos, intentando pacificar la situación—. Mi querido y dulce ángel. No creas que no comprendo tu dolor, pero todo se hace por tu bien. Mi madre considera que tus obligaciones como emperatriz son demasiado pesadas para hacerte también cargo de nuestra pequeña. Pero sin duda puedes verla cuando quieras. Indicaré a mi madre que no sea tan estricta con las visitas, si ese es tu deseo.

Sissi sonrió tiernamente. Había ganado su primera batalla.

La maternidad no solo hizo que Sissi sacara su lado rebelde. También marcó el inicio de su gran transformación física. Sissi tenía tan solo diecisiete años cuando dio a luz, pero estaba dejando ya atrás su rostro aniñado de la adolescencia y sus facciones se estaban refinando. Aún no había llegado a la cúspide de su atractivo, ni se intuía del todo la gran belleza en que se convertiría, pero a los ojos de los vieneses, su cambio era ya más que notable. Ahora, cuando la emperatriz paseaba por el Prater, como la archiduquesa Sofía le seguía obligando a hacer, muchos se quedaban embobados al verla.

En esto, al menos, su suegra fue de gran ayuda. Como Sofía había intuido, al comprobar los rostros de admiración de los transeúntes, Sissi comenzó a ganar confianza en sí misma. La muchachita tímida de Baviera que, hacía tan solo un año, temblaba de nervios cada vez que tenía que entrar en un salón del Hofburg repleto de gente, ahora empezaba a andar con paso firme y barbilla alta, sonriendo con soltura a la multitud.

«¡Qué hermosa es nuestra emperatriz!», suspiraban muchos. Su popularidad se disparó y fue aún más intensa cuando, para celebrar que tenía por fin descendencia, el emperador ordenó aliviar algunas medidas restrictivas que todavía seguían impuestas. Los austríacos comenzaron a ver en ella un rayo de esperanza, la persona que podía influir en su marido para devolverles las libertades políticas que habían perdido. Sissi se sintió tan halagada como abrumada por los centenares de cartas que empezó a recibir de todas partes del imperio implorándole que intercediera por ellos. El único problema era que no sabía cómo responderles: Sissi no dominaba los asuntos internos del imperio. No los dominaría nunca.

Cuando el verano llegó, la corte se dispuso a viajar a Bad Ischl como todos los años, pero esta vez Sissi impuso sus propios

planes. Aprovechando que Franz debía ir a Galitzia a inspeccionar tropas, Sissi le pidió permiso para visitar a su familia en
Possenhofen unos días. El emperador aceptó —volver a ver a
los suyos quizás ayudaría a calmar el ánimo de su esposa, debió
de pensar— y el 21 de junio una larga procesión de carrozas
partió de Viena hacia Baviera. Sissi iba acompañada de sus damas
de honor, doncellas, mayordomo, cocheros y soldados dando
escolta.

«¡Volver a Baviera!», suspiraba de alegría para sus adentros. En
cuanto divisó el lago Starnberg, con sus aguas oscuras, sus bosques
en la ribera y sus montañas al fondo, se volvió a sentir libre. Libre
y feliz de poder dejar atrás el protocolo, las ataduras, las audiencias,
los conciertos, los banquetes y, sobre todo, a su odiada suegra. A los
pocos minutos vio Possenhofen al fondo del camino. Intacto,
exactamente igual que en sus recuerdos, idéntico a aquel castillo
mítico de su infancia, casi de cuento de hadas con su forma
medieval y su jardín de ensueño.

A sus damas, por el contrario, el lugar les pareció primitivo y
salvaje. ¡Incluso los perros corrían sueltos por las estancias! ¡Y entra-
ban en el comedor! ¡Y el duque Max jugaba al billar con el guar-
dabosques! Pero a Sissi no le importaba lo que dijesen. Aquellos
días se la vio reír de nuevo a carcajadas y tan solo cumplió con sus
deberes al escribir algunas cartas de pura cortesía a la archiduquesa Sofía. Cartas frías, sin ningún atisbo de cercanía, que firmaba
como Elise, en francés, siguiendo las costumbres de la corte, y las
acababa con un muy formal «os beso la mano».

Cuando la emperatriz regresó a Bad Ischl para encontrarse
con su marido, parecía de nuevo aquella joven risueña de la que
Franz se había enamorado perdidamente. La pareja volvió a disfrutar de aquella ternura que habían perdido y se les vio otra vez
sonrientes y tranquilos.

A las pocas semanas, Sissi supo que estaba embarazada de
nuevo.

7

Primeras tragedias

Cuando la noticia de la muerte del zar Nicolás I llegó a Francia e Inglaterra, la población estalló de júbilo y se lanzó a las calles a celebrarlo. En algunos teatros se pararon las representaciones y se tocó el himno nacional, mientras que en las tabernas corrieron el vino y la cerveza.[1] Muchos dieron por hecho que aquello era el fin de la guerra, pero se equivocaban.

El nuevo zar de Rusia, Alejandro II, hijo del difunto Nicolás y de Alexandra, una princesa de Prusia, no tenía ningún interés en comenzar su reinado con una derrota. Alejandro tenía por entonces treinta y seis años y había vivido siempre bajo la sombra de su dominante y autoritario padre, a quien había admirado y temido en igual medida. Físicamente ambos eran muy parecidos, pero Alejandro era mucho menos inteligente, bastante gandul y con una vena excesivamente romántica. Lo único bueno era que, a diferencia de su padre, él era mucho más avanzado en sus ideas políticas y su tutor, el poeta Vasily Zhukovsky, se había encargado de convertirlo en un verdadero liberal para los estándares de la corte rusa. Alejandro II tenía grandes planes para modernizar Rusia y, durante su mandato, llevaría a cabo importantes cambios, desde la liberación de los siervos a mejoras sustanciales en la administración y la justicia.

Para disgusto de su padre, Alejandro no había demostrado ningún interés en los asuntos militares, pero sí era un nacionalista acérrimo y, como Nicolás, creía en la superioridad cultural, histórica y sobre todo moral de Rusia. Por ello, Alejandro no pensaba tolerar una humillación en Crimea y ordenó a sus tropas que siguieran el combate. A muchos políticos ingleses les faltó tiempo para volver a sus discursos incendiarios y lord Palmerston, entonces primer ministro británico, hizo público que no solo había que tomar Crimea, sino también lo que hoy son Polonia, Finlandia y todas las repúblicas bálticas.

Francia, sin embargo, no estaba dispuesta a llegar tan lejos. La población estaba cansada de la guerra y proponer una contienda aún mayor, con miles de soldados y meses de luchas eternas, era una idea suicida. A estas alturas, Napoleón III solo quería un triunfo simbólico —la toma de Sebastopol, por ejemplo—, para poder lucir una victoria honorable y hacer regresar rápidamente a su ejército a casa.

Para tratar de limar asperezas con sus aliados británicos, Napoleón III anunció que viajaría a Londres para reunirse con la reina Victoria. El 15 de abril de 1855, el emperador y su esposa, la bellísima emperatriz Eugenia de Montijo (española de nacimiento), partieron de París rumbo a Inglaterra. Al día siguiente zarparon en el barco de vapor Pélican y cruzaron el canal de la Mancha. Unas horas más tarde, divisaron entre una espesa niebla las costas de Dover.

En cuanto pisaron suelo británico, la pareja imperial demostró ser una auténtica sensación, solo comparable al impacto que tendrían los Kennedy al llegar a París poco más de un siglo más tarde, en 1961. «Nunca, hasta donde llega nuestra memoria —aseguró el periódico *Daily News*—, se ha organizado un desfile de carrozas tan solemne».[2] Las noticias sobre los valerosos soldados franceses luchando en el frente habían impresionado tanto a los británicos que todo Londres parecía que se había echado a la calle para saludar y vitorear a sus augustos huéspedes.

La pareja tomó un tren en la estación de Paddington y llegaron rápidamente al castillo de Windsor, donde les esperaba la reina Victoria, una mujer bajita y bastante regordeta, con ojos saltones, peinado anticuado y desinterés total por la moda, pero con una presencia mayestática imponente. El emperador le besó elegantemente la mano y luego le dio un beso en cada mejilla. Acto seguido, Victoria abrazó a Eugenia, una mujer de la que había oído decir maravillas. «*N'est elle pas délicieuse?*», «¿No es deliciosa?», observaría la soberana a una de sus damas esa misma noche. «Sus modales y gestos son los más perfectos que yo haya visto», escribiría además en su diario.[3]

Durante los días siguientes hubo un sinfín de eventos, desfiles y ceremonias. Victoria impuso a Napoleón III la Orden de la Jarretera, la mayor distinción heráldica de Inglaterra, y lo colmó de atenciones. La emperatriz francesa deslumbró con sus ropajes. Cuenta la leyenda que, en la primera noche en Windsor, su equipaje no había llegado —viajaba en un segundo barco que se retrasó— y, en el último momento, le pidió a una de sus damas el vestido azul claro que llevaba. De un jarrón cortó unos crisantemos y se los colocó en el pelo. Tal era su elegancia natural que, al aparecer en el salón, la reina Victoria pensó que lucía espléndida.

Una vez sus baúles aparecieron, Eugenia pudo lucir las creaciones que había escogido. Para un desfile en carroza por Windsor optó por un traje verde con incrustaciones de encaje con un *chapeau de paille*, un sombrero de ala ancha; en el gran baile de gala, deslumbró con un traje blanco con una amplia falda sobre un cancán. Aquellas innovaciones —el cancán, los sombreros anchos— se convirtieron de la noche a la mañana en sensaciones estilísticas que todas las damas del continente empezaron a imitar.

El último día de la visita, los emperadores franceses se habían hecho tan amigos de la reina Victoria y su marido, el príncipe Alberto, que la monarca británica no pudo reprimir las lágrimas y se lanzó sollozando a abrazar a Napoleón III.

Las noticias sobre las excelentes relaciones entre Francia e Inglaterra preocuparon enormemente en Viena. Los ministros del emperador comprobaron cómo se estaban quedando aislados mientras otros reforzaban sus posiciones. A Sissi, sin embargo, no le importaron tanto las consecuencias diplomáticas como los continuos comentarios sobre la emperatriz Eugenia. «Es una emperatriz sin igual», oía decir. «Cuanto más se la mira, más bella se la ve», observaban unos. «Una extranjera que solo sabe conspirar y que acabará cayendo en desgracia tarde o temprano», escuchaba a otros.

Sissi preguntaba con frecuencia a sus damas por aquella mujer que la intrigaba. Supo que la emperatriz de los franceses era algo mayor que ella (Eugenia nació en Granada, en 1826) y, a diferencia de Sissi, había recibido una educación muy esmerada. Asistió al Sacré Coeur, el prestigioso convento del Sagrado Corazón de París, y tuvo un gran número de tutores para completar su instrucción: el afamado escritor Prosper Mérimée se encargó de sus lecciones de literatura y redacción y le presentó a algunos de los autores del momento, como un jovencísimo Stendhal. Más tarde, Eugenia fue enviada a un colegio privado de Inglaterra, en el pueblo de Clifton, cerca de Bristol.

Sissi también supo que Eugenia se casó poco antes de cumplir veintisiete años con el emperador Napoleón III. Fue el 30 de enero de 1853, un año y medio antes de la boda de Sissi con Franz, y como le explicó la condesa Esterházy, la emperatriz había deslumbrado con su atuendo:

—Figuraos, majestad —le comentó en una ocasión—, que para la noche previa al enlace, durante los esponsales civiles, la emperatriz apareció con un vestido blanco de seda todo cubierto de encaje de Alençon. ¡De una elegancia extrema! Decían que una corona de jazmines adornaba su cabeza y que portaba un cinturón de diamantes y zafiros. ¡Y al día siguiente, en la catedral! ¡Qué presencia! *Vraiment magnifique!* Dicen que su cara parece esculpida en mármol de lo perfectas que son sus facciones y la tersura de su piel. Tiene los ojos azul oscuro y unas pestañas que hipnotizan. ¡Y su figura! ¡De la más exquisita proporción y delicadeza!

—Sin duda debió causar una gran impresión —contestó Sissi, abrumada por la intensidad de su camarera mayor.

—¡La más excelsa! ¡Quién la hubiese podido ver! —suspiró la duquesa—. Me comentó una amiga de gran confianza que, el día de su boda, en la catedral de Notre Dame, la emperatriz Eugenia portaba un vestido blanco de terciopelo, una tiara de diamantes en la cabeza y un gran broche de diamantes en la cintura. ¡Hasta llevaba diamantes cosidos en la falda! E iba toda cubierta con un velo tan fino que parecía transparente. ¡Como si fuera un hada!

—Me han dicho que todo París ahora se tiñe el pelo para parecerse a ella…

—Sí. *Quel ridicule!* Se rumorea que se cubren el pelo de oro para que parezca cobrizo, como el de la emperatriz. Incluso hay quien se lo unta con polvo de cobre… ¿Os lo podéis imaginar? Franceses…

—Sin duda, la emperatriz debe gozar del cariño de sus súbditos.

—En absoluto, majestad… —La condesa Esterházy bajó la voz como para hacer una confidencia—. En realidad, la odian. Es extranjera, como bien sabéis, de España. Y no tiene ni una gota de sangre real. *Quel horreur!* Una emperatriz sin pedigrí… La corte de Francia, aunque alaba su belleza, no puede dejar de insultarla.

La critican sin piedad. Que si derrocha mucho dinero en trajes y joyas, que si está rodeada de escándalos. Comentan que algún joven de la corte ya se ha suicidado muerto de amor por ella. ¿Os lo podéis imaginar?

—Calumnias infundadas, seguramente.

—No creáis, majestad. Dicen que Eugenia es engreída y que maneja los hilos políticos a su antojo. Además, es excesivamente pasional y altiva. Fijaos que no deja de decir lo que piensa en voz alta. ¡Qué se habrá creído!

—Puede que sea una buena estadista…

—En absoluto. ¡Oh, estos Napoleón solo saber crear desgracias! Francia está corrompida por escándalos. *Quel horreur!* El emperador, ese *parvenu*, ese mentecato de tres al cuarto, ha puesto a los hijos bastardos de su familia en puestos claves. ¡El conde Walewski es ahora su mano derecha! Ese hombre, majestad, es el bastardo de Napoleón Bonaparte con una condesa polaca… Y ese conde de Morny, ¡otro bastardo! Es hermanastro de Napoleón III por parte de madre. *Quel horreur!* Dicen que De Morny es el verdadero cerebro político del país y que fue él quien orquestó el golpe de Estado que llevó a Napoleón III al trono. También se comenta que ha convencido a los rusos para que se alíen a los franceses y descarguen su ira contra nosotros, los austríacos… ¡Un bastardo!

—Me han comentado que Eugenia está obsesionada con lo que le pasó a la pobre María Antonieta —observó Sissi, intentando reconducir la conversación.

—Sí, esto también me ha llegado. Pero claro, ¡cómo no estarlo! En ese país en cualquier momento le cortan a uno la cabeza el día menos pensado. Me dijeron que durante su luna de miel Eugenia insistió en ir personalmente a Versalles a inspeccionar los aposentos de la reina María Antonieta. Y que, ya de vuelta a París, pidió poder leer la última carta que envió la reina antes de que le cortaran la cabeza. Un tanto morboso, ¿no creéis, majestad?

—Sí, sin duda. Aunque quizás ella no deba temer nada. Al fin y al cabo, el embajador de su majestad en París comenta que la corte francesa ha vuelto a brillar como en tiempos pasados.

—Eso parece… —La condesa Esterházy no pudo ocultar su envidia—. Dan cinco o seis grandes bailes cada año en palacio. ¡De cuatro mil personas cada uno! ¡Qué barbaridad! ¡Totalmente excesivo! Dicen que las *toilettes* y las joyas que se ven son las más exquisitas de Europa. También organizan bailes de disfraces y que se han puesto muy de moda los bailes de máscaras. Un tanto impúdicos a mi entender, majestad… Y luego la emperatriz organiza los *lundis*, las recepciones de los lunes, donde invita a unas quinientas personas de las más altas familias. Las cenas oficiales son los jueves.

—¿Es verdad que le gusta el espiritismo? —preguntó Sissi.

—Oh, sí. —La condesa Esterházy se santiguó—. ¡Qué decepción! Obra de dementes… Me comentó una conocida de Francia, la condesa Tascher de la Pagerie, que frecuenta la corte un tal Douglas Home, un supuesto americano que asegura poder comunicarse con los espíritus. Ha montado sesiones de espiritismo donde se ha puesto en contacto con el difunto Napoleón, aquel hombre malvado. Pero lo más raro es que aseguran que es capaz de levantar pesadas mesas varios metros del suelo con solo tocarlas con un dedo.

—Un ardid de magia, seguro.

—O la obra del demonio, majestad.

Sissi siguió muy de cerca las noticias que le llegaban de Francia y no pudo dejar de interesarse por las espléndidas galas que Eugenia organizó cuando se inauguró la Exposición Universal de París, aquel verano de 1855. Franz también siguió el evento, pero por una razón distinta: Napoleón III había invitado a la reina

Victoria a Francia y esta había aceptado (fue la primera soberana británica en pisar París desde los tiempos de Eduardo II, en el siglo XIV).

—La reina Victoria hará con este gesto que Napoleón parezca importante a los ojos del mundo —observó con asco la condesa Esterházy—. *Quel horreur!* Ese don nadie convertido en un verdadero monarca. Todos los demás reyes teniendo que dirigirse a él como *mon frère*, mi hermano. *Quel horreur!*

Eso era precisamente lo que quería el emperador francés: consagrarse como uno más entre las monarquías reinantes. Y realmente lo consiguió. Eugenia jugó un papel importante, se esforzó porque aquellos días la corte de París luciera con todo su esplendor, mandó redecorar las estancias del palacio de Saint-Cloud, donde se instalarían los huéspedes, y diseñó un suntuoso programa de actos, con banquetes en Versalles, almuerzos en el Trianon y un gran baile en el Hôtel de la Ville. Incluso se decidió que la reina Victoria visitaría Les Invalides, donde estaba enterrado Napoleón, para rendirle homenaje.

Pero lo que más interesó a Sissi, desde la distancia, era que la emperatriz francesa encargó un nuevo vestuario para deslumbrar a propios y extraños.

—Ahora todas las francesas portan abanicos, como ella —le informó a Sissi una de sus damas, la condesa Bellegarde—. Y vestidos de volantes, muy *à l'espagnole*. Y lo que es mejor, majestad, la emperatriz ha empezado a llevar escotes con hombros al descubierto y todas las damas la imitan. Algo indecente, a mi entender.

—¿Cómo son los trajes? —se interesó Sissi.

—Todos repletos de encaje, majestad. Muchos de color violeta. Con sedas de Lyon y encajes de Chantilly, Valenciennes y Alençon. Y cubiertos de violetas de Parma. Se dice que Eugenia no puede salir de palacio sin sus violetas. Sin duda, Francia está ganando una fortuna gracias a ella. Parece que los comerciantes están muy contentos: París está desarrollando su industria textil y recibe encargos de todo el mundo, incluso de las Américas. Ahora incluso toda dama burguesa del continente quiere las creaciones de la Maison Gagelin y LaFerrière.

—No he oído hablar de Gagelin…—reconoció Sissi.

—Oh, majestad… —suspiró la condesa—. Son tejidos de una elegancia excelsa. Hicieron el *trousseau* de la emperatriz Eugenia.

—Entiendo —dijo Sissi—. Decidme, condesa, ¿podríais conseguirme algunos bocetos de los vestidos de la emperatriz? Con discreción, por supuesto.

—Sin duda, majestad. Si ese es vuestro deseo…

Al cabo de pocas semanas, Sissi recibió varias revistas francesas, como el *Journal de Mode et d'Arts*, el *Journal des Coiffeurs* y *Le Moniteur de la Mode*. Sissi seguía sin poder leer en francés, pero tomó buena nota de los vestidos que aparecían. Su interés por la moda, hasta ese momento muy escaso, despertó por entonces.

Sebastopol cayó el día 8 de septiembre. En cuanto se conoció la noticia, la multitud volvió a gritar y aplaudir en París y Londres. Sissi siguió sin enterarse de lo que pasaba políticamente y lo único que parecía importarle era que, ahora que los soldados austríacos estaban regresando del frente, traían consigo un huésped no deseado: el cólera. La corte tembló al recordar la última vez que la terrible enfermedad había hecho su aparición en la ciudad y se llevó la vida de miles de personas. Sissi temió por la vida de su hija e imploró a Franz que le dejara llevársela lejos de Austria, pero semejante posibilidad era impensable y el emperador solo aceptó que su familia se trasladase al palacio de Schönbrunn como precaución.

Sissi partió de inmediato, pero en cuanto el riesgo de epidemia remitió, fue requerida de nuevo en Viena. El 14 de diciembre, la emperatriz y una de sus damas, la condesa Paula Bellegarde,

viajaron en una carroza tirada por cuatro caballos. A pocos metros
de Schönbrunn, uno de ellos se libró de las riendas y tiró con
fuerza de las cuerdas que lo ataban. Los otros caballos quedaron
enredados y cayeron los unos sobre los otros. El cochero salió
disparado y la carroza fue impulsada con fuerza y avanzó peligrosamente unos metros sin rumbo. La condesa Bellegarde intentó
saltar, pero no le dio tiempo. Un cochero que casualmente pasaba
por allí se cruzó en su camino y logró detener el carruaje imperial.
Al chocar, Sissi cayó al suelo del vehículo. Alarmada, la condesa
Bellegarde pidió a gritos que alguien avisara inmediatamente a un
médico, pero la emperatriz se levantó con algo de dificultad y dijo
que no le pasaba nada.

Otra carroza fue enviada a toda prisa y la emperatriz pudo
llegar sana y salva a Viena al cabo de pocas horas. Al pisar el
Hofburg, aún estaba pálida del susto y temblaba levemente. El
doctor Seeburger, médico principal de la corte, fue requerido de
urgencia para examinarla. Afortunadamente, el feto seguía intacto
y, más allá de algún rasguño y del susto, la emperatriz estaba en
perfecto estado. Franz, muy preocupado por lo sucedido, respiró
aliviado.

Tras la caída de Sebastopol parecía que, esta vez sí, la guerra
acabaría, pero Alejandro II quiso desesperadamente seguir con la
contienda. Claramente harto, Franz le puso de nuevo un ultimátum encima de la mesa. Como ya había hecho con su padre, Franz
le dijo que, si no se rendía, Austria invadiría Polonia.

El truco surtió efecto. El 16 de enero de 1856, en medio de
un baile de palacio, Franz anunció solemnemente que el zar Alejandro II aceptaba por fin sentarse a negociar la paz. Los presentes
prorrumpieron a aplausos y todos se mostraron aliviados al enterarse de que aquella pesadilla podía quedar atrás. Pero los ministros

del emperador no estaban tan contentos: no había duda de que Austria había perdido mucho en la guerra y no iba a ganar nada. Y tenían razón.

La conferencia de paz se celebró en París, en el Salón de l'Horloge del Quai d'Orsay. Napoleón III movió los hilos con tanta maestría y eficiencia que dejó claro, si es que alguien a estas alturas lo dudaba, que se había convertido en el líder más importante de Europa, el árbitro que iba a decidir a partir de entonces los destinos de las demás naciones. Inglaterra no daba un paso sin consultarle y los rusos acabaron por hacerse muy amigos de él a pesar de haber sido enemigos unos meses antes.

Franz, por el contrario, apareció como un emperador abatido en el que no confiaba nadie. Rusia lo odiaba, Inglaterra no se fiaba de él y Francia le guardaba resquemor por no haberlos ayudado más decididamente durante la guerra. Austria estaba claramente aislada y no había duda de que había perdido el papel preponderante que había ostentado desde el fin de las guerras napoleónicas. Era el fin de toda una era.

Durante la conferencia de París sucedió otro hecho muy peligroso para Franz. A pesar de que el matrimonio de Napoleón III con Eugenia de Montijo parecía sólido y estable, no era ningún secreto que el emperador seguía siendo un mujeriego incapaz de resistirse a ninguna tentación. Y algunas naciones estaban dispuestas a explotar este defecto en beneficio propio. En concreto, el pequeño reino italiano de Piamonte-Cerdeña.

En aquel momento, Italia estaba muy lejos de ser como la conocemos hoy. La península estaba dividida en pequeños reinos y ducados, la mayoría bajo el dominio de potencias extranjeras, sobre todo de Austria. El reino de Piamonte-Cerdeña era uno de los pocos verdaderamente independientes y su primer ministro,

Camilo Benso, conde de Cavour, un hombre fornido, ambicioso y muy decidido, estaba obsesionado con conseguir liberar al resto de pueblos italianos y unificarlos bajo una misma bandera y un mismo rey. Pero, para lograrlo, Cavour sabía que necesitaba contar con un aliado muy poderoso, y Napoleón III se le presentó como el candidato perfecto: no solo era el líder más relevante del continente, sino que era un gran partidario de la unificación italiana. Además, no era ningún secreto que quería ver destrozada a Austria, la única nación que aún le podía hacer sombra.

Para atraerlo a su causa, Cavour trazó un inteligente plan: envió a la dama más despampanante que conocía, Virginia, de diecinueve años, a París con la misión de convertirse en su amante. Virginia estaba casada con el conde Francesco Castiglione, un hombre anodino y poco inteligente, que fue nombrado rápidamente embajador del Piamonte en Francia solo para que su esposa pudiera acercarse a Napoleón III, «flirtear con él y, si era necesario, seducirlo».[4]

Y así lo hizo. El 16 de enero de 1856, el emperador francés acudió a un baile en el Palais Royal, la residencia de uno de sus tíos. Sobre la medianoche, anunció que se retiraba y, mientras bajaba las escaleras, divisó a una joven de una belleza extraordinaria que acababa de llegar:

—Llega usted tarde —dijo él admirándola.

—No, señor —contestó ella con picardía—. Es usted el que se va demasiado pronto.[5]

Tres días más tarde volvieron a coincidir en un baile en el palacio de las Tullerías, donde entonces vivía el emperador. Esta vez charlaron animadamente delante de toda la corte. Poco después, Napoleón III ya compartía lecho con aquella joven italiana de belleza descomunal. «Parece una estatua clásica. Una Venus venida del Olimpo», dijo de ella la princesa Pauline Metternich, nuera del famoso excanciller de Austria. «Sus hombros, cuello, brazos y manos parecen esculpidos en mármol rosa (…) Su cara llama la atención. Un óvalo perfecto, una complexión de frescura sin igual».[6]

Su relación duró más de un año y se sabe que tuvieron un hijo en común, el cual, siguiendo las costumbres cortesanas de la época, fue dado inmediatamente en adopción a un dentista, el doctor Louis Evans.[7] La suya, sin embargo, no fue una unión plena, en el sentido de que la condesa de Castiglione era una mujer de inteligencia media, muy vanidosa y excesivamente caprichosa, y no había duda de que el emperador solo estaba atraído por ella a nivel sexual. En cuanto la pasión inicial sucumbió, Napoleón se aburrió de ella y comenzó a buscar a otras con quien entretenerse. Pero para entonces, Virginia ya había enviado centenares de cartas a Cavour detallándole todos los movimientos del emperador y los secretos que le había revelado en la cama. La información tendría mucho valor tan solo unos meses más tarde.

Es imposible que no llegase a los oídos de Sissi la existencia de la bella Virginia de Castiglione, amante de Napoleón III. Todas las cortes europeas sabían de su *liaison* y chismorreaban sobre sus aventuras amorosas: que si habían desaparecido juntos en medio de una fiesta en Compiègne donde también estaba presente la emperatriz Eugenia, que si se les había visto haciendo el amor en una barca de un lago al amanecer, que si Napoleón III visitaba la casa de la Castiglione prácticamente cada noche a las once y que no regresaba a las Tullerías hasta dos o tres horas más tarde.

—Fijaos, majestad —le explicaría la condesa de Esterházy—, que la Castiglione apareció una noche en el castillo de la Compiègne para una representación de la *Comédie Française* ataviada con una vestido de muselina casi transparente. *Quel horreur!* ¡Qué impúdica! Llevaba un sombrero extravagante, un *chapeau à paille*, como los que ha puesto de moda la emperatriz Eugenia, pero en su caso cubierto de plumas de marabú. En medio de la representación, se levantó de su asiento, alegó que tenía jaqueca y se retiró a sus aposentos. ¿Y qué pasó después? *Un scandale!* El emperador esperó al primer entreacto, se levantó de su palco y fue a reunirse con ella. ¡Y la emperatriz Eugenia estaba presente! Ha llegado a la corte que la Castiglione lo estaba esperando con un *négligé* de batista y encaje. ¡Qué meretriz! Pero eso no fue lo peor: en un baile de disfraces en casa del conde Walewski, la Castiglione cometió un *faux pas* imperdonable. Se presentó sin corsé. ¡Sin corsé, majestad! Portaba una túnica suelta, de gasa ligera, totalmente impúdica. *Quel horreur!*[8]

Sissi debió sentir pena por la emperatriz Eugenia, aquella mujer a la que estaba aprendiendo a admirar desde la distancia y por la que, a estas alturas, seguramente sentiría algo de envidia.

Sin embargo, no tuvo demasiado tiempo para cotilleos. El 12 de julio de 1856, a las siete de la mañana, Sissi daba a luz a otra niña. La corte de Viena se hundió en el desánimo. «¡La emperatriz no sirve para nada! ¡Otra niña! —comentaron—. ¿Cuándo llegará el heredero?». Sissi lloró al saber que había fracasado otra vez y, aunque Franz la intentó animar e incluso le dijo que la culpa seguramente era suya, no pudo dejar de sentirse triste y humillada.

El bautizo se celebró a los pocos días y a la pequeña se le puso el nombre de Gisela en honor a la princesa bávara que en el siglo X se casó con Esteban I de Hungría, el monarca pagano que se convirtió al catolicismo y acabó siendo canonizado. De nuevo, Sissi no fue consultada sobre cómo debía llamarse su hija. La madrina de la niña fue Ludovica, pero como esta no asistió al bautizo —no se sabe muy bien por qué—, Sofía ejerció el papel en su lugar durante la ceremonia.

Como había pasado con su hermana, Gisela también fue entregada a las pocas semanas a su abuela y ambas niñas compartieron aposentos en el piso de arriba de donde vivían sus padres. Pero esta vez Sissi no pensaba quedarse callada y protestó enérgicamente. Su personalidad se estaba afianzando y exigió sus derechos como madre.

Franz intentó calmar los ánimos y, para compensar a su esposa por la pérdida de la criatura, le propuso un viaje juntos, a Carintia y Estiria, en el sur de Austria. Pero Sissi no quería partir sin arreglar antes su situación y, armándose de valor, se encaró a su marido.

—Exijo tener a mis hijas cerca —le reclamó tajante—. No creo que tu madre las esté criando como debiera. Nuestra pequeña Sofía no se encuentra bien. Tú mismo tienes que haberte dado cuenta. Está pálida, no para de vomitar y me acongoja pensar que le podría pasar algo. Franz, jamás me perdonaría si nuestra pequeña enfermara de una dolencia grave.

—Mi querida Sissi, mi madre lo hace por tu bien. Te lo he dicho miles de veces.

—¡Deja de tratarme como a una chiquilla! ¡Soy tu mujer y la madre de tus hijas! ¡Exijo el trato que me corresponde!

—Sissi, por favor, cálmate.

—¡No pienso calmarme cuando el bienestar de mis hijas está en juego!

Franz trató de hablar con su madre para flexibilizar su postura, pero Sofía no quiso renunciar a su autoridad. Alegó que Sissi tenía un carácter infantil y caprichoso y que últimamente estaba más interesada en los caballos que en sus hijas. ¡Si ni siquiera se pasaba por los aposentos para verlas! ¿Qué clase de madre era para no subir unas pocas escaleras y estar un rato con ellas? Sin duda, era incapaz de hacer frente a una responsabilidad semejante y no sabría cómo educarlas como verdaderas archiduquesas de Austria.

Sissi supo de estas críticas y, en vez de callarse, como hubiese hecho antes, atacó con más fuerza.

—¡No pienso tolerar semejantes injurias! —protestó ante su marido—. ¿Cómo osa tu madre tratarme de una manera tan vil cuando ella deja la crianza de nuestras hijas en manos de viejas damas anticuadas que solo están allí para ganar puntos en la corte? ¡Soy tu mujer y debes defenderme! ¡Es tu obligación!

Franz, agobiado por la situación, decidió esta vez ceder ante su esposa. Se conserva una carta de finales de agosto, dos días antes de partir de viaje, en la que escribió a su madre, que estaba en Laxemburg, sobre la necesidad de mover los aposentos de las niñas. Sissi estaba muy cansada de tanto subir interminables escaleras, decía el texto, y el emperador consideraba que sus hijas podían instalarse en las grandes estancias que había habitado hacía años el mariscal Radetzky, en la misma planta que los aposentos de la emperatriz.

Aquello significó un enorme triunfo para Sissi.

La pareja imperial partió quince días a Carintia y Estiria, un viaje oficial que vivieron como una nueva luna de miel. Sissi sonrió de nuevo al verse rodeada de altas montañas de los Alpes, cubiertas de bosques frondosos por donde discurrían caudalosos ríos. Franz le propuso hacer una excursión por el glaciar de Pasterze, el más largo de Austria, situado a unos metros bajo la cima del Grossglockner, la montaña más alta del país.

Poco antes de comenzar la ruta, un emisario de Viena llegó a toda prisa con una carta de la archiduquesa Sofía donde les exigía que no se atrevieran a seguir con tan descabellado plan. ¡Un emperador no podía arriesgarse a perder la vida trepando a una de las montañas más difíciles de Europa! Hacía pocos días, les informó Sofía, el hijo de un alto funcionario de la corte había muerto al caer por una terrible grieta en un glaciar cercano. Franz no podía sufrir un accidente parecido. ¡El futuro del imperio estaba en juego! Pero el emperador no le hizo caso y siguió con sus planes. La pareja avanzó durante kilómetros —ella a lomos de un burro, él a pie— y subieron a empinadas laderas sin preocuparse por el peligro.

De regreso a Graz, la capital de Estiria, Franz recibió una nueva carta de su madre. Presa de la rabia, esta vez le informaba de que estaba dispuesta a abandonar el Hofburg y crear con ello un escándalo mayúsculo si sus órdenes no eran obedecidas. Lo que también incluía que sus nietas fueran apartadas de su lado contra su voluntad. Sofía le ponía un ultimátum a su hijo encima de la mesa, pero este, que algo había aprendido de toda la crisis de Crimea, decidió no responder de inmediato. El silencio fue para Sofía peor que una negativa. Fue un desaire, una pequeña humillación que le costaría mucho superar. Sissi, en cambio, sonreía abiertamente. Todo aquello era una clara victoria para ella. Otra más.

La carta de respuesta de Franz no llegó hasta mediados de septiembre, cuando la pareja ya había regresado a Viena. El tono fue diplomático, aunque firme y contundente: las niñas debían ser trasladadas a sus nuevos aposentos lo antes posible. «Os pido, madre —decía la misiva—, que juzguéis a Sissi de manera más indulgente y que consideréis que si ella es, quizás, una madre un tanto celosa, también es una esposa y madre devota».[9]

Sofía no tuvo más remedio que ceder. No abandonó el Hofburg como había amenazado —un escándalo semejante era impensable—, pero decidió jugar sus cartas con habilidad e inteligencia. ¡Si había podido con Metternich años antes, ahora también podría con una insignificante princesa de Baviera que se había convertido en emperatriz de Austria por pura casualidad! Sofía sabía que Sissi no estaba preparada para la maternidad, de eso estaba convencida. Tan solo hacía falta darle un poco de tiempo para que cometiera un error y todos se dieran cuenta de sus carencias. Un solo error y las niñas volverían a su lado. Era cuestión de tener paciencia.

Mientras esperaba, Sofía hizo lo que mejor se le daba: mover los hilos de la alta política. A la archiduquesa le preocupaban mucho dos asuntos, que Austria se hubiese quedado aislada tras la guerra de Crimea y sin apenas aliados en Europa y que no hubiese aún un heredero al trono. Pero había una manera de solucionar ambos problemas: había llegado la hora de casar a su segundo hijo, el archiduque Maximiliano, con alguna princesa extranjera que permitiese mejorar las maltrechas relaciones de los Habsburgo.

De todos los hermanos, Maximiliano era sin duda el más brillante y también el más aventurero. De pequeño había sido muy guapo, rubio y con ojos azules, pero con el tiempo había empeorado y, sin resultar feo, tampoco impresionaba por su atractivo. Era bastante alto, con la cabeza alargada, los ojos algo saltones y los labios tan hinchados que parecía un besugo y ni siquiera una espesa barba y un notable bigote los lograban disimular.

Si Franz había heredado de su madre sus virtudes más piadosas —la disciplina, el agudo sentido del deber—, Maxi o Maxl, como lo conocía su familia, había sacado su parte más esteta. Le encantaba la pintura, la música, cantaba con una preciosa voz de barítono y disfrutaba con el teatro —él mismo era un actor consumado—. Dominaba varios idiomas y, gracias a la influencia de uno de sus tutores, el afable y eficiente Hans von Perthaler, desarrolló un gran interés por la poesía y la literatura en general.

Si Franz era serio, hermético y algo rudo en sus formas, Max era todo lo contrario. Excelente conversador, era muy simpático y divertido, y conseguía hacer reír a todas las damas de la corte con sus imitaciones de los altos funcionarios y dignatarios extranjeros. También era muy emocional y lloraba con frecuencia, aunque cuando la ocasión lo requería se mostraba intrépido, valiente y, desde luego, era un buen marino. Además, era el mejor jinete de todos los hermanos, cosa que disgustaba a Franz, y disfrutaba de la naturaleza. Muy romántico, a Maxi le encantaba coleccionar objetos exóticos y viajar a tierras lejanas.

Sofía sabía que ser el segundo en todo desde pequeño tanto en rango como en atenciones le había generado una gran inseguridad y grandes dosis de envidia, lo que más tarde se transformó en cierta arrogancia y soberbia. También en hedonismo: Maxi dilapidaba fortunas en lujos y excesos, y gustaba del buen comer y de la vida palaciega, con sus chismorreos y escándalos continuos. Dado que no tenía ninguna ocupación ni rol en la corte, se aburría y, lo que era peor, se había tornado peligrosamente liberal. Llegó a decir que el emperador era de mente política estrecha, conservador en exceso e incapaz de entender el mundo en que vivía.

Para intentar reconducirlo, Sofía intercedió ante Franz para que Maxi fuera enviado a la Marina austríaca, un brazo del ejército bastante irrelevante por entonces (el historiador Gene Smith dijo que «no había tenido un papel destacable desde la batalla de Lepanto en el siglo XVI»),[10] pero que le permitió al menos entretenerse y ver mundo. Además, le ayudó a dejar atrás un romance que Sofía no aprobaba. Toda la corte sabía que Maxi se había enamorado de la condesa Paula von Linden, bella, joven e hija de un diplomático de Wurtemberg. Maxi le enviaba flores cada día y bailaban juntos en los bailes del Hofburg, pero era una relación demasiado desigual y la archiduquesa quería ponerle fin cuanto antes.

Maxi fue enviado a Trieste y de allí zarpó a bordo del barco Novara. Navegó por la costa de Italia hasta el sur, donde visitó Nápoles, subió al Vesubio y exploró la ruinas romanas de Pompeya. La experiencia le entusiasmó tanto que mandó que le construyeran un palacio nuevo, Miramar, y comenzó a viajar a los países que más se le antojaban. Estuvo en Grecia, España, el Imperio otomano, Argelia y lo que hoy es Albania.

En uno de sus viajes a Lisboa conoció y se enamoró perdidamente de María Amelia de Braganza, princesa de Brasil, hija del rey de Portugal y de Amelia de Beauharnais, una descendiente del emperador Napoleón que estaba emparentada también con el rey Maximiliano de Baviera. María Amelia era una mujer de una belleza arrebatadora, inteligente y piadosa, y destacaba en el dibujo y la pintura. Maximiliano pidió su mano y ambas cortes comenzaron las negociaciones, pero el compromiso nunca pudo ser oficializado debido a que la princesa murió en 1853 de tuberculosis.

Maxi quedó devastado y, durante años, parecía que no levantaba cabeza. Para animarlo, a mediados de 1856, Franz, aconsejado por su madre, envió a su hermano a París. Sofia quería recomponer las relaciones con Napoleón III y pensó que Maxi, con su encanto y don de gentes, era perfecto para romper el hielo. Además, así podría disfrutar de los encantos de París y sus mujeres.

El archiduque llegó al palacio de Saint-Cloud y fue recibido por el emperador francés en persona. A Maxi no le impresionó en absoluto, le pareció bajito y feo, sin presencia alguna y con una inteligencia media, aunque más tarde reconoció que era de trato agradable cuando se le conocía un poco. La emperatriz Eugenia tampoco le acabó de gustar, la encontró bella, pero escondida tras un aparatoso peinado, ropas caras y afeites. La mala impresión fue recíproca, Napoleón III creyó que aquel jovenzuelo austríaco estaba poco versado en asuntos internacionales y que era un inútil.

Maxi escribió cartas a Viena donde explicaba que la corte francesa estaba formada por un conjunto de nuevos ricos sin clase y con demasiadas ínfulas. Todo era grandioso, lujoso, excesivo, sin la adecuada dignidad. Sin embargo, puso buena cara todo el rato e hizo lo que le habían encomendado: llevarse bien con sus anfitriones. Tras doce días juntos, había trabado con ellos una relación cordial o, al menos, lo parecía.

Después de París, Maxi puso rumbo a Bélgica para saludar a Leopoldo I y su familia. Leopoldo era tío de la reina Victoria de Inglaterra —era hermano de la madre de la soberana— y desde Viena se le veía como la pieza clave para interceder ante la corte de Buckingham. Maxi y él se llevaron bien desde el principio;

Maxi pensó que era solemne, juicioso y reflexivo. Además, era el padre de la princesa Carlota, una jovencita deliciosa y muy inteligente que se enamoró de él al instante.

Carlota no era guapa en el sentido convencional del término, pero su cerebro hacía que brillara de un modo especial. Era capaz de sesudas conversaciones en francés, alemán e inglés, disfrutaba con la lectura de Plutarco y había estudiado la vida de los grandes estadistas de la Antigüedad. También era muy religiosa y caritativa y, lo que era más importante, se llevaba muy bien con su prima, la reina Victoria, con quien solía pasar temporadas en Inglaterra.

Maxi no la encontró atractiva (seguramente aún tenía en su corazón a María Amelia), pero su madre lo convenció de que sería una esposa apropiada: les podía aportar una dote suculenta y, sobre todo, contactos directos con Londres. A regañadientes, Maxi pidió formalmente su mano en otoño de 1856. Ella aceptó y la boda se fijó para julio de 1857. La archiduquesa Sofía brilló de alegría al conocer la noticia y se alegró aún más cuando la pareja fue invitada a Windsor. «No puedo expresar lo mucho que nos ha gustado el archiduque —escribió la reina Victoria a su tío Leopoldo—. Es encantador, inteligente, natural, agradable y simpático».[11] Sofía estaba eufórica, sus planes para recomponer las relaciones de los Habsburgo estaban dando sus frutos a mayor velocidad de lo que ella esperaba.

Envalentonada, la archiduquesa decidió dar otro paso, ahora que había puentes tendidos con Inglaterra, había que reforzarlos con algunos reinos de Europa. Una unión con Prusia no era aconsejable políticamente, pero una con Sajonia, sí, y Sofía pensó que su sobrina, la princesa Margarita de Sajonia, hija del rey Juan I y de su hermana, Amalia Augusta de Baviera, podría ser una excelente opción para su tercer hijo, el archiduque Carlos Luis, aquel muchachito que se había enamorado perdidamente de Sissi años atrás. La boda se negoció rápidamente.

Sissi no vio aquellos enlaces con buenos ojos, sobre todo el de Maxi con Carlota. Maxi y ella siempre se habían llevado muy bien y Sissi confiaba tanto en él que incluso Franz llegó a sentir celos. Por ello siempre consideró a Carlota una intrusa. Saber que la archiduquesa Sofía la aprobaba de manera tan entusiasta no ayudó a mejorar las cosas.

Sin embargo, Sissi decidió no pensar más en ella y centrarse en su nueva vida con sus hijas. Tal como el emperador había ordenado, las pequeñas fueron instaladas en sus nuevas estancias y Sissi podía verlas más a menudo, aunque tenía poco tiempo para ellas.

Mientras Sofía intentaba reparar las maltrechas relaciones con Francia e Inglaterra, Franz probó a hacer lo mismo con las provincias italianas. A estas alturas, él también conocía la relación de Napoleón III con la Castiglione y entendía lo que aquello significaba: que Francia iba a apoyar, tarde o temprano, una insurrección en Venecia y Lombardía, las provincias italianas de Austria. Discretamente, los emisarios franceses ya le habían hecho llegar una propuesta para que Franz renunciara a ellas a cambio de adquirir algunos terrenos del Imperio otomano. Pero Franz no quería ni oír hablar de semejante posibilidad y estaba dispuesto a llegar hasta las últimas consecuencias para defender las fronteras de su imperio.

Para demostrar su poder, Franz planeó un viaje de gran calado político. Después del éxito de su visita con Sissi a Estiria y Carintia, la pareja estuvo en octubre nueve días en Liubliana y, a su regreso, comenzaron los preparativos para un gran *tour* de más de cuatro meses por todo el norte de Italia. Sissi aceptó acompañarlo —a estas alturas estaba empezando a entender algunas cuestiones sobre política—, pero exigió que fueran sus hijas. Ahora que se había acostumbrado a tenerlas cerca no pensaba renunciar a ellas durante cuatro largos meses.

La archiduquesa Sofía puso el grito en el cielo. ¡Aquello era inaudito! ¡Un error gravísimo! Gisela era tan solo un bebé y la pequeña Sofía mostraba cada vez peor salud. ¡Sus vómitos no habían remitido! Esas niñas necesitaban tranquilidad, sol y mucho aire fresco y su madre, en cambio, las quería someter a las extenuaciones de un viaje a un clima muy húmedo. ¡Y los atentados! Los jefes policiales habían alertado de que muchos terroristas estarían interesados en asesinarlos o secuestrarlos. Las posibilidades de un disparo o una bomba eran muy altos.

«¡Qué irresponsabilidad!», chillaba la archiduquesa Sofía. Le imploró a Franz que entrara en razón, pero Sissi no pensaba ceder. Accedió a dejar en Viena a Gisela, pero siguió en sus trece con su hija mayor.

—¡Pero si precisamente el invierno en Viena es lo peor para ella! —le explicó a su marido—. Las temperaturas suaves de Venecia le sentarán mejor.

Franz, que no quería otra batalla familiar con su esposa ahora que su matrimonio por fin parecía funcionar, cedió una vez más ante Sissi.

El 17 de noviembre, una larguísima comitiva partió en tren de Viena a Liubliana, capital entonces de Eslovenia, y de allí tomó carruajes y barcos para llegar a Trieste. Después de tres días de viaje, Sissi pudo por fin ver el mar Adriático, oscuro, profundo y misterioso, pero cristalino y turquesa cuando bordeaba las pequeñas islas. El mar testimonio de siglos de historia y de civilizaciones perdidas; tumba de náufragos y pasión de dioses de antaño. Sissi notó cómo el corazón le latía y su mente se perdía en el horizonte, junto con los barcos que desplegaban sus velas y surcaban olas de espuma. Algún día ella también sería libre como ellos, pensó. Libre para ver otros mundos lejos de Viena. Es difícil de explicar el impacto que tuvo ese mar en Sissi, pero no se entiende nada de su vida posterior sin ese primer encuentro casi místico.

Durante aquel primer viaje, sin embargo, no pudo disfrutar-lo demasiado. Franz había ideado un recorrido para imponer su poder en provincias díscolas y había exigido que le organizaran recepciones, desfiles militares, visitas a fortificaciones, arsenales y campos de batalla. Sissi intuyó que aquel programa era un error, a estas alturas sabía que los austríacos habían reprimido y avasa-llado aquellas tierras con fuerza. Los impuestos eran excesivos, las penas de prisión demasiado altas; había demasiados presos políti-cos y exiliados sobre los que se cernían condenas a muerte. Sissi comprendió que su presencia sería considerada hostil. No se equivocaba.

Desde el primer día, se sucedieron los agravios y desaires a la pareja imperial. A su paso por Trieste, se declaró un gran incendio en el ayuntamiento. Les dijeron que había sido un desgraciado accidente provocado por la pólvora de los fuegos artificiales alma-cenados para agasajar al emperador, pero muchos pensaron que había sido intencionado. Al día siguiente, una gigantesca corona de cristal que se había instalado entre los mástiles del barco que había de portar a la pareja cayó al suelo justo minutos antes de embarcar. ¿Otro accidente fortuito o algo más?

Sissi y Franz llegaron a Venecia el 25 de noviembre a bordo de una lujosa embarcación dorada, decorada con figuras talladas y tirada por decenas de remeros. Centenares de pequeñas góndolas les dieron escolta por los canales, pero a pesar de la cantidad de botes y personas congregadas, tan solo escucharon el ruido de los remos al romper las aguas. Ni una sola palabra, ni un solo grito, aunque fuera de protesta. El silencio era sepulcral y doloroso.

Cuando la pareja llegó a la plaza de San Marcos, la multitud siguió sin abrir la boca y solo algún soldado austríaco espontáneo se lanzó a gritar «*Hoch! Hoch!* ¡Viva, viva!». Pero ni un «*Evviva!*» italiano. Sissi tomó de la mano a su pequeña hija para bajar del barco. Ambas iban vestidas igual con una gran capa de terciopelo azul ribeteada con pieles de marta cibelina. La emperatriz le dirigió una mirada dulce a la pequeña Sofía, que temblaba asustada, y juntas cruzaron la esplanada en dirección a la basílica.

Sissi demostró una gran dignidad y valentía, podría haber habido un disparo, pero ella avanzó con paso decidido y la cabeza alta. Sentía las miradas de odio, repulsa y hastío, y se imaginaba lo que aquella muchedumbre estaría pensando. «Sois unos invasores, unos opresores», debían maldecir. Pero ella miró al frente y se comportó con la dignidad propia de una verdadera emperatriz. Tan solo cuando entró en la iglesia de San Marcos se la vio suspirar de alivio. Allí, entre cúpulas y columnas, mosaicos dorados y aderezos bizantinos, se sintió segura.

El resto del día no fue mucho mejor. Al instalarse en el palacio ducal de Venecia, su residencia oficial en la ciudad, la pareja comprobó con asombro que alguien había colocado un gran tapiz verde en medio de una pared blanca y roja (los colores imperiales). No era casual: el verde, blanco y rojo formaban la bandera de la Unidad Italiana. Aquello era un insulto en su propia casa. En su primera recepción oficial, la mayoría de los nobles venecianos no se presentaron y los pocos que acudieron fueron increpados por las calles. Por la tarde, en una representación en La Fenice, se encontraron el teatro prácticamente vacío.

El hermano favorito de Sissi, Carlos Teodoro, el famoso Gackel, que estaba también en Venecia y conocía bastante bien la situación italiana, le detalló aquella misma noche lo que Sissi ya intuía, que Franz llevaba una política equivocada en Venecia y Lombardía, y que la extrema dureza de su ejército había generado un odio muy difícil de superar. El mariscal Radetzky sometía al pueblo a medidas vejatorias, incomprensibles, demasiado intransigentes. La rebelión no iba a tardar en estallar; era un milagro que el pueblo no se hubiera alzado aún en armas.

Sissi le dio la razón e intentó hablar horas después con su marido. Le expuso abiertamente lo que pensaba y, para su sorpresa, Franz la escuchó con atención y le hizo caso. El 3 de diciembre, el emperador anunció una gran amnistía y permitió el regreso de muchos exiliados políticos. Bienes confiscados fueron devueltos y algunos impuestos especialmente gravosos fueron eliminados.

El efecto fue inmediato: hubo muestras espontáneas de simpatía, en las recepciones comenzaron a recibir *«Evvivas!»* y en algunos eventos fueron incluso aplaudidos. La noche posterior a las medidas, al entrar a su palco de La Fenice, la pareja fue ovacionada. Franz escribió muy satisfecho a su madre: «La población fue al principio correcta, sin exhibir ningún entusiasmo. Desde entonces, los ánimos han mejorado bastante por varias razones, especialmente por la buena impresión causada por Sissi».[12] Días más tarde, reconoció que la belleza de su mujer, «ha conquistado Italia mejor que mis soldados y cañones».[13] No solo eso, como ya había hecho en su primer viaje a Bohemia y Moravia, Sissi habló con personas de toda condición y consiguió que Franz también lo hiciera. Era algo, desde luego, inaudito y que despertó resquemor entre sus damas (la condesa Esterházy no tardó en escribir a la archiduquesa Sofía explicándoselo horrorizada). Pero a Sissi le dio igual. Cuando un antiguo funcionario que había perdido su pensión por apoyar a los revolucionarios imploró a Franz en un evento público que le devolviesen su paga, este le contestó que pidiese una audiencia en palacio. Pero el hombre alegó que nunca le dejarían pasar y Sissi, que lo había escuchado, le prometió que tomaría medidas para que tuviera acceso. Así lo hizo y el hombre no solo fue debidamente atendido, sino que le devolvieron su jornal. La historia se propagó como la espuma y la popularidad de la emperatriz se disparó.

Aprovechando el buen ambiente que se había establecido, la pareja decidió pasar las Navidades en Venecia y, siguiendo la tradición germánica, mandaron instalar un gran abeto decorado en su palacio. Pero como no había árboles así en Venecia, tuvieron que llevarles uno que encontraron en un jardín botánico. Con semejante apaño, Sissi celebró su diecinueve cumpleaños la Nochebuena de 1856.

A principios de enero, la pareja imperial partió hacia Vicenza, Verona, Brescia, Bérgamo y Milán. Si en Venecia habían sido capaces de capear el desánimo popular, en el resto de las ciudades les fue imposible. Su estancia fue un fracaso estrepitoso. En Vicenza y Brescia les recibieron de nuevo en total silencio y en Bérgamo la policía tuvo que borrar a toda prisa pintadas que decían: «El emperador llega a las tres. A las cuatro lo tomaremos».[14] Pero lo peor llegó en Milán, las autoridades estaban tan desesperadas por la falta de apoyo popular que pensaron seriamente en pagar a campesinos de pueblos cercanos para ir a la ciudad a aclamar al soberano. La nobleza no se dignó a asistir a ninguno de los actos programados y, en una ópera en La Scala, Sissi y Franz se toparon con que todos los palcos estaban llenos de criados en vez de aristócratas. Muchos llevaban guantes negros o violetas, señal de luto.

Aquellos insultos impactaron tanto en Franz que decidió tomar medidas drásticas. El viejo mariscal Radetzky, ya de noventa años y completamente consumido, fue relevado rápidamente de su cargo de gobernador general de la Lombardía y el Véneto (le concedieron una pensión de ochenta mil florines). El 1 de marzo de 1857, Franz anunció públicamente que su hermano, el archiduque Maximiliano, sería el nuevo gobernador. Franz pensó que con el talante liberal de Maxi y su buen don de gentes se podría reconducir la situación. En una carta a su madre le reconocía que «con la ayuda de Dios y algo de tiempo, el tacto de Max podrá hacer mucho». Tiempo, sin embargo, no tendría en absoluto.

⁓

˙El 12 de marzo, la pareja imperial estaba de nuevo en Viena. Sissi pensó que la corte le agradecería sus esfuerzos por pacificar Venecia, pero fue todo lo contrario: muchos en la capital consideraban un error haber cedido tanto. Una noche, al regresar a sus aposentos, Sissi encontró un extraño libro amarillento sobre una de las mesas. Estaba abierto y había unas líneas subrayadas. En francés decían: «La verdadera razón de ser de una reina es dar herederos a la Corona (…). Un soberano le dijo una vez a su esposa: "Madame, os hemos escogido para que nos deis hijos y no consejos"». Sissi estaba furiosa, aquello era una injuria, un ultraje intolerable. El texto era un panfleto que había circulado por París en 1774 dirigido contra María Antonieta. ¿Quién lo había puesto allí? ¿La condesa Esterházy? ¿El conde Grünne? Nunca lo supo, aunque sospechó de muchos.

En abril, uno de los principales ministros de Franz le recomendó un nuevo viaje, esta vez a Hungría. La situación allí era incluso peor que en Venecia y Lombardía y se necesitaba calmar los ánimos. Sissi aceptó ir, pero exigió que esta vez no solo la pequeña Sofía, sino también su hermana Gisela, fuesen con ellos. La archiduquesa Sofía, por supuesto, volvió a montar en cólera. «¿Se había vuelto Sissi loca?», gritó a Franz. ¡Y la pequeña Sofía! Su salud cada vez era más preocupante y no había manera de que dejara de vomitar. ¡Hungría tenía un clima demasiado húmedo para ella! Pero Sissi insistió y Franz consintió que las dos niñas fueran, aunque convino con su madre que el doctor Seeburger, médico de la corte, los acompañaría.

El 3 de mayo, Sissi, Franz y sus dos hijas tomaron un barco de vapor que los llevó por el Danubio hasta la ciudad que los austríacos llamaban Ofen y los húngaros, Budapest. Franz bajó del barco vestido con el uniforme de general húngaro. Sissi iba con el traje típico de la corte húngara, con un corpiño de terciopelo azul oscuro y mangas repletas de lazos y cordones. El pueblo los recibió con reticencias y la nobleza les dio la espalda, aunque la presencia de Sissi pronto despertó interés. Se sabía que había tenido de profesor a János Mailáth y, a estas alturas, sus desavenencias con la archiduquesa Sofía eran de sobra conocidas, lo que hacía que Sissi ganase puntos: ella parecía una liberal y progresista, la esperanza de pueblos oprimidos.

Gracias seguramente a ella, Franz promulgó aquellos días una amnistía. Los húngaros agradecieron el gesto, pero exigieron más, querían su constitución, aquella que fue anulada en 1848. Franz, sin embargo, no estaba dispuesto a llegar tan lejos.

Después de varias recepciones en Budapest, la pareja imperial siguió su viaje por las provincias de interior. Las niñas se quedaron en la ciudad con sus institutrices. Sissi pudo ver por primera vez la inmensa llanura esteparia, ese desierto cubierto de frágil hierba que los húngaros conocían como *puszta* y que estaba poblado por caballos salvajes y raudos. Pero no pudo disfrutar mucho de aquel paisaje de ensueño. Pronto llegaron noticias de que Gisela no se encontraba bien: vomitaba mucho, tenía diarrea y el médico temía que fuese disentería.

El 13 de mayo, el estado de Gisela se agravó tanto que casi perdió la consciencia. Un emisario partió a galope tendido a avisar a la emperatriz, la cual regresó de inmediato con su hija. Al cabo de unos días, parecía que lo peor había pasado y Sissi pudo retomar sus obligaciones. Viajó entonces al sur, pero de nuevo le persiguieron las malas noticias: el 28 de mayo, otro emisario llegó de urgencia. El doctor Seeburger le pedía que volviese a toda prisa, Sofía estaba muy grave. Cuando llegó al lecho de la pequeña, la encontró con fiebre, con convulsiones violentas y temblando de miedo. Estaba pálida y apenas veía. El médico no sabía explicar el origen de la dolencia, pero le comunicó que no creía que pudiera superarlo. Presa del pánico, Sissi no se separó ni un minuto de su lado. Lloraba amargamente mientras rezaba e imploraba a Dios que no se llevase a su niña.

Pero no fue posible. Después de once horas de pura agonía, la pequeña Sofía moría el 29 de mayo a las nueve y cuarto de la noche. Tenía tan solo dos años. Sissi, que había abrazado a su hija en sus últimas horas, gritó de desesperación y rabia, con un chillido que se ahogó entre el llanto.

Franz, a su lado, tampoco pudo contenerse. En un telegrama a su madre le comunicó que: «Nuestra pequeña es ahora un ángel del cielo. Nosotros estamos devastados». Sissi estaba peor que eso, la rabia y la culpa la corroían por dentro. A veces sentía cólera; otras, quería morir y acabar con su sufrimiento. Pensó que merecía el peor de los castigos por haber arrastrado a su hija a un viaje trágico.

¿Qué había pasado? Nadie le supo decir nunca la dolencia exacta de la pequeña y a día de hoy siguen las especulaciones. Puede que se tratara de sarampión o de una intoxicación. Incluso podrían haber sido las fiebres tifoideas. Sea como fuere, se dispuso que el cadáver fuera llevado inmediatamente de vuelta a Viena. El funeral fue en la iglesia de los Capuchinos y, tras el entierro, Sissi y el resto de la familia se refugiaron en Laxemburg. Sissi se encerró en sus aposentos y no quiso ver a nadie durante días. Lloró y lloró sin parar, no comió apenas y acabó enferma de pena y dolor. Por las noches se la oía chillar de miedo y rabia, y es muy posible que sufriera una aguda crisis nerviosa. Nada parecía consolarla. Solo quería estar con el retrato de su hija muerta, una pequeña imagen de la que no se separaría ni un día de su vida. También mandó que le hicieran un brazalete con la imagen de la chiquilla. Sissi lo llevaría puesto siempre.

Tras varias semanas recluida, cuando recuperó un mínimo de fuerzas y comenzó a salir de sus aposentos, Sissi inició un programa de ejercicio extenuante que alarmó a toda la corte. Cada día montaba a dos o incluso tres caballos seguidos, todos a galope tendido hasta que llegaban al límite de sus fuerzas. Era como si necesitara sacar su rabia y, más que probablemente, solo podría dormir si estaba completamente exhausta. Cuando no montaba, andaba a paso rápido, casi corriendo, durante horas. A su lado, una de las damas que siempre tenía que acompañarla acababa jadeando y, detrás de ella, un lacayo se afanaba por seguirle el paso. La emperatriz se iba quitando todo lo que le molestaba —el abrigo, el sombrero o el manto— y los lanzaba al suelo con furia. El criado había de agacharse, recogerlos y retomar la marcha a toda prisa.

Sissi perdió mucho peso en poco tiempo. Apenas probaba la carne y prefería que se la escurriesen para extraer el jugo que ella tomaba como una sopa. Había días en que solo tomaba una naranja y un huevo hervido y, en la cena, solo conseguía tragar un par de cucharadas de caldo muy ligero.

Lo peor, sin embargo, era que no quería ver a Gisela y la devolvió a brazos de su abuela. Seguramente Sissi se sentía tan culpable que pensó que no servía como madre y que era mejor ignorar la presencia de aquella pequeña, creer que no existía. Con el tiempo, Gisela acabaría viéndola y tratándola como a una extraña.

El comportamiento de Sissi, por supuesto, preocupó sobremanera a su familia. Se la notaba tan afectada que nadie en la corte se atrevió a recriminarle nunca nada, ni siquiera sacaban el tema delante de ella, y fueron, en general, bastante comprensivos. La propia archiduquesa Sofía, que también había perdido a una hija pequeña, su querida Ännchen, intentó incluso ayudarla, pero Sissi no quiso que la consolaran. Solo quería que se olvidaran de ella, que la dejaran consumirse en su dolor.

Por orden de Franz, Ludovica viajó hasta Viena acompañada de varias hermanas de Sissi. Estar rodeada de los suyos hizo que

recobrara un poco el ánimo y, al cabo de unos meses, la emperatriz, aunque aún muy afligida (rompía a llorar a la mínima), retomó algunas de sus obligaciones.

En verano, y a sugerencia de la archiduquesa Sofía, la pareja
imperial peregrinó a Mariazell, en Estiria, en cuya basílica se custodiaba una imagen de la Virgen María del siglo XII que, según se
decía, hacía milagros. La idea era que Sissi expiara su culpa, pero
ni la intercesión divina ayudó a aliviar su pena.

A finales de junio, Franz volvió a Hungría. Sissi no lo acompañó, aún era demasiado doloroso para ella volver a pisar el lugar
donde había muerto su hija. Franz encontró que la popularidad
de su esposa se había disparado tras la tragedia y muchos comercios mostraban ahora retratos de la emperatriz en sus vitrinas.
Seguramente por ello, Franz aceptó levantar algunas medidas restrictivas que aún persistían en Hungría y permitió que algunos
exiliados regresaran.

No se tiene constancia de que Sissi supiera por entonces que
el conde Gyula Andrássy pudo volver de su exilio en París. El
conde no pisaba su tierra desde 1848; le habían condenado a la
horca por revolucionario, habían confiscado sus bienes y él había
partido a toda prisa, primero a Inglaterra y luego a Francia. De él
se contaban leyendas y escándalos y no era ningún secreto que
había triunfado entre las damas parisinas, las cuales le apodaban
le beau pendu, el bello colgado. Atractivo, desde luego, no le faltaba:
a sus treinta y cuatro años, tenía una mirada magnética y una
presencia arrebatadora. Andrássy poseía un enorme carisma, como
Sissi no tardaría en descubrir.

La emperatriz no retomó su agenda oficial hasta el 8 de julio, cuando recibió en Viena al rey de Prusia, Federico Guillermo, y a su esposa, María, hermana de Sofía y Ludovica. A principios de agosto participó en la recepción que se organizó en Schönbrunn para Maximiliano y su esposa, la princesa Carlota de Bélgica. La boda de ambos se había celebrado en el palacio real de Bruselas el 27 de julio y, pocos días más tarde, la pareja había puesto rumbo a Austria, donde fueron recibidos en Linz por la archiduquesa Sofía y, después, en Schönbrunn, delante de toda la corte. Para entonces el luto por la pequeña Sofía ya se había levantado y Sissi apareció vestida de blanco, pero su cara aún estaba pálida y su mirada, perdida.

La corte se entusiasmó con Carlota. «*Quelle charmante!* —decían—. *Delicieuse!*». Muchos empezaron a comparar maliciosamente a la nueva archiduquesa —refinada, culta, inmensamente rica y emparentada con grandes casas reales— con la emperatriz, de familia pobre y con menos pedigrí. Incluso Sofía no cesaba de ensalzar a su nueva nuera —su diario está lleno de elogios hacia Carlota— y no paraba de echarle en cara a Sissi lo «agradable, encantadora y gentil que es conmigo», un recordatorio de que Sissi, en cambio, se mostraba siempre gélida y distante con su suegra. Desde que murió la pequeña Sofía, de hecho, apenas se dirigían la palabra y, cuando se encontraban, tan solo discutían. Sissi exigió, por ejemplo, que el doctor Seeburger, a quien hacía en parte responsable por la muerte de su hija, fuera relevado de su cargo. Sofía se negó en redondo. Sissi volvió a insistir cuando le salió una extraña dolencia en la mano —un reumatismo acompañado de una hinchazón y una protuberancia en el hueso— y el doctor Seeburger solo supo recomendarle que se pusiera dos monedas de plata y que las atara con una venda muy prieta. Pero Sofía insistió en que el médico debía quedarse.

Percances semejantes hicieron que se levantara un muro infranqueable entre ambas y, a pesar de las indirectas que le lanzaba Sofía, Sissi no fue más amable con ella. Al contrario, Sissi se refugió aún más en sí misma. Su posición en la corte se deterioró a niveles ínfimos y todos parecían odiarla, incluso más que antes. «*Elle est vraiment folle!*», «está completamente loca», se escuchaba por los pasillos. Tan solo Franz se mantuvo a su lado, defendiéndola y apoyándola en todo momento.

En diciembre de 1857, Sissi dio muestras de estar de nuevo embarazada. Los médicos ordenaron que dejara de montar a caballo y que se alimentara más, lo que sin duda mejoró su estado de ánimo. Incluso durante semanas pareció que su relación con la archiduquesa Sofía se había apaciguado y ambas mantuvieron las formas delante de la otra, al menos en público.

Franz siguió muy pendiente de su mujer y, cuando esta salía a dar sus largos paseos, intentaba acompañarla. También permitió que Sissi redecorara todas sus estancias del Hofburg a su gusto. Francisco José se instaló en el ala de palacio conocida como de la Cancillería y Sissi escogió el ala contigua, llamada Amalienburg, muy soleada y con grandes ventanales. La decoración fue suntuosa, aunque de buen gusto. Las paredes se cubrieron de sedas rojas y se instalaron cuadros de paisajes, la mayoría de caballos. Los muebles fueron de madera dorada; los tapices, de Bruselas; y las lámparas, del mejor cristal de Bohemia.

Sissi también se centró en su familia, sobre todo en sus hermanas. Néné tenía entonces veintidós años, una edad considerada muy avanzada para desposarse. «Hubiese sido una esposa tan buena y tan buena madre», suspiraba con pena Ludovica. Pero la princesa parecía llevar bien su soltería: hacía muchas obras de caridad, ayudaba a muchas familias pobres en los pueblos cercanos a Possenhofen y, sobre todo, pintaba mucho.

Inesperadamente, le surgió un pretendiente, el príncipe Maximiliano de Thurn und Taxis, un hombre muy rico (su familia poseía una empresa de servicios postales), pero de familia de poco postín para los estándares de la realeza. Precisamente por esa falta de caché, el rey de Baviera no quería dar su conformidad al enlace y Sissi tuvo que interceder ante su marido para que este hablase con el rey y lo convenciese. Franz así lo hizo y la boda tuvo lugar en 1858.

Sissi también le echó una mano a otra de sus hermanas, María, la quinta hija de Max y Ludovica. A finales de 1857, la joven tenía dieciséis años y se había convertido en una gran belleza (el parecido con Sissi era asombroso). Dado su atractivo y, sobre todo, sus conexiones con los Habsburgo, muchos príncipes intentaron cortejarla. Francisco de Asís, príncipe de Nápoles, duque de Calabria y heredero al trono de las Dos Sicilias, pidió su mano sin haberla visto nunca en persona.

María dudó, las únicas noticias que tenía de aquel hombre eran que era muy débil de carácter, beato hasta el extremo, poco agraciado y no especialmente inteligente. En los retratos que le enviaron se le veía pequeño y escuálido, con una cara anodina y un semblante aburrido. Ludovica, sin embargo, vio en él a un magnífico partido ya que algún día subiría al trono, lo que convertiría a María en reina. Sin embargo, antes de tomar cualquier decisión, escribió a Sissi a Viena para que le facilitara información. El príncipe había tenido como madrastra a una archiduquesa de Austria y la emperatriz podría preguntar a personas que lo hubiesen tratado.

No se sabe si Sissi envió o no buenas referencias, pero el compromiso se hizo público a las pocas semanas. Como le había pasado a su hermana años antes, María también se vio de repente rodeada de profesores y de damas extranjeras. Tuvo que aprender italiano, mejorar su francés, perfeccionar sus dotes de baile y dominar *l'art de la conversation*. Como María aún no menstruaba, se la sometió a todo tipo de prácticas lamentables, desde interminables baños de agua caliente a horripilantes sangrados con sanguijuelas. Sissi, desde la distancia, solo pudo sentir lástima por todo lo que debía sufrir María. Aunque lo peor para ella estaba aún por venir: grandes tragedias se cernían sobre el horizonte.

8

Solferino

El 18 de enero de 1858 las calles de Viena se tiñeron de luto. El mariscal de campo Radetzky había muerto de una neumonía en Milán el día 5 y la capital le organizó el mayor desfile militar de homenaje de toda su historia.

Muy afectado por la pérdida, el emperador había ofrecido a la familia enterrar a Radetzky en la cripta de los Capuchinos, un honor reservado a la familia imperial, pero el propio mariscal había dejado claro en su testamento que quería que se le depositase en un panteón en Heldenberg, en Moravia. Franz, sin embargo, insistió en que el mejor de sus soldados, un verdadero héroe a sus ojos, debía recibir un tratamiento de Estado. Hacía cinco años que había muerto el duque de Wellington, el general que había derrotado a Napoleón en la batalla de Waterloo, y las autoridades británicas habían ordenado un gran desfile militar para llevar el féretro hasta la catedral de San Pablo, en Londres, donde también fue enterrado. Franz no quería ser menos y decretó que se diseñara un desfile mucho más espectacular que el que había acompañado a Wellington. Cuarenta mil soldados, el mismo número que Radetzky había comandado en el norte de Italia, desfilaron por las calles de Viena hasta la estación del Nordbahnhof, en don-

de el féretro fue depositado en un tren rumbo a Moravia. Un fina
nieve caía sobre los cuerpos de los militares mientras avanzaban
lentamente siguiendo los acordes de la «Marcha Radetzky», especialmente alterada para que pareciera música de luto. Franz en
persona, montando a caballo, encabezó el cortejo.

Mientras cabalgaba no pudo dejar de pensar que aquel desfile significaba el fin de toda una era: el Antiguo Régimen, tal
como se conocía, había acabado para siempre. El problema era que
casi nadie podía intuir lo que vendría tras él.

Cuatro días antes del funeral de Radetzky, Napoleón III y su
mujer, la emperatriz Eugenia, estuvieron a punto de morir en un
atentado.

La pareja imperial se desplazó la noche del 14 de enero a la
Ópera que había en la *rue* Lepelletier, al final del *boulevard des
Italiens*. Mientras iban en el carruaje, el emperador comentaba con
su esposa el magnífico programa que les esperaba: Adelaide Ris-
tori iba a cantar una pieza de *María Estuardo*, de Schiller, y el
barítono Massol interpretaría un fragmento del *Guillermo Tell*, de
Rossini. A Eugenia, sin embargo, le interesaba poco el entreteni-
miento musical. Se encontraba mal, arrastraba desde hacía días una
horrible gripe y temía que una actuación de aquella noche fuera
un mal presagio: Carolina Rosati iba a bailar *Gustave III ou le bal
masqué*, un ballet sobre el asesinato de Gustavo III de Suecia.[1]
Desgraciadamente, los malos augurios se iban a cumplir.

Una gran multitud se había congregado frente a la Ópera
para ver a los emperadores y la policía supervisaba nerviosa que
no hubiera algún revolucionario peligroso entre la muchedumbre.
En los últimos meses se habían desactivado varios intentos de
asesinato contra el emperador y se temía que un terrible atentado
podía ocurrir en cualquier momento.

Y así fue: justo cuando el carruaje imperial estaba a punto de detenerse ante la puerta principal, se oyó una gran explosión. Una gran nube de humo se cernió sobre la calle mientras se oían gritos de pánico y chillidos pidiendo auxilio. Al cabo de unos minutos, dos grandes estruendos más retumbaron. Hubo ocho muertos y más de ciento cincuenta heridos. Los emperadores, milagrosamente, salieron ilesos y tan solo sufrieron leves rasguños. Con gran coraje, bajaron de la carroza (que había sufrido importantes desperfectos) y ordenaron a los guardias que auxiliaran a los accidentados.

—Es parte de nuestro trabajo que nos disparen —pronunció solemne Eugenia—. Céntrense en los heridos y salven a cuantas personas puedan.

Semejante dignidad hizo que, al entrar dentro del teatro, los emperadores recibieran una gran ovación y, tras la representación, ya pasada la medianoche, decenas de personas se lanzaran a las calles de París a vitorearlos mientras regresaban al palacio de las Tullerías.

Pocos días más tarde, los cuatro autores de la masacre fueron detenidos. Tres de ellos —Giuseppe Pieri, Antonio Gómez y Charles DeRudio— eran revolucionarios de poca monta, pero el cuarto era un destacado insurgente. Su nombre era Felice Orsini, había participado en peligrosas actividades contra las autoridades romanas y los austríacos lo habían metido en la prisión de Mantua, de donde había escapado saltando por una ventana situada a treinta metros de altura (se deslizó con una cuerda que había hecho con sábanas). La policía sabía que se había refugiado en Inglaterra una larga temporada, pero que últimamente merodeaba en Francia. Lo que no se podían imaginar era que Orsini estaba en posesión de un nuevo tipo de arma, una bomba ligera y fácil de transportar, que pronto iba a sembrar el terror en toda Europa.

Orsini alegó que había querido matar al emperador para iniciar una revolución en Francia que hubiese facilitado una insurrección en las provincias italianas. En un carta a Napoleón III explicó: «Recuerde vuestra majestad que los italianos derramaron por doquier su sangre con alegría por Napoleón el Grande, allá donde él quiso conducirlos; recuerde que mientras Italia no sea independiente, la tranquilidad de Europa y de vuestra majestad será tan solo una quimera». Las autoridades lo condenaron a morir guillotinado y la madrugada del 13 de marzo, su cabeza rodó. Sus últimas palabras fueron: «¡Larga vida a Italia!».

Desde Viena se pensó que aquel atentado eliminaría el interés de Napoleón III por ayudar a las provincias italianas a unificarse. Franz sabía que los franceses ahora odiaban a los italianos por el daño causado, por lo que creyó que al emperador francés le resultaría imposible convencer a su pueblo de ir a la guerra por Italia. Pero se equivocaba: irónicamente, aquel intento de asesinarlo hizo que Napoleón III se tomase su interés en Italia con más empeño. Seguramente entendió que, o lograba culminar la unificación o más atentados se sucederían. Napoleón III temió su propia muerte y decidió evitarla.

En mayo de 1858, el doctor Conneau, médico personal de Napoleón III y muy amigo suyo, se desplazó discretamente a Turín, capital entonces del reino de Piamonte. Allí se reunió con el conde de Cavour, primer ministro del reino, y le deslizó que el emperador iría pronto a Plombières, un pueblecito al noreste de Francia famoso por sus balnearios y que Napoleón III frecuentaba en verano. Casualmente, Plombières se encontraba cerca de la frontera con el Piamonte. Cavour pilló la indirecta y decidió tomarse unos días de vacaciones en Suiza con unos amigos. Desde allí tomó un tren con pasaporte falso rumbo a Estrasburgo. Luego viajó a Plombières.

El 20 de julio de 1858, Napoleón III y Cavour se vieron cara a cara en el Grand Hotel. La reunión fue complicada y larga —cuatro horas— pero, a estas alturas, Cavour, gracias a la información que le había pasado su sobrina, Virginia de Castiglione, sabía cómo gestionarlo en beneficio propio. Salió airoso: ambos acordaron que le declararían la guerra a Austria. La idea era conquistar Venecia y Lombardía, donde gobernaban los Habsburgo; el gran ducado de la Toscana, donde reinaba Leopoldo II, claramente proaustríaco; y los ducados de Luca, Parma y Módena. Todos los territorios serían anexionados a Piamonte, el cual se erigiría en el Reino del Norte de Italia. A cambio, Francia se quedaría con Saboya y Niza. Francia enviaría a doscientos mil soldados; el Piamonte, a cien mil.

Cavour se relamió al acariciar el gran hito histórico que tenía por delante. Ahora solo necesitaba una cosa: encontrar el pretexto perfecto para declararle la guerra a Austria.

Franz no tuvo noticia alguna de esta conspiración hasta que ya fue demasiado tarde. Además, y como le había sucedido al inicio de la guerra de Crimea, su mente estaba ahora centrada en Sissi, que daría a luz en cualquier momento.

Aunque el embarazo había transcurrido sin ningún contratiempo, en la corte corrían rumores malintencionados de que acabaría mal. El 18 de agosto una de las grandes lámparas de la sala de ceremonias de Schönbrunn cayó al suelo y se rompió en mil pedazos. Un mal fario, pensaron muchos. Una muestra de que los Habsburgo serían derrocados, insinuaron otros. ¿Y si lo que llevaba la emperatriz en el vientre era el último emperador de Austria? Las supersticiones llegaron a tal nivel de histeria que Franz, normalmente poco propenso a creer en supercherías, vio en todo aquello un muy mal augurio y ordenó que no se dijera nada de lo sucedido a su esposa.

Los últimos días de verano, Sissi se recluyó en Laxemburg y allí esperó pacientemente. Muchos estaban convencidos de que el parto sería el 18 de agosto, el cumpleaños del emperador, pero fue el 21 de agosto de 1858, casi de madrugada, cuando comenzaron las contracciones. A las dos y cuarto de la tarde, nació el ansiado heredero. «No exactamente guapo, pero bien proporcionado y robusto», escribió Franz a sus padres.[2]

Inmediatamente, el emperador dispuso que recibiese la Gran Orden del Toisón de Oro —un gran collar dorado se colocó sobre la cuna— y lo nombró coronel del décimo noveno regimiento de infantería. «Quiero que mi hijo, que la gracia de Dios me ha concedido —proclamó—, esté ligado desde su venida al mundo a mi valiente ejército». Sissi contemplaba todo aquel ceremonial con incredulidad, pero estaba demasiado cansada como para protestar. El parto había sido muy duro y estaba débil y demacrada. También triste: mientras sufría contracciones le vinieron a la cabeza imágenes fantasmagóricas de su hija muerta. Días después del alumbramiento, aún no había recobrado las fuerzas y, como la etiqueta exigía que la emperatriz no podía dar de mamar, acabó con problemas graves en el pecho que le provocaron fiebres durante semanas. Sufrió convulsiones y tuvo peligrosas alucinaciones.

Como había sucedido con Gisela, Sissi tampoco quiso saber nada de Rodolfo. El nuevo archiduque fue puesto a cargo de su abuela, que decretó que sería cuidado por la baronesa Karoline von Welden, la misma institutriz de la malograda Sofía. También seleccionó al «ama de cría» que debía amamantarlo: Marianka, una joven campesina de Moravia.

El bautizo se celebró con todo lujo y boato el domingo siguiente del nacimiento. Lo ofició el cardenal Rauscher, el cual anunció que el heredero se llamaría Rodolfo Francisco Carlos José. Rodolfo era en honor al creador de la dinastía de los Habsburgo en el siglo XIII. Tras el bautizo, Franz le regaló a Sissi un bonito collar de perlas de tres vueltas, valorado en setenta y cinco mil *guldens*. Era su agradecimiento por haberle dado un heredero. La archiduquesa Sofía, por su parte, la obsequió con el collar y pendientes de turquesa que ella misma había recibido cuando nació Franz.

Las ciento una salvas de cañón disparadas desde el Hofburg anunciaron al pueblo que había nacido un heredero. La multitud se lanzó a las calles a celebrarlo, no tanto por fervor monárquico, sino porque la tradición dictaba que en semejantes ocasiones la Corona debía hacer grandes donativos. Franz fue especialmente generoso: decretó una amnistía política, envió grandes sumas de dinero a todas las partes del imperio y creó en Viena un hospicio de enfermería, el Rudolfspital, con capacidad para mil pacientes «con independencia de sus orígenes familiares o su religión».[3]

Pero no solo eso, Franz estaba decidido a que su hijo heredase un gran imperio, rico y próspero, y con una gran capital que fuese la envidia del mundo. El emperador sabía que Napoleón III estaba transformando París: estaba tirando las antiguas murallas medievales, construyendo nuevas avenidas, parques y plazas y mejorando todo el alcantarillado de la ciudad. París estaba dejando de ser una villa básicamente medieval, de calles estrechas y malolientes, y se estaba convirtiendo en una urbe moderna, soleada, racional, espaciosa y, en muchos barrios, lujosa. Napoleón III, en realidad, fue el arquitecto del París que hoy conocemos, con sus majestuosas calles, los *boulevards*, la Étoile alrededor del Arco de Triunfo y el Bois de Boulogne (inspirado en el Hyde Park de Londres).

Franz no quiso ser menos y ordenó que Viena se embelleciera. Por aquel entonces, la ciudad todavía contaba con las murallas medievales y el centro de la villa estaba dominado por edificios antiguos, como la catedral de San Esteban, la Ópera y el Burgtheater, alrededor de los cuales se amontonaban viviendas no siempre bien construidas. Había plazoletas pequeñas donde se instalaban mercados bien surtidos y una gran calle comercial, el Graben, empedrada y decorada con fuentes y estatuas, a ambos lados de la cual se sucedían tiendas con toldos de colores y vitrinas de madera. El único lugar de descanso era el inmenso Prater, el gran parque público de Viena cercano al Danubio transitado tanto por obreros como por archiduques.

Franz ordenó que se derribasen las murallas y que fueran sustituidas por un gran bulevar, la Ringstrasse, alrededor del cual se erigirían con los años nuevos edificios públicos siguiendo modelos antiguos: algunos serían de estilo griego y otros, como el nuevo ayuntamiento, construido en 1872, de estilo neogótico. La Universidad de Viena, de 1877, obra del arquitecto Heinrich von Ferstel, se construiría en estilo renacentista, muy inspirado en el *palazzo* Farnese de Roma.

Franz dedicaría mucho tiempo a estos cambios urbanísticos e insistiría continuamente en introducir nuevas mejoras. Amplió, por ejemplo, el palacio Hofburg y el Museo de las Bellas Artes y permitió que la rica burguesía, aquellos «tenderos enriquecidos» que eran tratados con desdén por la aristocracia, se construyeran impresionantes palacetes cerca de la Ringstrasse. Pronto se creó un nuevo barrio en Viena repleto de fachadas suntuosas, barrocas o neoclásicas, en cuyo interior albergaban salas de baile, comedores de gala, escaleras de honor y una decoración que, en general, quería emular la grandeza de antaño de las familias con títulos.

La archiduquesa Sofía, aunque no vería completada la gran remodelación, se horrorizó con los primeros planos. Ella prefería las antiguas fortificaciones, los bastiones y puestos de defensa, y temió pensar en las consecuencias que podría acarrear tener una ciudad tan expuesta a los ataques extranjeros. Pero Sissi apoyó a su marido; aquello, entendió, iba a ser uno de sus grandes legados. Probablemente el único.

La emperatriz, no obstante, no tuvo demasiado tiempo para mirar los nuevos mapas de Viena. Sus fiebres no remitían y semanas después del parto su salud era aún muy delicada. Que una nueva tragedia se cerniese sobre los Habsburgo no ayudó a mejorar la situación. El 15 de septiembre, mientras estaba de viaje en Italia, la archiduquesa Margarita, esposa de su cuñado Carlos Luis, murió repentinamente de altas fiebres cuyo origen ningún médico supo establecer. Tenía tan solo dieciocho años. Al conocer la noticia, Sissi se sumió aún más en la tristeza. Todo aquello le recordó lo que había pasado con su hija. Su salud se resintió y hubo días en que no pudo ni moverse de la cama.

Al ver que no mejoraba, Ludovica fue requerida de nuevo a toda prisa en Viena a finales de año. Otra vez llegó acompañada de varias de sus hijas y, esta vez, también hizo que viajara con ella el doctor Fischer, el médico que había atendido a Sissi de pequeña.

En cuanto llegó a Austria, Ludovica encontró a su hija peor de lo que esperaba: no solo estaba pálida y apenas comía, sino que su carácter se había agriado y se mostraba muy irascible. Sus desaires a su suegra habían llegado a tal punto que esta se quejó amargamente a Ludovica por el trato recibido. Pero ni siquiera Ludovica pudo hacer nada por mejorar la situación, Sissi estaba claramente tan angustiada y exaltada que su madre temió que acabara con una crisis nerviosa.

El doctor Fischer, con buen criterio, ordenó a Sissi descansar y pasar tiempo con su madre y sus hermanas. El sentirse querida y apoyada por caras conocidas hizo que recuperara algunas fuerzas y, al cabo de pocos días, ya podía salir a dar pequeños paseos por los alrededores de palacio.

Franz estaba tan preocupado por su esposa que no se percató de los tambores de guerra que volvían a sonar en el horizonte.

A principios de enero de 1859, aún no tenía ni idea de lo que tramaba Napoleón III en Italia, pero tuvo un mal presentimiento cuando el barón Hübner, el embajador austríaco en París, le trasladó unas palabras que le había dicho el emperador francés en la recepción de Año Nuevo: «Lamento mucho que nuestras relaciones con su gobierno no sean tan buenas como en el pasado, pero le pido que transmita al emperador que mis sentimientos personales hacia él no han cambiado».[4]

Franz escribió rápidamente a su hermano Max para preguntarle sobre la situación en Venecia y Lombardía. Max y Carlota se habían instalado en el palacio de Monza, a las afueras de Milán, en septiembre de 1857, seis semanas después de su boda, y en principio todo parecía indicar que Max estaba triunfando como gobernador general. Hablaba italiano a la perfección, conocía bien la historia y las costumbres y había puesto en marcha medidas económicas certeras: ayudó a la industria de la seda con créditos bancarios, desecó pantanos, consiguió llevar más agua fresca a las ciudades e inició un ambicioso programa de obras públicas en Milán. También convenció a su hermano para que concediera indultos a más de cien presos políticos y, cuando las fuertes lluvias torrenciales azotaron varias regiones, se desplazó inmediatamente hasta la zona, supervisó las tareas de rescate y donó grandes sumas de dinero. Incluso organizó una lotería para conseguirles más recursos.

También Carlota desempeñaba sus funciones magníficamente. Desde el principio deslumbró con su elegancia y ya en su primer acto oficial apareció con un vestido de seda de color cereza con encaje blanco y una gran tiara de diamantes que fue muy aplaudido. Sin duda se la veía feliz y escribía cartas pletóricas. «Disfruto de la perfecta felicidad —decía en una—. Todo el mundo es maravilloso conmigo y estoy feliz rodeada de tanto afecto».[5]

En Viena, Franz no estaba tan entusiasmado. Muy preocupado por las palabras de Napoleón III, el emperador comenzó a sospechar que el francés podría estar intentando fomentar una revuelta en Venecia o Milán, por lo que comenzó a exigir a su hermano más mano dura. «Los italianos tienen que acostumbrarse a mostrar más respeto por la corte», decía en una carta. «No permitas que se reúnan estudiantes para pedir la unificación italiana», ordenó en otra. «Todas las manifestaciones ilegales tienen que acabar. Actúa con determinación».[6] «¿Por qué toleras que salgan tantos artículos en la prensa en nuestra contra?».

Cuando Max respondió airado y le echó en cara que esas políticas solo empeorarían las cosas, Franz fue contundente. No había lugar para tanto sentimentalismo, le espetó. Cualquier cesión se podía interpretar como una debilidad. Max volvió a la carga y le propuso un cambio radical de estrategia: había que dar a Venecia y Lombardía su propio gobierno, su propio sistema educativo y, sobre todo, su propio sistema de impuestos. «Si no, las perderemos para siempre», alegó. Franz no solo se negó en rotundo, sino que devaluó la moneda que se usaba en la zona, lo que generó muchos problemas económicos en el peor momento. Fue un error garrafal que pagaría muy caro.

Max comprendió lo que les venía encima cuando su mujer y él, que se habían ganado cierto cariño entre el pueblo, comenzaron a ser insultados por las calles. En varios teatros los abuchearon. Max llegó a temer tanto un atentado o un intento de asesinato que envió a Carlota unas semanas a Bruselas. Él mismo no tardaría en partir: en otro movimiento absurdo, Franz relevó a su hermano del cargo de gobernador general en abril y puso a un general en su puesto. En una misiva ordenó a Max regresar inmediatamente a Viena.

Como ya había pasado durante la guerra de Crimea, Sissi no se enteró de prácticamente nada de lo que sucedía en Italia hasta que ya fue demasiado tarde. Su salud, desde luego, no ayudaba a que se concentrara en temas políticos y, una vez que Ludovica y sus hijas regresaron a Baviera, Sissi volvió a caer en la angustia y la tristeza.

Para que se volviera a animar se decidió que su hermana María la visitaría en Viena antes de partir hacia Nápoles. María se casó por poderes en Múnich el 8 de enero y, ocho días más tarde, ya estaba en Austria. Sissi se alegró sinceramente de verla y ambas pasaron días enteros juntas, paseando, conversando y haciéndose confidencias. Al cabo de un tiempo, incluso se vio a la emperatriz sonreír de nuevo.

—¿Tienes miedo de lo que te espera? —le preguntó una tarde Sissi a su hermana.

—Desde luego… Tú también lo tendrías cuando viniste a Viena, ¿no?

—Sí, pero yo conocía a Franz y él me quería. Tú en cambio… —Sissi no acabó la frase. Sabía que para María era demasiado duro asumir todo lo que le venía encima: un marido al que no conocía, en un país que le era totalmente extraño.

—Me han dicho que mi marido, aún no me acostumbro a esa palabra, mi marido… —suspiró María con melancolía—. Me han dicho que no habla una sola palabra de alemán. ¿Te lo puedes imaginar? ¡No vamos a poder decirnos ni hola! ¡Yo no he aprendido aún a decir nada en italiano! —María rio, pero Sissi intuyó que bajo su sonrisa había mucha pena.

—Pronto te acostumbrarás, no te preocupes —la intentó consolar.

—Sí, eso espero, por mi bien. ¡Ay, mi querida Sissi! ¡Quién nos iba a decir cuando éramos pequeñas que las dos acabaríamos con semejantes hombres! ¿Tú amas a Franz?

Sissi se quedó unos segundos en silencio.

—He aprendido a quererlo. Es un hombre bueno, y él me ama. Como tu marido te amará a ti.

—No sé si me querrá algún día. Sé que solo se casa conmigo por ser la cuñada del emperador de Austria. Su padre tiene miedo a que las cosas en Italia se compliquen y quiere que, si estalla una revolución, Franz acuda en su auxilio. Nada más. Es un matrimonio por razones de Estado, pero nosotras somos princesas y debemos cumplir con nuestro deber. Para eso nos han educado…

—¿Tú crees? A veces me pregunto si todo esto vale la pena. Si no hubiese sido mejor ser una humilde campesina, libre de ataduras políticas, libre para vivir nuestras vidas.

—No digas eso, Sissi. Tú, precisamente, que eres la emperatriz…

Aquella noche asistieron a un baile que se organizó en el Hofburg en honor a María. Era la primera vez que Sissi aparecía en un baile de palacio tras la muerte de su hija y, aunque intentó poner buena cara, aún se le notaba la mirada triste. «Tú, precisamente, que eres la emperatriz…». Las palabras de María retumbaban en su cabeza mientras miraba a su alrededor. Todos la escudriñaban y cuchicheaban en silencio, compartiendo chismorreos y maledicencias. «Ojalá nunca lo hubiese sido», debió pensar.

A finales de enero, Sissi acompañó a su hermana hasta Trieste. Al despedirse, María le confió:

—No te preocupes por mí, mi querida Sissi. Sabré arreglármelas para ser feliz.[7]

Sissi sonrió y la abrazó con fuerza. Mientras veía el barco partir y perderse en el horizonte, no pudo dejar de tener un mal presentimiento. Algo le decía que a su hermana solo le esperaban desdichas.

En cuanto regresó a Viena, le informaron de que Rodolfo ya mostraba su primer diente. Ella se alegró y durante unos días mantuvo el buen humor, pero al poco tiempo su sonrisa se esfumó de golpe. El heredero mostraba una afección del estómago, los médicos le explicaron que eran espasmos intestinales.

—No os preocupéis, majestad —la intentó tranquilizar el doctor Seeburger—. Es solo por la dentición...

Pero Sissi no le hizo caso y pasó al lado de la cuna del pequeño todo el tiempo que pudo. Las imágenes de la pequeña Sofía agonizando volvieron a su mente y Sissi rezó durante horas para que semejante tragedia no volviera a ocurrir. Afortunadamente, Rodolfo se recuperó al cabo de unos pocos días.

A principios de marzo, Sissi tuvo que hacer frente a otra crisis familiar. Para gran escándalo de la corte, su hermano mayor, Luis, anunció que pensaba casarse con una actriz, la bella Henriette Mendel, dos años mayor que él. Se habían conocido en un teatro de Darmstadt y él se había quedado inmediatamente prendado de aquella mujer morena y de ojos oscuros, pero de dudoso talento para la interpretación. De su unión había nacido una hija ilegítima en 1858, una niña de nombre María Luisa.

Que un miembro de la realeza tuviera un hijo fuera del matrimonio no era extraño por entonces, pero Luis no quería que Henriette fuera tan solo su amante, sino que se convirtiera en su esposa. Aprovechando que ella se quedó embarazada por segunda vez en 1859, él le propuso matrimonio, pero sus padres, Max y Ludovica, fueron tajantes: aquello significaba su renuncia a los derechos dinásticos. Luis, que de todos modos no iba a heredar ningún reino, aceptó más que complacido salir del orden de sucesión y continuó adelante con su boda.

Desde Austria, Sissi observaba todo aquel escándalo complacida. «Por fin alguien planta cara al orden establecido», pensaría. Y para que quedase claro lo que pensaba de aquella unión, envió un telegrama a Viena diciendo: «Dios protege a quienes poseen un corazón grande y valiente. ¡Felicidad!».[8]

En la corte de Viena, por supuesto, nadie fue tan comprensivo. «Esos Wittelsbach… —suspiraban con desprecio—. Qué dinastía más horrenda. *Quels fous!* ¡Qué locos!». La archiduquesa Sofía estaba especialmente airada por la situación. «Mi propio sobrino…», se horrorizaría. Y para que los chismorreos no fueran a más, intercedió para que Franz le diera a aquella actriz de poca monta un título nobiliario, el de baronesa de Wallersee, y así el matrimonio no pareciera tan desigual. La boda fue el 29 de mayo en Augsburgo, donde él estaba destinado con un destacamento del Ejército. Desde la distancia, Sissi sonrió de orgullo.

Mientras su mujer se centraba en su familia, Franz no paró de meter la pata en Italia. Muy angustiado por la posibilidad de perder sus territorios, no logró entrever la trampa que le estaba tendiendo Napoleón y se precipitó en sus decisiones. Sabiendo que el francés estaba compinchado con Cavour, envió enseguida varios destacamentos de soldados a la frontera con el Piamonte pensando que estaba demostrando su fuerza, cuando, en realidad, era lo que quería su rival. Aquello le daba la excusa perfecta para actuar. Ahora Cavour podría movilizar su ejército tranquilamente a la frontera alegando que los austríacos estaban amenazándole.

Los rumores sobre una guerra en Italia llegaron a ser tan intensos que las bolsas de París, Londres y Viena se derrumbaron.[9] Temiéndose lo peor, Inglaterra intentó desesperadamente evitar un conflicto que no interesaba a nadie y propuso celebrar una conferencia para limar tensiones. Pero Franz se negó en rotundo a asistir ya que aquello podría obligarle a ceder territorios para esquivar el enfrentamiento armado y él no pensaba dejar que pisotearan su honor. Venecia y Lombardía eran suyas y estaba dispuesto a llegar adonde hiciera falta para mantenerlas dentro de su imperio.

Franz cometió otra temeridad, probablemente la peor de todas, cuando, a finales de abril, su embajador en Turín le puso sobre la mesa a Cavour un ultimátum. Muy ingenuamente le decía que o retiraba sus tropas de la frontera o Austria le declararía la guerra en cinco días. Cavour sonrió levemente: aquello era, precisamente, lo que deseaba. El miércoles 27 de abril ambas naciones se convertían oficialmente en enemigas. Cumpliendo su promesa, el 3 de mayo Napoleón anunció solemnemente que los franceses debían ayudar al pobre pueblo oprimido de Piamonte frente a las garras de los odiosos y tiránicos austríacos. Europa volvía a estar en guerra.

Hasta el último segundo, sin embargo, muy pocos creyeron que todo aquello fuera realmente en serio. Muchos ministros de Franz le recomendaron que llamase a los prusianos para que lo ayudasen. Una unión de Prusia y Austria, alegaron, iba a servir para parar los pies a Francia. Y si Francia se retiraba del tablero, Cavour no tardaría en replegar sus tropas.

Prusia tendría que haber sido un aliado natural de Austria. No solo ambos eran Estados germánicos, sino que había una relación de parentesco: la reina de Prusia era, al fin y al cabo, la hermana de la archiduquesa Sofía. Pero la mala suerte jugó en contra de Franz una vez más. Su tío, el rey Federico Guillermo de Prusia, había sufrido recientemente una serie de ataques que lo habían dejado paralizado y mentalmente incapacitado. Al no tener descendencia, su hermano, el príncipe Guillermo, asumió la regencia a finales de 1858. Y Guillermo no era tan propicio a ayudar a Austria como lo habría sido su hermano. De hecho, quería que Austria perdiera poder para que Prusia adquiriera más relevancia. De ahí que ideara una salida ingeniosa para sus intereses: exigió a Franz que, si lo ayudaba, tendría más control sobre los pequeños reinos germánicos que, como Baviera o Wurtemberg, ansiaba anexionar en un futuro. Franz se negó y Guillermo le informó de que no lo ayudaría contra Francia.

Franz estaba solo y se temió lo peor. Su ejército no estaba preparado para una guerra larga y complicada, no había dinero para pagar a los soldados y el ánimo de las tropas estaba por el suelo. A la desesperada, el emperador ordenó subir los impuestos, una medida tan impopular como económicamente suicida en un momento en que la población vivía una grave crisis. «Es un gran palo para la población de Viena y la monarquía —observó el embajador suizo—. El incremento de los precios de la comida, así como el aumento de las rentas de la vivienda —que ya estaban fuera de control— se ha producido de manera considerablemente notable. Nadie ve la luz al final del túnel y no hay manera de mejorar los ánimos».[10]

Franz sintió que debía elevar la moral de su pueblo y, en un movimiento erróneo —otro más—, hizo que Sissi y él aparecieran sonrientes en las carreras de caballos que se organizaban en el Prater. Pensó que aquello serviría para alegrar a los vieneses, pero tuvo el efecto contrario: la pareja imperial dio la impresión de no entender el sufrimiento del pueblo. En especial, Sissi, que aquel día entregó los premios, pareció una María Antonieta que no sabía nada de la miseria de sus súbditos.

A los pocos días, Franz tuvo un raro momento de lucidez y anunció que partiría a Lombardía para estar con sus tropas. La archiduquesa Sofía lo apoyó, pero Sissi se negó: el lugar de Franz era a su lado y al lado de sus hijos, insistió con lágrimas en los ojos. Sin embargo, Franz estaba decidido a ir, por lo que Sissi recapacitó y le imploró que le dejara acompañarle, una posibilidad que Franz no estaba dispuesto a tolerar.

A finales de mayo, el emperador tomó un tren en Viena. Toda su familia lo acompañó hasta la estación, incluidos sus hijos, Gisela (de apenas tres años) y el pequeño Rodolfo, un bebé de tan solo ocho meses. Ambos iban en una carroza tirada por seis caballos y muchos en la multitud comenzaron a chillar: «¡Esos pobres niños! ¡Esos pobres niños!», en referencia a que su padre podría morir en el frente como un soldado más. Los gritos eran tan histéricos y había tanta gente llorando que la pobrecilla Gisela se asustó y empezó a temblar de miedo.

Sissi acompañó a su marido hasta Mürzzuschlag, una localidad a cien kilómetros de Viena. Antes de partir, le imploró al conde Grünne:

—Debe usted recordar siempre la promesa que me ha hecho de cuidar al emperador. Es el único consuelo que tengo en estos momentos trágicos. Usted siempre ha estado al lado de mi marido y siempre lo estará.[11]

En la despedida, la emperatriz lloró desesperadamente como hubiese hecho cualquier mujer cuyo marido se va a la guerra. Pero a la archiduquesa Sofía aquel comportamiento le pareció impropio de una consorte imperial. «Las escenas de la pobre Sissi y sus lágrimas solo sirven para hacer la vida aún más difícil a mi hijo», escribió en su diario.[12]

De regreso a Viena, Sissi siguió llorando amargamente durante días. «La falta de compostura de la emperatriz sobrepasa los límites de la imaginación», escribió Leopoldine Nischer, la *nurse* de los niños.[13] Sissi no comía, solo quería estar sola y no se consolaba ni en los pocos momentos en que estaba con sus hijos. A Gisela todo aquello le afectó sobremanera. «La pobrecilla Gisela —escribió Leopoldine— está algo desconcertada por las incesantes lágrimas. La otra noche se sentó muy quieta en una esquina y vi que sus ojos estaban húmedos. Cuando le pregunté qué le ocurría, contestó: "Gisela tiene que llorar también por papá"».[14]

Al llegar a Italia y ver a sus tropas en un estado pésimo, Franz confirmó sus temores. Sin embargo, muy ingenuamente pensó que los franceses estarían aún peor; en una carta a su madre, le informaba de que el enemigo «había perdido mil hombres por el frío y la falta de alimento».[15] Pero la situación en el campo contrario no era tan dramática como Franz quería creer y en la primera batalla pudo comprobar que los franceses habían preparado a sus tropas mucho mejor que él.

Los dos ejércitos se vieron por primera vez las caras el 4 de junio de 1859 cerca de la ciudad de Magenta, en Lombardía, a unos veinticuatro kilómetros de Milán. Era una zona muy pantanosa y repleta de arrozales y, como los meses anteriores habían sido muy lluviosos, el terreno estaba tan enfangado que los soldados no podían apenas avanzar.

A primera hora de la mañana, Napoleón III ordenó que la artillería francesa, famosa por su puntería y por estar muy bien equipada, descargase toda su furia. El bombardeo fue el más intenso que Europa había visto hasta la fecha. Los soldados de Franz, atascados en el barro, murieron por centenares. Fue una sangría funesta. Las infanterías francesas y piamontesas remataron la jugada y, al final del día, a pesar del coraje heroico de los militares austríacos, la derrota fue aplastante.

Aunque había ganado, Napoleón no pudo dejar de conmoverse por el sufrimiento que vio. Los campos de Magenta estaban cubiertos de sangre y miles de cuerpos sin vida yacían inertes en el suelo. Se calcula que cuatro mil soldados franceses y diez mil austríacos murieron. Miles de soldados más padecieron heridas profundas, con cortes por la que la sangre salía a borbotones y que luego supuraban. A Napoleón los remordimientos le corroían.

A pesar de la dureza de lo que estaba viviendo, durante los días que estuvo fuera, Franz y Sissi se escribieron largas cartas a diario. «Mi queridísimo ángel Sissi —decía una de ellas—, uso los primeros momentos después de despertarme para decirte una vez más lo mucho que te quiero y te echo de menos a ti y a los niños (…). Aquí llueve cada día…».[16] Al día siguiente, tras leer una nota en la que Sissi insistía en reunirse con él, le contestaba: «En los cuarteles generales no hay sitio para mujeres. No puedo dar un mal ejemplo a mi ejército; además, no sé cuánto tiempo estaré aquí…».[17] En otra misiva insistía: «Te imploro, mi ángel, que, si me amas, no sufras tanto por mí, cuídate, distráete todo lo que puedas, sal a montar a caballo, conduce con cuidado y preserva para mí tu preciosa salud para que así, cuando vuelva, te encuentre bien y podamos ser felices».[18]

Pero Sissi estaba tan alterada que ni siquiera las amables palabras de su marido lograron tranquilizarla. Varios testigos que la vieron aquellos días la tildaron de trastornada e histérica, y el propio doctor Seeburger llegó a comentar en voz alta: «Ella no responde, ni como emperatriz ni como mujer, al rol que le incumbe». Aunque era claramente injusto, no había duda de que Sissi estaba nuevamente al borde de una crisis nerviosa. Incluso a su madre le sorprendió que «sus cartas están empapadas en lágrimas» y, en vez de justificar a su hija, esta vez Ludovica reconoció a la archiduquesa Sofía que Sissi estaba siendo demasiado difícil.[19]

Franz llegó a estar tan preocupado por su salud que pidió a Ludovica que viajara a Viena. Sofía también sugirió que el doctor Fischer regresara una vez más para tratarla. Pero nada consiguieron esta vez y, como le había sucedido tras la muerte de su hija, Sissi retomó sus peligrosas dietas y volvió a montar a caballo a galope tendido durante largas horas seguidas. Además, comenzó a fumar, un hábito que escandalizó a todas las cortes de Europa y que llegó a los oídos de la mismísima reina Victoria de Inglaterra.

Franz fue plenamente consciente de las habladurías y en una carta le pidió a su esposa: «Te imploro, por el amor que me profesas, que te recompongas y te muestres en público en la ciudad de vez en cuando y visites instituciones. No sabes cuánto me podrías ayudar así. Infundirá coraje a la población y mantendrá alto el buen espíritu del cual estoy tan necesitado...».

Franz no solo recibió noticias de los malos hábitos de salud de su esposa. La emperatriz pasaba largas horas cabalgando con su caballerizo mayor, Harry Holmes, un magistral jinete inglés de cuarenta y nueve años, muy apuesto y por el que Sissi mostraba una gran simpatía. Toda la corte empezó a insinuar que entre ellos había surgido un romance y la archiduquesa Sofía, escandalizada, escribió a su hijo para explicarle la situación. Franz sacó tiempo para reprocharle a su esposa por carta que: «No puedo permitirte que salgas a montar sola con Holmes, no pienso tolerarlo».[20]

Sissi obedeció y, para evitar más habladurías, intentó comportarse como una emperatriz. Junto con el resto de las damas de la corte comenzó a tejer vendajes para enviar al frente y ordenó que Laxenburg se acondicionara para atender a los centenares de heridos que regresaban de la guerra. Sissi supo por algunos de ellos que muchos soldados se quejaban de que los generales de Franz habían sido unos inútiles y que las tropas habían sido «leones dirigidos por burros». Del emperador se decían pestes y lo culpaban por haberlos conducido a una matanza sin sentido.

Sus críticas no tardaron en llegar a la prensa y, desafiando la censura, los periódicos iniciaron una campaña contra el emperador. Lo que hasta aquel momento había sido tabú ahora se publicaba valientemente: se destapó la corrupción dentro del Ejército, los poderes abusivos que tenían los aristócratas, el coste descomunal de la monarquía, la ineficacia de la justicia y la total servidumbre del pueblo hacia unas élites arrogantes e ineficientes que los estaban conduciendo a la ruina. El odio y la rabia se comenzaron a notar en las calles de Viena. Desde el Hofburg, Sissi tembló al pensar que todo aquello podía acabar en una revolución.

Que no pararan de llegar cada día miles de soldados gravemente heridos acabó por colmar la paciencia del pueblo. Como no había espacio suficiente en los hospitales (el sistema sanitario austríaco era muy primitivo y carecía de recursos), se tuvieron que habilitar iglesias y conventos a toda prisa. Sissi visitó algunos lugares improvisados como dispensarios. Ver a todos aquellos soldados desfigurados, sin brazos o piernas, algunos ciegos por el impacto de metralla, otros aullando de dolor, tuvo un impacto inmenso en ella y, de la noche a la mañana, Sissi cambió drásticamente. Si la política no le había interesado en absoluto hasta entonces, a partir de ese momento se la tomó muy en serio y empezó a leer periódicos a diario. Incluso se la vio con diarios progresistas que la archiduquesa Sofía consideraba panfletos revolucionarios. Gracias a lecturas como esa, Sissi acabó convencida de que las críticas a su marido estaban perfectamente justificadas. Los diarios tenían razón, pensó ella: el absolutismo que Franz representaba, su cerrazón de mente y su apego a las viejas costumbres debían acabar enseguida. El viejo orden ya no tenía lugar y se necesitaban nuevos enfoques.

Franz, a pesar de todo, no atendió a las súplicas y respondió a las críticas con una decisión potencialmente catastrófica. Después del desastre de Magenta, relevó a sus generales y se puso él mismo a dirigir las tropas, un error fatídico porque, a punto de cumplir veintinueve años, su única experiencia militar real era haber saludado a las tropas durante desfiles en Viena.

Franz replegó sus tropas cerca del pueblo de Solferino y allí diseñó un ataque sorpresa. Pero Napoleón III se le adelantó. La madrugada del viernes 24 de junio de 1859, Franz se levantó a las cuatro y, como de costumbre, ordenó su correspondencia. Sobre las ocho desayunó y, cerca de las nueve, escuchó un estruendo incesante de cañones. Los franceses ya los estaban acribillando.

Fue una batalla cruenta donde Franz cometió un error tras otro. Tan solo en unas horas veintidós mil soldados austríacos perdieron la vida. Al mediodía, Franz, totalmente sobrepasado, dio la orden de retirada. «Fue un día terrible en el que se consiguió mucho, pero la fortuna no nos sonrió —escribió a Sissi días más tarde—. Las graves consecuencias de mi infortunio todavía están por ver, pero confío en Dios y no creo que sea culpable de haber gestionado mal a las tropas».[21] A pesar de sus palabras, Franz estaba claramente abatido y tardaría mucho tiempo en superar la visión descarnada de aquel campo inmenso cubierto de cadáveres.

Napoleón III también estaba horrorizado y meses más tarde aún tendría pesadillas con aquella imagen siniestra. No sería el único: un empresario suizo de nombre Henri Dunant había llegado a Solferino para tratar con Napoleón III unos asuntos de negocios y lo que vio le impactó tanto que rápidamente compró material sanitario y movilizó a los pueblos cercanos para correr a auxiliar a los heridos. Incluso construyó a toda prisa un hospital bastante rudimentario. Cuando le preguntaron a qué bando debían socorrer, él contestó que trataran a todos los soldados por igual. Aquellos esfuerzos fueron el primer paso de una gran institución de ayuda humanitaria que Dunant impulsó en los años siguientes. Su nombre era la Cruz Roja.

Cuando Viena conoció las terribles noticias de Solferino, las críticas a Franz fueron implacables, el emperador nunca había sido (ni sería) tan impopular como durante aquellos días. También en el extranjero se le vilipendió y un periódico llegó a publicar que «los soldados austríacos no habían sido derrotados por los franceses, sino por la increíble imbecilidad de su propio emperador».

Angustiada por la situación, Sissi dio un paso sorprendente y escribió una carta a su marido con consejos sobre cómo proceder. ¿Y si dejaba atrás el rencor y volvía a contactar con Prusia? ¿Y si permitía que el príncipe regente Guillermo comandase todos los ejércitos de los reinos germánicos y amenazase París? Era una idea ingeniosa, una jugada maestra en realidad: los prusianos tenían seis regimientos que podían cruzar el Rin rápidamente y aparecer en la capital francesa en cuestión de horas, lo que supondría que Napoleón III podría perder el control de su país mientras estaba en Lombardía. A cambio, claro, Franz tendría que renunciar a la influencia de Austria sobre los reinos germánicos, pero, ¿no era acaso un precio perfectamente asumible?

No, no lo era, le contestó Franz, el cual seguía pensando que el príncipe regente era «escoria» por haberlo dejado tirado. «Un encuentro con el príncipe regente, como el que mencionas, no está entre mis planes», le escribió tajante el 8 de julio. Franz solo pensaba hablar con una persona: Napoleón III.

Después de las cruentas batallas, el francés no quería continuar con aquella maldita guerra. Pensaba que hasta entonces Franz había fallado, pero los austríacos habían demostrado ser soldados valerosos y podían comenzar a ganar incluso con sus pésimos generales. Además, como Sissi había intuido, temía que Prusia acabase entrando en escena, lo que le iba a acarrear daños mayores de lo que había previsto en un principio. Por lo que sugirió a

Franz un alto al fuego y propuso que se encontraran cara a cara en el pueblo de Villafranca. Franz aceptó encantado.

En principio, iba a ser una reunión privada, pero Napoleón quiso darle la mayor publicidad posible y, para total sorpresa del emperador austríaco, el francés convocó a la prensa, un gesto inaudito y sin precedentes. Franz, totalmente desacostumbrado a tener periodistas merodeando y espiando desde las ventanas, observó con horror cómo detalles de su encuentro fueron publicados rápidamente por toda Europa. ¡La reunión duró una hora!, informaron los diarios. ¡Y la conversación fue en francés y en alemán! ¡Estuvieron solos, sin asesores, sentados frente a frente en una mesa y fumaron puros todo el rato! A la salida, Napoleón III incluso informó a los reporteros —otra novedad— que habían acordado firmar la paz. Francia se iba a quedar con la Lombardía (para cedérsela al Piamonte), pero Austria se quedaría Venecia. De la fusión del Piamonte y la Lombardía se crearía un nuevo Estado: el Reino de la Alta Italia. Ambos emperadores partieron juntos a caballo hasta Valeggio y, aunque no hay duda de que Franz lo odiaba profundamente (en sus cartas lo definía como «miserable»), ambos se despidieron amablemente bajo la atenta mirada de los atónitos periodistas.

Cuando regresó a Viena, Franz fue recibido con extrema frialdad. Como le había pasado en Venecia años antes, no hubo vivas y muchos hombres no se quitaron el sombrero, toda una falta de respeto. Varios ministros le informaron de complots para asesinarlo y se supo que un lacayo del Hofburg había planeado matarlo a él y a su madre, la archiduquesa Sofía, una mujer a la cual todo el imperio hacía también responsable del terrible absolutismo que sufrían.

Para evitar una catástrofe, Franz se refugió en Laxemburg y se pasó lo que quedaba de verano encerrado en su despacho leyendo informes e intentando comprender lo que había fallado durante la guerra. Su humor se recrudeció y Sissi lo notó distante y agotado. Entre ambos comenzaron a surgir tensiones, aunque los dos se alegraban sinceramente de volver a estar juntos, ahora parecía que se había levantado un muro infranqueable entre ellos. Él ya no la apoyaba como antes y, lo que era peor, estaba cansado de los continuos ataques de nervios de ella. En cuanto regresó de Italia, la había encontrado pálida y excesivamente escuálida, y le echó enseguida en cara sus manías de comer poco y de fumar a todas horas. En cuanto supo que Sissi fumaba incluso en la mesa y en las carrozas (para escándalo de cocheros y lacayos), él le ordenó parar de inmediato, pero ella no le hizo caso.

Sissi, por su parte, se sintió frustrada de que no la escuchara. Su evolución política en pocas semanas había sido más que notable y quería asesorarlo sobre cómo aliviar la tensión en el imperio. Quería que Franz se rodease de voces más liberales y modernas, pero su marido no estaba por la labor. Al contrario, se negó a hablar de política con ella, siguió buscando consejo en su madre y, aunque estaba muy preocupado por el odio de los vieneses, quiso creer que era un fenómeno pasajero y que las aguas volverían tarde o temprano a su cauce.

Pero se equivocó una vez más. Franz reapareció en público el 12 de septiembre en un desfile militar. El pueblo seguía mostrándose frío y distante con él. Aquel silencio desafiante lo sacó de quicio. A los pocos días acudió a la ópera con Sissi. Sorprendentemente, ni siquiera las familias más destacadas de Viena parecían apoyarle y lo trataron con desdén, como si intentaran ignorarlo.

Humillado, totalmente superado por los acontecimientos y en un intento desesperado por reconducir la situación, a los pocos días, Franz anunció cambios sustanciales en su gobierno: despidió a ministros, apartó de su lado al leal conde Grünne (a quien muchos atacaban por su excesivo conservadurismo) y se comprometió a reformar el Ejército, la administración y el sistema de justicia.

Pero aquellas promesas sirvieron de poco. El conde Crennville, sucesor de Grünne como ayudante del emperador, anotó en su diario: «Las expectativas son terribles —bancarrota del Estado, revolución, infortunios, guerra». Quizás ya era demasiado tarde.

9

Madeira

La situación política generó una grave crisis en el matrimonio. En los cinco años que llevaban casados, Franz había tratado siempre a su mujer como a una chiquilla inocente, una criatura incapaz de comprender las aguas turbulentas del poder. Y hubiese querido que siguiera así: Sissi era para él un refugio frente a su duro día a día, la única persona con la que podía comportarse como alguien normal.

Pero ella había cambiado mucho en poco tiempo y ahora quería ejercer su poder, que se la tratara como a una verdadera emperatriz. Había tenido que soportar lo indecible y había tenido que aprender a sobrevivir y, por el camino, se había convertido en una estadista astuta o, cuando menos, en una analista perspicaz. Para ella, todos aquellos sacrificios demostraban su amor hacia su marido, pero él no supo entenderlo así. Que su mujer le recomendara cambios de ministros o tácticas diplomáticas le resultaba humillante. Para él eran un reproche, una falta de confianza en sus habilidades. Franz estaba acorralado por todos los lados y se sintió profundamente frustrado al comprobar que ni siquiera su esposa compartía su visión política. Ella se estaba convirtiendo en una liberal y él seguía siendo un absolutista, un hombre educado para ejercer el poder sin fisuras. También dentro de su propia familia.

Sissi intentó imponerse, pero lo hizo de la peor manera posible: gritaba a la mínima y se mostraba irritada y nerviosa. Sin duda, eran síntomas de la profunda depresión que a estas alturas debía sufrir; la muerte de Sofía, las críticas continuas y la guerra habían sido demasiado para ella, y hubiese necesitado mucha ayuda psicológica para superar su dolor. Pero la corte no supo —o no quiso— entender de qué se trataba y siguió reprobándola sin piedad. Que si era una excéntrica, que si se ponía histérica, que si estaba loca. La misma letanía de siempre.

Lo peor, sin embargo, fue que sus luchas con la archiduquesa Sofía eran ahora continuas y de una fiereza descarnada. Cuando no era sobre la crianza de los pequeños archiduques, era sobre la situación política. Sofía quería que su hijo reafirmara su autoridad; Sissi entendía que debía haber cambios drásticos si los Habsburgo querían seguir reinando. La atmósfera en el Hofburg, ya de por sí muy tensa, se volvió irrespirable. Franz, que hasta entonces había hecho lo imposible por mediar entre su mujer y su madre, tiró la toalla. Estaba harto.

A los pocos meses de regresar de la guerra, Sissi se enteró de que su marido le era infiel.

—¿Has visto a la condesa Potocka?

Uno de sus cuñados, Carlos Luis probablemente, fue tal vez quien le insinuó con quién se estaba acostando Franz. Un condesa, como antaño, cuando era un jovenzuelo en busca de amoríos que colmasen sus ardores y su propia madre le facilitaba los encuentros. Una condesa: ¿Julia o Isabella Potocka? Sissi no lo recordaba. ¿Era aquella dama de la que tanto se susurraba en los *cercles*? Quiso recordarla: morena, cálida y con ojos de fuego, tan distinta a ella. Y con aquella mata de pelo indómito y tan largo que se lo enroscaba en el brazo como si fuera una serpiente. Sissi sabía que una fotografía suya había sido exhibida en una galería de Viena y había sido adquirida por un misterioso hombre, el cual había pagado una fortuna. ¿Habría sido Franz?

No se sabe a ciencia cierta si la amante de Franz fue aquella condesa Potocka o fue otra, pero una testigo de excepción, la inglesa Nellie Ryan, que trabajaba para el archiduque Karl Stefan, primo de Franz, y tenía por tanto un acceso privilegiado a las interioridades del Hofburg, escribió en sus memorias que hubo una «condesa que fue lanzada a los brazos del emperador por la archiduquesa Sofía en un baile de la corte». Dicha condesa «fue luego nombrada dama de honor de la archiduquesa», lo que, sin duda, podría haber facilitado los encuentros entre su hijo y ella.[1]

Sissi sintió que su mundo se hundía mientras su corazón latía muy fuerte y la respiración le fallaba. Sintió lástima, celos y rabia, una pena profunda, como cuando su pequeña Sofía estaba a punto de exhalar su último aliento y ella la abrazaba y rezaba para que Dios no se la llevase consigo. Como entonces, quiso gritar, pero su chillido se quebró entre lágrimas. ¿Cómo podía haberla traicionado de esa manera? Su matrimonio era lo único que la había mantenido a flote entre tantas miserias y ahora lo había perdido.

Desesperada, Sissi escribió a su madre para contarle sus sospechas. Pero Ludovica, generalmente tan comprensiva con su hija, en esto no podía ayudarla, ella había sufrido un matrimonio muy desdichado con Max, que le había sido infiel desde el primer día, y había aprendido a mirar hacia otro lado. «Intenta consolarte como lo hacemos todas», se cree que fue la respuesta que recibió la emperatriz.[2]

La corte, por supuesto, no tardó en llenarse de rumores sobre los amoríos del emperador, aunque también tuvo tiempo para chafardear sobre la emperatriz. Según las memorias de Nellie Ryan, después de las murmuraciones sobre Harry Holmes durante la guerra, ahora volvieron a la carga con chismorreos sobre un «joven oficial, muy amable y buen jinete», el cual «coincidía en multitud de ocasiones con la emperatriz» y «cuya amabilidad y simpatía pronto le ganaron un lugar en el corazón de Sissi».[3]

De nuevo, habría sido la archiduquesa Sofía quien se habría encargado de presentarlos y de organizar «expediciones a caballo» para que ambos confraternizaran. Y por lo que se decía en la corte, tuvo éxito y a ambos se les vio pronto haciéndose confidencias. Sin embargo, es más que dudoso que esta relación, si es que existió, llegase a ser sexual. Sissi era demasiado timorata aún, demasiado cándida y tímida, como para dar un paso semejante. Por no decir que, aunque era muy sensible y romántica, no era excesivamente pasional y se sabe que le desagradaba el sexo.

En todo caso, la relación, si tuvo lugar realmente, tal vez le sirvió para resarcirse de su humillación. Y para dejar aún más clara su repulsa, Sissi no solo comenzó a flirtear abiertamente, sino que, en la primavera de 1860, organizó seis bailes en sus apartamentos privados a los que invitó a veinticinco parejas, todas solteras y sin acompañantes, con lo que la archiduquesa Sofía quedó inmediatamente excluida. La corte, por supuesto, puso el grito en el cielo al conocer la existencia de aquellos «bailes huérfanos», pero a Sissi le daban igual los comentarios: si iban a criticarla por todo lo que hiciera, al menos pensaba divertirse. En aquellos encuentros, se la vio «bailar con pasión», según observó Thérèse Fürstenberg, una de las invitadas.[4]

También empezó a acudir a todos los bailes que organizaban las grandes familias aristocráticas, algo que hasta ese momento había evitado y odiado con todas sus fuerzas. Incluso en alguna ocasión se quedó hasta las tantas de la madrugada y no regresó al Hofburg hasta las seis y media de la mañana.[5]

Toda aquella súbita pasión por los bailes y la diversión escondía, por supuesto, una profunda tristeza. Ese arrebato de superficialidad enmascaraba su vacío interior: en el fondo, acudía porque se sentía profundamente sola. No hay duda de que estaba muy dolida por la traición de Franz y, totalmente desesperada, redobló sus malos hábitos, apenas comía, fumaba a todas horas, daba interminables paseos, montaba a caballo e incluso se encerraba en la famosa escuela de doma ecuestre que había en Viena y practicaba acrobacias como si fuera una artista circense. Sus visitas al circo Renz, en el Prater, la habían convertido en una gran seguidora de aquellas mujeres capaces de contorsionarse, saltar obstáculos y atravesar aros de fuego, y quería emular sus proezas. Incluso mandó instalar unas espalderas y unos aros en su vestidor y cada día practicaba ejercicios de gimnasia.

Pero no solo había admiración por las circenses en su comportamiento: Sissi quería castigar su cuerpo, forzarlo al límite, porque era lo único en su vida que podía controlar, que realmente era suyo. Por todo lo que sabemos de su comportamiento, Sissi debió padecer seguramente a estas alturas una aguda anorexia nerviosa, un trastorno alimentario desconocido en su época y que ella nunca superaría. Su obsesión por estar extremadamente delgada la acompañó hasta su muerte.

Nuevas tragedias empeoraron aún más la situación. En 1860, después de que un nuevo informe sobre lo ocurrido en Solferino destapara graves irregularidades en el Ejército y corrupción en el Ministerio de Finanzas, el ministro titular, el barón Karl von Bruck, humillado y acorralado, se suicidó cortándose el cuello. Al conocer la noticia, Franz se quedó tan acongojado y pleno de remordimientos que apenas podía hablar. Se sintió culpable por lo sucedido y, aunque Sissi intentó reconfortarlo, a estas alturas el matrimonio estaba demasiado distanciado como para poder ayudarse.

Además, a Sissi se le acumulaban los problemas. Las noticias que llegaban de su hermana María desde Nápoles eran cada vez más preocupantes. Como Sissi ya había intuido, el matrimonio de María y el príncipe Francisco había sido un desastre desde el principio: eran de personalidades opuestas y, dado que él sufría un caso agudo de fimosis, ni siquiera habían podido consumar su unión. Lo peor, sin embargo, vino cuando el padre de él, Fernando de las Dos Sicilias, murió repentinamente el 22 de mayo de 1859 y su hijo subió al trono. María, que apenas llevaba unas semanas en su nueva patria y aún no hablaba el idioma, se convirtió en reina.

Dadas las pocas luces de su marido, ella se tuvo que hacer cargo de todo, del gobierno, del Ejército e incluso de librar batalla frente a las tropas insurgentes de un hombre que muy pronto iba a ser conocido en toda Europa. Su nombre era Giuseppe Garibaldi.

De cincuenta y dos años, antiguo oficial de la Marina y revolucionario desde su juventud, Garibaldi había tenido que pasar muchos años en el exilio, en Sudamérica y en Nueva York, y cuando regresó a su patria se obsesionó con lograr la unificación de Italia. Cavour lo sabía y, por eso, después de entrevistarse con Napoleón III en Plombières, se reunió con él para informarle de los planes contra Austria y pedirle que entrenase a tropas de revolucionarios para actuar como guerrillas.

Garibaldi accedió encantado y, días más tarde, incluso le pidió a un amigo suyo, el compositor Luigi Mercantini, que crease un

himno para sus soldados. Diez días más tarde, el «Himno de Garibaldi» estaba listo. «Las tumbas se han abierto y nuestros mártires
han salido a la luz... —decía—. ¡Salid de Italia! ¡Salid, extranjeros!», coreaba al final. A los seis meses ya se lo sabía de memoria
toda la península.[6]

Garibaldi no sabía que Cavour le había prometido Niza y
Saboya a Napoleón III y cuando, tras la batalla de Solferino, se
hizo público el acuerdo, el revolucionario se sintió ultrajado por
la cesión de territorio patrio, más teniendo en cuenta que Niza
era su ciudad natal. Dejó de confiar en Cavour y se alzó como el
único general de la causa italiana. Enseguida puso en marcha un
plan para recuperar las zonas perdidas y anexionar nuevos territorios. Para empezar, miró al sur, al reino de Sicilia, una de las zonas
más revolucionarias de Italia y no solo por la cuestión territorial.
En el campo se veía verdadera miseria y en las zonas urbanas de
Palermo y Messina se hacinaban obreros en condiciones misera-
bles. El resentimiento hacia la nobleza y el Ejército eran enormes
y Garibaldi pensó que sería fácil transformar ese odio en una
insurrección. El 11 de mayo de 1860, partió de Génova con mil
ochenta y nueve hombres vestidos con camisas rojas, el símbolo
de su espíritu revolucionario. Los «Mil de Garibaldi», como pronto serían conocidos, desembarcaron en Sicilia y ocuparon sin
muchos problemas Palermo.

Sissi imploró a Franz que interviniese rápidamente en Nápoles, pero este, aunque comprendía su dolor, se negó. Ni había
dinero para pagar al ejército, ni ganas de otra guerra en Italia. El
matrimonio, hasta ahora tenso y distanciado, pasó a estar en la
cuerda floja.

Los dos hermanos de Sissi, Luis y Carlos Teodoro (Gackerl),
viajaron a Viena para intentar convencer al emperador. Al llegar al

Hofburg y ver a su hermana escuálida, ojerosa y muy fatigada, se preocuparon profundamente. Intentaron calmarla y reconfortarla, pero no lo consiguieron. Sissi estaba tan angustiada por lo que podía pasarle a María, que su ansiedad y tristeza llegaron a nuevas cotas peligrosas. Sufría náuseas, fiebres y jaquecas, volvieron sus vértigos al bajar escaleras y empezó a tener ataques de tos furibundos que duraban horas.

Franz intentó animarla, pero solo consiguió que su esposa perdiera totalmente los nervios y lo tratara con desprecio. «No seas condescendiente conmigo», le echó en cara. Franz no podía más, cada conversación con su mujer acababa en reproches, lágrimas y recriminaciones. Harto, le gritó que su vida era una tragedia continua, que siempre estaba tensa y que él necesitaba calma; ella le contestó que él era el origen de todos sus problemas. Durante días no se dirigieron la palabra.

Desde Nápoles siguieron llegando noticias funestas. Garibaldi avanzaba hacia el norte y María había decidido plantarle cara. Mientras su marido se amilanaba, ella tomó las armas. Pero ni siquiera esa heroicidad hizo que Franz recapacitara. Para Sissi, aquella fue la gota que colmó el vaso.

Por si no tuviera bastante, Franz le anunció que, en pocos meses, probablemente en otoño, partiría a Varsovia ya que sus ministros le habían recomendado recomponer las relaciones con Prusia y Rusia. Sissi temió que aquel viaje sirviese para acercar a Franz y a su amante, aquella condesa polaca de larga cabellera y ojos de fuego. De nuevo sintió la rabia y los celos y se encerró en su vestidor para hacer ejercicios de gimnasia durante días enteros.

Sissi sintió que se ahogaba y quiso huir, huir muy lejos. Aprovechando que sus hermanos regresaban a Possenhofen, Sissi decidió abandonar Viena e ir con ellos. Franz aceptó —estar con los suyos podría calmarla, pensó—, pero, para guardar las apariencias, ordenó que llevase a Gisela consigo. Desde la muerte de la pequeña Sofía, Sissi no había pasado una larga temporada con su otra hija y su proximidad se le hizo extraña. Gisela era una Habsburgo, muy parecida a su padre, seria, disciplinada y educada por su abuela, la archiduquesa, para ser la perfecta damisela, siempre correcta. En el trayecto, Sissi notó que eran unas desconocidas la una para la otra, que no había mucho que las atara y que, ni siquiera cuando la pequeña decía «mamá» con su voz angelical, ella sentía amor y ternura. ¡Qué sonido tan ajeno! ¡Qué diferente era con la pequeña Sofía! En vez de alegrarla, la presencia de Gisela hizo que afloraran recuerdos que Sissi ya creía escondidos. Volvió a escuchar en su cabeza la risa de su pequeña, volvió a ver su cara alegre y sus ojos azules, y sintió de nuevo la pena y la congoja por saber que estaba muerta y que nunca volvería.

Sissi viajó en tren de Viena a Salzburgo. La línea no estaba aún oficialmente inaugurada (su puesta en marcha estaba prevista para dentro de un mes), pero se acondicionó a toda prisa para poder llevar a la emperatriz. ¡Volver a Possenhofen! Tan solo pronunciar esa palabra, antaño repleta de felicidad y magia, tendría que haber ahuyentado a sus fantasmas. Pero en cuanto vio su casa, con su jardín y el lago al fondo, y las montañas que lo bordeaban, no sintió la calma que buscaba. Ni siquiera aquel paraje que tanto amaba la iba a poder ayudar.

Ludovica le echó en cara que estaba demasiado delgada —«Pareces un hermoso poste», le reprochó en cuanto la vio— y tampoco le pareció normal que su hija tosiera a todas horas. Pero ahora no tenía tiempo para preocuparse por ella: su querida María estaba a punto de enfrentarse a una guerra ella sola. «¡Mi pequeña niña! —suspiraba entre lágrimas—. ¡Qué será de ella!».

Para evitar más habladurías de las que ya había, Franz viajó a finales de julio a Possenhofen. Aprovechó para descansar unos días y se le vio disfrutar mientras jugaba por las tardes al billar con sus cuñados. Pero, a pesar de que todos guardaron las formas e intentaron ser amables, en el fondo recriminaban al emperador no estar ayudando a María. Él comprendió la situación y expresó en voz alta su admiración por la valentía y el coraje que estaba demostrando su hermana, pero se negó a enviar tropas o municiones.

A mediados de agosto llegaron noticias de que Garibaldi estaba a las puertas de Nápoles.

A estas alturas, Sissi era prácticamente incapaz de mirar a su marido a la cara y, cuando tuvieron que regresar a Viena, hizo que dos de sus hermanos, Gackel y Matilde, los acompañaran hasta Salzburgo para no tener que estar a solas con él. Días más tarde, el 7 de septiembre, cuando Nápoles cayó, Sissi rompió a llorar desconsolada durante horas. «¿Qué le harán las tropas de Garibaldi? Dios mío, ¿qué le harán?», gritaba desolada. Le atormentaba saber que su hermana podía morir en cualquier momento sin que ella pudiera hacer nada. Ella, que había sido la causa de sus males, la única responsable. María se había casado con un hombre que no amaba porque ella era la emperatriz de Austria. Sin ella, nada de todo esto hubiese pasado. «¡La culpa es mía! ¡La culpa es mía!», chillaba con todas sus fuerzas mientras se ahogaba entre lágrimas.

Días más tarde supo que su hermana aún estaba viva, que había logrado salir de Nápoles en último momento y se había refugiado en Gaeta. Pero el alivio por saber que estaba ilesa solo fue momentáneo: Garibaldi pronto envió tropas a asediar la ciudad. Sissi volvió a temblar de nervios.

Como tenía previsto, Franz viajó a Varsovia a finales de octubre, pero la reunión fue poco productiva. Franz trató al príncipe Guillermo de Prusia con auténtico asco y desdén, aún le echaba en cara que no lo hubiese ayudado en Italia. Su relación con el zar Alejandro II fue igualmente pésima, el ruso todavía sentía rabia por el trato vejatorio que Austria había dispensado a Rusia durante la guerra de Crimea.

Dado el poco entendimiento entre ellos, no se llegó a ningún acuerdo y Alejandro II aprovechó que su madre había muerto repentinamente para excusar su presencia en la mesa de negociaciones y regresar corriendo a San Petersburgo.[7] Franz dio entonces por finalizado el encuentro y él mismo volvió a Viena tan solo seis días después de haberse marchado.

Al llegar al Hofburg, Franz encontró a Sissi al borde del colapso nervioso. La situación de María y los rumores sobre los encuentros de Franz con su amante polaca habían sido demasiado para ella. Además, y quizás lo más importante, durante años circuló la historia de que, mientras Franz estuvo en Varsovia y Sissi en Possenhofen, ella podría haber aprovechado para contactar con un médico especialista que alguien (nunca se dijo quién) le habría recomendado. Habría acudido de incógnito a la consulta, cubierta de velos y con un nombre falso, y el doctor, después de examinarla, le habría dicho que padecía una enfermedad venérea muy contagiosa, gonorrea probablemente, lo que le habría hecho sentir ultrajada: Franz no solo le habría sido infiel, sino que la habría infectado, contaminado, herido en las entrañas.

Lo de la gonorrea no es descartable —las fiebres, el dolor de huesos y el mal de garganta son síntomas en las mujeres—, y tampoco sería muy extraño que hubiese contactado con médicos fuera de la corte. No se fiaba del doctor Seeburger y, aunque consiguió que este fuera despedido y reemplazado por un profesional más competente, el doctor Joseph Škoda, seguramente debió buscar asesoramiento externo.

Sea como fuera, esta dolencia, por supuesto, fue ocultada al público (y, probablemente, incluso al emperador), y como el doctor Škoda era un gran especialista en dolencias pulmonares, siempre defendió que su mal era de bronquios. En el parte oficial se informó de que la emperatriz tenía los pulmones hinchados, un edema en brazos y piernas y una anemia excesiva. En la corte comenzó a circular una palabra por entonces maldita: tuberculosis. Nunca se ha podido corroborar que Sissi padeciera esta dolencia y tampoco es cierto que los médicos aconsejaran que partiera de viaje a un lugar soleado, como muchas veces se ha pensado. Más bien todo apunta a que Sissi sentía una asfixiante claustrofobia y que fue ella la que decidió huir lo más lejos posible. Sus largos paseos a caballo a galope tendido —algunos de centenares de kilómetros— ya no servían para controlar sus nervios. Ni siquiera Possenhofen la había ayudado. Necesitaba desaparecer en algún lugar remoto, cruzar el mar, perderse en el océano, recluirse en alguna fortaleza donde nadie de la corte pudiera seguirla.

—Debo irme, Franz —se cree que le dijo una noche al emperador—. Debo irme lejos de este país.

Franz debió de sugerirle un lugar en el mar Adriático, Istria, probablemente, o Venecia, ambas dentro del imperio, pero Sissi no quería saber nada de los dominios de su marido. Quería una isla de difícil acceso y escogió finalmente Madeira, frente a las costas de Portugal, no se sabe exactamente por qué. Seguramente había oído hablar de ella a su cuñado, el archiduque Max, el cual había participado hacía poco en una expedición científica a Brasil y, de vuelta, había descansado unos días en aquella isla exótica y llena de encanto en medio del Atlántico. Tal vez a Sissi le entusiasmaron las historias de Max sobre sus agrestes acantilados y playas de arenas blancas, y pensaría que aquel era el lugar perfecto para recluirse.

❧

En octubre de 1860, un boletín médico oficial informó a la población de que la emperatriz debía partir inmediatamente de Viena porque sufría una grave infección de los pulmones y los médicos le habían recomendado pasar el invierno en un lugar cálido. El anuncio cogió a la corte por sorpresa y enseguida muchos pensaron, con gran escepticismo, que los males de Sissi no eran tan graves como se estaba haciendo creer. Además, a los pocos días de que se emitiera el comunicado, Franz, que también necesitaba descansar y alejarse de la corte un tiempo, partió de cacería a Bad Ischl y permaneció allí hasta principios de noviembre, lo que dejó claro que su mujer no se podía estar muriendo.

Tampoco la archiduquesa Sofía debió creer que la situación era de vida o muerte y, por lo que escribió en su diario, dio a entender que no tenía constancia de los planes de viaje de su nuera. «Estoy consternada por la noticia —desveló cuando leyó el boletín. Y para que quedara clara su repulsa, añadió—: No entiendo por qué necesita abandonar a su marido y a sus hijos durante cinco meses».[8] Ludovica también se quedó sin habla y en una carta a su hermana, la reina María de Sajonia, reconoció: «Cuando estuvo aquí [en Possenhofen], nadie pudo entrever que acabaría necesitando un viaje así, aunque tosió un poco, sobre todo al principio…».[9]

Poco después, Sofía escribió una durísima carta a Sissi: «Hija mía, hay dos tipos de mujeres: aquellas que hacen realidad sus deseos y las otras. Tú perteneces, creo yo, a la segunda categoría. Eres muy inteligente, observadora y no te falta carácter. Pero no haces demasiadas concesiones y ni sabes vivir ni aceptar las exigencias de la vida moderna. Eres de otra era, aquella de santos y mártires. No te des aires de santa y no permitas que tu corazón imagine que eres una mártir…».[10] Desde Baviera, Ludovica también le recordó sus obligaciones como emperatriz, esposa y madre. Pero de nada sirvió, Sissi estaba empeñada en irse.

La sola idea de marcharse, de hecho, hizo que recobrara algunas fuerzas. Una tarde, una tía de su marido, la archiduquesa María,

apareció en sus aposentos para interesarse por su salud. Temiendo
que la emperatriz rompiese a llorar en cualquier momento, como
solía hacer a menudo, llevó una gran pañuelo consigo. Pero, para
sorpresa de la augusta dama, en vez de encontrarse a una Sissi
moribunda, la halló sonriente y de muy buen humor. Indignada,
la archiduquesa le echó una bronca con palabras muy duras. Aquello, le vino a decir, era un ultraje al imperio y a su marido. «Siento una pena inmensa por el emperador por tener una esposa que
prefiere abandonarlo a él y a sus hijos durante meses en vez de
llevar una vida más tranquila en Viena, como los médicos le recomendaron», se desahogó en su diario.[11]

Sissi se encargó de todos los preparativos —«¡La emperatriz
solo se preocupa de su vestuario de verano para Madeira!», excla-
maba la corte con desprecio—, y decretó que solo la acompañarían
personas de su elección: la condesa Esterházy se quedaría en Viena
y el conde Imre Hunyady encabezaría su séquito. La condesa
Mathilde Windisch-Graetz ejercería de dama de compañía, un
enorme honor, pero también un sacrificio personal, pues acababa
de tener un hijo y lo tendría que dejar en Austria. La condesa Karoline Hunyady, conocida como Lily, una hermana de Imre, también
viajaría como dama de compañía. Franz insistió en que el conde
Von Rechberg, el hermano de su ministro de Exteriores, fuese para
servirle de secretario (y enviar informes regularmente a Austria).

Ningún barco austríaco estaba disponible para viajar al Atlántico, por lo que el emperador le propuso posponer el viaje, pero
ella se negó. Rápidamente, se envió una carta a la reina Victoria
de Inglaterra para pedirle un medio de transporte y ella contestó
encantada que enviaría su propio yate, el Victoria and Albert.

Finalmente, el 17 de noviembre, la pareja imperial tomó un
tren rumbo a Múnich, en donde visitaron a Ludovica, la cual no

pudo dejar de percatarse de que, efectivamente, su hija tosía mucho, aunque seguía sin entender el porqué del viaje. El matrimonio se desplazó luego a Núremberg y, horas más tarde, a Bamberg. Allí se despidieron: Franz, puntilloso hasta el extremo, le comentó que había hecho que le enviasen a Madeira su regalo de Navidad y de cumpleaños por adelantado para que llegasen a tiempo. Ella sonrió agradecida, se abrazó a él y se subió al tren que la llevaría a Amberes. En el puerto ya la esperaba el yate de la reina Victoria y otro más, el Osborne, para transportar el equipaje y a los sirvientes. La mañana en que iba a zarpar, el rey Leopoldo II de Bélgica se acercó a visitarla. «Pobrecilla —escribió horas después a la monarca británica—. Tose mucho, lo que me preocupa en extremo».

El viaje fue muy duro. El paso por el canal de la Mancha y la bahía de Vizcaya estuvo lleno de tormentas y mar brava, de altas olas e impetuoso vientos que azotaban el barco y lo zarandeaban con fuerza. Casi todo el séquito de la emperatriz acabó con mareos y náuseas, pero Sissi aguantó estoicamente y, fiel a su alma romántica, disfrutó con aquel océano furibundo y lleno de rabia que la sacudía y la amenazaba. No solo eso, saber que estaba ya lejos de Viena hizo que recobrara algo el apetito y disfrutó con los platos que le preparaba la Royal Navy (su propio chef se había puesto enfermo por los vaivenes del barco).

Tras varios días de travesía, el 29 de noviembre el yate divisó los acantilados de cabo Girão y, pocos minutos después, emergió a lo lejos la bahía de Funchal, la capital de Madeira. Desde la cubierta, Sissi admiró las pequeñas casitas blancas rodeadas de hortensias y naranjos que se asentaban en las faldas de montañas cuyas cimas acariciaban las nubes. Pequeñas iglesias con campanarios de madera sobresalían en los pueblecitos y a lo lejos destacaban hermosas las torres de Nossa Senhora do Monte con sus tejados de madera.

El yate anunció su llegada con un sonido estridente de sus dos potentes chimeneas de vapor. En el puerto ya se habían congregado todos los lugareños y Sissi sonrió tímidamente mientras descendía del barco y saludaba nerviosa a la multitud. Un oficial de la corte de Lisboa le entregó una carta escrita por el rey Pedro V de Portugal dándole la bienvenida a sus territorios. Días más tarde, ese mismo alto cargo reconocería frente al soberano portugués que, lejos de parecer estar muy enferma, la emperatriz de Austria daba la impresión de tener un fuerte resfriado. Su cara era pálida y algo ojerosa, pero no tenía ese color entre grisáceo y verdoso que muchos asociaban con sufrir una terrible dolencia mortal.

El conde Carvalhal, el terrateniente más rico de la isla, había puesto a disposición de Sissi su hermosa finca de Quinta Vigia, situada sobre un agreste acantilado. Unas grandes verjas daban paso a un palacete de fachada rosa y dos plantas, con ventanas de madera, dinteles blancos, persianas verdes y tejas antiguas. A su alrededor, unos suntuosos jardines se extendían repletos de campanillas lilas, cactus, laureles y flores exóticas. La inmensa terraza, flanqueada por palmeras y altos árboles, tenía unas vistas privilegiadas sobre la bahía y Sissi pasaría muchas horas allí contemplando la inmensidad del océano.

Durante los primeros días, la emperatriz disfrutó extasiada de aquel paraje de ensueño. Dio largos paseos sola, montó a caballo y condujo un pequeño carruaje tirado por ponis blancos. Cuando la veían pasar, la población se mostraba amable y respetuosa, pero superado el interés inicial, no se inmiscuyeron en su vida y la dejaron tranquila. Por las tardes, Sissi, de vez en cuando, escuchaba arias de la *Traviata* de Verdi en un pequeño organillo que Franz le envió como regalo. Muchas horas se refugiaba bajo la sombra de un árbol y se ponía a leer poesía. Heine y Shakespeare seguían siendo sus favoritos, pero en Madeira disfrutó también con Dante y descubrió los versos románticos de Lord Byron y Goethe, ambos mirados con cierto desdén por la corte. Lord Byron había sido un alma excesivamente libre, un hombre con una vida llena de aventuras y con una pasión desatada; Goethe también había tenido un pasado agitado. A Sissi, sin embargo, semejantes minucias le dieron completamente igual. Al contrario, seguramente hicieron que los viese con mayor admiración.

Cuando no estaba leyendo, Sissi se entretenía con sus animales. Se había llevado de Viena unos cuantos loros y perros, y muchas casas reinantes, conscientes de su pasión por los pequeños peludos, empezaron a enviarle cachorros. Su favorito sería un terrier irlandés blanco que llegó de Inglaterra y que Sissi bautizó como Shadow, sombra en inglés. El nombre estaba muy bien escogido porque la seguía a todas partes e incluso apareció en unas cuantas fotografías con ella.

La emperatriz parecía feliz con aquella vida tranquila, pero en cuanto la novedad pasó, el aburrimiento empezó a hacer mella. Para matar el tiempo intentó aficionarse a las cartas y cada noche echaba una partida de once y medio, un juego muy popular por entonces. Pero ni siquiera aquello consiguió entretenerla y los viejos fantasmas reaparecieron. Sissi volvió a encerrarse en sus aposentos y llorar amargamente. En la Nochebuena, día de su cumpleaños, sintió tanta nostalgia de su familia que se pasó el día escribiéndoles cartas. A Gisela le prometió que le llevaría a Viena «pájaros muy pequeñitos en una jaula y una guitarra».[12] Pocos días más tarde, pasado Año Nuevo, el emperador recibió un mensaje de su esposa donde deseaba que «este año sea mejor para nosotros que el anterior».[13] Incluso Sissi escribió al conde Grünne, antigua mano derecha de su marido, para reconocerle que: «No puedo esperar el momento de volver a montar a Forester o Red Rose.

Estoy deseando reencontrarme con Gypsy Girl porque tengo un abrigo que va particularmente bien con un caballo negro». Ludovica, por supuesto, también recibió su misiva y se sorprendió tanto de la melancolía que desprendían las palabras de su hija que le comentó a su hermana, la reina de Sajonia, que «echa terriblemente de menos al emperador y a sus hijos».

A Franz no solo le preocupaba la distancia; sobre todo le angustiaba que su mujer no estuviera mejorando. Los informes que recibía de Madeira indicaban que la emperatriz aún no había superado su depresión. El conde Von Rechberg le explicó que seguía «muy, muy enferma. Su tos no parece mejor que antes de su viaje (…). Mentalmente está terriblemente deprimida (…). Se encierra con frecuencia en sus aposentos y se pasa el día llorando (…). Come alarmantemente poco». A pesar de que le servían cada día una cena con cuatro platos más cuatro postres distintos y café, Sissi no probaba bocado y no duraba en la mesa más de veinticinco minutos.

El emperador empezó a enviar emisarios a Madeira para que le informasen con detalle sobre lo que sucedía en Quinta Vigia. El general Joseph Latour von Thurmburg fue el primero y lo que vio no le gustó en absoluto: la emperatriz seguía tosiendo, era cierto, y también continuaba con fuertes depresiones, pero de vez en cuando se dejaba llevar por arrebatos de frivolidad y se comportaba como una adolescente consentida. Además, no había duda de que Imre Hunyady se había enamorado perdidamente de ella. En cuanto Franz se enteró, el conde fue requerido inmediatamente de vuelta en Viena.

Sissi también fue consciente de que Hunyady, un hombre muy atractivo, la quería y aquello tuvo un impacto enorme en ella. A pesar de sus problemas de salud, sabía que se estaba convirtiendo en una gran belleza y empezó a tomar conciencia de su capacidad innata para que los hombres perdieran la cabeza. En Madeira, Sissi flirteó abiertamente con varios varones, sobre todo con varios oficiales rusos de la Marina. Un barco del ejército del zar atracó en Madeira un buen día y Sissi invitó a unos cuantos soldados a cenar y bailar con ella y sus damas. De nuevo, la emperatriz notó cómo todos la miraban con deseo, y la sensación le gustó. Ella, que siempre se había sentido feúcha y desgarbada, sin especial encanto ni interés, estaba descubriendo que sabía encandilar al sexo opuesto.

¿Solo a los hombres? Todo indica que en Madeira Sissi y Lily Hunyady, una de sus damas de compañía, se hicieron inseparables. Lily tenía por entonces veinticuatro años y una gran belleza: era muy morena y tenía el pelo oscuro y muy largo. En Viena, antes de partir, ya se las había visto muchas veces juntas haciéndose confidencias, pero en la isla su relación se hizo tan fuerte que pasaban largas horas a solas. Sissi solo quería estar con ella y, cuando coincidían con el resto del séquito, le demostraba abiertamente su afecto: la acariciaba, la miraba con ternura, le decía que no podía pasar un minuto sin ella. Llegó a tenerle tanto cariño que el resto de las damas sintieron celos. Con toda probabilidad no hubo nada sexual entre ellas —o, al menos, no hay pruebas—, pero no se puede descartar una gran atracción física, una proximidad muy sensual y ciertos coqueteos románticos que excederían lo puramente amistoso. Todo indica que entre ellas se gestó lo que los franceses denominan una *amitié amoureuse*, una situación donde el amor, la amistad, la ternura y el deseo se juntan, pero no llegan a desembocar en una relación abiertamente erótica.

A lo largo de los años, Sissi mantendría relaciones de este tipo con algunas otras damas de su corte, lo que nos lleva a plantearnos si fue bisexual o, cuando menos, predominantemente heterosexual, aunque con contactos homosexuales esporádicos. Su orientación sexual, aparte de perfectamente natural, es incluso lógica debido a que Sissi no había tenido ningún tipo de experiencias antes de su boda más allá de cuatro sueños adolescentes y su vida marital debía ser poco o nada satisfactoria para ella. Se sabe, por los comentarios que hizo a sus damas de compañía muchos años más tarde, que el sexo había sido para ella en los primeros estadios de su matrimonio algo muy desagradable. Además, el hecho de padecer gonorrea quizás le llevó a asociar sexo con enfermedad. Sin embargo, en Madeira, cuando comenzó a flirtear abiertamente con hombres maduros y atractivos, empezaría a explorar su sensualidad plenamente y a interrogarse sobre sus gustos. No hay duda de que se sentía íntimamente atraída por la belleza de otras mujeres y que se deleitaba con la presencia de algunas damas de su edad.

La proximidad de Lily Hunyady, por otra parte, tuvo otra gran implicación en su vida: ella era húngara de nacimiento y volvió a despertar en Sissi el interés por Hungría. Lo que ya había conseguido aquel profesor de historia antes de su matrimonio lo recuperó su dama de compañía. Sissi le pidió que le diera clases del idioma y así empezó a desarrollar una pasión por una tierra y una cultura que, pocos años más tarde, tendría grandes repercusiones políticas.

Su hermana Elena de Thurn und Taxis, Néné, también fue a visitarla. Se conserva una fotografía de ambas y las damas de Sissi jugando divertidas. La emperatriz estaba sentada en el centro tocando una mandolina; su hermana estaba reclinada en el suelo delante de ella y acariciaba a un gran dóberman; tras ellas, Mathilde Windisch-Graetz soplaba una trompeta alargada; y, a su lado, Lily Hunyady ponía cara de circunstancias. Todas iban vestidas con sombreros y blusas de marineros. En cuanto la imagen llegó a Viena, el escándalo fue mayúsculo. «¡La emperatriz no está enferma, tan solo es una malcriada! —gritaron—. *Quel horreur!*». La propia archiduquesa Sofía no daba crédito y en su diario anotó críticos comentarios al respecto. Aquello era inaudito, mientras el emperador se jugaba el trono y la política era cada vez más convulsa, la emperatriz se divertía como una colegiala malcriada.

Esta vez, la archiduquesa tenía razón: Franz no parecía levantar cabeza y la fotografía de su esposa, supuestamente moribunda, no lo ayudó en absoluto. A pesar de las promesas de cambio, la situación en el imperio había llegado a un punto crítico y los problemas se acumulaban. En Italia las cosas no andaban bien y en Hungría la tensión extrema hacía presagiar una revolución inmediata. Franz cedió y autorizó que los húngaros volviesen a tener su propio gobierno, pero era demasiado poco y demasiado tarde: los húngaros querían su propia constitución, ser virtualmente independientes, y amenazaron con dejar de pagar impuestos si no se accedía a sus demandas.

Franz, acorralado y sin saber cómo proceder, volvió a cesar a ministros e introdujo más avances. Creó un Parlamento en donde todos los territorios del imperio podían enviar representantes y, aunque él seguía teniendo poder de veto, les cedió la capacidad de controlar el presupuesto del Gobierno y supervisar los gastos del Ejército y la monarquía.

Desde la distancia, Sissi no pudo seguir todos estos avances porque no recibía periódicos austríacos y en las cartas que le enviaba Franz no hablaba de política. Sissi, además, solo tenía en mente un asunto de Estado: la situación de María en Gaeta. Nadie la estaba informando de lo que pasaba y ningún emisario del emperador supo explicarle en qué estado se encontraba su hermana. La falta de noticias era desquiciante y, más que probablemente, explicaba que los ataques de ansiedad, la tos y los llantos no remitiesen.

Afortunadamente, María no estaba muerta, aunque su situación era muy precaria y pronto Gaeta sucumbió a los ataques. A pesar de que demostró una valentía personal descomunal e incluso se encargó de disparar cañones, la fortaleza donde estaba recluida cayó. Milagrosamente, su marido y ella lograron escapar de nuevo y se refugiaron en Roma, en el *palazzo* Farnese, en donde el papa les ofreció protección. Desde allí, María pudo escribir a los suyos y tranquilizarlos.

Con su huida, el reino de Nápoles-Dos Sicilias desapareció para siempre. Desde Viena, la archiduquesa Sofía tembló al pensar que otra casa reinante había desaparecido. ¿Cuándo les tocaría a ellos?, pensó atormentada. Pero a Sissi no le importaba que hubiese caído la monarquía, estaba pletórica porque su hermana siguiera viva.

Sissi echaba de menos a su familia, pero no su vida en Viena, por lo que, cuando llegó la primavera, en vez de poner rumbo directamente a Austria, prefirió embarcarse en una especie de crucero por el Mediterráneo. En una carta que escribió al conde Grünne le reconoció: «Quiero estar siempre en movimiento. Cada barco que veo zarpar me llena de deseos de ir con él, da igual si es a Brasil o a África, eso no me importa en absoluto. Solo quiero no estar demasiado tiempo en un único lugar».

A finales de abril, Sissi dejó Madeira rumbo a Cádiz. Tal como había solicitado, no había ninguna delegación oficial esperándola, y pudo pasear tranquilamente y sin ser reconocida por la bonita ciudad. Al día siguiente, tomó un tren con destino a Sevilla. Allí la esperaba el duque de Montpensier, cuñado de la reina Isabel II, el cual no pudo resistirse a dedicarle un gran recibimiento en la estación y a darle un paseo en su hermosa carroza tirada por seis caballos blancos. Sissi, abrumada por el ceremonial, intentó escaquearse del duque a la mínima y rechazó su amable oferta de hospedarse en su suntuoso palacio de San Telmo. Tampoco fue a Aranjuez, como le había pedido la reina de España. En cambio, se sabe que fue a ver una corrida de toros.

De nuevo en el barco, pasó por Gibraltar y Mallorca, se detuvo brevemente en Malta y el 15 de mayo llegó a la bahía de Gastouri, en Corfú. En cuanto divisó a lo lejos por primera vez aquella isla de aguas turquesas y suaves montañas, tan agrestes como plácidas, todas cubiertas con un gran manto verde, de olivos, laureles y cipreses, Sissi se sintió extasiada. Su corazón latió de júbilo, fascinado por aquel lugar que le infundía paz, esa paz ansiada que tan desesperadamente necesitaba. Algo en lo más profundo le decía que aquella isla sería su hogar, el único sitio donde podría echar raíces, aunque, desgraciadamente, en aquella primera visita apenas pudo visitar todos sus parajes y disfrutar de sus rincones.

Una carta le alertó de que el emperador estaba viajando hacia Trieste para encontrarse allí con ella. Debía partir de inmediato.

10

Corfú

El 18 de mayo de 1861, casi seis meses después de haber partido de Viena, Sissi bajó del Victoria and Albert en el puerto de Trieste y fue trasladada en carruaje al palacio de Miramar, la residencia italiana de su cuñado, el archiduque Max, y su esposa, Carlota, en donde ya la esperaba su marido.

Franz la recibió con lágrimas en los ojos y ambos se fundieron en un largo abrazo.

—Ha sido un tormento tenerte tan lejos, mi pequeño ángel. Me alegro tanto de que ya estés bien… —reconoció él. Ella estaba tan emocionada que no pudo contestar.

Sissi, Franz y sus cuñados pasaron unos días juntos en aquel Miramar que Max había construido hacía años y que a la emperatriz le recordó a un palacio de un maharajá, exótico y excesivo. Lo describió como un lugar «que parece sacado de los sueños más locos de la imaginación oriental… Los mármoles más puros e inmaculados, el edificio de un blanco tan puro como la nieve… Hay minaretes, torreones puntiagudos, tejados en forma de terraza adornados con estatuas aladas, fortificaciones medievales y un puente levadizo con sabor al siglo xv».[1] Alrededor del palacio, se extendía un magnífico jardín con árboles traídos del Himalaya, cedros del norte de África y cipreses de California.[2] Grandes pavos reales deambulaban sueltos enseñando su colorido plumaje a sus dignísimos huéspedes imperiales.

A pesar de la opulencia que la rodeaba, Sissi no pudo dejar de percatarse de que Max estaba triste. Aquel hombre que antes encandilaba a todos con su presencia, ahora estaba abatido, con la mirada gris y perdida.

—Me preocupa que últimamente bebe mucho —le reconoció Franz a su mujer una mañana en que paseaban junto al mar.

Sissi había oído los rumores. Sus damas aún se encargaban de informarla de lo que se cocía en la corte y por ello sabía, además, que el matrimonio de Max y Carlota estaba roto y que él se refugiaba en los brazos de otras mujeres.

—No debe ser fácil haber pasado de ser gobernador del Véneto y la Lombardía a no tener nada que hacer —dio ella en el clavo—. Debe sentirse aburrido y fracasado.

—Su labor en Milán dejó mucho que desear, Sissi, ya lo sabes. Aquella maldita guerra…

—Tu hermano hizo lo que buenamente pudo, Franz.

—Aun así… Mi madre insiste en que lo envíe a Hungría. Cree que allí podría ser útil, como virrey. ¡Virrey! ¡Qué ocurrencia! Mi madre se equivoca. Max es demasiado débil…

—Y Carlota, sin duda, no estaría a la altura —soltó Sissi con algo de envidia—. Ya sabes lo que pienso de ella. Nunca la he encontrado de fiar. Es una Coburgo de poca monta, ambiciosa como nadie y demasiado pretenciosa. ¡Siempre pregonando sus conocimientos! Y no soporto cómo trata a Max, el pobre. Es demasiado posesiva.

Franz rio divertido al comprobar los celos de su mujer hacia su cuñada.

Aquella misma tarde, Shadow, el gran terrier irlandés de Sissi, mordió a uno de los perros de Carlota, un pequeño ejemplar al que tenía especial cariño, y le hizo una herida mortal. Carlota se enfadó enormemente, pero Sissi sonrió orgullosa.

—Nunca me han gustado los perros pequeños —le comentó con aire desafiante.

La princesa belga escribió rápidamente a Viena para explicar que Sissi, a pesar de la distancia y el largo viaje, no había cambiado un ápice y seguía siendo una insolente. La corte podía ir preparándose.

En cuanto Sissi y Franz regresaron a Viena, la población se echó a la calle para ovacionar a la emperatriz que llegaba de recuperarse de una terrible enfermedad. El emperador se sorprendió del prestigio de su mujer —a él habían dejado de aplaudirlo de aquella manera— y pronto se percató de que Sissi había reforzado su poder como símbolo de libertades políticas. Sus luchas con la archiduquesa Sofía, de sobra conocidas por el pueblo, la habían erigido como baluarte de la resistencia dentro del Hofburg y muchos creían sinceramente que la emperatriz había enfermado por los nervios vividos junto a su suegra. Y algo de razón llevaban.

La corte, sin embargo, no fue tan amable, y la recibió con recelos y desdén, aunque ella intentó no prestar atención a sus miradas de desprecio y se concentró en sus hijos. ¡Había pasado tanto tiempo! ¡Qué ganas tenía de volver a verlos! Abrazó con fuerza a Gisela y a Rodolfo y se alegró sinceramente de estar de nuevo con ellos. ¡Habían crecido tanto! Ingenuamente, durante su estancia en Madeira, Sissi había pensado que la distancia habría hecho que sus hijos la echaran de menos, pero el efecto fue el contrario. Aunque la saludaron con cariño, hubo más cortesía que entusiasmo en sus gestos. No había duda de que su madre les resultaba una extraña.

Sissi no tendría que haberse hecho ilusiones. En los meses en que estuvo fuera, la archiduquesa Sofía había podido ejercer su influencia y controlar su educación sin interferencias. Ambos habían sido sometidos al mismo rigor extenuante que había sufrido su padre desde pequeño: las mismas normas, los mismos horarios de clases, con lecciones interminables de idiomas y tutores de rostro severo. Ambos niños se habían vuelto muy retraídos y se habían refugiado en sus institutrices, muy especialmente Rodolfo, el cual había desarrollado una gran devoción por la baronesa Karolina von Walden, a quien llamaba cariñosamente Wowo, y a la que estaría muy unido toda su vida.

Como era de prever, la vida en el Hofburg le resultó a Sissi irrespirable. Las peleas con su suegra eran de nuevo constantes y a gritos. La emperatriz no quería que sus hijos se educaran en un régimen tan estricto y asfixiante, pero su suegra no pensaba alterar ni un minuto sus horarios. La corte, además, la despreciaba a unos niveles inauditos y los rumores sobre su vida privada fueron mortíferos: que si se había inventado su enfermedad para largarse lejos con el conde Hunyady, que si había tenido de amante a un oficial ruso, que si había estado bailando y bebiendo cual marino borracho de baja estofa en una taberna de Madeira con un nombre falso. Más que probablemente, también debieron llegarle chismorreos sobre posibles amoríos del emperador mientras ella estuvo ausente. Circulaban los nombres de varias condesas y también de una actriz de teatro, Roll se apellidaba, de la cual se decía que «no tenía mucha fama, pero era extremadamente hermosa».[3] Los chismes debieron ser lo suficientemente creíbles como para explicar que Sissi se negara a mantener relaciones sexuales con Franz y que insistiera en que se cerrara la habitación de su dormitorio con llave cada noche.

A los cuatro días de haber llegado de Trieste, Sissi volvió a tener tos. Después de presidir su primer *cercle* con damas de la alta aristocracia, padeció fuertes fiebres. A los diez días, su salud se había deteriorado tanto que el emperador, muy preocupado, ordenó que fuera trasladada a Laxemburg. Todos los eventos, recepciones y cenas oficiales de la emperatriz fueron rápidamente cancelados.

No sirvió de nada. La tos no remitió, le ardía la garganta, se mareaba constantemente y sufría fuertes dolores abdominales. Sissi no comía nada y otra vez lloraba con desgarro encerrada en sus habitaciones. Las punzadas en el estómago llegaron a ser tan hondas que los médicos recomendaron sacarle grandes cantidades de sangre, una práctica habitual por entonces para aliviar problemas internos, pero ella se negó en redondo.

Los doctores no se ponían de acuerdo en qué dolencia exacta le afectaba, pero todos estaban de acuerdo en que su situación era crítica y podía morir en cualquier momento. El embajador bávaro envió una carta urgente a Múnich asegurando que a la emperatriz solo le quedaban unas pocas semanas de vida, seis como máximo. Pronto, todas las cancillerías europeas eran un nido de rumores: que si era tuberculosis, que si era el tifus. La propia Sissi escribió a su madre para reconocerle que sentía su final muy próximo y, en tono muy alicaído, expresó que era «una carga para el emperador y nuestros hijos, nunca podré volver a serles útil». Incluso aceptaba que «el emperador debería volver a casarse», porque ella no podía «hacerlo feliz siendo tan miserable».[4]

Sissi sintió que necesitaba marcharse, esconderse de nuevo en algún lugar remoto, buscar algo de paz en lo que podían ser sus últimos días.

—Necesito volver a irme —pidió Sissi a Franz una noche—. No puedo estar en esta ciudad, no puedo.

Franz, triste y desesperado, no tuvo más remedio que dar su aprobación.

El 21 de junio, la pareja imperial fue a la estación de tren. La multitud se había agolpado para despedir a la emperatriz, los rumores sobre su inminente muerte eran ya tan intensos que muchos sentían que le estaban dando su último adiós y algunas personas no pudieron contener el llanto. Ella misma sintió que seguramente aquella era la última vez que vería a sus hijos y, cuando se dirigió a las institutrices, les indicó con tono fúnebre y lágrimas en los ojos:

—Cuídenlos. Son el único bien que le quedará al emperador.

La archiduquesa Sofía, muy emocionada, en cuanto regresó a palacio abrazó a sus dos nietos, algo poco habitual en ella. «Pobrecillos, se enfrentan a la peor pena de todas: la triste pérdida de su madre», explicó a una de sus hermanas en una carta. En su diario añadió: «Hoy le hemos dado un triste adiós a Sissi, quizás para siempre. Ella lloró y me pidió perdón por no haberme tratado como debería haber hecho. No puedo expresar la angustia que sentí, me rompió el corazón».[5]

El tren llevó a Sissi, Franz y un séquito de más de treinta personas hasta Trieste y, desde allí, Max se encargó de acompañar a su cuñada en barco hasta Corfú. Sissi había decidido que quería refugiarse en aquella isla donde su alma había encontrado descanso inmediato, aunque su elección no había sido del agrado de Viena porque Corfú no formaba parte del imperio, sino que estaba bajo dominio británico. ¿Por qué no iba a Venecia o a tierras eslovenas?, se habían quejado los ministros, pero el emperador no había querido más discusiones al respecto con su esposa.

Tras las gestiones diplomáticas pertinentes, al llegar a la isla, el alto comisionado británico puso a disposición de la emperatriz su propia villa, una construcción no excesivamente grande, de dos plantas y una bonita fachada blanca donde destacaba un pórtico

con columnas. En un lateral, un espacioso paseo con una balaustrada y pequeños arbustos dejaba ver la inmensidad del mar Egeo.
A Sissi le entusiasmó el lugar de inmediato. Tomó aire y respiró el
olor a laurel y ciprés, a pino, tomillo y espliego, y como si fuera
un bálsamo, aquella brisa perfumada la empezó a curar por dentro.
Sintió calma y sosiego. A los pocos días, su tos dejó de ser tan
profunda; en un par de semanas ya tenía mejor color de cara. El
doctor Skoda informó a Viena que las fiebres de la emperatriz
habían remitido y que su tos parecía mejorar. Su estado de salud
era bastante favorable, reveló, e incluso la emperatriz salía a navegar y nadaba en el mar.

En Viena, los rumores persistían con tal fuerza que, tan solo
dos días después de la marcha de la emperatriz, corrió el bulo
de que había muerto. Pero al corroborar que, no solo seguía viva,
sino que se estaba curando, muchos empezaron a sospechar que
todo aquello había sido un montaje para camuflar que el emperador y la emperatriz se habían separado. Por toda la ciudad cir-
cularon historias muy sórdidas sobre aventuras amorosas de Franz
con mujeres de toda clase y condición, lo que hizo que su imagen
se empañara aún más. Su impopularidad era máxima. ¿Cómo
había osado serle infiel a su dulce esposa cuando ella había estado
a punto de morir? ¡Qué crueldad intolerable! ¡Qué se podía esperar de un tirano!

Sin embargo, muy lejos del sambenito de marido desalmado
que le estaban imponiendo, Franz estaba desesperado por ver mejor
a su esposa y, consciente de las habladurías sobre el estado de
su matrimonio, envió al conde Grünne a Corfú con el propósito
de informarle de la salud de su mujer y, de paso, mediar entre ambos.

Sissi recibió a Grünne con reticencias. Pensaba que era él
quien había organizado los encuentros furtivos del emperador con

otras mujeres, como había hecho cuando Franz era adolescente y ambos viajaban juntos por el imperio. Además, y lo que era aún peor, Sissi sospechaba que era él quien estaba esparciendo los rumores de que ella también tenía amantes y que aprovechaba sus largas ausencias para dar rienda suelta a sus pasiones secretas. Y algo de razón llevaba en sus creencias, porque Grünne, durante aquellos días en que estuvo en Corfú, le recomendó muy cínicamente: «Vuestra majestad debe recordar una cosa: podéis hacer lo que queráis, pero no debéis nunca escribir una palabra al respecto».[6]

Sissi montó en cólera. ¡Cómo osaba aquel sinvergüenza! ¡Cómo podía haberla ultrajado de aquella manera tan vil, tan cobarde, tan insidiosa! Muchos años más tarde, aún sentiría rencor por aquellas palabras: «Aquel hombre me hizo cosas tan feas que dudo que incluso en mi lecho de muerte pueda perdonarlo», explicaría a una de sus damas de compañía.[7] De hecho, en cuanto Grünne partió de regreso a Viena —cabe pensar que la visita fue bastante breve—, Sissi se sentó en su escritorio, tomó su pluma y con verdadera rabia comenzó una carta: «A pesar de que su viaje no ha traído ningún cambio, ni para el emperador ni para mí, creo que no deberá usted temer tener que hacer nuevamente tan largo viaje en el futuro ni tener que hospedarse aquí (...). Dudo que nos volvamos a ver pronto, o nunca».[8]

Enseguida llegaron nuevos informes médicos a Viena alertando de que el estado de salud de la emperatriz era nuevamente crítico.

Ahora era Franz el que estaba al borde del colapso nervioso. El propio ministro de Asuntos Exteriores constató que tenía «una pena profunda» y que las ojeras se le marcaban en el rostro. No hay duda de que, a estas alturas, con todo lo que tenía que hacer frente en la política y en su familia, él también estaba deprimido.

Desesperado, pidió ayuda a su cuñada, Elena de Thurn und Taxis, Néné, para que fuera a Corfú a hacer compañía a su hermana e intentara animarla. Néné, en principio, no era muy partidaria de viajar —por entonces tenía ya dos hijos pequeños y no quería dejarlos solos—, pero el emperador insistió tanto, y con tanta pena, que ella tomó un barco en agosto rumbo a la isla.

Néné encontró a su hermana escuálida y muy pálida y se asustó al comprobar que su cara y, sobre todo, sus piernas estaban muy hinchadas. Los médicos le explicaron que, a pesar de que cuando llegó a Corfú había mejorado bastante, después de la visita de Grünne había empeorado drásticamente y ahora apenas comía, había días enteros en que no probaba bocado y se encerraba largas horas en sus aposentos a llorar. Néné decidió tomar cartas en el asunto y, como todos esperaban, su presencia fue muy favorable: obligó a Sissi a comer grandes trozos de carne y a salir de sus habitaciones. A los pocos días, informó a su madre Ludovica de que Sissi se alimentaba mucho mejor, que incluso había vuelto a beber cerveza y que su tos estaba remitiendo.

Después de un mes juntas, Néné regresó a Viena y allí intentó convencer a Franz de que fuera a Corfú a ver a su esposa. Él accedió y el 13 de octubre por la mañana, el barco del emperador atracó en la bahía de Gastouri. Aunque no sintió el mismo entusiasmo instantáneo que su esposa había experimentado al conocer la isla, Franz reconoció que era «un paraíso natural» y durante los días que estuvo allí se dedicó a inspeccionar las fortificaciones militares que habían construido los británicos. Iba de incógnito y, muy raro en él, vestido con ropas civiles. También dio largos paseos con su mujer y, demostrando una gran calma y comprensión, escuchó pacientemente la retahíla de quejas de su esposa: la corte la odiaba, su madre la detestaba, no podía ver a sus hijos, nadie le hacía caso, se sentía una fracasada. Él también expuso sus demandas: la situación política era horrenda, nada de lo que hacía parecía gustar a nadie, necesitaba calma y apoyo y no tener que estar constantemente pendiente de las peleas entre su esposa y su madre.

Hubo algunas disputas airadas, pero tras varios días juntos, la tensión entre ambos se rebajó y fueron capaces de llegar a un acuerdo amigable: ella se intentaría mostrar más razonable en el futuro y él la defendería más frente a la archiduquesa Sofía. Sissi no volvería a Viena en los próximos meses —la simple idea provocaba que le subiera la fiebre—, pero saldría de Corfú y regresaría al imperio. Pensando que la presencia de un miembro de la familia real podría calmar las aguas revueltas en tierras italianas, Franz pidió a su mujer que se instalara unos meses en Venecia. Ella aceptó, pero pidió a cambio tener a su lado a sus hijos sin su suegra. Él dio su consentimiento.

Obviamente, la archiduquesa Sofía puso el grito en el cielo en cuanto se enteró de los términos del acuerdo, pero demostrando que era un hombre de palabra, Franz se impuso y los planes de Sissi se respetaron. Los niños partirían una larga temporada a Venecia, aunque, para tranquilizar a su abuela, accedió a que la condesa Esterházy viajara con ellos (y escribiera cartas informando de todo lo que sucediera). También dispuso que se llevara agua fresca de los manantiales de Schönbrunn: Sofía creía que el agua de Venecia era de pésima calidad y que podría sentarles mal a los pequeños.

El 26 de octubre de 1861, la fragata Lucia trasladó a la emperatriz a Venecia. Sissi se instaló en el Palacio Ducal, en la plaza de San Marcos, y al atardecer, la enorme esplanada se iluminó para darle la bienvenida oficial. Para demostrar que seguían indignados, los venecianos no aparecieron y dejaron el lugar tristemente desierto. Durante días, muchos lugareños evitaron pasar por allí y, a pesar de que solía ser uno de los lugares más concurridos de la ciudad, la *piazza* estuvo casi vacía.

El desaire, no obstante, no logró perturbar la paz de la emperatriz, la cual se recluyó en el palacio y apenas salió de él. Su mente estaba ahora concentrada en un gran momento: reunirse de nuevo con sus hijos. Los niños llegaron el 3 de noviembre acompañados de un largo séquito y Sissi no pudo reprimir las lágrimas al verlos.

Pronto, pese a ello, volvieron las discusiones, aunque estaba vez no fueron con la archiduquesa, sino con la condesa Esterházy, la cual había recibido instrucciones precisas en Viena de no alterar ni un minuto los horarios de los pequeños y de enviar informes regularmente de sus progresos y también de las actividades de la emperatriz. A estas alturas, los rumores sobre supuestas aventuras extramatrimoniales de su nuera habían llegado a la archiduquesa Sofía con todo lujo de detalles y deseaba saber qué había de cierto. Sissi, harta de que la espiaran y sabiendo que su salud estaba otra vez deteriorándose, dio un golpe en la mesa y en un movimiento que sorprendió a propios y a extraños, cesó a la condesa como su camarera mayor y exigió que regresara inmediatamente a Viena. El escándalo en la corte fue mayúsculo.

Sissi dio otra gran campanada al nombrar a la condesa Paula Bellegarde en su lugar. La condesa, casada recientemente con el conde Königsegg-Aulendorf, no tenía rango suficiente para un puesto de semejante prestigio, dado que no era princesa y, según el protocolo, no podía tomar precedencia sobre las demás damas de mayor alcurnia. Pero semejantes minucias le daban ya igual a la emperatriz y siguió adelante con su decisión. Franz no tuvo más remedio que dar su brazo a torcer.

El nerviosismo causado por el desafortunado incidente hizo que Sissi volviera a caer enferma. Esta vez, fue Ludovica quien se trasladó a Venecia a verla. Viajó con su hijo Gackel y el doctor

Fischer y, en cuanto vio a su hija tras tantos meses, la encontró muy desmejorada y con la piel de color grisáceo, provocado, al parecer, por la fuerte anemia que padecía. Lo peor, aun así, era que, como ya le había avanzado Néné, Sissi estaba muy hinchada, sus piernas apenas podían sostenerla y sus tobillos eran ahora un gran bulto pesado donde no cabía ni un zapato. Había días en que solo podía andar apoyándose en dos personas y su cara se veía deformada. El doctor Fischer la examinó y les informó que se trataba de una hidropesía, provocada por la falta aguda de alimento y que probablemente nunca superaría del todo, lo que entristeció profundamente a la emperatriz.

Sissi, obsesionada con su cuerpo y su belleza, le preguntaba angustiada a su madre si la notaba muy cambiada y esta, con cara de circunstancias, le respondía que seguía siendo hermosa a su manera, un frase condescendiente que a su hija no la ayudó en absoluto.

Franz también visitó a su esposa un par de veces en Venecia y, contra pronóstico, esta vez el matrimonio dio la impresión de volver a estar unido. «Parecen tan enamorados como en los primeros días del matrimonio», observó el barón Hübner.[9] Pero era una exageración seguramente pronunciada para acallar los rumores que aún circulaban. La pareja, es cierto, estaba más calmada y ahora podían charlar tranquilamente, sin gritos ni reproches. Él comprendía mejor todos los sacrificios que ella había tenido que soportar; ella empezó a reconocer que él había intentado siempre ayudarla a su manera. Sin embargo, los problemas de fondo aún persistían y los resentimientos eran profundos. A pesar de que él estaba accediendo a todas sus demandas y se mostraba cariñoso y solícito con ella, Sissi todavía sospechaba que él aún le era infiel. Por lo que se sabe, no habían retomado su vida sexual y, aunque había cariño entre ellos, seguían muy distanciados.

Franz, por su parte, continuaba muy preocupado por los altibajos constantes de salud de su esposa. Dada la hinchazón en las piernas, las largas caminatas tuvieron que ser abandonadas, lo que le dejó sin una de sus principales vías para liberar su ansiedad. Sissi vivía recluida en el palacio ducal, temerosa de salir a la calle por miedo a un atentado, y sin más actividad cuando no estaba acompañada por sus familiares que la de leer poesía, jugar a las cartas y aprender idiomas. Varios tutores habían sido contratados y las lecciones de húngaro e italiano ocupaban la mayoría de su tiempo.

Por aquel entonces, Sissi se aficionó también a coleccionar fotografías de mujeres hermosas, algo que levantó toda clase de comentarios crueles en las cortes europeas. Los flirteos de la emperatriz con Lily Hunyady eran ya *vox populi* en las altas esferas del continente, por lo que aquello reafirmó las sospechas de muchos. Sissi empezó primero con retratos de su propia familia que le habían enviado de Múnich y luego amplió su búsqueda a damas de toda condición, de princesas a trapecistas, de condesas a doncellas y campesinas. La fotografía era entonces una técnica relativamente nueva —los primeros daguerrotipos se hicieron en 1839— y hacía poco que se había puesto de moda que las damas de alta alcurnia acudiesen a los estudios para inmortalizarse. En Viena, por ejemplo, el fotógrafo Ludwig Angerer había abierto su propio estudio hacía un par de años y Franz lo había nombrado recientemente fotógrafo oficial de la corte. En Inglaterra el furor por las fotografías había llegado a tal punto que la misma reina Victoria de Inglaterra había posado en multitud de ocasiones y en 1860 permitió que uno de los retratos que le había hecho John Mayall se vendiera como *carte-de-visite*, lo que ahora conocemos como postales.

Sissi sabía que la soberana británica estaba usando aquella nueva tecnología para reforzar su imagen pública —su rostro salía ahora publicado habitualmente en periódicos y revistas— y es más que probable que Sissi hubiese visto alguna de sus fotografías en

Corfú. Aquello, debió pensar la emperatriz, era el futuro y ella
tenía que aprender a posar y mirar a cámara. Ya tenía alguna experiencia con el medio —su primera foto, aún muy de jovencita,
data de 1853—, pero sentía que no salía favorecida e incluso Franz
le había reconocido, medio en risa, medio en serio, que parecía
un simio en sus primeros retratos fotográficos.

En Venecia, Sissi pasaría horas llenando álbumes de imágenes
e incluso pidió a Franz que sus diplomáticos solicitaran retratos
de las mujeres más bellas en Berlín, Londres, San Petersburgo y
París. Hasta el embajador austríaco en Constantinopla fue requerido para conseguir retratos del harén del sultán Abdulaziz.[10] Sissi
acabaría con unos veinte álbumes, todos preciosamente encuader-
nados en piel. En su interior se custodiaban unas dos mil fotografías, con rostros tan conocidos como el de la famosa actriz Char-
lotte Wolter de Viena y el de la bailarina parisina María Taglioni.
También Sissi recibió fotografías de prostitutas: alguien, seguramente la princesa Pauline von Metternich, sobrina del famoso
excanciller y esposa de un diplomático que servía en París, se las
enviaría pensando que serían un insulto, pero a la emperatriz le
encantaron. Dos meretrices, mademoiselle Armande y una tal Zou
Zou, ambas con las piernas al aire y la primera con ambas bien
abiertas, algo que por entonces se consideraba pornográfico, fueron ceremoniosamente colocadas al lado del retrato de la reina
María de Nápoles.[11]

Una fotografía en especial captaría especialmente su interés,
se trataba de una copia del cuadro *La emperatriz Eugenia rodeada de
sus damas*, de Franz Winterhalter. Sissi había visto la obra original
años antes, cuando se exhibió en el Museo de Arte de Viena en 1856,
después de haber triunfado en la Exposición Universal de París.
Sissi aún recordaba la impresión que le produjo ver a la bella
Eugenia de Montijo en todo su esplendor, con un traje blanco de
muselina y encajes que dejaban al descubierto sus hombros y que
estaba decorado de cintas violetas y flores en el pelo. Ahora, delan-

te de la fotografía, se deleitaba otra vez con los rasgos de aquella mujer tan singular.

—No me digáis que no es hermosa —le comentó una tarde a Paula Bellegarde.

—Sin duda, majestad, de una belleza majestuosa.

—No he recibido demasiadas noticias suyas en estos últimos años. Desde que acabó aquella maldita guerra no he querido preguntar por Napoleón y su esposa. Al emperador le hubiese desagradado mi impertinencia.

—Hicisteis bien, majestad, aunque os he de decir que en Viena abundan los rumores sobre ella. Hace poco hizo un viaje misterioso a Londres y a Escocia ella sola, sin el emperador, ese miserable que tanto daño nos hizo. Nadie sabe por qué partió Eugenia exactamente. Se dice que estaba muy afectada por la muerte de su hermana, a la que estaba muy unida, aunque también se cree que había tenido una fuerte discusión con su marido. ¡Ese bufón!

—Hay ocasiones en que es mejor marcharse lejos, Paula —suspiró Sissi. Ella lo sabía bien.

—En cualquier caso, majestad, debéis saber que, aunque la colman de adulación y de cumplidos, me ha llegado que la emperatriz no es en absoluto feliz. Se niega a ser una figura decorativa e insiste en que la traten como a una política. Durante aquella maldita guerra italiana, mientras el miserable de Napoleón estuvo fuera, ella ejerció de regente y aseguran que lo hizo con aplomo. Ahora incluso acude a las reuniones de gobierno y participa activamente en los debates. Pero Napoleón se resiste a tratarla como a una igual…

—¡Hombres! —resopló Sissi—. ¿Cuándo aprenderán que no somos sus inferiores?

—¡Ese hombre! Se rumorea que colecciona amantes por docenas. ¡Qué disoluto! Aunque, claro, delante del pueblo insiste en que es un dechado de virtudes y se presenta como la imagen de la perfecta moralidad. ¡Franceses! ¡Qué hipocresía!

—Me han comentado que la censura es férrea…

—Sí, me contó nuestro embajador en París que hubo una historia por fascículos en una revista, *La Revue de Paris*. No recuerdo ahora el escritor… Flaubert, sí, creo que se llamaba así, Gustave Flaubert. Pues ese tal Flaubert escribió una novela sobre una mujer de provincias, una tal madame Bovary, una ama de casa y con un matrimonio poco satisfactorio, que quería descubrir el amor verdadero y disfrutar de una vida más plena… —Paula Bellegarde bajó la voz—: Y acabó siendo seducida por otros hombres. ¡Os lo imagináis, majestad! ¡Con varios amantes! Se ve que había leído demasiadas novelas populares… francesas… Por supuesto la novela fue denunciada por obscena. —Sissi se enrojeció y Paula Bellegarde trató de reconducir la conversación—: Os tengo que decir que últimamente la emperatriz Eugenia se ha hecho muy amiga de la princesa Metternich.

—Debo reconoceros que no me agrada especialmente la princesa. Siempre la he encontrado presuntuosa y altiva.

—Sin duda, majestad, sin duda. En la corte de París la llaman «medio *grande dame* y medio *lorette*».

—¿*Lorette*? —preguntó Sissi extrañada.

—Una pelandusca —explicó Paula Bellegarde con una sonrisa pícara.

—Oh, comprendo. —Sissi también rio.

—Dicen que es una gran actriz, que viste de manera poco convencional y que fuma en público. ¡Tiene a todos los franceses escandalizados! Le ha descubierto a la emperatriz Eugenia un nuevo modisto. Un tal Worth… Sí, creo que se llama así, Charles Worth. Inglés, por lo que me han contado. Le diseñó un vestido a la princesa Metternich para un baile y a la emperatriz le gustó tanto que pidió ver al modisto al día siguiente. ¡Pobre madame Palmyre, la modista de la emperatriz! Creo que ya no han requerido más de sus servicios.

—¿Y qué tiene de especial el tal señor Worth?

—Oh, majestad, tendríais que ver sus diseños. ¡Las telas son de una exquisitez nunca vista! ¡Y los patrones! ¡Nunca se ha visto nada igual! En vez de volantes, flecos y abalorios, con puntillas y encajes, monsieur Charles prefiere *la simplicité*. Ha despojado a las faldas de cualquier exceso y prefiere mostrar la figura con más naturalidad.

—Entiendo… Decidme, ¿creéis que monsieur Worth trabajaría fuera de Francia? —se interesó Sissi.

—Creo que está vistiendo a mujeres de toda Europa, majestad.

—Me alegra saberlo —dijo Sissi complacida. Tenía ganas de conocer aquellos diseños que estaban conquistando a todo el continente.

En mayo de 1862, tras una nueva revisión, el doctor Fischer recomendó a la emperatriz partir al famoso balneario bávaro de Bad Kissingen para tratarse sus hinchazones en las piernas. El médico creía, acertadamente, que el origen de su mal era mental y que, por tanto, una cura termal sería perfecta para calmar sus nervios y rebajar su ansiedad. Sissi decidió ir directamente, sin visitar antes Viena o Múnich, pero en la pequeña localidad se vio con su hermano Gackel y, sobre todo, con su padre, el duque Max, a quien no había visto en años y con el que pasó muchos días conversando felizmente.

Gracias a su compañía, Sissi recobró sus fuerzas rápidamente y, en cuestión de semanas, incluso la prensa habló de su milagrosa recuperación. «¡La emperatriz ahora da largos paseos por el Curplatz sin descansar y sin toser ni una sola vez!», proclamó orgulloso un periódico local. Semejante grado de publicidad hizo que ya no tuviera excusas para regresar a Viena, pero antes de partir hacia Austria decidió visitar unos días Possenhofen. ¡Ah, su hogar! Sissi se emocionó al volver a ver sus queridas montañas y, sobre todo, lloró de felicidad al saber que su querida hermana María había llegado de Roma y estaba allí esperándola.

¡Volver a ver a María! Ambas hermanas se fundieron en un fuerte abrazo tras tantos meses de distancia y desvelos. Juntas dieron paseos, charlaron, rieron y, como ya habían hecho en Viena, se sinceraron la una con la otra.

—Tengo que contarte un secreto, mi querida Sissi —le comentó un día María—. Me tienes que prometer que no se lo contarás a nadie.

—Por supuesto, sabes que puedes confiar en mí. ¿De qué se trata?

María se llevó una mano al vientre y se lo acarició. Una lágrima surcó su mejilla.

—Ya sabes que mi marido, Francisco... Él, bueno él... —María no lograba dar con las palabras adecuadas—. Él es incapaz en sus deberes maritales. Me admira y me tiene cariño, de eso no hay duda, pero no me ama y, aunque lo he intentado todo, y me he esforzado como esposa, no hemos sido capaces de consumar aún nuestra unión.

—Siento mucho oírte decir eso, María.

—Hay más... —María rompió a llorar—. Dado que nuestra unión es fallida, nuestra vida en común es muy desgraciada y en Roma hacemos lo imposible por no tener que coincidir en exceso. Tan solo cumplimos con nuestro deber como monarcas, pero ya no hay reino, ese maldito Garibaldi nos lo arrebató, así que... Bueno, que no hay nada que nos una... —Tomó aire—. En Roma he conocido a alguien maravilloso, Sissi.

—María...

—Un conde belga, un oficial en la Guardia Papal. Un hombre extraordinario que me ama de verdad. Sissi, tendrías que conocerlo. Mi corazón palpita de alegría cada vez que lo veo. Su sola presencia me ilumina y me hace feliz. Echo de menos cada segundo que no paso a su lado.

—Sabes que tu amor está prohibido para una reina, María.

—Ya es tarde para reprimendas, mi querida Sissi. Llevo en mi vientre un hijo suyo.

Sissi no supo cómo reaccionar.

—María, mi dulce amor —le acarició el pelo—. ¿Qué vas a hacer ahora?

—Salí de Roma alegando problemas de salud. Mi marido no sospechó nada. El doctor Fischer me ha jurado que me ayudará cuando llegue el momento.

—¿Lo sabe mamá?

—Sí, se lo tuve que decir. —María sollozó nuevamente—. Tendrías que haber visto su cara de ira. Menos mal que papá estaba cerca y me protegió. Dijo: «No te preocupes, mi pequeña. Estas cosas pasan». No sabes lo feliz que fui en aquel momento, aunque no paro de pensar en que tendré que entregar a mi hijo en cuanto nazca. Seguramente ni siquiera me dejarán verlo. Así será menos doloroso… Será el fruto del amor verdadero y, sin embargo, el símbolo de mi vergüenza. ¡Oh, mi querida Sissi, a veces pienso que hubiera sido mejor que me hubiese alcanzado una bala en Gaeta![12]

11

La nueva emperatriz

Estaba previsto que Sissi regresara a Austria a mediados de agosto, a tiempo para celebrar el treinta y dos cumpleaños de Franz. El emperador y su madre estaban, como de costumbre, en Bad Ischl, pero Sissi no quería tener que volver a convivir con su suegra y anunció a Franz que iría directamente a Schönbrunn. También le informó de que varios de sus hermanos la acompañarían. Sissi aún tenía demasiado miedo de enfrentarse sola a toda la corte.

La emperatriz estaba tan nerviosa que vomitó varias veces en el tren y tuvo una fuerte migraña. Aquella maldita ciudad, pensaría, siempre atacando a su delicada salud. Sin embargo, se recompuso lo suficiente para recibir el saludo del pueblo. La recepción de Viena fue entusiasta y clamorosa: los vieneses se lanzaron a la calle, lanzaron vítores y flores y engalanaron balcones para celebrar que su emperatriz, que había partido moribunda, milagrosamente había vuelto sana y salva tras catorce meses de ausencia. Desde la estación de tren hasta palacio, Sissi y Franz fueron ovacionados durante todo el trayecto. El emperador estaba asombrado y no pudo dejar de percatarse de que había más gente que en el día de su boda.

En la corte no se paraba de comentar lo mucho que había cambiado la emperatriz durante su ausencia. Era como si hubiera madurado de golpe y hubiera desarrollado una gran seguridad en sí misma. Al menos, ahora expresaba sus ideas con contundencia y exigía un mayor respeto. Su matrimonio también parecía más sólido y, aunque los rumores sobre sus desavenencias y amoríos no habían desaparecido, muchos dieron por hecho que volvían a estar unidos y que, probablemente, pronto tendrían más hijos.

Franz también deseaba otro varón para asegurar la sucesión al trono, pero Sissi temió que un nuevo embarazo la sumiera nuevamente en una profunda depresión. El doctor Fischer estaba de acuerdo y le recomendó no concebir en los años siguientes. Aunque estaba mucho mejor, su salud aún era débil y frágil, e iba a necesitar de un largo tratamiento para recuperar totalmente sus fuerzas.

Sissi, además, notó enseguida que sus fantasmas retornaban y, a los pocos días de regresar a Viena, volvió a montar —aunque no a galope— y a dar paseos durante horas. Gracias a los tratamientos de Bad Kissingen, sus pies ya no estaban tan hinchados y podía caminar sin problemas. Incluso salía por las noches a andar sola y daba vueltas por el pequeño jardín que había cerca de sus aposentos. Encima, y para nuevo escándalo de la corte, Sissi insistió en vivir con sus perros dentro de palacio, incluso en sus habitaciones. «¡Animales en sus aposentos! —chismorrearon algunos en el Hofburg—. ¿Por qué no los puede dejar al aire libre?». Pero ella se impuso y grandes canes comenzaron a seguirla a todas partes, incluso a estar presentes mientras desayunaba o almorzaba.

Franz temió que aquello fuera el preludio de una nueva huida, pero se tranquilizó al comprobar que su esposa no caía de nuevo en los malos hábitos. Ahora se alimentaba mejor, dormía largas horas y, sobre todo, aceptó volver a aparecer en público: Sissi asistió a bailes, lució radiante en la ópera y participó en procesiones religiosas. En diciembre de 1862, en las celebraciones de su veinticinco cumpleaños, apareció espléndida delante de la corte con un vestido blanco con esmaltes de zafiros y diamantes. Llevaba una preciosa tiara reluciente y el cabello cubierto de camelias. Incluso su suegra, la archiduquesa Sofía, admiró su belleza. «*Elle est vraiment superbe*», «es verdaderamente sublime», anotó en su diario.

Franz tenía muchas esperanzas de que todo fuera diferente. Después de mucho tiempo, por fin las cosas en su familia parecían ir bien. Su matrimonio estaba en vías de arreglarse, sus hijos estaban sanos y sus hermanos estaban rehaciendo sus vidas. Su hermano Maximiliano vivía plácidamente en Miramar y, de vez en cuando, disfrutaba de viajes exóticos a tierras lejanas; el archiduque Carlos Luis, viudo de su primera esposa, se casó con la princesa María Annunziata de Borbón-Dos Sicilias, una cuñada de María, la hermana de Sissi. Era una mujer dulce, calmada y muy reservada y, si bien no especialmente bella (tenía unos ojos caídos y muy tristes), sí resultaba digna. Su unión sería un éxito.

Aprovechando la calma familiar, Franz empezó a disfrutar de su papel de padre. Pocos días después del regreso de su esposa, llevó a Rodolfo, de tan solo cuatro años, a una inspección en la Academia Militar de Wiener Neustadt. El chiquillo iba vestido de uniforme y, cuando los soldados le dedicaron tres hurras al emperador, el pequeño archiduque se quitó su gorra y los imitó. Franz se emocionó tanto que acabó con lágrimas en los ojos.[1]

De todos modos, la adorable estampa familiar no reflejaba la realidad de lo que pasaba en el Hofburg. Tras su vuelta, Sissi comprobó con consternación que Rodolfo, un niño muy tímido y sensible, en el fondo muy parecido a ella, no se iba a llevar bien con su padre. Franz lo trataba como a un cadete en vez de como a un niño y había insistido en que se le sometiera a tanta disciplina castrense —supuestamente para que desarrollara «coraje y hombría»— que el chiquillo presentaba síntomas de una incipiente depresión. Para disgusto de Franz, Rodolfo no parecía en absoluto interesado en la vida cuartelaria y, aunque en público saludaba con su gorra al aire, en el fondo le daban miedo los gritos de los soldados en las maniobras. Sissi descubrió, aterrada, que su padre lo había insultado por ello y le había echado en cara que era «una desgracia» por no soportar los estruendos de los cañones. Rodolfo estaba apenado y triste, lloraba a escondidas y pasaba muchas horas solo.

Sissi intuyó que todo aquello solo podía acabar en tragedia. Desgraciadamente, años más tarde, sus peores pronósticos se verían cumplidos.

La situación política tampoco era boyante. Franz estaba cada vez más acorralado políticamente y tenía que ceder continuamente a las demandas de más libertad. Además, las noticias que llegaban del extranjero no eran halagüeñas.

En principio, todo parecía irle viento en popa al emperador Napoleón III. En 1859 uno de sus mejores ingenieros, Ferdinand de Lesseps, comenzó las obras del canal de Suez; el ejército francés estableció una nueva colonia en Cochinchina (hoy Vietnam) y un protectorado en Camboya; y una fuerza expedicionaria se instaló en lo que hoy es Siria. A finales del año siguiente, tropas francesas y británicas derrotaron a China y entraron en Pekín.

Sin embargo, Napoleón III sentía que estaba perdiendo fuelle y sus ánimos andaban decaídos. Había pasado la barrera de los cincuenta años, una edad que entonces se consideraba muy avanzada, y su vida marital era un desastre. Eugenia y él estaban distanciados y la retahíla de amantes ya no le satisfacían como antes. Desde Viena, Franz temió que, como ya había sucedido antes, Napoleón no tardase en embarcarse en una nueva aventura catastrófica para

superar su apatía. Desgraciadamente, no se equivocaba. A principios de 1861, Napoleón dio luz a un plan tan visionario como
descabellado. La emperatriz Eugenia tenía un amigo de la infancia,
José Manuel Hidalgo, que había ejercido de diplomático en América. En septiembre de 1861, Hidalgo viajó a Biarritz, el lugar de
descanso favorito de la emperatriz, para exponerle al soberano
francés una propuesta insólita: crear un nuevo imperio católico en
México.

La nación centroamericana se había independizado hacía
pocas décadas de España. En 1821, el carismático revolucionario
Agustín Iturbide, mexicano, pero de padre español, se enfrentó al
poder establecido y decretó la soberanía plena del país. A los pocos
días, se hizo proclamar emperador y, a pesar de que la mayoría del
país vivía en la miseria, organizó una coronación fastuosa y carí-
sima, inspirada en la de Napoleón I en la catedral de Notre Dame
de París. Su reinado fue efímero y nefasto: Iturbide fue un gobernante ineficiente y torpe. A los tres años fue derrocado y fusilado
por un pelotón.

A partir de ahí, el país fue dirigido por una retahíla de militares mediocres y generalmente corruptos, y en 1857 estalló una
guerra civil en donde Benito Juárez se rebeló contra los poderosos
terratenientes y mandamases. En enero de 1861, las tropas de Juárez entraron en la ciudad de México, lo que forzó a algunos de
sus enemigos a huir al exilio. Muchos partieron a Francia, donde
esparcieron las más sórdidas historias sobre asesinatos de curas,
violaciones a monjas y quemas de iglesias. Nadie en París se preocupó por aclarar si era verdad, y los conservadores franceses,
fuertemente religiosos, pusieron el grito en el cielo clamando
justicia por aquellas atrocidades cometidas allende los mares. Además, muchos habían perdido gran cantidad de dinero. Benito Juárez había suspendido el pago a bancos extranjeros, lo que implicaba que, entre otros, un banquero suizo llamado Jecker no pudo
recuperar el préstamo de quince millones que había otorgado.

Casualmente, Auguste de Morny, hermanastro de Napoleón, era accionista en dicho banco y no hay duda de que presionó para que Francia interviniera en México.[2]

Napoleón así lo hizo: ingenuamente, debió de pensar que estaba en sus manos fundar algo histórico en América, un nuevo reino de su creación, y que podría poner en el trono a quien quisiera. Eugenia propuso entonces al archiduque Maximiliano, hermano del emperador. El trono de México a cambio de que, en el futuro, Austria cediera el Véneto, expuso. De manera totalmente ilógica, Napoleón lo vio claro en su cabeza y rápidamente envió un emisario a Miramar para ofrecerle al archiduque austríaco la corona mexicana.

Al mismo tiempo, a finales de 1861, Francia unió sus fuerzas con España y Gran Bretaña para enviar una gran flota, tomar el puerto de Veracruz, hacerse cargo de la administración del país, embargar el dinero que se debía a sus banqueros y regresar a Europa con el botín. A pesar de que el plan parecía sencillo, no contaron con un factor decisivo: los mexicanos no pensaban tolerar que los invadieran. Al cabo de unos cuantos meses de luchas, estaba claro que los europeos habían fracasado y los barcos españoles y británicos regresaron. Los franceses, sin embargo, se quedaron y avanzaron hacia la ciudad de México. Más efectivos fueron enviados y, en octubre de 1862, veinte mil soldados zarparon rumbo a Puebla. Napoleón aún tenía esperanzas de conquistar el reino y seguía adelante con sus planes de poner a Maximiliano en el trono.

En Viena, Franz no prestó demasiada atención a la aventura mexicana porque las noticias que le llegaban de Prusia eran cada vez peores. El rey Federico Guillermo había muerto el 2 de enero de 1861 y su hermano, el príncipe regente, había subido al

trono con el nombre de Guillermo I. Como Franz, el nuevo rey
prusiano era un absolutista convencido, odiaba a los progresistas,
se resistía a introducir reformas y quería un político fuerte a su
lado que lo ayudase a reforzar el trono y al Ejército. Lo encontró
en el diplomático Otto von Bismarck, un hombre que pronto iba
a quitar a Franz el sueño.

Muy alto (de metro noventa), con una cara que siempre parecía hinchada, gran papada, apenas cuello, ojos saltones e imponente bigote, el diplomático prusiano Bismarck tenía una personalidad
peculiar: le gustaba vestir de uniforme aunque nunca había servido en el Ejército; su apetito era legendario y fumaba puros sin
parar; su salud era formidable, pero él era un hipocondríaco; y si
bien era un déspota, también lloraba como un niño. Era un orador
consumado, un manipulador magistral y un estratega sin igual.
Sobre todo, Bismarck era un hombre consagrado a una sola idea:
transformar a Prusia en el mayor poder de Europa. Quería unifi-
car todos los pequeños reinos germánicos, crear un nuevo imperio
y convertir a Guillermo en káiser, emperador. Desde el final de las
guerras napoleónicas, los reinos germánicos se habían unido en
una confederación de Estados libres bajo el dominio austríaco,
pero Bismarck quería que pasasen a manos prusianas. Para ello
había trazado un ambicioso plan que, entre otros pasos, incluía
destrozar a sus dos enemigos más poderosos: primero Austria y
luego Francia. Bismarck estaba dispuesto a llegar adonde hiciera
falta para conseguir sus objetivos, lo que significaba que nuevas
guerras se cernían en el horizonte.

Franz había conocido a Bismarck hacía años, en junio de 1852,
cuando este fue nombrado embajador en Austria por unos meses
y fue a presentarle sus respetos. Entonces no reparó excesivamente en él, pero en los años siguientes, el nombre de Bismarck fue
apareciendo cada vez con más frecuencia en los informes que le
llegaban. Aquel hombre no tenía escrúpulos, le advirtieron a Franz;
era un loco, un tirano, uno de los mayores responsables de que

Prusia no hubiera ayudado a Austria en la guerra de Crimea ni en la defensa de Lombardía y el Véneto.

Franz se temió lo peor cuando Bismarck fue nombrado embajador en Francia y le dijo abiertamente al embajador austríaco en París que Prusia iba a ejercer una mayor influencia en los reinos germánicos y que no quería que Viena interfiriese. Al principio, en el Hofburg, pocos se inmutaron por la impertinencia —los prusianos solían hacer amenazas semejantes constantemente—, pero empezaron a tomársela en serio cuando, pocas semanas más tarde, Bismarck forzó a los pequeños reinos a aceptar un acuerdo comercial con Francia que era totalmente contrario a los intereses de los Habsburgo.

Desde el palacio de las Tullerías, Napoleón III vio aquel movimiento con recelo. A pesar de que el tratado le favorecía, no se fiaba de aquel prusiano de mirada lánguida y excesivas ínfulas. Conocía sus grandilocuentes planes para Prusia y temía, con razón, que estuviera en París solo para conocer por dentro el funcionamiento de su imperio y estudiar sus defectos. Lo que era cierto: «Visto desde la distancia, parece impresionante —comentó Bismarck—. Pero de cerca te das cuenta de que no es nada».[3] El prusiano anotó cuidadosamente todos los puntos débiles de Napoleón III, que eran muchos si se sabía observar detenidamente, y llegó a una conclusión que, años más tarde, le costaría el trono y el exilio al francés: en una guerra, admitió, podía ganarle fácilmente.

Franz tenía pánico a la idea de un nuevo imperio germánico bajo el dominio de Prusia, pero no sabía cómo proceder. En el verano de 1863, sin embargo, un cuñado de Sissi, el príncipe Maximiliano de Thurn und Taxis, marido de Néné, con quien el emperador se entendía particularmente bien, tuvo una idea excelente: adelantarse a los planes de Bismarck. Franz debía invitar a todas las casas reinantes de los reinos germánicos a un *Fürstentag* o cónclave de los príncipes, en donde podrían decidir conjuntamente crear una futura «unión germánica» o hasta un imperio alemán bajo los auspicios austríacos. Incluso se podría alzar a Franz como emperador germánico. Bismarck, viejo zorro y muy astuto, intuyó rápidamente la jugada y la boicoteó.

A iniciativa de Viena, príncipes y reyes de treinta pequeños reinos se reunieron con Franz en Frankfurt en agosto, pero Guillermo de Prusia se negó a asistir, a pesar de que estaba veraneando en Baden-Baden, a tan solo tres horas en tren. El rey Juan de Sajonia llegó a desplazarse en persona para intentar convencerlo, pero fue en vano.[4] Prusia no iba a estar a merced de Austria.

La negativa de Guillermo solo le salió bien en parte. La ausencia de Prusia impidió crear cualquier tipo de unión o confederación efectiva, pero Franz aprovechó su estancia en Frankfurt para aliarse con los pequeños reinos y discutir asuntos comunes. Por primera vez en mucho tiempo, el emperador actuó con tacto e inteligencia y, de vuelta a Viena, se le vio contento.

Bismarck respondió con audacia. Después de unos meses como embajador en Francia, en septiembre fue nombrado ministro de Estado y presidente del Consejo de Prusia. Al día siguiente, a Franz le llegó una nota de uno de sus principales embajadores, el barón Hübner, diciendo: «El enemigo de Austria ha llegado al poder». No era una exageración. En su primer discurso ante los ministros, Bismarck dejó clara su hoja de ruta: «Las grandes cuestiones de nuestro tiempo —proclamó— no se resolverán a través de discursos o decisiones de la mayoría, sino a través del acero y la sangre». Guerras, había que provocar guerras.

No tardó en hacerlo. Los pequeños ducados de Schleswig y Holstein, integrados básicamente por población germánica, pero

bajo dominio danés desde hacía años, fueron rápidamente recla-
mados. Bismarck convenció a Austria de que los invadieran y se
enfrentaran juntos a Dinamarca. Muy ingenuamente, Franz pensó
que era una buena idea: creyó que colaborar con Prusia aliviaría
la tensión entre ambos. El 1 de febrero de 1864, los ejércitos de
los dos países marcharon juntos hacia Schleswig.

En Viena, Sissi vio con horror aquella nueva guerra sin sentido e intuyó, mucho mejor que su marido, que aquello era un
error descomunal y que Bismarck no tenía la más mínima intención de aliarse con ellos. Al contrario, Sissi temía que aquello solo
fuera una estratagema del prusiano para tantear hasta dónde estaba dispuesta a ceder Austria. Y Franz había dejado claro que estaba
dispuesto a ceder mucho. Había sido demasiado débil y dócil, y
Bismarck ahora no pararía de exigir más territorios. La guerra
entre Prusia y Austria, intuyó ella, no tardaría en llegar.

No se sabe si se lo comunicó a su esposo —cabe entender
que sí—, pero sí se tiene constancia de que Sissi se involucró
directamente con los heridos. A Nordbahnhof, la estación del
Norte, llegaban cada día trenes con soldados del frente, y la emperatriz, temerosa de que la visión de jóvenes con amputaciones
provocase el mismo enfado entre la población que durante la
guerra de Solferino, iba a visitar a los convalecientes y charlaba
con ellos durante horas. Su prestigio, muy alto aún tras su regreso,
creció aún más.

No hay duda de que Sissi desconfiaba enormemente de Bismarck. Años más tarde, incluso desarrolló un odio visceral hacia
él. Ambos se vieron en una ocasión: los príncipes herederos de
Prusia, el príncipe Federico y la princesa Victoria, visitaron Viena,
y Bismarck aprovechó para acudir. Sissi apareció radiante y muy
recuperada, pero la presencia de aquel hombre le generó náusea
física. En medio de una cena de gala, alegó estar indispuesta, se
levantó de la mesa y se marchó. No apareció en los actos previstos
de los días siguientes. El escándalo, por supuesto, fue descomunal

y no tardó en correr el rumor de que la emperatriz estaba de nuevo embarazada. El doctor Fischer fue requerido rápidamente en Viena, pero no había un bebé en camino; Sissi alegó que no había soportado estar cerca del prusiano. Muchos años más tarde, reconoció que «Bismarck no podía soportar a las mujeres, con la única posible excepción de su esposa. Principalmente, creo, detesta a las reinas. Cuando lo vi por primera vez, fue excepcionalmente tirante. Estoy segura de que le hubiera gustado decir: "Las damas pueden retirarse a sus aposentos"».[5]

Aquel gesto feminista demuestra hasta qué punto la emperatriz había cambiado, ahora ya no tenía miedo de expresar sus ideas con contundencia e imponerse en cuestiones políticas. A la princesa heredera Victoria, desde luego, no se le pasó por alto aquel gesto.

Victoria, o Vicky, como la llamaba su familia, era la hija mayor de la reina de Inglaterra y, como Sissi, odiaba profundamente a Bismarck (el odio era mutuo). Ella se había criado en la corte inglesa, liberal y muy tolerante, y desconfiaba del conservadurismo a ultranza del ministro prusiano. Ambas damas tenían mucho en común: como Sissi, Vicky se había casado muy joven (con tan solo diecisiete años) y, al llegar a Berlín, se había encontrado a una corte hostil que la insultó sin piedad por ser extranjera y por tener ideas políticas propias. Su inteligencia —hablaba varios idiomas desde pequeña y la habían educado en historia, política y filosofía— más que ser celebrada, fue objeto de burla. Las dos también habían crecido en contacto con la naturaleza, algo que chocó tanto en Austria como en Prusia. Muchas de las costumbres que la princesa británica importó a Berlín sorprendieron, incluida su pasión por los jardines ingleses, naturales y sin adornos (al parecer, los prusianos preferían el estilo italiano).

Sissi sabía que la princesa estaba marginada en la corte y que, desde que Bismarck ostentaba el poder, Vicky vivía prácticamente recluida. Aquello podría haberla hecho confraternizar con la princesa heredera, incluso podría haber intentado ayudarla, pero no hay constancia de que lo hiciera. Por toda la seguridad en sí misma que hubiese desarrollado, seguía siendo de una timidez enfermiza y le costaba entablar amistad con personas fuera de un ámbito muy íntimo. Vicky, por su parte, escribió a su madre una carta donde dejó claro lo que pensaba de la emperatriz de Austria. Destacó su atractivo: «Su belleza, si bien irregular, es, de todos modos, incomparable (...). Sus rasgos no son tan bellos como en los retratos, pero la impresión global es mucho más exitosa y bonita que lo que cualquier cuadro pueda representar. Lleva el corsé demasiado apretado, lo que no sería necesario con un rostro tan sublime». Sin embargo, también anotó que: «Es muy tímida y apocada, y habla muy poco. Es realmente difícil mantener una conversación fluida con ella, parece que no sabe mucho de nada y que tiene solo el mínimo interés por las cosas. La emperatriz ni canta ni dibuja ni toca el piano y rara vez habla de sus hijos... El emperador parece muy enamorado de ella, pero no tengo la impresión de que ella lo esté de él. Él parece totalmente insignificante, muy humilde y sencillo, y da la sensación de ser viejo y arrugado».[6]

Esta imagen la compartirían muchos otros dignatarios extranjeros que la trataron por entonces: bella y encantadora, sin duda, pero retraída, sosa, aburrida y sin nada que aportar. Era una descripción superficial y errónea; como todos los tímidos, Sissi podía parecer fría y distante, incluso en ocasiones altiva, pero era una mera fachada bajo la cual se escondía una mente más inquieta de lo que podía parecer a simple vista.

La prueba de que su cerebro era más activo de lo que muchos creían fue que empezó a estudiar idiomas muy en serio, sobre todo el húngaro. Sissi llevaba años intentando aprenderlo, pero apenas había conseguido balbucear algunas frases seguidas. Ahora, en cambio, le dedicó tardes enteras e incluso intentaba hablarlo con una de sus doncellas mientras la peinaba y la vestía. Su primer tutor fue un párroco, el padre Homoky, el cual le enseñaba gramática haciéndole leer la Biblia. Que su marido y su suegra le recordasen constantemente que el húngaro sería demasiado difícil para ella —a pesar de los esfuerzos, Sissi aún no hablaba francés y no había aprendido prácticamente nada de checo— solo hizo que se esforzara más. Sus lecturas de poetas también se intensificaron y es más que probable que Sissi empezara a leer filosofía por aquellas fechas.

Su salud era ahora mucho mejor, pero el doctor Fischer le recomendó que siguiera con los tratamientos en Bad Kissinger y cada año, en verano, Sissi se trasladaba a Baviera para sus curas termales. Allí se hizo muy amiga de dos hombres con quien compartía paseos diarios: uno era el duque de Mecklenburg, un hombre ciego a quien Sissi hacía de lazarillo, y el otro era un inglés llamado John Collett, que iba en una silla de ruedas. Los tres charlaban durante horas de temas muy trascendentales, de Dios y la muerte, de la vida y el destino, del sufrimiento y el universo, y Sissi por fin tuvo la sensación de haber encontrado almas afines con quien compartir sus pensamientos más íntimos.

Sobre todo con Collett, que, al principio, no la reconoció, simplemente pensó que era una dulce bávara y se enamoró perdidamente de ella. Le enviaba flores y libros a sus aposentos, y le escribía bonitos versos. Cuando se enteró de su verdadera identidad, se quedó un poco azorado por su atrevimiento, aunque pronto le envió una nota solicitándole un regalo muy especial: un mechón de pelo. «Si yerro en pedirle semejante obsequio, le pido que me perdone —le escribió—. Lo tendré en gran estima siempre, no porque usted sea una emperatriz, sino porque ejerce usted el más maravillo poder sobre mí, y valoro enormemente nuestra amistad».[7] No hay constancia de que Sissi accediera a cortarse el pelo, pero sí se sabe que mantuvo correspondencia durante años con su buen amigo Collett. En una carta, la emperatriz le dijo:

«Gracias por el poema que me ha enviado. Solo puedo decirle que me valora usted demasiado y no creo que esté a la altura de lo que usted piensa y escribe sobre mí».

De vuelta a Viena, Sissi se topó con el problema de Maximiliano y México. Franz le había dado vueltas al asunto y, contra todo pronóstico, no se opuso a la idea: un trono, aunque fuera al otro lado del Atlántico, pensó, podía ser una salida más que honorable para su hermano. A estas alturas, Franz sentía que Max le estaba haciendo demasiada sombra en Viena y en muchos actos el público gritaba «¡Max! ¡Max!», como pidiendo que abdicara en él. Franz quería quitárselo honorablemente de encima y pensó que la aventura de México podía ser una buena opción. Pero Sissi puso el grito en el cielo, todo aquello era una locura sin sentido que podía acabar en tragedia. Por una vez, la archiduquesa Sofía le dio la razón, estaba segura de que su hijo iba a salir malparado, probablemente muerto.

Carlota, por el contrario, solo veía ventajas a la operación —en especial porque aquello la podía convertir en emperatriz—, y persuadió a su marido para aceptar el cargo. Finalmente, él aceptó y, los días antes de partir, Franz les ofreció una gran velada donde ya se les trató como emperador y emperatriz. Carlota apareció radiante con un traje de seda y una gran tiara de diamantes y esmeraldas acorde con su nuevo estatus.

El 14 de abril de 1864, el matrimonio partió hacia México a bordo de un barco austríaco, el Novara, escoltado por otro francés, el Thémis. Max lloró como un niño desde la cubierta, pero pronto se enjugó las lágrimas y se concentró en escribir el protocolo que debía regir la nueva casa imperial de México.

Sissi también lloró desconsolada el día en que Max zarpó. Para quitarse de la cabeza los malos augurios que la acechaban, se centró en sus estudios, en sus hijos y en reformar su séquito. Fue entonces cuando entró en su vida la mujer que se convertiría en una de sus mejores amigas y confidentes: Ida von Ferenczy.

Sissi había avanzado lo suficiente en sus lecciones de húngaro como para poder leer pequeños trozos de obras literarias y disfrutaba con los libros del barón József Eötvös y de Móric Jókai, ambos escritores revolucionarios que habían participado en la revolución de 1848. Pero ahora quería a alguien con quien conversar a menudo y pensó en nombrar a una noble húngara como dama de compañía. La condesa Almássy fue la encargada de escribir una lista de nombres de posibles candidatas y pensó en Ida, una chica agradable y discreta, no muy bella pero sí encantadora, que venía de una buena familia de la región de Kecskemét. Su pedigrí no era muy elevado y no tenía rango aristocrático, pero a Sissi le dio igual y quiso conocerla.

Ida apareció en Viena temblando de nervios. La condesa Bellegarde, camarera mayor, la hizo esperar en una pequeña sala mientras la emperatriz regresaba de montar a caballo. En cuanto la vio, a Sissi le gustó. Era joven, simpática, dispuesta a ayudarla y, sobre todo, no estaba contaminada por la etiqueta, ni por la corte y sus chismorreos. En húngaro, le dijo: «Estoy muy contenta con usted. Estaremos mucho tiempo juntas». Y enseguida ordenó que la contratasen, aunque el proceso no fue sencillo ya que al no tener título de nobleza, no podía ser nombrada *Hofdamen*, dama de compañía, y la tuvieron que catalogar como «lectora de Su Majestad», lo que le permitía entrar en los aposentos privados de la emperatriz, pero no acompañarla en actos oficiales.

Sissi le indicó que jamás debía decir nada sobre ella o lo que hacía, especialmente a las damas de su suegra, las cuales, por supuesto, no tardaron en intentar sonsacarle información. La camarera mayor de la archiduquesa Sofía incluso la llevó una tar-

de a un apartado y le susurró con una sonrisa cínica: «Debéis
consultármelo todo y confiarme todo lo que su majestad comenta». Pero Ida nunca traicionó a la emperatriz, lo que hizo que esta
confiara cada vez más en ella. El resto de las damas acabarían
envidiando su relación e Ida tendría que sufrir bastantes desaires
e insultos por su nacionalidad y poca alcurnia. Se sabe que le dolió,
pero que lo sobrellevó con dignidad.

Gisela y Rodolfo estaban creciendo. Gisela era como su
padre, fuerte físicamente, disciplinada, seria y de inteligencia poco
destacable. Rodolfo, en cambio, demostró ser extraordinariamente precoz: a los cinco años ya podía mantener conversaciones en
alemán, francés, checo y húngaro. Su temperamento, en cambio,
era cada vez más parecido al de Sissi, con una vena melancólica y
soñadora y una imaginación portentosa. Su constitución también
era frágil y su salud, delicada. Estaba muy delgado y enfermaba
con frecuencia.

Como bien observó su *nurse*, Leopoldine Nischer, a Rodolfo le faltó mucho cariño de niño. Hasta entonces, su madre había
sido una presencia errática en su vida, cuando estaba en Viena
apenas la veía y durante largos meses estuvo lejos, en islas que el
pequeño Rodolfo no sabía dónde estaban. Sin embargo, no hay
duda de que la adoraba y que la veía como a un hada, radiante,
bella y mágica. Durante años deseó que lo quisiera y que acudiera a su lado cuando la necesitaba. Pero nunca lo hizo: Sissi estaba
demasiado enferma y herida como para hacerse cargo de él.
Cuando el chiquillo sufrió fiebres tifoideas, fue su abuela, la archiduquesa Sofía, quien lo cuidó. Cuando el pequeño escribía cartas,
su madre tardaba semanas en contestar. En alguna ocasión, incluso le puso un comentario totalmente desafortunado: «Acabo de
escribirle una larga carta a Gisela, y ya no hay nada que te tenga

que decir a ti».[8] Rodolfo acabó creyendo que su madre no lo quería y que solo pensaba en sí misma. «No se preocupa por nada que no sean sus propios intereses», se quejaría amargamente.[9] La sensación de abandono la transformó en berrinches y ataques de genio y, con los años, desarrolló una personalidad tan sumisa como manipuladora. Para no tener que expresar sus sentimientos, evitaba todo tipo de confrontación y se plegaba a los designios de cualquier persona a su alrededor.

La relación con su padre también era complicada. En vez de apreciar la inteligencia de su hijo, a Franz le incomodó. Siguiendo la tradición de la corte, en cuanto Rodolfo cumplió los seis años, su padre ordenó que lo separaran de su hermana y de su institutriz, la baronesa Von Welden, su querida Wowo, y que se le pusiera bajo las órdenes de un tutor, el conde Leopold Gondrecourt, un general de origen francés, serio y excesivamente estricto, un auténtico héroe en la reciente guerra de Schleswig. El emperador le había indicado que «lo hiciera trabajar duro» y que dominara su carácter: «Su alteza imperial está física y mentalmente más avanzado que otros niños de su edad, pero es bastante movido, nervioso e irritable, por lo que su desarrollo intelectual debe ser sensatamente atemperado para que su cuerpo y mente avancen al mismo ritmo».[10]

La orden fue cumplida a rajatabla. Gondrecourt aplicó un régimen casi sádico: lo despertaba al alba disparando pistolas, lo medio ahogaba en barreños de agua fría, lo dejaba solo encerrado en una jaula del zoo y le decía que un oso iba a comérselo, y lo sometía a ejercicios militares tan duros bajo la lluvia o en medio de la nieve que el príncipe acabó enfermo. Sufría continuamente de problemas de estómago y de bronquios, de fiebres altas y dolores musculares que le impedían salir de la cama. Por las noches tenía horribles pesadillas y se orinaba en la cama. En mayo de 1865, sufrió una crisis nerviosa y los médicos diagnosticaron difteria, pero estaba claro que el origen de la dolencia era mental.

Uno de los ayudantes de Gondrecourt alertó a Sissi de los horrendos métodos a los que se estaba sometiendo a su hijo, y esta le planteó un ultimátum a su marido: «No soporto ver lo que está pasando… Debes escoger entre Gondrecourt y yo… Es mi deseo que yo sola tenga total y absoluto poder en todas las cuestiones relativas a los niños, poder elegir a aquellos que los rodean y su lugar de residencia, y tener total control en su crianza. En resumen, yo sola debo decidir todo lo concerniente a ellos hasta que alcancen su mayoría de edad».[11]

Franz cedió, despidió a Gondrecourt y puso en su lugar al coronel Joseph Latour von Thurmburg, un oficial de cuarenta y cinco años, mucho más agradable, culto y progresista que su antecesor. Rodolfo y él acabarían muy unidos y probablemente Latour fue el único amigo de verdad que tuvo el príncipe.

Franz, no obstante, no quería que su hijo se convirtiera en un liberal y dio órdenes de que el príncipe «no debe convertirse en un librepensador, aunque debe familiarizarse con las condiciones y requerimientos de la vida moderna». Y para que quedase claro, dejó por escrito que Rodolfo no debía desarrollar «ideas o tendencias que no se correspondan con el carácter conservador que debe regir el futuro de la monarquía». Con esta premisa, y como ya le había ocurrido a Franz, su hijo vio desfilar delante de él a decenas de tutores. A partir de los siete años, sus clases comenzaban a las siete de la mañana y acababan a las ocho de la tarde. El heredero debía aprender historia, literatura, economía, política, historia militar, leyes y un sinfín de idiomas: inglés, francés, latín, croata, húngaro, checo y polaco. Como príncipe también debía saber esgrima, baile y ser un magnífico jinete. Su padre se había acostumbrado al rigor de un horario tan extenuante, pero para Rudolf fue excesivo. Como tenía tantas asignaturas, solo adquirió un conocimiento superficial de cada una y no aprendió a concentrarse ni a ser constante ni a pensar en profundidad, mucho menos a analizar críticamente.

Sissi, esta vez, no hizo nada por ayudarlo. Como había temido siempre su suegra, su interés por Rodolfo era sincero pero volátil, la emperatriz era incapaz de concentrarse en un asunto durante mucho tiempo y la implicación que requería la formación de un heredero demandaba un tiempo que ella no sabía ni podía dar.

Sissi siguió acudiendo a Bad Kissingen para sus curas anuales. Un año fue a visitarla el nuevo rey de Baviera, su primo Luis. En 1864 había muerto su padre y él había subido al trono con tan solo dieciocho años.

Ella lo recordaba lejanamente como un niño tierno y solitario con el que había jugado de pequeña. Ahora se encontró con un joven bello y cautivador, altísimo y de gran presencia: la escritora austríaca Klara Tschudi llegó a decir de él que «era el joven más bello que he visto jamás».[12] Pese a ello, Sissi no pudo dejar de percatarse de que tenía una mirada triste. Ella sabía que su infancia había sido solitaria y carente de cariño. Con su padre, un hombre sencillo y gran intelectual, pero demasiado serio y preso de súbitos ataques de nervios, su relación había sido distante; su madre, una princesa prusiana de gran belleza, tampoco le había dado el afecto que él hubiera necesitado. Su educación fue espartana y dura: duchas de agua fría a diario, comida escasa que lo dejaba hambriento, largas horas de clase, palizas físicas como castigo y continuos insultos.

Sissi también sabía que, sintiendo que nadie lo quería, Luis se había refugiado en un mundo imaginario, de fantasías y leyendas. Era un lector voraz, le encantaban las historias sobre el Versalles de Luis XVI y María Antonieta y su institutriz, Fraülein Sibylle von Meilhaus, a quien adoraba, le había contado antiguos mitos germanos de los que Parsifal y Lohengrin se convirtieron

en sus favoritos.[13] También le encantaba la música de Richard
Wagner, con sus óperas sobre las valquirias y los nibelungos.

No era ningún secreto que Luis era homosexual y Sissi era
plenamente consciente de que se había enamorado platónicamen-
te en el pasado de su hermano Carlos Teodoro, Gackel. Últimamente, sin embargo, Luis estaba interesado en el príncipe Paul von
Thurn und Taxis, uno de los cuñados de Néné, un joven de veinte años, alto, atractivo, educado y simpático, a quien había contratado como ayuda de cámara. Ambos pasaban mucho tiempo juntos y es bastante probable que se estableciera entre ellos una
relación íntima, una amistad romántica, aunque no se sabe si se
consumó sexualmente, al menos no durante los primeros años.

.   Cuando se encontraron en Bad Kissingen, Sissi era ocho años
mayor que Luis, pero enseguida congeniaron. Ambos eran solita-
rios, melancólicos, románticos y estaban insatisfechos con sus vidas;
ambos odiaban la corte y sus absurdos rituales. Los dos dieron
largos paseos por Bad Kissingen y se convirtieron enseguida en
confidentes. A partir de ahí, él la colmó de atenciones. Cuando
ella dejó el balneario y viajó a Possenhofen, él partía cada día al
alba y le dejaba un ramo de rosas en la puerta antes de que ella
despertara.[14] Los dos montaban a caballo, caminaban por los bosques de pinos, navegaban por el lago Starnberg en un pequeño
barco de vapor o hacían excursiones a Roseninsel, una pequeña
isla en mitad del lago cubierta de rosales y en donde había un
diminuto chalé de estilo suizo en el que los dos pasaban horas
solos, charlando o leyendo poesía bajo los árboles. Las cartas entre
ellos eran prácticamente diarias y repletas de afecto (por parte de
ella) y de absoluta devoción (por parte de él).

Por supuesto, semejante proximidad levantó toda clase de
comentarios en Múnich y Viena. Incluso su propia familia se
extrañó de la intensidad de sus sentimientos y a Franz le llegó que
su mujer y su primo eran amantes. Pero nunca hubo nada sensual
entre ellos. Lo suyo era una comunión espiritual de almas idénti-

cas, algo mucho más profundo y trascendente que la satisfacción física. Para él, ella era la personificación de un ideal de belleza y pureza, una criatura tan etérea y mágica como las hadas que poblaban las leyendas que leía, la única mujer por la que sintió verdadero afecto en su vida. Pero no atracción sexual: Luis nunca sintió deseos físicos por ninguna fémina. Para ella, él era una vía de escape: los dos habitaban el reino de los sueños y sentía que Luis era el único que verdaderamente la entendía. En sus cartas, él firmaba como Águila y ella como Paloma, otra referencia a que se trataban como criaturas místicas.

Su amistad con Luis y las atenciones de hombres como John Collett sirvieron para reforzar la autoestima de Sissi y tomar conciencia de la inmensa belleza en que se había convertido. A pesar de que en los últimos años su cuerpo se había hinchado y sufrido de anemia, y su cara se había deformado por la hidropesía, las curas en Bad Kissingen habían devuelto la lozanía a su rostro y sus facciones habían emergido con una finura y elegancia sin igual.

De vuelta a Viena tras su reposo en Baviera, Sissi confirmó el poder que ahora su belleza tenía sobre las masas. Desde que había vuelto de Corfú, su popularidad era enorme y no paraba de crecer. Cada vez que se mostraba en público, el pueblo la aclamaba y se echaba a la calle para verla pasar. Cuando aparecía en el Graben para ver tiendas con una de sus damas, la muchedumbre se agolpaba a su alrededor. En una ocasión en que quiso visitar la catedral de San Esteban, tantas personas se congregaron para estar cerca de ella que le fue imposible salir y tuvo que refugiarse en la vicaría hasta que los guardas vaciaron el lugar. Incluso la archiduquesa Sofía reconoció en su diario, tras una tarde en que Sissi había salido a montar por el Prater y los transeúntes perdieron la cabeza por ella, que «la emperatriz se ha convertido en su ídolo».[15]

Era la expresión adecuada: sin duda, Sissi se transformó en uno de los primeros fenómenos de masas en el sentido moderno del término, una celebridad capaz de atraer a las gentes con su sola presencia y desatar la histeria, una de las principales precursoras del fenómeno fan que ahora vemos con actrices de Hollywood o cantantes de moda. Sus antecesoras habían podido despertar admiración y respeto, incluso verdadera veneración, pero ella enloquecía al público a unos niveles que solo se volverían a ver, muchos años más tarde, con Jackie Kennedy o la malograda Diana de Gales.

Sin embargo, a pesar de la imagen majestuosa que proyectaba y de que ahora era considera la reina más bella de Europa, su estatus de celebridad no le gustó en absoluto. Le encantaba que otros celebrasen su belleza, desde luego, y llegó sin duda a desarrollar tal obsesión por su rostro y su cuerpo que acabó rozando el narcisismo. Pero seguía siendo demasiado tímida e introvertida como para disfrutar siendo el centro de todas las miradas. Lamentaba haberse convertido en un espectáculo y le repugnaba la curiosidad que despertaba entre aquellas personas que la miraban maravillada.

De aquella época datan los tres famosos retratos que el pintor Franz Winterhalter le hizo. Tras haber visto hacía años el cuadro de la emperatriz Eugenia y sus damas, el emperador había quedado tan impresionado con su técnica que pensó en encargarle en un futuro cuadro de su familia. No lo hizo hasta otoño de 1864, cuando el artista germano (nació en un pueblecito de Baden) fue requerido en Viena. Por entonces, ya había pasado los sesenta años y había retratado a las principales familias reales europeas: la reina Victoria y su familia habían posado repetidas veces para él, así como la emperatriz Eugenia, la reina Isabel II de España y la zarina Maria Alexándrovna. Las principales damas de la aristocracia británica, española, francesa y rusa tenían cuadros suyos.

Sissi no dejó nada al azar. Para el cuadro principal, donde ella aparecería vestida de gran gala y que se colgaría en un lugar de honor del Hofburg, la emperatriz demostró que ya se había convertido en una estilista muy sofisticada y cosmopolita. Escogió un traje de satén blanco con brocados de seda y tul, con los hombros descubiertos como había puesto de moda Eugenia y repleto de bordados de hilo de oro y plata, que mandó diseñar a aquel monsieur Worth que tanto había dado que hablar en Francia. En su pelo mandó colocar unas joyas que había encargado hacía poco a Köchert, el joyero imperial. Muchas mujeres llevaban por entonces flores en el pelo —la emperatriz Eugenia, por ejemplo, siempre aparecía en los bailes con violetas de Parma y la propia Sissi había usado camelias blancas en más de una ocasión—, pero decidió dar un giro de tuerca a la moda y encargó veintisiete estrellas de diamantes, de diez puntas cada una y una gran perla en el centro.

Semejantes adornos eran muy sencillos en comparación con las fastuosas tiaras que se suponía debía lucir una emperatriz. En uno de sus retratos para Winterhalter, por ejemplo, Eugenia había posado con una imponente diadema de diamantes coronada con grandes perlas. La reina Victoria no se había quedado atrás y había escogido una tiara de diamantes y esmeraldas, a juego con pendientes y un deslumbrante broche sobre el pecho. Pero Sissi quiso poner de manifiesto toda una declaración de principios: tanto lujo era innecesario y superfluo. Ella no necesitaba más abalorios que su belleza natural.

A la emperatriz nunca le interesaron especialmente las joyas y, excepto cuando tenía que asistir a actos de la corte, jamás se ponía demasiados abalorios. No llevaba anillos en las manos (aunque sí en una cadena que se solía colocar alrededor del cuello) y lo único que realmente le gustaba eran las perlas. Pero, a pesar de sus reticencias hacia las alhajas, Sissi estaba inaugurando sin saberlo una moda: cuando el retrato de Winterhalter se expuso en 1865 y las principales casas reales obtuvieron una copia fotográfica, todas las reinas y princesas empezaron a demandar joyas en forma de estrella para ponérselas en el pelo.

Winterhalter le pintó tres retratos: uno vestida de gran gala y dos más con sencillas ropas blancas, un gran chal y el pelo completamente suelto, como era común en los retratos de las aristócratas. En estos últimos se puede comprobar que Sissi tenía por entonces un pelo castaño con brillos dorados que le llegaba prácticamente a las rodillas (y que, con los años, alcanzaría casi el suelo).

La emperatriz estaba obsesionada con sus peinados. «Soy una esclava de mi pelo», reconoció una vez.[16] Pocas cosas le gustaban más a Sissi que la sensación de su pelo suelto cayéndole por todo el cuerpo y envolviéndola como si fuera un escudo. Pero su cabellera también la hacía sufrir: pesaba tanto —unos cinco kilos— que, de vez en cuando, le provocaba fuertes jaquecas. En esos días, la emperatriz hacía que se lo sujetaran con lazos y cuerdas atados a un punto alto para aliviar la carga.

Se sabe que lavarlo requería un día entero: cada tres semanas, las doncellas ponían sábanas en el suelo del vestidor de la emperatriz y preparaban una mezcla de coñac y treinta yemas de huevo mezcladas con un pincel. El *valet de chambre* de Franz publicó en sus memorias que «cada vez se usaban veinte botellas del mejor *brandy* francés».[17] El ungüento se dejaba reposar sobre la cabellera durante una hora más o menos. Para combatir las puntas abiertas, le aplicaban una mezcla de vinagre de sidra, zumo de limón y tintura de ortigas.[18] Luego se escurría el pelo con agua tibia perfumada con aroma de vainilla, se cubría con un líquido que servía «de desinfectante» y se adornaba con perfumes. No se sabe exactamente qué fragancia usaba, aunque hay dos candidatas más que probables, una es el Farina 1709 Eau de Cologne, muy famosa entonces en las cortes europeas (la reina Victoria también la usaba) y cuyo olor, según su propio creador, el italiano Giovanni Maria Farina, recordaba a «una mañana de primavera en Italia, a montañas de narcisos, a naranjos en flor justo después de la lluvia». La otra era la Fantasia de Fleurs, de Creed, con bergamota, iris y notas de rosa de Bulgaria.

Tras el perfume venía el secado, que normalmente requería una hora más como mínimo. Algunas toallas calentadas quitaban la humedad y después Sissi se enfundaba en una especie de abrigo impermeable sobre su *négligé* de seda blanca y caminaba frente a la chimenea encendida. Las doncellas peinaban más tarde el cabello con la mayor suavidad posible.

Cada día, la emperatriz era peinada con elaboradas trenzas y moños. En prácticamente todos los retratos, Sissi aparece con una gran trenza en la cabeza, enroscada como si fuera una corona, y otras dos grandes trenzas gruesas bordeando la melena y entrelazándose entre sí. Tejer semejante *coiffure* requería de verdadera habilidad y pocas peluqueras de Viena pudieron imitarlo, a pesar de que era muy requerido por las damas de la corte.

Tras trabajar con varias peinadoras, Sissi acabó decantándose por Fanny (Franziska) Angerer, una trabajadora del Burgtheater. La emperatriz descubrió sus talentos cuando acudió a ver una obra protagonizada por la actriz Helene Gabillon y se quedó impresionada con la cascada de tirabuzones y trenzas que lucía. Enseguida preguntó por el nombre de quien la había peinado y le informaron de que se trataba de una joven de veinte años, hija de una comadrona y de un barbero de Spittelberg, un barrio humilde de Viena. La acaban de contratar hacía poco en el teatro imperial como aprendiza de pelucas y tocados y, aunque sin apenas experiencia, aprendía muy rápido.

En cuanto la conoció, Sissi la encontró bella y vivaz. En las fotografías que se conservan de ella guarda un parecido más que razonable con la emperatriz, aunque su expresión y mirada son mucho más alegres. Que parecieran hermanas le iba a ir muy bien a Sissi en los años venideros: en algunas ocasiones, sobre todo en el extranjero, Fanny se haría pasar por ella.

La emperatriz ordenó que la contrataran, lo que generó un inmenso escándalo. Por aquel entonces, muchos consideraban a las actrices y a todas las mujeres relacionadas con el teatro como poco más que prostitutas, y su presencia en el Hofburg, nada menos que al lado de la esposa del emperador y madre del heredero, era inconcebible. Pero ella insistió y, además, exigió que le pagaran un buen salario: unos dos mil *guldens* anuales, el equivalente a lo que percibía un catedrático de universidad. La noticia fue tan impactante que incluso salió en los periódicos y generó un intenso debate en la población. «¡Semejante dispendio mientras muchos no tienen nada que comer! —se oyó en las calles de la capital—. ¡Qué desvergüenza era aquella!». La popularidad de Sissi comenzó a desmoronarse.

A ella le dio igual. Fanny Angerer no solo se convirtió en su peluquera —y en la peinadora más famosa del imperio—, sino también en la persona que mejor llegaría a controlar sus cambios de humor. Cada mañana se presentaba en el vestidor de la emperatriz ataviada con un traje negro y un delantal blanco. Por expreso deseo de Sissi, Fanny no podía llevar las uñas largas, ni anillos y debía ponerse guantes para tocar su pelo. Tomaba uno de los cepillos de plata maciza y comenzaba «el ritual», como lo llamaba la emperatriz. Cuando finalizaba el peinado, Sissi se levantaba de la silla y Fanny, detrás de ella, le hacía una reverencia y decía: «Me pongo a los pies de vuestra majestad». Como Sissi no soportaba perder ni un solo cabello, al acabar debía mostrarle el cepillo. Si habían quedado muchas hebras, la emperatriz se enfurecía y le chillaba. Fanny aprendería con el tiempo a llevar una tira de cinta adhesiva bajo el delantal y, astutamente, enganchaba los pelos para que el cepillo luciese inmaculado.

Pasados unos meses, la confianza de Sissi en Fanny fue tan plena que no dejaba que nadie más tocara su pelo. Incluso cuando Fanny enfermaba y no podía atenderla, Sissi se negaba a aparecer en público. Cuando la emperatriz se enfadaba, Fanny excusaba no poder peinarla y enviaba a una doncella; Sissi perdía los nervios y, al cabo de unos días, capitulaba y pedía perdón.

La emperatriz y su peluquera llegaron a estar tan unidas que cuando, al cabo de un par de años, Fanny se enamoró de Hugo Feifalik, un trabajador de un banco, y anunció que quería casarse con él, Sissi movió los hilos para que pudiera seguir a su lado. Las normas del Hofburg establecían que una mujer del rango de Fanny debía abandonar la corte si contraía matrimonio. Sissi intercedió ante su marido para que hiciera una excepción y Franz, deseoso de evitar nuevas disputas, consintió que se quedara. Feifalik fue contratado en palacio y, con el tiempo, se convirtió en secretario privado de la emperatriz y luego en su *Reisemarschall*, el encargado de la logística en sus viajes, un puesto que permitiría que él y su mujer se desplazaran juntos. Así, Sissi pudo disponer de Fanny también en el extranjero.

Semejantes privilegios hicieron que las damas de compañía le tuvieran envidia y se sabe que Ida Festetics en particular, la gran amiga de la emperatriz, no podía ni verla. Demasiado creída y arrogante, pensaba de ella. «Tiene los ojos repletos de siniestras intrigas», escribió otro miembro del séquito.[19] Todo parece indicar que a Fanny se le subieron los humos a la cabeza, aunque también hubo quien destacó que tenía unos modales perfectos y una manera de moverse exquisita, como si hubiera adquirido los ademanes de la emperatriz y su donaire.

Sissi no solo prestaba atención a su pelo. Obsesionada con mantenerse siempre joven y bella, su ritual de belleza era bastante peculiar. A través de las memorias de una de sus sobrinas, Marie Wallersee, condesa de Larisch, conocemos el procedimiento que seguía. Al contrario que muchas damas de la corte, Sissi no se maquillaba, pero sí se echaba cremas. «Isabel no creía en ningún tratamiento facial en especial —explicó—. Muchas veces solo usaba una crema de *toilette* sencilla. Ocasionalmente, por las noches llevaba una especie de máscara forrada por dentro por carne de ternera cruda; y en la temporada de fresas se cubría la cara y el cuello con fruta machacada».[20] La crema de *toilette* en cuestión era preparada en la farmacia de la corte siguiendo una receta del médico griego de la Antigüedad, Galeno, del siglo II, a base de aceite de oliva, agua y cera de abejas. El ungüento sería mejorado con los años exclusivamente para la emperatriz añadiéndole aceites de sésamo y de almendras, agua de rosa, manteca de cacao y *espermaceti* o esperma de ballena, una especie de cera blanquecina que se encuentra en el cráneo de los cachalotes. La mezcla resultante se conocería como *crème céleste*.[21] Años más tarde, Sissi también requeriría los ungüentos de monsieur Pierre-François-Pascal Guerlain, el mayor experto en cosmética en Francia y el *parfumeur* de la emperatriz Eugenia, el cual le enviaba su *crème à la fraise* para aclarar el tono, prevenir las manchas y mantener la luminosidad de la piel.

Cada mañana la emperatriz se levantaba muy temprano, a las cinco en verano y a las seis en invierno. Se daba un baño de agua fría y luego sus doncellas le daban masajes por todo el cuerpo, seguramente con jabones de Lubin. Sissi solo se ponía perfume en el pelo cuando se lo lavaba. En su día a día no usaba —lo odiaba— y no permitía que nadie en su séquito lo usara. Después del masaje hacía gimnasia en su *boudoir*, hacía ejercicios de barra, con anillas, pesas y cuerdas. Desayunaba muy frugalmente y se peinaba. Como el peinado podía durar horas, aprovechaba para leer, escribir cartas y estudiar húngaro. Más tarde se enfundaba un traje de amazona y salía a montar. El almuerzo solo duraba unos minutos, aunque había mejorado, Sissi aún sufría de anorexia y se alimentaba tan solo con una sopa ligera. Tras la comida salía a dar un paseo de cuatro o cinco horas a paso ligero.

A las cinco se cambiaba de ropa y volvía a llamar a Fanny para que le retocara el peinado. Sissi llevaba ropa interior hecha con seda en verano y cuero en invierno. Encima le colocaban unos corsés que encargaba en París y que le hacían con seda *moiré*.

No llevaban broches, enganches o cierres en la parte delantera, tan solo lazos por detrás. Ponerle el corsé requería de una hora y la emperatriz quería que se lo atasen al máximo para que su cintura no sobrepasara los cincuenta centímetros. Las medias eran de seda y se importaban de la firma Swears and Wells de Londres. Para que no se cayesen, iban atadas con lazos al corsé. Sissi no llevaba enaguas —otro gran escándalo— y cuando en verano salía a dar sus paseos «no llevaba ninguna ropa interior de ningún tipo bajo su falda», según explicó su sobrina.[22]

A las siete era la cena, siempre *en famille*, como dictaba la etiqueta. Era el único momento del día en que veía a Franz. Sissi se retiraba a descansar y a charlar con Ida Ferenczy durante una larga hora. Ida era la que la ayudaba a desvestirse y quien la despeinaba cada noche.

A veces, antes de ir a la cama, Sissi se daba un baño de leche de burra o de oveja o de aceite de oliva templada (una vez se lo calentaron demasiado y estuvo a punto de morir abrasada). Muchas noches dormía con toallas calientes alrededor de la cintura y la cadera empapadas de vinagre de sidra y se hacía recubrir el cuerpo con mantas de heno para que no se movieran. Sissi dormía en una cama muy sencilla, con barrotes de hierro y sin almohada (le habían dicho que eran malas para su belleza). Si al despertarse notaba que su tripa estaba hinchada, se bebía un brebaje —su sobrina Marie Larisch lo describió como «mejunje horrible»— a base de claras de cinco o seis huevos con un poco de sal.[23]

Todo aquello, desde luego, era excesivo, pero Sissi lo consideraba imprescindible para mantener su belleza intacta.

12

Hungría

Aunque el doctor Fischer insistía en que debía seguir yendo, a Sissi le costaban cada vez más sus viajes anuales a Bad Kissingen y se aburría mortalmente, por lo que más que relajarla, sus curas termales acabaron deprimiéndola.

Para animarse, en 1865 telegrafió a Viena para que le enviaran a uno de sus perros favoritos, un pastor alemán llamado Horseguard. También aprovechó para leer libros en húngaro y, sobre todo, para escribir a todas horas a Ida Ferenczy, su lectora. «Pienso mucho en ti —le decía en una carta—. Mientras me peinan, mientras camino y cien veces al día… La vida aquí es tediosa y estoy deprimida…».[1] En otra misiva le imploraba que no se casara con nadie para que pudieran estar juntas: «No te cases con tu Kálmán o con ningún otro mientras yo esté fuera y mantente leal a tu amiga»[2].

La relación de Sissi con Ida, como antes con Lily Hunyady, llegó a ser tan intensa que nuevamente se rumoreó que mantuvieron una *amitié amoureuse*, algo más profundo e incluso sensual que una mera amistad. La verdad es que, aunque Ida destruyó muchas de las cartas que la emperatriz le envió, las pocas que se conservan demuestran la confianza y admiración entre ambas, y también el deseo físico de estar siempre juntas. Sissi usaba con ella el tú y no el usted, algo impensable en la corte, y le pedía siempre que acudiese a su lado.

Ida logró que Sissi hablase muy bien el húngaro. En una carta de la condesa Almássy a una amiga, esta le reconoció que «Ida está encantada con la buena pronunciación de la emperatriz. Dicen que habla el húngaro con bastante fluidez». Sin embargo, su influencia no fue solo lingüística. Aunque tras el desastre de Italia Sissi había dejado de leer periódicos, gracias a su lectora volvió a interesarse por lo que pasaba en el imperio, si bien su interés pronto se redujo a Hungría.

Ida era muy amiga de varios políticos y periodistas liberales que defendían lo que entonces se llamaba «conciliación» y que consistía en que Hungría recuperase sus privilegios perdidos y que funcionara como una nación prácticamente independiente a cambio de aceptar que Franz fuera coronado rey de Hungría. Entre los periodistas destacaba Max Falk, un judío húngaro que trabajaba en Viena en un banco y que escribía para el diario *Pesti Napló*. Años atrás, Falk había sido un conocido revolucionario y había pasado un tiempo en prisión, pero semejante detalle no fue impedimento para que la emperatriz y él congeniaran enseguida. Incluso lo contrató para que le diera clases de húngaro, aunque más que instruirla en gramática y vocabulario, la aleccionó en temas históricos y políticos. Se sabe que se veían a diario, que él le hizo leer mucha literatura y que le encargaba traducciones continuamente, pero que con el tiempo se dedicaron más bien a analizar temas de actualidad.

Falk fue clave para que Sissi conociera a destacados intelectuales críticos con los Habsburgo, como Jósef Eötvös, de quien la emperatriz ya había leído algunas obras. Falk también le facilitó libros censurados, incluso algún que otro panfleto revolucionario. Al principio, al profesor le dio cierto reparo llevar según qué material al Hofburg, pero para vencer sus reticencias un buen día

Sissi abrió un cajón y le sacó un ejemplar de *El colapso de Austria*, una obra prohibida.

—Como puede comprobar, tengo material que mi marido considera un atentado contra el imperio —explicó Sissi con tono solemne—. Si se enterase, tendría que enviarme a prisión. Pero considero que es necesario para saber lo que se piensa fuera de estas paredes. La corte es un mundo muy cerrado y no siempre bienintencionado.

Además de a Max Falk, Ida le presentó a Ferenc Deák, uno de los más destacados políticos de Budapest y a quien apodaban el Sabio por su moderación y buen juicio. A pesar de que había estado conforme con la revolución de 1848, se opuso totalmente a la violencia y siempre defendió el diálogo frente a la confrontación. Ida hablaba maravillas de él y Sissi acabó admirándolo tanto que incluso pidió un retrato suyo, el cual fue enviado con toda discreción a Viena. El cuadro fue instalado en la habitación de la emperatriz, justo encima de su cama, y permaneció allí durante años.

A mitad de la década de los sesenta, Ferenc Deák estaba tan mayor que decidió delegar la mayoría de sus funciones en alguien más joven: el conde Gyula Andrássy. Ida y él también se conocían y empezaron a cartearse. Pronto, la dama húngara estaba hablando maravillas de aquel joven apuesto que estaba alentando las esperanzas en todo el país.

Sissi quiso saber más de él e Ida le informó de su azarosa vida: de su acción revolucionaria en 1848, de su exilio en Londres y en París, de su valentía e inteligencia y de su éxito con las mujeres. *Le beau pendu*, lo llamaban, el guapo ahorcado. Andrássy, a diferencia de muchos otros exiliados, había disfrutado de amplios fondos en el extranjero, por lo que no había vivido ninguna clase de carestía, mucho menos de miseria. Tenía buenos contactos en las altas esferas y, como hablaba varios idiomas —húngaro, inglés, francés, y alemán—, le habían abierto las puertas a los principales salones de la aristocracia europea. No había sido difícil verlo montando a caballo en las cacerías de Inglaterra o asistiendo a la Ópera de París. En Francia había disfrutado de las atenciones de decenas de damas y también fue allí donde se casó: la escogida fue la condesa Katinka Kendeffy, una mujer de una extraordinaria belleza y perfecto pedigrí aristocrático.

De Andrássy se decían muchas cosas. Para algunos era un héroe y para otros, un villano; un caballero o un aventurero bohemio; un conspirador o un pensador. No hay duda de que era vanidoso, arrogante, indiscreto, algo mentiroso y que disfrutaba siendo el centro de atención. Sissi lo encontró irresistible antes de conocerlo.

Tanto, que presionó a Franz para que este aceptara viajar a Budapest en junio de 1865. También influyó para que el emperador concediera una nueva amnistía y firmara algunas concesiones que, aunque tímidas, demostraron que estaba dispuesto a ser más magnánimo. Los húngaros valoraron el gesto, pero pidieron más. En diciembre, Franz volvió a desplazarse. Allí se dio cuenta de que la popularidad de Sissi era tan inmensa entre los húngaros como lo era en Viena: muchos tenían su retrato en los escaparates de las tiendas y en la prensa le dedicaban artículos elogiosos. Los contactos de Ida Ferenczy con los periodistas locales les habían permitido a estos acceder a detalles sobre la pasión de la emperatriz por la causa húngara y también sobre sus constantes luchas con la archiduquesa Sofía por cambiar el sistema político de Austria. Sissi se estaba convirtiendo en un icono.

Franz pensó que su mujer debía acompañarlo a Hungría la próxima vez y, en cuanto regresó a Viena, fue a buscarla para contárselo. Pero le informaron de que la emperatriz había partido sin previo aviso a Múnich bajo el pretexto de ver al doctor Fischer.

Toda la corte pensó que se trataba de una nueva extravagancia. «¡Ha vuelto a largarse y a dejar a sus hijos solos!», bramaban en el Hofburg. No obstante, esta vez había una razón de Estado para justificar su comportamiento: su primo Luis de Baviera la había reclamado urgentemente por una cuestión de alto voltaje político. A pesar de que nadie pensaba que Luis estuviera interesado en la diplomacia, la verdad era que tenía una intuición extraordinaria y captaba mejor que sus ministros la verdadera naturaleza de sus rivales y aliados. Bismarck, entre ellos, fue objeto de su odio más acérrimo y no dudaba de que el prusiano querría anexionar tarde o temprano a Baviera.

En cuanto Sissi llegó a Múnich, Luis le dijo que tenía información de primera mano de que Bismarck iba a aliarse con los italianos en contra de Austria. El prusiano estaba presionando a todos los reinos germánicos para que se uniesen a él o se mantuviesen al margen, y Luis no tendría más remedio que plegarse a sus designios. Franz no podría contar con el respaldo de Baviera. Sissi pasó las Navidades en Baviera con su familia, pero regresó a Viena para las celebraciones de Año Nuevo y allí le comentó a su marido la triste noticia.

A principios de enero de 1866, Franz le comentó al embajador británico que estaba muy contento porque no había complicaciones serias en el horizonte en aquel momento. De todos modos, el emperador sabía perfectamente que sí las había y ordenó que se adquiriesen municiones y rifles para el Ejército.

Días más tarde, Sissi y Franz recibieron a una delegación húngara en el Hofburg. Estaban allí para invitar formalmente a la emperatriz a visitar Budapest, aunque lo interesante no fue el motivo de la visita, sino que aquella fue la primera vez que Sissi y el conde Andrássy se vieron en persona. Ella tenía veintiocho años;

él, cuarenta y dos. El conde vestía un uniforme de alta gala, con incrustaciones de oro y piedras preciosas en la casaca y una piel de tigre sobre sus hombros; la emperatriz iba ataviada con el traje regional húngaro, un traje de gran falda de seda blanca con un corpiño negro ajustado adornado con encajes, lazos y tiras de diamantes y perlas. Ella dirigió unas palabras en húngaro; le contestaron con un entusiasta «*Elje!* ¡Viva!».

Sissi no pudo dejar de percatarse de los ojos verdes del conde, de su barba tosca, de su porte erguido y desafiante. Parecía un personaje de leyenda, un caballero errante, caballeroso y protector. El corazón de la emperatriz latió con fuerza y, cuando él se acercó a besar su mano, ella tembló como no había temblado en años. De repente recordó lo que era desear a un hombre, como le había pasado con Ricardo o el misterioso conde de ojos azules que habían poblado sus sueños juveniles.

Aquella noche, se organizó un banquete en palacio para la delegación. Sissi apareció radiante, con todo el pelo recubierto de perlas y un esplendoroso vestido de monsieur Worth en seda blanca con una larga cola. Tras la cena, charló con todos los miembros de la delegación individualmente y, cuando le llegó el turno a Andrássy, Sissi le habló en perfecto húngaro. Él sonrió complacido e inclinó su cabeza en señal de aprobación; ella sintió que el corazón le iba a estallar.

Pocos días más tarde, Sissi y Franz viajaron a Hungría. Era la primera vez que Sissi regresaba al palacio de Buda desde la muerte de su hija y Franz temió que los tristes recuerdos de la pequeña Sofía sumiesen a su mujer en una profunda depresión. Pero, para sorpresa de todos, Sissi pareció sobrellevar la situación con aplomo y se la vio muy contenta en Budapest. Cumplió todos y cada uno de los eventos de su apretada agenda sin rechistar y lució una preciosa sonrisa cada vez que Gyula Andrássy apareció en la sala frente a ella. Los rumores no tardaron en llegar a Viena. «¡La emperatriz y ese conde se pasan las noches enteras hablando en húngaro! *Quel scandale!*». Franz, mucho más moderado, reconoció a su madre que «Sissi es de gran ayuda para mí con su cortesía, su tacto exquisito y su buen húngaro».[3] Uno de los días, Sissi se dirigió al Parlamento de la nación en perfecto húngaro. Los asistentes acabaron llorando de la emoción.

Sin embargo, su felicidad se truncó cuando Sissi comenzó a sentirse nuevamente enferma. Sabía que la criticaban y que las injurias en Viena estaban llegando a nuevas cotas de crueldad. Otra vez regresaron las lágrimas, la tos y las fiebres. Los médicos le ordenaron guardar cama y cancelar todas sus apariciones públicas.

La pareja imperial se quedó en el palacio de Buda hasta principios de marzo. De vuelta a Viena, la emperatriz y el conde Andrássy empezaron a cartearse a través de Ida Ferenczy. Para no levantar sospechas, habían acordado cierto lenguaje en código: Sissi era «hermana» y Gyula, «amigo».

A finales de ese mismo mes, Franz comenzó a recibir informes preocupantes sobre las maniobras de Bismarck. Supo que el prusiano se estaba reuniendo con rebeldes húngaros en el exilio y que generales italianos de alta graduación habían visitado recientemente Berlín. Pocas semanas más tarde, se observaron maniobras militares extrañas en Milán. Miles de soldados, le informaron, estaban siendo enviados a la Lombardía. Franz temió una invasión de Venecia y ordenó movilizar una parte del ejército al sur. También mandó algún destacamento al norte, a la frontera con los reinos germánicos.

El 16 de junio las tropas prusianas cruzaron las fronteras y comenzó oficialmente la guerra. Al principio, parecía que las cosas iban a salirle bien a Franz y sus soldados ganaron en Custoza, en territorio italiano. Además, Austria contaba en principio con el apoyo unánime y firme de los reinos germánicos. Sajonia, Wurtemberg, Baden, Baviera, Hannover y Hesse-Kassel le juraron lealtad y se alzaron en armas contra Prusia. Semejante superioridad tendría que haber bastado para aplastar a Bismarck, pero, en la práctica, los pequeños reinos apenas aportaron soldados y, a excepción de Sajonia, no intervinieron de verdad en la guerra.

Para Sissi fue especialmente doloroso ver cómo su querida Baviera se quedaba al margen. También comenzó a temer por la salud mental de su primo, el rey Luis. Durante los peores momentos del conflicto, mientras los soldados austríacos perdían la vida, el monarca bávaro se refugió en aquella isla en medio del lago Starnberg y se puso a preparar un espectáculo de fuegos artificiales. Sissi oyó con consternación cómo los diplomáticos aseguraban que «el rey está loco». A pesar del enorme aprecio que le tenía, la emperatriz no pudo más que darles la razón.

Como ya había hecho durante la guerra de Lombardía, Sissi se mantuvo informada de todo lo que ocurría y esta vez incluso le escribió a su hijo Rodolfo, entonces de tan solo ocho años, para detallarle cómo se desarrollaban los acontecimientos. Se han conservado pocas, pero algunas demuestran que Sissi no había perdido facultades y seguía siendo una buena analista internacional, muy perspicaz. Aun así, sorprende también la crudeza con la que le explicaba al pequeño heredero las batallas en el frente. De la batalla de Custoza, una de las más cruentas, le detalló tanto el horror que no sería de extrañar que el chiquillo acabara llorando o con horrorosas pesadillas. «Nuestros enemigos se están comportando de manera inhumana con los prisioneros —escribió—. Incluso matan a los heridos».[4]

La guerra se complicó tanto que el ejército prusiano llegó a las puertas de Presburgo. En el Hofburg cundió el pánico y muchos aristócratas salieron disparados hacia lugares más seguros. A principios de julio, Sissi también se refugió con sus hijos en Hungría, un movimiento de gran carga simbólica. Su suegra, por supuesto, se negó a ir y prefirió poner rumbo a Bad Ischl. Hasta el último momento Sofía intentó desesperadamente que los pequeños archiduques se quedaran en Austria —volvió a insistir en la pureza del aire de sus montañas—, pero Sissi sabía perfectamente lo que hacía. Le habían llegado rumores de que Bismarck quería alentar la insurrección en Hungría para que esta declarara la independencia de Viena, lo que hubiese significado el desmembramiento *de facto* del imperio y el fin de la monarquía de los Habsburgo. Su presencia allí evitó el desastre. Fue una maniobra extraordinariamente inteligente.

No solo eso: consciente de que su enorme popularidad seguía intacta mientras que la de Franz había llegado a mínimos históricos tras las noticias de las derrotas —la situación era peor que tras la batalla de Solferino—, Sissi le rindió una gran demostración de afecto y admiración en público. Mientras salían del Hofburg hacia la estación de tren para partir hacia Budapest, la emperatriz oyó entre el público que se había congregado para despedirla gritos de «Que vuelva Maximiliano» o «Viva Max». De nuevo Franz tuvo que aguantar estoicamente que lo abuchearan en público y pidieran su abdicación. Pero Sissi se negó a tolerarlo y, antes de subir al tren, se giró hacia su marido, le tomó las manos y se las besó. Fue la muestra de amor y de lealtad más significativa que Sissi le dirigía en público en toda su vida.

La emperatriz fue recibida con vítores en Hungría. Desde el primer día inició una ronda de contactos de alto voltaje político y se sabe que escribió largas cartas a Franz para pedirle que fuera más indulgente con los húngaros y cediera a sus peticiones. Franz no le hizo demasiado caso —la guerra con Bismarck centraba todas sus energías—, pero sí tuvo tiempo para escuchar los rumores que le llegaban de Budapest sobre la proximidad cada vez más estrecha entre Sissi y el conde Andrássy. Ambos pasaban largas horas juntos, salían a montar a caballo y no era ningún secreto que la emperatriz acabó completamente subyugada por el atractivo y el carisma de aquel *beau pendu* que tanto la deslumbraba. A Franz le explicaron que su mujer se había enamorado a todas luces de otro hombre y no pudo dejar de sentir rabia y celos.

Franz no compartía en absoluto la fascinación de su mujer por Andrássy. Consideraba que era «impreciso en sus puntos de vista y no tiene la necesaria consideración por la monarquía».[5] Sin embargo, Sissi lo presionó tanto que aceptó entrevistarse con él y considerar sus peticiones. El 17 de julio, mientras las tropas austríacas eran masacradas por los prusianos en varios frentes, los dos hombres se reunieron en el Hofburg. El encuentro no produjo ningún resultado tangible: «Pide mucho y no ofrece nada a cambio —se quejó Franz a su mujer en una carta—.[6] Tengo miedo de que carezca de la fuerza o de los medios para llevar a cabo sus intenciones».

Por intermediación de Sissi, Franz también se reunió con Ferenc Deák. Este encuentro fue menos tenso y el emperador reconoció que el anciano húngaro era honesto y franco, aunque tampoco llegó a ningún puerto. «Solo me hablan en términos ambiguos. Sin ofrecerme garantías de éxito, solo esperanzas y probabilidades».

Las derrotas en el frente fueron tan contundentes que el general prusiano Helmuth von Moltke aseguró al rey Guillermo que «Viena está a sus pies» y este comenzó a preparar su desfile triunfal por la capital austríaca. Tan solo la intervención de Bismarck pidiendo prudencia lo disuadió. No hacía falta humillar al enemigo, le explicó. Con la derrota era más que suficiente.

Absolutamente desbordado y harto de aguantar presiones por todos los lados, Franz pidió a su mujer que regresara a su lado. «Tu presencia en Hungría ya no es necesaria», le explicó, y acto seguido le imploró que se trasladara a Bad Ischl con los niños para que así él pudiera visitarlos de vez en cuando. Pero ella no pensaba moverse de Budapest y siguió con sus misivas políticas en favor de la causa húngara. El tono en ellas era cada vez más drástico y autoritario, incluso en algunas claramente insolente —haz esto de inmediato, recibe a este de una vez, y cosas por el estilo—. La paciencia de su marido estaba llegando al límite.

El 22 de julio se declaró el alto el fuego. La guerra había durado exactamente siete semanas, tiempo suficiente para que Prusia arrasara al ejército austríaco en Italia y los territorios de Bohemia. Franz había vuelto a perder y esta vez su humillación fue incluso más profunda.

Franz aprovechó una carta a su mujer donde le explicaba las negociaciones del armisticio para pedirle, una vez más, que regresara a Viena con los niños. Los rumores sobre la relación entre la emperatriz y el conde Andrássy eran ya tan intensos que nadie dudaba de que eran amantes. El emperador se moría de rabia y celos. «¡Si pudieras venir a visitarme! —le expuso—. Eso me haría infinitamente feliz».

Esta vez, Sissi aceptó ir. Conocía perfectamente lo que decían en la corte y quería atajar los chismorreos antes de que llegaran al pueblo. Pero su estancia en Viena no fue todo lo agradable que Franz podía esperar. Sissi había llegado a tal obsesión con la causa húngara que exponía sus argumentos con fanatismo, con histeria incluso. No había ni un solo segundo en que no sacara el tema y exigiría a su marido que hiciera algo de inmediato. A veces se la oyó hasta chillar.

Por si aquello no fuera bastante suplicio, el propio conde Andrássy se personó en Austria a los pocos días y solicitó audiencias en Schönbrunn con la emperatriz y, poco más tarde, con el emperador. Franz lo recibió con gesto serio y, más que ceder a sus peticiones, le siguió dando largas. «Estudiaré sus peticiones, conde

Andrássy», le contestó con voz tajante y altiva. Su mirada fue fría
como el hielo.

Franz estaba harto y se tiene constancia de que el matrimonio tuvo peleas bastante sonadas. Los gritos de la emperatriz se
escuchaban por todo el palacio y sus impertinencias, claramente
insufribles a estas alturas, llegaron a un nivel de retorcimiento y
crueldad intolerables. El propio Franz, generalmente muy comedido, no dudó en reprocharle a su mujer por carta su comportamiento. Cuando esta regresó a Hungría al cabo de unas semanas,
le espetó: «Soy muy feliz al saber que estás descansando tanto y
durmiendo hasta tarde, aunque no creo que tu estancia aquí y mi
presencia te hayan podido cansar tanto».[7] En otra carta le reprochó
que «simplemente, me tengo que consolar a mí mismo y una vez
más seguir adelante yo solo, como me he acostumbrado a hacer.
He aprendido a aguantar mucho; al final, uno se acostumbra».[8]
Sissi respondió al envite echándole en cara abiertamente a su
marido que pensaba quedarse en Budapest con sus hijos durante
una larga temporada y que si quería verlos tendría que viajar a
Hungría.

Más que comprensiblemente, Franz se enfadó sobremanera
al leerlo. No hay duda de que Sissi estaba siendo excesivamente
grosera y, aunque bienintencionadas, sus acciones a favor de los
húngaros no estaban teniendo en cuenta la realidad del resto del
imperio. Su marido no solo tenía que hacer frente a las consecuencias de una guerra terrible con Prusia: la economía era un
desastre, Bohemia sufría hambruna y miseria y muchos soldados
que venían del frente padecían cólera. Con toda la razón, Franz
debía mirar por todos aquellos territorios que más estaban sufrien-
do, lo que significaba que no podía concentrarse exclusivamente
en una única región.

Además, tenía que hacer frente a la deleznable derrota frente a Bismarck. Cuando firmó la paz, no tuvo que ceder demasiadas posesiones (tan solo Holstein y Venecia), pero Austria tuvo que renunciar a todo su poder sobre los reinos germánicos. Prusia se anexionó Hannover, Hesse, Schleswig-Holstein, Nassau y Frankfurt am Main. Se eliminó la Confederación Germánica y se sustituyó por dos entidades: la Confederación Alemana del Norte, que englobaba a veintidós Estados y quedó bajo el dominio prusiano (Austria fue excluida), y un conjunto de países, los del sur, que se mantendrían de momento independientes. Tras mil años en que Austria había sido el único poder real en la zona, Franz perdió todo el control sobre aquel territorio. Fue una humillación histórica.

De nuevo, el pueblo austríaco le echó en cara a Franz su derrota. De nuevo, él pensó que la culpa no había sido suya. O no del todo. Los reinos germánicos —a excepción de Sajonia— no lo habían apoyado y, como ya le adelantó Luis de Baviera, ni siquiera los lazos familiares había ayudado a mantener Austria a flote. En una carta que Franz escribió a Sissi, reconoció: «Deberemos irnos completamente de Alemania tanto si nos lo piden como si no —después de lo que he visto de nuestros compañeros de la Confederación Germánica, es toda una suerte para Austria».[9] A su madre, la archiduquesa Sofía, le confió: «Cuando todo el mundo está en tu contra y no tienes amigos, hay pocas posibilidades de éxito, pero debes seguir adelante».[10]

París recibió la noticia de la victoria de Prusia con alegría, pero la felicidad no duró más de unas horas. Austria había sido derrotada y humillada, borrada del mapa como potencia dominante, pero su caída significaba que había emergido un nuevo poder en su lugar, mucho más peligroso. Bismarck había dejado claro que contaba con un ejército poderoso, moderno y eficaz. Su maquinaria de guerra era novedosa e incomparable al resto de Europa, sobre todo en lo referente a los fusiles Dreyse, de carga rápida y excelente precisión, un arma que había contribuido enormemente a la victoria contra Austria.

Napoleón III sabía que con aquella superioridad técnica y con la ayuda de todos los reinos germánicos, ahora bajo su dominio, Prusia podía movilizar rápidamente a miles y miles de soldados y arrasar Francia cuando mejor se le antojara. Aterrado, el emperador reunió enseguida a sus ministros en un Consejo de Estado para analizar la situación; Eugenia también acudió. Napoleón se mostró taciturno, dubitativo y, por primera vez en muchos años, sin saber cómo proceder. Algunos temieron que estuviera al borde de un colapso nervioso.

Consciente de que a iba a pasar mucho tiempo en Hungría, Sissi decidió comprarse un palacio adaptado a sus necesidades. El palacio real de Buda la agobiaba y consideraba que no estaba bien ventilado. La villa que alquiló en alguna ocasión, Villa Kochmeister, en las colinas detrás de Buda, le resultaba pequeña y algo incómoda. Sin duda, era la casa más modesta en la que había vivido hasta entonces, era una especie de chalé de dos plantas, encalado en blanco y con las ventanas y el tejado verdes. En la fachada había un discreto porche con columnas y un balcón en la parte superior. El interior era igualmente austero.

Empezar a buscarse un castillo propio fue un acto de gran egoísmo y arrogancia por su parte: el imperio acababa de perder una guerra, miles de personas habían sido condenadas a la miseria y otros miles más padecían graves enfermedades. No había trabajo en las ciudades ni apenas víveres en muchos pueblos. Tampoco había dinero para pagar a los soldados y las arcas imperiales estaban vacías. Franz había ordenado reducir todos los gastos posibles de la corte, vender los establos y evitar cualquier lujo innecesario. Pero a ella todo aquello le dio igual, estaba obsesionada con la idea de vivir en Hungría y quería su propio hogar, a poder ser en el campo. Finalmente dio con el lugar perfecto en el castillo de Gödöllő, una preciosa construcción del siglo XVIII, de fachada blanca y tejado naranja, situado a una hora en carruaje al norte de Pest. El lugar era propiedad de un banquero, György Sina, que lo había cedido temporalmente como hospital para heridos de guerra. Sissi lo pisó por primera vez precisamente cuando fue a tratar a soldados que venían del frente y enseguida se enamoró del lugar, con sus bonitos prados y bosques que lo rodeaban. Escribió a Franz para pedirle que se lo comprara, pero él se negó: «Sobre tu sugerencia de comprarte un bonito palacio en Hungría, me duele comunicarte que ahora no tengo dinero suficiente. En estos momentos, hemos de ahorrar todo lo posible».

Cuando agosto llegó y con él el cumpleaños de Franz, a Sissi no le quedó más remedio que partir hacia Viena para guardar las apariencias. Sus hijos, sin embargo, se quedaron en Budapest. El emperador estaba últimamente tan deprimido que, en un gesto un tanto patético, agradeció con excesiva efusividad que su mujer hubiera decidido ir a verlo: «Te agradezco de todo corazón que seas tan buena y que vayas a venir... Sé buena cuando estés aquí, porque estoy triste y me siento solo y necesito desesperadamente que alguien me anime».

Sissi, sin embargo, no se preocuparía de infundirle ánimos yo que solo se quedó un día en Viena y, a las veinticuatro horas, tomó un tren de regreso a Budapest. Quería estar presente en las celebraciones del día de San Esteban, patrón de Hungría. La desesperación de Franz quedó patente en las cartas que le envió: «Te echo de menos terriblemente. Siento que contigo puedo hablar y que a veces me reconfortas, aunque también haya momentos en que te encuentre algo problemática».

De vuelta a Hungría, Sissi retomó su agenda política y solo se centró en otros temas cuando le informaron de que su cuñado Max estaba teniendo graves problemas en México.

Desde el mismo momento en que llegó a Veracruz, el 29 de mayo de 1864, Max había intuido que todo aquello era un error. Y no se equivocó: los mexicanos lo recibieron con desprecio, tuvo que hacer frente a revueltas desde el principio y jamás consiguió afianzarse en el puesto. A pesar de tener un encanto personal indudable, no se hizo amigo de ninguna facción política: para los liberales era un invasor; para los conservadores, un traidor porque tan pronto como pudo puso en marcha políticas muy avanzadas a su tiempo, desde la libertad religiosa a la reforma de la propiedad de la tierra y la extensión del derecho a voto a las clases medias.

Lo que era peor, sin embargo, era que sus aliados le dieron la espalda desde el principio. Napoleón enseguida se olvidó de él y de su aventura mexicana, a pesar de haberla impulsado. Desde los Estados Unidos no recibió ningún apoyo y ni el presidente Abraham Lincoln ni su sucesor, Andrew Jackson, lo reconocieron como jefe de Estado. Su situación llegó a ser tan desesperada que, en 1866, en las calles de México capital se oyeron gritos de «¡Viva la república! ¡Viva la libertad!».

Max, sin embargo, insistía en sus cartas en que todo iba bien. A su amigo el conde Hadik le explicó que «la vida aquí es mucho más tranquila, libre y sin ataduras. Uno no encuentra aquí la vetustez de una Europa débil y senil… Te sorprendería ver la facilidad con la que la emperatriz y yo nos hemos convertido en mexicanos comunes y vivimos plácidamente entre ellos». Incluso insistía en que «hablaba en un español elegante y fluido» y corría «con caballos salvajes como cualquier ranchero».[11]

La realidad, por supuesto, era muy distinta. Max se había convertido en un alcohólico empedernido, cada día bebía veinte vasos de champán e innumerables copas de vino.[12] Con frecuencia estaba tan borracho que era incapaz de aparecer en actos oficiales y, cuando asistía, lo hacía muy mal vestido. No era raro que concediera audiencias en zapatillas de andar por casa y solo quería como compañía a cuatro grandes perros.

La relación con su mujer también era pésima. El matrimonio estaba completamente roto y apenas coincidían. Cuando lo hacían, él la trataba con desdén, como si lo estuviese haciendo perder el tiempo. Si ella quería verlo, debía solicitarle una audiencia como cualquier otro súbdito.

Carlota estaba al borde del ataque de nervios. Sabía que se había quedado completamente sola en el mundo: su padre, el rey Leopoldo I, había muerto en diciembre de 1865; su madre también había fallecido, así como su abuela, la reina María Amelia. Su marido la había repudiado y sabía que tenía como amante a la hija del jardinero de la finca de Cuernavaca donde el matrimonio pasaba algunos días de descanso. Carlota se sentía sola, desamparada, aburrida, sobrepasada y frustrada. No hay duda de que acabó sumida en una profunda depresión, en los banquetes no hablaba con nadie y se consumía en un silencio soporífero.

Completamente desesperada, Carlota partió hacia Francia para pedir ayuda. Llegó al puerto de St. Nazaire y desde allí telegrafió a Napoleón, el cual le dio largas. La emperatriz de México tomó un tren hacia la *gare* Montparnasse y, al llegar a París, ninguna recepción oficial la estaba esperando. Carlota y su séquito tuvieron que salir a la calle a pedir un carruaje. Como tampoco tenían residencia o embajada propia, se tuvieron que hospedar en un hotel.[13] La emperatriz Eugenia fue la única que se molestó en ir a visitarla. Carlota intentó explicarle su situación en México, pero Eugenia respondió con evasivas.

Finalmente, cuando Napoleón la recibió, le comentó abiertamente que no podrían contar más con su apoyo. Iba a necesitar todos los soldados franceses en el continente ahora que Bismarck podía amenazarlos en cualquier momento. Abruptamente, le recomendó que lo mejor que podía hacer Max era salir corriendo de México antes de que fuera demasiado tarde. Tras soltar semejante frase, se levantó y se fue.

Cuando regresó al hotel, Carlota perdió la compostura y, según varios testigos, también la cordura. Comenzó a chillar, se puso violenta con una de sus damas y aseguró que Napoleón había intentado envenenarla con un zumo de naranja. Como no podía dormir, por las noches deambulaba por sus aposentos y de vez en cuando gritaba: «¡Napoleón es Satán! ¡Tiene el rostro de los jinetes del Apocalipsis!».[14]

Para calmarla, su séquito le puso somníferos en el desayuno. Pero ni así consiguieron que entrara en razón. Fuera de sí, un buen día anunció que quería ir a Roma a ver al papa. Mientras viajaba, le llegó la noticia de que su marido había tenido un hijo con su amante, aquella hija del jardinero. El escándalo fue tan grande que, a pesar de que entonces las comunicaciones transoceánicas eran algo rudimentarias, las principales cortes de Europa, incluida la de Viena, se enteraron de lo sucedido. Aquello fue la gota que colmó el vaso: cuando llegó al Vaticano, Carlota sufría tal estado de nervios que perdió la noción de la realidad y le explicó a un atónito Pío IX que todo su séquito estaba al servicio del demonio y habían intentado envenenarla.

De vuelta al hotel, se negó a comer nada que no fueran naranjas y nueces, y solo si estas estaban sin tocar. A la mañana siguiente insistió en ver al papa de nuevo. Este aceptó, la invitó a desayunar y le ofreció un chocolate. Ella no lo tocó porque pensó que también estaba contaminado. Luego le dijo que había asesinos en Roma esperando para matarla y le pidió que arrestara a sus damas de compañía. Hasta le imploró que la dejasen dormir en el Vaticano. El papa, sin saber exactamente cómo proceder, ordenó que instalasen una cama en la biblioteca. Cuando finalmente consiguieron que saliera del Vaticano y la llevaron al hotel, insistió en que llevaran gallinas a su habitación y las ataran a una mesa. Carlota recogió personalmente los huevos que pusieron y supervisó cómo los cocinaban delante de ella.[15]

Uno de sus hermanos fue alertado inmediatamente y se presentó en Roma sin creerse del todo que su hermana pudiera estar en semejante estado. Pero al verla comprobó que la situación era incluso peor de lo que le habían explicado. Ordenó que la trasladaran inmediatamente a Miramar y que no la dejaran salir de allí. Carlota acabaría recluida como una prisionera el resto de sus días. Sus alucinaciones fueron a más y, al cabo de unos meses, incluso aseguraba que Max había enviado a sicarios para acabar con ella.[16]

Max, por supuesto, no lo había hecho, pero en cuanto recibió noticias del estado de su mujer se impresionó tanto que decidió dejarlo todo, abdicar y regresar a Europa. Toda aquella aventura mexicana había sido una temeridad que le había costado incluso la cordura a Carlota. Ordenó enseguida que empaquetaran sus cosas y las llevaran al puerto de Veracruz. Sin decirle nada a nadie, ni siquiera a su amante y madre de su hijo recién nacido —y sin haber tomado ninguna disposición respecto a su manutención y porvenir—, Max abandonó su palacio de incógnito la madrugada del 20 de octubre de 1866.

Cuando la noticia de su huida se hizo pública, la ciudad se conmocionó y cundió el pánico. La violencia no tardó en irrumpir y se vivieron momentos más propios de una guerra. Max, camuflado bajo un humilde poncho y sin sombrero, intentó llegar al océano por la ruta del este. Nunca llegó a su destino.

Mientras su hermano huía, Franz hacía frente a sus propias batallas. Decidió ir a Bohemia para comprobar por sí mismo los estragos de la guerra sobre el terreno y lo que vio lo sobrecogió enormemente. Pueblos enteros habían sido arrasados por los prusianos y grandes fosas comunes habían tenido que ser cavadas a toda prisa para enterrar a los más de veinte mil soldados que perdieron la vida. Franz acabó con lágrimas en los ojos, totalmente sobrepasado por aquella estampa horrenda. Los remordimientos y el sentimiento de culpa lo destrozaban por dentro. Todos a su alrededor lo miraban con odio y una noche, en un teatro de Praga, incluso intentaron asesinarlo.

De vuelta a Viena, todavía estaba en estado de *shock*. Pero su mujer, en vez de escucharlo y reconfortarlo en sus cartas o correr a su lado, siguió obsesionada con el tema húngaro y solo hablaba de él. Franz, aturdido, accedió a estudiar la situación y recibir de nuevo a Andrássy. El conde viajó varias veces al Hofburg, lo que indignó sobremanera a la corte. Algunos ministros presionaron al emperador para que no cediera. Aquello, dijeron, era una injuria al imperio. ¿Qué iba a pasar con el resto de regiones? Bohemia siempre se había mostrado leal a los Habsburgo. ¿No se merecía acaso más poderes de los que iba a obtener Hungría? ¿Por qué la emperatriz maquinaba tan solo para unos cuantos? Durante días, los debates fueron muy tensos y se produjeron incluso confrontaciones violentas. En principio, hasta el propio Franz era reticente a ceder, pero Sissi redobló sus presiones. Se plantó en Viena personalmente y no paró de avasallar a su marido hasta que este no pudo más.

La pasión de Sissi por Hungría era tan intensa que una tarde, en una representación de *Las manos de las hadas* en el Burgtheater, apareció en el palco imperial con una cofia de oro y diamantes

muy parecida a la que llevaban las aristócratas húngaras. La archiduquesa Sofía, sentada en otro palco, no pudo dejar de sorpren-
derse. Primero la observó con su *lorgnette*, incluso se inclinó osten-
siblemente sobre el borde de la balaustrada, y luego se dirigió a
una de sus damas con la cara desencajada. «¡Cómo osa desafiar la
política del emperador de aquella manera!», comentó con ira.
Aquello era una demostración política clara de apoyo a Hungría,
rotunda y excesiva. «¡Esto es un ultraje a su propio marido! —gritó—. ¡Sissi ha llegado esta vez demasiado lejos! ¡Qué desvergüenza! ¡Qué descaro!». El teatro se llenó de murmullos y la emperatriz, enfadada por la humillación, se levantó y se marchó de la sala.
En un gesto de amor sin precedentes, su marido se levantó también y la acompañó a la salida. Mientras avanzaban por los pasillos,
Sissi le dedicó una sonrisa cómplice.

Sissi no se amilanó y siguió con su campaña política. Incluso contagió a su hijo la pasión por Hungría. Rodolfo llegaría a
sentir verdadera devoción por aquellas tierras «irresistiblemente
cubiertas por bosques oscuros» y cuyos atardeceres le evocaban
sentimientos casi místicos. Sissi se preocupó por escoger personalmente al tutor de húngaro de su hijo: el párroco Jácint János
von Rónay, un religioso que la corte de Viena miraba con recelo, incluso con desprecio, porque había participado en la revolución de 1848 contra los Habsburgo. Hasta se había llegado a
firmar una sentencia de muerte contra él, aunque finalmente la
pena se había conmutado. Con los años, el párroco había moderado algo sus posturas y ya no pedía la independencia de Hungría, pero sí una mayor autonomía, precisamente lo que Sissi
defendía.

Finalmente, a mediados de febrero de 1867, se llegó a un
acuerdo: el famoso *Ausgleich*, el compromiso por el cual el impe-

rio se convirtió en una monarquía dual, con dos capitales y dos gobiernos distintos (aunque con algunos ministros, como el de la Guerra, en común). Franz pasaría a ser emperador de Austria y rey de Hungría. Gyula Andrássy se convirtió en el primer ministro.

Sissi estaba eufórica y expresó su gratitud a su marido con cartas que dejaron de ser frías y tan solo centradas en política y pasaron a ser cariñosas y entrañables. «Mi querido emperador —decía en una—. Hoy estoy muy triste. Sin ti esto es de una soledad infinita. Cada minuto pienso que vas a entrar por la puerta y voy a correr hacia ti».[17] La decisión de Franz de ceder a las presiones de Hungría acercó al matrimonio e hizo que volvieran a estar unidos, incluso seguramente a nivel íntimo.

La tradición dictaba que primero se coronaba al rey de Hungría y, días más tarde, a la reina, pero se alteró todo el protocolo para que Sissi fuera la estrella indiscutible del histórico evento. La emperatriz supervisó todos los detalles de la ceremonia —«Más de lo que había hecho en su propia boda», apuntaron algunos con sorna— y dedicó horas enteras a perfeccionar su pronunciación con Max Falk.

El 8 de mayo, Sissi y Franz partieron hacia Budapest. «Durante tres décadas —escribió el poeta Eötvös en referencia a la emperatriz—, hemos deseado y hemos tenido esperanzas de que apareciera una persona de la dinastía a la que pudiéramos querer desde el fondo de nuestro corazón. Ahora que lo hemos conseguido, no tengo dudas de que tenemos un gran futuro por delante». El pueblo húngaro demostró ese amor echándose a la calle y vitoreándola con extraordinaria emoción cuando llegó a la capital.

Cuando el día de la coronación en cuestión se acercó, los nervios se dispararon. Algunos políticos húngaros empezaron a recibir amenazas y corrieron rumores de que algunos grupos revolucionarios intentarían reventar la ceremonia. Más policía fue apostada en las calles para evitar un desastre. Desde Viena, además, llegaron pésimas noticias: Matilde, la hija del archiduque Alberto, uno de los tíos abuelos de Franz, murió en un desafortunado accidente. Estaba fumando a escondidas un cigarro cuando la pillaron infraganti. El pitillo cayó sobre su falda y comenzó a arder a tal velocidad que la joven Matilde murió abrasada en el acto. Tenía tan solo dieciocho años. La corte se tiñó de luto y se pensó en posponer la coronación, pero finalmente se decidió que el evento era demasiado trascendental como para retrasarlo. Los planes siguieron adelante intactos.

Sissi se angustió al pensar que algo malo pasaría. Aparte, veía con aprensión todas las ceremonias y actos a los que tendría que acudir. En una carta a su madre le explicó: «Es una carga angustiosa vestirse a primera hora de la mañana en traje de gran gala y corona y aguantar audiencias y recibir a delegaciones todo el rato. ¡Y con este calor descomunal! ¡Qué agradable debe ser el tiempo ahora mismo en Possenhofen! La coronación está prevista para el sábado a las siete de la mañana. Los días de antes y después están repletos de ceremonias aburridas. Los bailes y el teatro serán lo peor, porque ahora no refresca durante la noche».[18]

A pesar de sus quejas, sin embargo, no hay duda de que estaba pletórica y de que contaba los segundos para convertirse en Erzsébet Kyráliné, la reina Elisabeth. Sissi cumplió sin rechistar con todas las tradiciones, incluso arregló ella misma el gran manto de San Esteban que sería colocado sobre los hombros de Franz cuando fuese coronado. También le remendó los agujeros de las medias que llevaría su esposo y mandó arreglar la base de la corona húngara, porque era demasiado ancha para la cabeza de su marido.

El día 7 de junio por la tarde empezaron los festejos con un ensayo general en la iglesia de Budapest donde se celebraría la ceremonia. Prácticamente nadie durmió aquella noche. A las cuatro de la madrugada, veinte salvas de cañón fueron disparadas desde la ciudadela de San Gerhardsberg. A las seis, los carruajes con dignatarios se agolparon enfrente de la iglesia de San Mateo. Los caballos más regios, adornados con oro y piedras preciosas, portaron a nobles y aristócratas.

A las siete salió la solemne procesión real del palacio de Buda. Gyula Andrássy abrió el cortejo portando la corona histórica de Hungría. Detrás de él iba Franz a caballo, ataviado con el uniforme de mariscal húngaro. Sissi apareció en una carroza tirada por ocho caballos blancos. Escoltándola iban guardias a caballo con pieles de leopardo a modo de casacas. Sissi vestía un traje que le había confeccionado monsieur Worth por el módico precio de cinco mil francos. El vestido consistía en una amplia falda blanca bordada en hilo de plata, una larguísima cola y un delantal de encaje. El corpiño era de terciopelo negro con mangas abullonadas y rematadas con lazos de raso y puntillas. Un velo blanco sobre su cabeza era sujetado por una magnífica corona de diamantes que Fanny, su peluquera, le colocó sobre varias tiras de trenzas entrelazadas. Sissi, normalmente muy reticente a llevar excesivas joyas, se puso un descomunal collar. No llevaba pendientes. Al verla, antes de salir, Franz había quedado tan deslumbrado por su belleza que la abrazó tiernamente.

La ceremonia religiosa fue larga y repleta de rituales solemnes. Franz fue coronado por Andrássy. A Sissi, el conde le colocó la corona sobre el hombro derecho, como marcaba la tradición. La nueva reina de Hungría lloró emocionada al escuchar el tedeum. Luego abandonó el templo bajo los gritos enfervorecidos de la población. Franz se dirigió entonces a caballo hacia el Monte de la Coronación, un montículo hecho con tierra traída de todos los rincones de Hungría y sobre la cual habría de prestar solemne juramento. Sissi se cambió de ropa —se puso un traje de tul blanco—, cruzó el Danubio en barco, se instaló en el palacio de Pest y desde allí siguió la ceremonia.

Seis días de celebraciones y actos siguieron. Cuando acabaron, todos respiraron aliviados, rotos por el cansancio. El 12 de junio, los nuevos reyes de Hungría partieron hacia Ischl.

13

Valeria

Sissi y Franz esperaban poder descansar unas semanas, pero nuevas noticias empañaron su tranquilidad. El 26 de junio murió el príncipe de Thurn und Taxis, marido de Néné. La pareja imperial viajó de inmediato a Regensburg para asistir al funeral. A finales de mes, llegó un telegrama anunciando que Max podría haber muerto en México. Al principio, la información era confusa y la archiduquesa Sofía se negó a creer que su hijo favorito hubiese fallecido. Durante días quiso pensar que se trataba de un rumor malintencionado, pero la confirmación oficial no tardó en llegar. Los servicios diplomáticos informaron de que, tras partir de la capital, Max había sido apresado en Querétaro, a mil millas de la ciudad de México, y juzgado por alta traición. Lo condenaron a la muerte y un pelotón lo acribilló el 19 de junio de 1867 a las seis cuarenta de la mañana. Sus últimas palabras fueron: «¡Viva México! ¡Viva la independencia!».

Sofía se quedó tan conmocionada que no podía articular palabra y solo lloraba amargamente. Se encerró en sus aposentos y, en cuestión de meses, envejeció tanto que, a sus sesenta y dos años, una edad por entonces ya bastante considerable, parecía una octogenaria al borde de la muerte. Sissi intentó ayudarla, consolarla de algún modo, pero la distancia entre ellas era demasiado grande como para que pudieran entenderse.

Franz ordenó al almirante Tegetthoff que partiese de inmediato a Veracruz, recuperase el cuerpo de su hermano y lo llevara a Trieste. No fue en absoluto sencillo, las autoridades mexicanas no querían deshacerse del cadáver y tardaron dos meses en ceder. No sería hasta enero de 1868 que toda la corte pudo celebrar las exequias.

En cuanto se enteró de la noticia, Napoleón III quiso ir en persona a ofrecer sus condolencias, pero ni Franz ni Sissi estaban dispuestos a tolerar que el verdadero culpable de aquella tragedia pisase Austria. La archiduquesa Sofía estuvo de acuerdo y dejó claro que no pensaba saludar «al asesino» de su hijo. No obstante, los embajadores presionaron al emperador para que suavizara sus recelos hacia el francés: Bismarck seguía al acecho y una alianza con Francia sería tarde o temprano necesaria. Franz lo odiaba con todas sus fuerzas, aún le reprochaba el ataque a Italia y, en privado, se refería a él como «ese canalla» o «ese truhan», pero entendió lo que había en juego y aceptó encontrarse con Napoleón III en Salzburgo.

Pidió a Sissi que lo acompañara. Esta intentó zafarse, le dijo que no se encontraba bien y, para sorpresa de su marido, le desveló que «quizás esté embarazada». Pero Franz, aunque eufórico con la noticia, insistió en que fuera. Eugenia también asistiría y había pedido expresamente conocerla.

El 18 de agosto de 1867, ambas parejas se encontraron: Sissi y Eugenia se vieron por primera vez las caras. El recibimiento fue cordial, aunque frío y distante y ni siquiera los entretenimientos preparados para agasajar a los franceses —un gran banquete, una representación del poema dramático *Wildfeuer*— sirvieron para romper el hielo. Los reporteros que se habían desplazado para cubrir el evento no pudieron evitar hablar de la tirantez entre las dos parejas, aunque lo más destacado de las crónicas, sin duda, fue el duelo de elegancia y belleza que se gestó entre ambas damas.

Eugenia tenía cuarenta y un años; Sissi, veintinueve. La primera apareció con un sencillo vestido blanco un tanto corto y con un tocado en la cabeza que le cubría el rostro con un velo. Carlos Luis, el hermano de Franz, escribió a su madre que «desde el primer momento se mostró *ravissante* (encantadora)… Cuando nuestra emperatriz besó a Eugenia, ella se levantó el velo y vimos aquel rostro que parecía sacado de un cuadro. Tiene unas manos y unos pies sublimes. Era totalmente la *belle femme, mais la très humble servante de la nôtre*, un rol que jugó de manera distinguida y hábil, sin perder la dignidad».[1] Otros no fueron tan amables y criticaron lo corto, excesivo y demasiado coqueto del vestido. Sissi, en cambio, había aparecido más recatada y digna con una falda hasta el suelo en color violeta. Sus manos, empero, apuntó la prensa con malicia, habían dado que hablar: Sissi tenía ciertamente unas manos bastante feas, muy huesudas, con dedos que parecían garfios y puntas bastante planas. Sus uñas tampoco eran hermosas, ni tampoco sus pies, que eran desproporcionadamente grandes y toscos de tanto andar por las montañas.

Más allá de rivalidades en cuanto a moda, ambas mujeres parecieron congeniar, las dos adoraban los caballos y habían sufrido en sus matrimonios. No era ningún secreto que Napoleón seguía teniendo amantes y es bastante probable que Franz también las tuviera, aunque en menor intensidad. Los gestos de complicidad entre las dos emperatrices fueron palpables.

Cuando los franceses se marcharon, Sissi aprovechó para poner rumbo a Zúrich a ver a su hermana María, reina de Nápoles. Cuando un brote de cólera apareció en la ciudad, las dos viajaron a Schaffhausen, un pequeño municipio en la ribera alta del Rin que a Sissi le gustó tanto que incluso convenció a Franz para que fuera. El matrimonio pasó allí unos días y luego fueron juntos a Baviera.

Sissi había escuchado historias tremebundas sobre su primo Luis y en Múnich su familia se las confirmó: el rey parecía haber perdido completamente el juicio, no atendía actos oficiales ni reuniones de gobierno y por las noches se escapaba de palacio y montaba a caballo por los bosques. Además, a estas alturas ya se tendría que haber casado; la corte de Baviera había decidido que la hermana pequeña de Sissi, Sofía, era la candidata perfecta para convertirse en su esposa.

Sofía tenía diecisiete años cuando se empezó a barajar el noviazgo, era preciosa, alta y esbelta. Como su hermana Sissi, tenía los ojos azules muy oscuros y una gran mata de pelo, aunque Sofía era muy rubia. Tenía también una preciosa voz y, como Luis, era una gran admiradora de las óperas de Wagner. Esta pasión mutua por el compositor hizo pensar que la pareja podría funcionar y Luis llegó a cortejarla en Possenhofen. Él iba a buscarla a caballo, daban paseos juntos y ella lo deleitaba con arias de *Tannhäuser* y *Lohengrin*.[2] Ambos empezaron a cartearse y, como había pasado con Sissi años antes, se inventaron apodos: él era Heinrich y ella, Elsa, los protagonistas de una de las óperas de Wagner. Con el tiempo, él llegó a apreciarla sinceramente, pero no a amarla. Todos en Múnich sabían perfectamente que Luis era homosexual, pero a Ludovica le dio igual y presionó para que hubiera una boda. Aunque él dudó bastante, finalmente cedió y pidió su mano.

El noviazgo, sin embargo, fue un desastre y a él le asaltaron las dudas. Finalmente, se rompió el compromiso, el escándalo llegó a todas las cortes europeas. Sissi estaba furiosa.

⁂

De regreso a Viena, se hizo público el embarazo de la emperatriz. Mucho se ha especulado sobre la paternidad de la pequeña y, desde el principio, todos los rumores apuntaron a Andrássy como posible padre, pero, aunque no hay duda de que Sissi estaba locamente enamorada de él, también es cierto que en este momento el emperador y ella habían superado suficientemente sus diferencias como para volver a compartir lecho. Además, no hay ni una sola prueba que confirme que Andrássy y ella consumaran sexualmente su amor, al menos no aún. Sissi era muy romántica y disfrutaba siendo el objeto de atención de los hombres, pero no era sensual en el sentido físico del término y todavía consideraba el sexo como una actividad desagradable y violenta.

Sissi pasó gran parte de su embarazo en Viena, pero tres meses antes de parir se trasladó a Budapest. Había decidido que su nuevo hijo o hija nacería en Hungría y, como el país le había regalado el castillo de Gödöllő de sus sueños como regalo por su coronación, se instaló cómodamente allí. La espera se le hizo eterna y, para matar el tiempo, escribió tiernas cartas a Franz: «Estoy bien, pero te necesitaría aquí para animarme».

El emperador llegó justo a tiempo para el parto. El 22 de abril de 1868 nació una niña, María Valeria, un nombre que Sissi había escogido personalmente. «Es una preciosidad —escribió Franz a Rodolfo—, con grandes ojos azules, una nariz que es aún muy grande, una boca muy pequeña, unos mofletes enormes y un pelo tan denso y oscuro que ya se podría peinar». El bautizo de la pequeña fue en el palacio real de Budapest y congregó a los máximos dignatarios de Austria y Hungría. En vez de un padrino y una madrina, hubo dos madrinas: dos hermanas de Sissi, María (reina de Nápoles) y Matilde.

A diferencia de lo que sucedió con sus otros dos hijos, Sissi se entregó al cuidado de la pequeña Valeria con tanto celo y devoción que la corte de Viena empezó a llamar a la chiquilla *die Einzige*, la única. Su entusiasmo por la maternidad era tal que sus damas de compañía hablaban de «comportamiento obsesivo». Cuando la niña tenía el más mínimo malestar, Sissi perdía los nervios. Una vez, cuando tuvo dolores en el estómago, Sissi pensó que era culpa de la nodriza y le echó una bronca monumental. Si la pequeña sangraba por una herida, chillaba amargamente. Una de las niñeras fue despedida a las pocas semanas. Sus cartas a Ida Ferenczy hablan de brotes súbitos de histeria y de pánico irracional a que la niña muriese. Sin duda, los recuerdos de la pequeña Sofía debieron regresar con fuerza y Sissi debió temer otra tragedia. Cualquier pequeña molestia la ponía en estado de alerta. Cuando Valeria tuvo los lógicos malestares por la dentición, Sissi escribió alarmada a su madre: «He pasado un miedo mortal la última semana».

Sissi no se separaba de su hija ni un segundo: la acunaba, la abrazaba, le cantaba canciones y la llamaba *kédvésem*, «cariño» en húngaro. Insistía en que viajase con ella, lo que significaba que la pequeña tuvo que acostumbrarse desde bebé a ir continuamente de un lado a otro. Después del nacimiento de Valeria, Sissi comenzó una vida errante. Nunca parecía estar a gusto en un sitio más de unas cuantas semanas, se volvía triste y melancólica, lloraba por el agobio y trataba de malas maneras a aquellos que la rodeaban. Ni siquiera en el palacio de Budapest lograba la ansiada tranquilidad y solo en Gödöllő disfrutaba de cierta paz. Allí se rodeó cada vez más de un séquito exclusivamente húngaro y ni siquiera quiso que la condesa Bellegarde y su marido, que la habían acompañado devotamente desde hacía años, la acompañasen.

Los periódicos vieneses empezaron a quejarse de que la emperatriz solo estaba en Hungría, solo hablaba húngaro y solo se rodeaba de húngaros. Su popularidad en la capital, antaño descomunal, se desplomó. A ella no le importó: a estas alturas odiaba Viena con todas sus fuerzas y, cuando no le quedaba más remedio que ir, por ejemplo, en Navidad o para el cumpleaños de Franz, se quejaba amargamente. «Estoy desesperada al tener que estar aquí. Echo de menos Buda todo el tiempo», escribió a su madre en 1869.[3] El ambiente en la corte, siempre irrespirable, incluso enfermizo, le resultaba ahora insoportablemente tóxico y usaba cualquier excusa para no tener que pasar más que unos pocos días en el Hofburg. Cuando, por ejemplo, se inauguró el nuevo edificio de la Ópera, en 1869, ella se negó a asistir a pesar de que el evento había sido pensado específicamente para ella. Incluso se representó *Sueño de una noche de verano*, su obra favorita de Shakespeare. Pero ella rechazó la invitación.

Sissi aprovechó su nueva vida en Hungría para nombrar a nuevas damas de compañía. Como Lily Hunyady la había dejado hacía algunos años para casarse, Sissi escogió a la condesa Ludwiga Schaffgotsch para sustituirla («Lo más hermoso de ella son sus ojos y su enorme bigote», dijo de ella la emperatriz). La condesa María Festetics von Tolna, amiga de Andrássy y descendiente de una distinguida familia aristocrática, también se unió al séquito. Era una mujer de gran belleza, inteligencia y serenidad, con unas facciones muy marcadas, la mirada profunda y el pelo oscuro. Años más tarde publicó sus memorias y, a través de ellas, tenemos muchas pistas de cómo era la emperatriz en su intimidad, cómo era su entorno y la vida en el Hofburg. «Es la criatura más hermosa que he visto jamás —la describiría—. Está repleta de dignidad mayestática y, al mismo tiempo, es asombrosamente encantadora, con esa voz tan suave». «Hay algo sugerente en ella —repitió poco después—. Como si fuera un lirio. A veces parece una niña y a veces una mujer». Su entusiasmo por ella era obvio: «Es una delicia estar con ella y seguirla. A veces pienso que es un cisne o un hada o un elfo. Y me tengo que recordar a mí misma que es una reina». María Festetics se dio cuenta enseguida de la toxicidad del palacio: «Es una vida que destruye el espíritu», escribió en sus memorias, y añadió que le resultaba banal y excesivamente rígida y protocolaria. Aunque parecía de oro, con sus salones repletos de damascos y sus joyas resplandecientes, en realidad el Hofburg estaba podrido por dentro. «Qué bien entiendo ahora las frustraciones de la emperatriz», concluyó.

Ida Ferenczy seguía siendo la gran favorita —a estas alturas Ida llamaba a Sissi la *traufrische Blume*, algo así como la flor recubierta de rocío—, pero fue María Festetics quien la ayudó a desarrollar una vida intelectual mucho más plena. La animó a que leyera obras de filosofía, sobre todo de Schopenhauer, y a que retomara su afición por la poesía de Heine. Gracias a ella, por las manos de la emperatriz pasaron libros de historia antigua, arte y literatura.

Seguramente también fue ella quien la alentó a que adoptara una agenda pública según sus propios términos. Sissi detestaba el ceremonial y la etiqueta y, en vez de amoldarse a lo que se esperaba de ella como emperatriz, se embarcó en su propia agenda de visitas a organizaciones e instituciones de beneficencia. Iba a menudo a hospicios y orfanatos, pero no se hacía anunciar con antelación y solía aparecer de improviso, generalmente acompañada con una única dama de compañía. No daba discursos, ni cortaba cintas, ni se reunía con los máximos responsables, sino que quería ver a los enfermos y hablar con ellos. Hacía preguntas sobre cómo eran tratados, qué les daban de comer y qué dolencias les afligían. Incluso en más de una ocasión iba a las cocinas e insistía en probar la comida para saber qué gusto tenía. Era una manera de entender su rol como emperatriz y reina de Hungría extraordinariamente moderno, avanzado un siglo a su tiempo. Muchos coetáneos, por supuesto, no lo entendieron y más de un presidente de hospicio protestó airoso contra las impertinentes preguntas de la emperatriz. Pero los enfermos o los pobres o los huérfanos se lo agradecían enormemente: ella se sentaba a su lado, hablaba con ellos, se preocupaba por su vida e incluso intentaba ayudarlos. Si hubiese vivido en otros tiempos o en una corte menos altiva, Sissi se hubiese acabado convirtiendo en una extraordinaria ejecutiva.

Pero vivía en la época que vivía, y nadie en las altas esferas la defendió. Mucho menos cuando ella comenzó a interesarse por causas que, desgraciadamente, entonces eran consideradas marginales, aberrantes e impropias de su rango. Sissi insistió en ir a instituciones psiquiátricas (lo que entonces se llamaban «asilos de lunáticos»), a hospitales donde se trataba a enfermos de cólera y también visitó centros donde vivían esclavos negros que habían sido comprados en África y llevados a Europa para concederles la libertad. Dio la mano a enfermos que se estaban muriendo y conversó con médicos durante largas horas sobre las causas de la demencia y la locura. En un momento en que personas con esquizofrenia eran encerradas en una habitación, ella se interesó por nuevos tratamientos mucho más humanos y efectivos. Incluso llegó a estar presente en una sesión de hipnosis, algo realmente vanguardista. En la corte, por supuesto, la ridiculizaron por ello. Su interés por las enfermedades mentales se consideró una excentricidad más. También su preocupación por los negros y su insistencia en que fueran tratados como personas del mismo nivel. Cuando el jedive (gobernador) de Egipto le envió como regalo a un esclavo negro, un niño llamado Rustimo, ella decidió que sería compañero de juegos de su hija Valeria, se le vestiría como a un pequeño archiduque y acompañaría a la hija del emperador a todos los lados, incluso en las carrozas, lo que horrorizó a la corte: tutores e institutrices se negaban a estar con él e incluso María Festetics lo describió en su diario más que despectivamente como «mono negro».[4] Pero Sissi insistió en que se le tratara como a uno más.

Con los años, Sissi agudizó sus mejores y sus peores rasgos. María Festetics reconoció que era decidida e inteligente, pero que estaba enrocada en sus puntos de vista y amargada por cómo la había tratado la corte. Además, era una mezcla entre rebeldía y melancolía, y se movía entre ambos estados de ánimo con sorprendente rapidez. Podía estar triste un segundo y sonriendo al minuto después. Algunas mañanas se despertaba risueña y luego se tornaba taciturna, o al revés. Cuando estaba airada, sus comentarios fluctuaban entre lo irónico y lo cínico. Seguía siendo muy inocente y cándida, pero la mayoría del tiempo se comportaba como una chiquilla caprichosa. Como había intuido su suegra desde el principio, Sissi tenía un gran tesón, pero era demasiado volátil y errática, y pocas cosas captaban su atención durante largo tiempo. Se cansaba y se aburría de todo con excesiva rapidez.

Que la aristocracia la tratara con tanto asco hizo que ella se apartara aún más de la corte. Las críticas llegaron a ser tan salvajes que Sissi se quejó amargamente a Ida Ferenczy: «Excepto por ti y mis caballos no me encuentro más que caras desagradables dondequiera que vaya». Seguramente por ello, porque pensaba que todos a su alrededor la odiaban, Sissi pareció desarrollar una timidez aguda que hacía que cualquier evento público le resultara una verdadera pesadilla. A pesar de que había ganado mucha seguridad en sí misma y de que su belleza era celebrada en toda Europa, empezó a tener miedo a aparecer delante de multitudes —que un transeúnte la mirara la hacía temblar— y tartamudeaba enfrente de oficiales de alto rango. En sus paseos al aire libre comenzó a ponerse velos que le tapaban la cara, llevaba siempre un parasol oscuro e incluso un abanico para cubrirse el rostro de miradas impertinentes.

Con su marido coincidía poco. Se veían en Viena, en Bad Ischl y, algunas veces, en Hungría. Franz iba a visitarla siempre que podía, aunque lo que veía en Gödöllő no le gustaba en absoluto. Creía que Andrássy tenía totalmente dominada a su mujer: le escribía cartas a diario (vía Ida Ferenczy) y le hacía recibir a políticos de pasado revolucionario. El emperador tuvo la desagradable sensación de que Sissi seguía completamente enamorada de aquel conde, pero que él, aunque también la amaba y la reverenciaba, sobre todo la utilizaba en beneficio propio. Que la emperatriz y el conde seguían unidos era obvio. «No te preocupes, esta vez no me tiraré a su cuello», escribió Sissi una vez a Ida, lo que demuestra la intimidad que persistía entre ellos. Incluso en las pocas ocasiones en que Sissi abandonaba Hungría, como cuando alquiló Garatshausen, la casa de campo de su hermano Luis, en Baviera, Andrássy no tardó en aparecer.

También continuaba la intimidad con Ida, lo que a Franz tampoco le agradaba en absoluto. La emperatriz no solo confiaba en ella plenamente y le revelaba sus secretos más íntimos, sino que la adoraba y la adulaba y exigía su presencia a su lado constantemente. Sissi se había acostumbrado a que Ida estuviera con ella a solas mientras se dormía por la noche. En la corte de Viena corrían toda clase de rumores malintencionados sobre aquella proximidad tan intensa. «¡La emperatriz la llama su *Einschläfern*, su somnífero!», exclamaban algunos ruborizándose.[5]

Sissi también se había dejado de interesar por la política. Después de haber conseguido ser coronada reina de Hungría, sintió que ya había culminado su propósito, y aunque siguió toda su vida unida a Andrássy, su mente ya no estaría más veces centrada en maniobras palaciegas. Ni siquiera lo que pasaba en Europa captaba su atención y eso que el continente vivía momentos convulsos.

A finales de 1868, empezó el principio del fin de Napoleón III. Su salud estaba muy deteriorada, padecía reumatismo, tenía una piedra en la vesícula y, de vez en cuando, le subía tanto la fiebre que debía abandonar de inmediato importantes reuniones con sus ministros e irse a la cama. Su depresión era también imposible de disimular: el emperador era presa de brotes súbitos de ansiedad.[6]

Franz comenzó a recibir informes alarmantes: sus diplomáticos le comunicaron que Napoleón III sobrevivía a base de opio y que sufría tantos dolores que, antes de entrar en un acto público, se quemaba el brazo con una vela para que el dolor se le concentrara en un solo punto.[7] Franz también sabía que la economía francesa estaba muy dañada: las cosechas habían sido pésimas, el precio del pan se había disparado y el desempleo era demasiado elevado. El anarquismo campaba a sus anchas y los obreros ahora vociferaban frases de los escritos de un tal Karl Marx, un economista y filósofo de Prusia que, en 1848, había publicado el *Manifiesto del Partido Comunista*. En las calles de París se sucedían las huelgas y las manifestaciones y volvía a escucharse un himno revolucionario que había sido prohibido hacia décadas: «La Marsellesa».[8]

Por si fuera poco, Bismarck seguía acechando y no era ningún secreto que estaba planeando una guerra contra Francia. Estaba moviendo cautelosamente sus piezas y, consciente de que Napoleón III estaba agonizando, agilizó todos sus planes para dar el golpe de gracia cuanto antes. Solo había una persona que le preocupaba: la emperatriz Eugenia, una mujer que había demostrado con creces que era capaz de dirigir ella sola un imperio. Incluso mucho mejor que su marido. Pero Eugenia también vivía horas bajas ya que desde el fiasco de México, su popularidad se había desplomado. Su pasión por la moda ahora era considerada una excentricidad intolerable. Su insistencia en que Francia debía acercarse a Austria para hacer frente a Bismarck era vista como una afrenta a la dignidad del Estado. Muchos ministros imploraron a Napoleón que Eugenia dejara de mover los hilos políticos y más de uno suspiró con alivio al saber que la emperatriz iba a viajar pronto al extranjero y se quedaría allí una temporada. Se iba a inaugurar el canal de Suez y Eugenia había sido invitada por el jedive (gobernador) de Egipto para estar presente en tan histórico acontecimiento.

Eugenia era prima de Ferdinand de Lesseps, el hombre que había hecho posible una proeza de ingeniería asombrosa para su época: partir el istmo de Suez, en Egipto, y establecer un canal artificial navegable entre el mar Mediterráneo y el mar Rojo. La emperatriz se había mostrado desde el principio muy interesada en el proyecto y no dudó en aceptar la invitación para la inauguración. Algunos periódicos, demostrando un machismo insufrible, publicaron que era un error que una mujer tuviera un papel tan destacado en un evento semejante, más teniendo en cuenta que en los países árabes «las mujeres están limitadas por el harén».[9] Pero a ella semejante insolencia le dio lo mismo y encargó a monsieur Worth un vestuario deslumbrante: sesenta vestidos nuevos fueron cosidos a toda prisa y empaquetados en baúles.[10]

En Constantinopla, Eugenia se encontró con Franz, que también había sido invitado. Aunque el emperador hubiese querido que Sissi lo hubiese acompañado, ella prefirió quedarse en Hungría, aunque le envió cartas prácticamente a diario y él contestó con descripciones detalladas de todo lo que veía. El sultán Abdulaziz, líder del Imperio otomano, había decidido agasajar a sus huéspedes internacionales con toda la pompa y boato posibles (incluso mandó redecorar el palacio de Beylerbeyi, donde se iban a hospedar sus invitados), y Franz disfrutó durante unos días de unas comodidades fastuosas. «El sultán es el anfitrión más agradable que te puedas imaginar», escribió a su mujer.

Como en el pasado, a Sissi le llegaron descripciones muy precisas de la belleza y elegancia de Eugenia. En una cena de gala ofrecida por el sultán, por ejemplo, apareció con un traje de tul blanco recubierto de joyas que parpadeaban a la luz de las velas. Una tiara adornaba su cabeza y en su cuello lucía un collar grandioso de diamantes. «Ahora ya estás felizmente en compañía de tu querida emperatriz Eugenia —le escribió a su marido—. Me pone muy celosa pensar que debes estar galanteándola mientras yo estoy aquí sola y sin poder vengarme». Pensando, ilusamente, que su esposa podía tener celos de su proximidad a una mujer tan bella, Franz intentó rebajar las noticias que le podían llegar a Sissi. La emperatriz de los franceses había envejecido mucho, le reveló, y había perdido bastante de su belleza. Por no decir que había engordado bastante.

Poco después de que Franz regresara a Viena y Eugenia a París, Europa se volvió a ver inmersa en una guerra. Bismarck había planeado al detalle cada movimiento y había repasado una y otra vez todo el plan en su cabeza. Tan solo necesitaba una excusa y la encontró en una situación absurdamente ridícula: en España, una revolución en 1868 había enviado a la reina Isabel II al exilio y el príncipe germano Leopoldo von Hohenzollern-Sigmaringen se presentó candidato para ocupar el trono vacante. Pero Napoleón no lo aceptó y exigió que se retirase. Para disgusto de Bismarck, el príncipe lo hizo enseguida, pero el emperador francés cometió una torpeza inexplicable: exigió por escrito garantías de que no volvería a optar a la corona española. Bismarck escribió él mismo un telegrama en nombre del rey de Prusia alegando que semejante impertinencia era intolerable. El pueblo de París, envalentonado por una prensa tan sensacionalista como irresponsable, tomó las calles para exigir que Francia pidiera a Prusia que se disculpara por la ofensa. La situación se desbordó tanto que, incomprensiblemente, provocó un conflicto armado. El 19 de julio de 1870 se declaró la guerra.

El enfrentamiento entre Prusia y Francia significó que varios reinos germánicos, entre ellos Baviera, ahora bajo dominio prusiano, también tuvieron que enviar soldados. Sissi temió que sus dos hermanos Luis y Carlos Teodoro fueran movilizados y pidió que se la mantuviera puntualmente informada de cada batalla.

Al principio, pareció que los franceses estaban aguantando y Sissi supo que habían ganado en Saarbrücken. «Los franceses parece que han comenzado con buen pie. ¿Es un lugar importante?», escribió a su marido.[11] Pocos días más tarde envió otra carta muy optimista: «Los prusianos tendrán que regresar pronto a Berlín de nuevo. Estoy deseando verte y que me expliques de viva voz lo que está pasando».[12] Pero pronto Bismarck tomó el control de la situación y sus victorias se sucedieron. Arrasó tanto y tan rápido que Austria llegó a temer que no se detuviese en Francia y aprovechase para destruirlos a ellos también. Desde el Hofburg, la archiduquesa Sofía tuvo miedo de que el imperio por el que ella se había desvivido fuera a desaparecer para siempre.

Acorralado, Napoleón III se rindió el 2 de septiembre: su reinado se había acabado. El día 4 se proclamó una república. La frustración por la derrota fue tan honda entre los franceses que muchos se lanzaron a la calle y destruyeron todo lo que encontraron a su paso. En las Tullerías, Eugenia pensó que acabaría guillotinada como María Antonieta y ordenó que su hijo fuera evacuado inmediatamente. Vestido con unos viejos ropajes de campesino, el príncipe heredero logró pasar desapercibido y llegó sano y salvo a la estación de tren. De ahí partió a Ostende, en Bélgica, y allí tomó un barco rumbo a Inglaterra. Pocos días después, Napoleón y Eugenia también partieron hacia el exilio en Bélgica. Las autoridades les facilitaron un tren especial para moverse por el país. Mientras esperaba en el andén de la estación de Verviers, el ya exemperador de Francia compró un periódico. «*Chute de l'Empire! Chute de l'Empire!* ¡Caída del imperio!», gritaba el niño que vendía los diarios sin reparar que tenía delante al mismísimo Napoleón III. Este no pudo reprimir las lágrimas.[13]

En Viena, Franz escribió a Sissi para explicarle lo sucedido y quejarse por la «arrogancia, vanidad e hipocresía» del rey de Prusia. La emperatriz le contestó que «lo de las noticias de la república no me sorprende en exceso. Solo me pregunto por qué no la proclamaron antes. Cuando vengas a verme espero que me cuen-

tes todo lo referente a la huida de la emperatriz Eugenia. Eso me
interesa mucho...».[14]

Pocos días después, Sissi recibió otra noticia preocupante: las
fuerzas del reino de la Italia unificada del norte habían entrado en
Roma y habían enviado a su hermana María, reina de Nápoles, a
un nuevo exilio. Enseguida corrió a su encuentro y las hermanas
se reunieron en Merano, en el Tirol, un pueblecito entre montañas
y riachuelos que había alcanzado mucha fama como lugar turís-
tico por sus balnearios.

A Sissi el lugar le gustó tanto que comenzó a viajar allí con
frecuencia y a veces se llevaba a sus hijos. Por aquel entonces, ni
Rodolfo ni Gisela parecían preocuparle en exceso. Mientras se
desvivía por la pequeña Valeria, sus otros dos hijos crecían en
Viena sin ver apenas a su madre. Sissi no se dignó a aparecer
siquiera en la primera comunión de su hija mayor y muy ocasionalmente charló con su hijo a solas. Tampoco se preocupó por las
tendencias sanguinarias que estaba mostrando su hijo. Tanto Sissi
como Rodolfo eran unos enamorados de la naturaleza, pero en
el príncipe esa pasión se tornó pronto en una obsesión adictiva a
la caza, una de las pocas aficiones que compartía con su padre. No
era difícil verlo con un rifle al hombro, pero a sus tutores les
empezó a preocupar mucho el interés del pequeño por la muerte y la sangre. En grandes cuadernos se dibujaba a él mismo
matando a pájaros y a liebres, y se encargaba de poner grandes
manchas de tinta roja por doquier. Aquello, pensaron, no iba a
traer nada bueno.

Sissi no supo nada de esta tendencia macabra y tan solo mostró cierto interés en sus hijos cuando, al cumplir los quince años,
Gisela anunció que deseaba casarse cuanto antes. La joven no era
excesivamente bella y resultaba un tanto provinciana con sus ropa-

jes anticuados y sus modales palaciegos. Su personalidad tampoco era chispeante: había heredado los peores hábitos de su padre —la seriedad extrema, la frialdad en el trato, un conservadurismo atroz—, no tenía ningún interés intelectual ni una imaginación destacable. En conjunto, hubiese sido perfectamente descartable de no haber sido la hija del emperador de Austria. Pero lo era, y su mano fue requerida por varios candidatos. Sissi pensó que era demasiado joven para casarse, pero finalmente y por su mediación, se escogió a un príncipe bávaro, Leopoldo, diez años mayor que su hija.

Poco después de anunciarse el compromiso matrimonial de Gisela, la archiduquesa Sofía murió. Desde la muerte de Max no había levantado cabeza y en los últimos meses había estado muy enferma. Le dominaban los nervios, le temblaban las manos y los pies y tenía una excesiva tendencia a la somnolencia. Ver a su madre consumirse poco a poco fue muy duro para Franz, ella había sido su mentora y asesora y, aunque no siempre le había dado los mejores consejos políticos, sin duda lo había querido como nadie. Para él fue especialmente doloroso contemplar la agonía de su progenitora durante sus últimas semanas: durante diez días, Sofía sufrió hemorragias internas, pequeños derrames cerebrales y perdió el habla.

Sissi corrió desde Hungría hasta Schönbrunn, tenía pánico de no llegar a tiempo y que le echasen en cara su insolencia. ¡Qué hubieran dicho si no hubiese aparecido horas antes de la muerte! ¡Cuántas maledicencias habrían vertido!, pensó. Pero consiguió estar en el lecho de muerte de su suegra lo suficiente como para no levantar demasiadas críticas. Siguiendo la tradición, toda la familia la acompañó devotamente en su agonía y también se congregó la corte, aunque no se permitió que ningún húngaro estu-

viera presente. Incluso en su lecho de muerte, Sofía fue un ele-
mento divisivo y exponente del absolutismo más recalcitrante.

Sissi estuvo a su lado en su última noche. A primera hora de
la mañana del 28 de mayo de 1872, la archiduquesa Sofía murió.
«Ha muerto la verdadera emperatriz», se escuchó decir en los
pasillos del Hofburg. Sissi, en el fondo, tal vez estuviera de acuerdo.

Franz sintió enormemente la pérdida de su madre y se sumió
en una pena profunda. Varios ministros lo vieron llorar amargamente y se le notaba dolido y deprimido. A pesar de que lo intentó, su mujer no supo confortarlo en un momento crítico. Aquello
fue un golpe mortal para el matrimonio y la distancia a partir de
entonces fue gigantesca: ambos comenzaron a hacer vidas osten-
siblemente por separado. El diario de María Festetics explicó que,
incluso durante las cenas, apenas se dirigían la palabra. Ninguno
era buen conversador y la verdad es que apenas tenían intereses
en común. El emperador comía muy rápido y ella apenas probaba
bocado. Como nadie podía seguir comiendo si Franz dejaba los
cubiertos, los archiduques y altos miembros de la corte acababan
hambrientos (más de uno acudía después discretamente al hotel
Sacher de Viena para degustar algo contundente).

Ni siquiera en la boda de Gisela, en abril de 1873, parecieron
especialmente unidos. Como era de prever, Sissi eclipsó totalmente a su hija: apareció con vestido bordado en plata de estilo
moderno, es decir, con una falda mucho más recta que dejaba atrás
los amplios cancanes que había popularizado la emperatriz Eugenia años antes. Con este gesto, Sissi demostró que seguía estando
a la vanguardia de la moda y muchas en Europa empezaron a
imitarla. También en los peinados, en vez de los voluminosos *coiffures* a base de trenzas, Fanny optó por recogerle solo una parte y
dejarle la mitad del pelo suelto sobre los hombros. La emperatriz
se colocó una de sus tiaras más fabulosas y un collar de diamantes.

Sissi tenía treinta y cinco años, una edad que entonces ya se
consideraba muy avanzada. Gracias a sus intensivos tratamientos

de belleza, consiguió retrasar los signos de la vejez. Nadie podía dar crédito a que se conservase tan bella cuando, nueve meses más tarde, se convirtió en abuela. Gisela dio a luz a una niña, su primera nieta, a la que llamaron Elisabeth en su honor, pero ni siquiera semejante homenaje hizo que Sissi se sintiera feliz por la noticia. En una carta a Ida Ferenczy le reconoció que el bautizo le había resultado insufrible: «Es una amargura para mí estar aquí [en Viena], totalmente sola e incapaz de hablar con nadie. Te echo de menos a unos niveles horrorosos».[15] Cuando al año siguiente, Gisela dio a luz por segunda vez (otra niña, Augusta María), Sissi tampoco pareció muy entusiasmada. A Rodolfo le escribió que «la hija de Gisela es de una fealdad extraña, pero muy vivaz. Se parece mucho físicamente a Gisela».

Una de las últimas veces en que Sissi apareció en un acto público de especial relevancia fue cuando asistió a la inauguración de la Exposición Universal de Viena el 1 de mayo de 1873. Después de los éxitos de las exposiciones de Londres y París, Viena quiso demostrarle al mundo que también estaba a la vanguardia de la técnica y la tecnología. Para Franz, además, era un símbolo de su reinado: la exposición coincidió con sus veinticinco años en el trono, un aniversario que a muchos solo les ayudó a pensar en lo desastrosos que habían sido. La prensa afín al régimen únicamente pudo destacar una gran proeza: Franz había conseguido transformar la ciudad de Viena, ampliarla y embellecerla. Había derribado las murallas y creado nuevas avenidas; había construido decenas de puentes, colegios y hospitales y un sinfín de instituciones culturales, desde el nuevo edificio de la Ópera a otra universidad.

La atracción principal de la exposición era un gigantesco edificio conocido como la Rotunde, situado en medio del Prater y que a muchos les resultó monstruoso. Allí se reunieron emperadores, reyes y príncipes venidos de todo el mundo, incluidos el zar Alejandro II y los príncipes herederos de Prusia. Durante unos días, Sissi cumplió a la perfección con lo que se esperaba de ella y acudió con Franz a la inauguración, aguantó su interminable discurso, dedicó tres horas a visitar pabellones (en el de Hungría fue ovacionada), recibió debidamente a dignatarios internacionales en la estación de tren, lució trajes fabulosos y sonrió todo el rato. Su impacto, como antaño, fue de tal calibre que el mismísimo sah de Persia quedó anonadado con su belleza y pronunció solemne: «*Ah, qu'elle est belle*», «qué bella es».

Sissi también aceptó participar en política. Para su deleite, Andrássy había sido nombrado hacía poco ministro de Exteriores de Austria, un gesto de gran calado y simbolismo que demostraba la unión entre Austria y Hungría. El conde fue recibido con ciertas cautelas y recelos fuera del país e incluso el embajador prusiano en Viena, Freiherr von Werther, informó a Bismarck de que aquel Andrássy era inteligente pero poco propicio a entender lo que pasaba en Europa. «Fuera de lo que pasa en Hungría no sabe nada», dijo.[16] Pero sabía más de lo que parecía y, muy astutamente, convenció a Franz de que cambiase su política exterior y rehiciese sus relaciones con Prusia y Rusia, una apuesta que, tan solo unos años antes, hubiese causado consternación en la corte.

Sissi hizo todo lo que pudo para participar en este acercamiento y se intentó llevar bien con Vicky, la princesa heredera de Prusia e hija de la reina Victoria, aquella mujer con la que apenas había confraternizado años antes. Pero ahora todo había cambiado y Sissi incluso le regaló un retrato suyo, algo que no solía hacer con nadie que no fuera de la familia.

⁓

Pasados unos días, Sissi anunció que se encontraba mal y aprovechó para irse de Viena. Partió enseguida a Gödöllő y allí se dedicó a hacer lo que más le complacía: pasar el tiempo con Valeria y montar a caballo. Con el tiempo, Sissi se había creado un grupo para ir de cacería, integrado por aristócratas y nobles de gran riqueza y excelentes habilidades como jinetes. Entre ellos destacaban hombres de gran atractivo, como el príncipe Rudolf de Liechtenstein, un destacado militar, buen compositor de música y poeta de cierto talento que se enamoró perdidamente de Sissi; y el conde Nikolaus Esterházy, un famoso criador de caballos que se convirtió en uno de sus mejores amigos. Gyula Andrássy, por supuesto, también acudía con frecuencia. No hay duda de que la reina flirteaba abiertamente con ellos y que llegó a entablar una amistad muy calurosa con alguno que otro, lo que dio pie a toda clase de conjeturas, algunas de ellas probablemente ciertas.

En Hungría, Sissi se había aficionado enormemente a las cacerías a caballo y, como en Gödöllő la temporada de caza no duraba demasiados meses y el terreno no presentaba excesivos obstáculos —ni demasiado difíciles de saltar—, Sissi decidió poner rumbo a Inglaterra para disfrutar de su nueva afición. Las cacerías inglesas se habían puesto de moda entre la aristocracia y la realeza europeas y eran consideradas un *must* para los jinetes más aguerridos del continente. Incluso su hermana María, la reina de Nápoles, se había aficionado a ellas y había llegado a comprarse un pabellón de caza en la bucólica isla de Wight gracias a la ayuda financiera de unos banqueros suizos con los que tenía buen trato. María convenció a Sissi para que fuera a visitarla y esta accedió, aunque para que nadie la molestara viajó con el nombre falso de condesa de Hohenems, un apodo que comenzaría a usar con frecuencia para pasar desapercibida.

El 28 de julio, Sisi tomó un tren hacia Estrasburgo acompañada de su hija Valeria, criadas, su peluquera, la condesa María Festetics e Ida Ferenczy. Allí quiso ver la famosa catedral, pero tenía miedo de que las masas la molestaran, por lo que llegó tres horas antes de la hora prevista. Su peluquera salió poco después del hotel haciéndose pasar por ella. Sissi la vio desde la distancia y se divirtió enormemente al ver a Fanny saludar a las autoridades con tanto donaire. Pasado un día, se dirigió a La Haya y de ahí partió hacia Inglaterra. Llegó a la isla de Wight el 2 de agosto de 1874 y se instaló en Steephill Castle, un precioso lugar rodeado de robles, cedros y magnolias.

Sissi no quería ningún ceremonial y tan solo cumplió con una protocolaria visita a la reina Victoria, la cual estaba veraneando en su palacio de Osborne, también en Wight. El encuentro entre ambas damas, eso sí, fue breve y algo frío. Desde luego, Victoria no sacó la mejor de las conclusiones de su homóloga austríaca: «No puedo decir que sea una gran belleza. Tiene una piel muy bonita, una magnífica figura y preciosos ojos, pero una nariz bastante fea. Debo decir que luce mucho mejor cuando se viste en *grande tenue* (de gran gala) y podemos verla con su bonito pelo».[17] Sissi, por su parte, comentó que la reina le había parecido «agradable, pero no me ha podido importar menos».[18] Lo único que le interesó saber era qué había de cierto en los rumores que ligaban a la soberana con su criado John Brown. Victoria había enviudado hacía años y todas las cortes europeas eran un nido de chismorreos sobre su supuesta relación con aquel criado escocés, ciertamente atractivo, pero que, por lo que se decía, solía estar siempre borracho.

Cumplidas sus obligaciones protocolarias, Sissi se dedicó a montar a caballo, visitar granjas, ver carreras, entregar trofeos, participar en fiestas y disfrutar de una vida hedonista y rodeada de aristócratas muy ricos y sin más ocupación que divertirse todo el día. Aprovechó para desplazarse unos días a Londres, donde montó a caballo en Hyde Park con el conde Beust, el embajador austríaco, y visitó el museo de cera de Madame Tussaud's. Le hizo mucha gracia descubrir una estatua de Franz y, en una carta a su marido, le reconoció que tenía «un semblante divertido». También fue a Bedlam, la mayor institución psiquiátrica del mundo. Le impresionó especialmente ver a una chiquilla muy pequeña sentada en el suelo haciendo una corona de flores y luego poniéndosela en la cabeza ceremoniosamente como si fuera una emperatriz. Otro de los internos le explicó que era el mismísimo San Pedro.

De vuelta al campo, Sissi se detuvo en Ventnor, donde se bañó en el océano, una práctica que la reina Victoria estaba popularizando, pero que la corte de Viena vio con verdadero espanto. «*Quel scandale!*», se volvió a oír en el Hofburg. Para evitar que los curiosos husmeasen y la reconocieran, María Festetics hizo que una criada también se pusiera un traje de baño de franela y entrase al agua al mismo tiempo que la emperatriz.

Sissi se reunió con su hermana María y juntas dieron largos paseos. María había encontrado en Inglaterra el refugio perfecto, ahora era libre para hacer lo que le viniera en gana y no tenía obligaciones oficiales de ninguna clase. Según María Festetics, sin embargo, la reina de Nápoles había adoptado un aire superficial, algo caprichoso e incluso lisonjero, e intentó arrastrar a su hermana hacia sus amistades frívolas. Festetics, desde luego, no la veía con buenos ojos y en su diario anotó que, aunque era muy bella y su parecido con la emperatriz era asombroso, carecía del semblante agradable de Sissi y, con su nariz algo puntiaguda y su barbilla prominente parecía «un sátiro» de la mitología.[19] Además, observó Festetics, María estaba profundamente aburrida y no tenía objetivos en la vida, con lo que se había rodeado de gentes insustanciales para llenar un gran vacío interior.

Sissi también se quedó deslumbrada por aquel mundo de altos aristócratas sin más quehacer que montar a caballo y llegó a sentir verdadera envidia de aquella existencia lujosa, despreocupada y muy alejada de Viena. Un golpe del destino iba a ayudarla a que ella también pudiera disfrutarla: en 1875, el exemperador Fernando, tío de Franz, murió en Praga y dejó a su sobrino una herencia más que suculenta. «¡De repente soy un hombre rico!», exclamó el emperador al conocer la cuantía. Y no exageraba: Fernando tenía tantas tierras en su propiedad que solo las ganancias por las explotaciones agrarias le iban a reportar al emperador varios millones de *guldens* al año. Siempre generoso, Franz donó dos millones a Sissi de inmediato y le triplicó su paga. Con aquel dinero, ella pudo disfrutar de fondos suficientes para costearse todos sus caprichos y viajes. Con el tiempo, además, y gracias a los contactos de su hermana María con los financieros suizos Rothschild, Sissi incluso doblaría su fortuna: invirtió en bolsa, compró acciones en compañías de ferrocarril y abrió cuentas en el extranjero por si acaso algún día necesitaba partir corriendo al exilio.

Por supuesto, Sissi adquirió nuevos caballos. Después de haber observado a los mejores jinetes en la isla de Wight decidió que quería convertirse en una amazona a su nivel y empezó a entrenar como si fuera una deportista de élite. Además de sus cacerías en Hungría, alquiló durante unos meses el enorme castillo de Sassetôt, en Normandía, propiedad de un rico naviero, para perfeccionar su técnica. Franz no quería que su mujer fuese a Francia, ahora una república y un país con el que no mantenía buenas relaciones. También tenía pánico a los anarquistas, los cuales campaban a sus anchas y habían protagonizado sonados atentados. Pero Sissi, aunque consciente del riesgo, decidió ir de todos modos.

En el año 1914, una tal condesa de Zanardi Landi, de nombre Karoline Franziska, publicó un libro titulado *El secreto de una emperatriz* en donde aseguraba que era hija de Sissi.[20] En el primer capítulo decía abiertamente: «Nací en 1882 en el *château* de Sassetôt, cerca de Petites-Dalles, en el departamento de Seine-Inférieure, Normandía (…). Semioficialmente se dijo que mi madre, la

emperatriz de Austria, había sufrido un accidente mientras montaba a caballo».[21] Esta última parte es cierta, en todas las biografías
se habla de un estrepitoso accidente que obligó a Sissi a quedarse
en Francia más de lo previsto. De hecho, hubo varios testigos de
una peligrosa caída. Sin embargo, las fechas entre la visita de Sissi
y el nacimiento de la condesa no coinciden —hay siete años de
diferencia—, por lo que o Sissi regresó al cabo de unos años en
completo secreto o la condesa se inventó su historia. Lo cual es
bastante probable: en el libro incluso aseguró ser hija del emperador, lo que no tiene ningún sentido. ¿Si era una hija legítima por
qué la dieron en adopción nada más nacer? La propia condesa
explicó en sus memorias que «el profesor Karl Braun von Fernwald, el médico de mi madre, un hombre amigable y de ancha
envergadura, no solo se encargó de traerme al mundo, sino que se
preocupó de todas las disposiciones tras mi nacimiento» y que ella
fue criada «lejos de Viena, en total secreto» por una familia amiga
del doctor Fernwald, el señor y la señora Kaiser, ambos de Berlín.
Al crecer, el parecido entre la emperatriz y ella sería más que
notable, lo que hubiese dado pie a toda clase de chismorreos.
También la condesa aseguró que la emperatriz la visitaba a menudo, lo que para ella era una prueba irrefutable de su parentesco
directo.

Pero no hay ninguna prueba de que Sissi fuese su madre. Es
más, Sissi fue vista en multitud de ocasiones en Sassetôt y los
alrededores, siempre montando a caballo. Por las mañanas, a primera hora, se bañaba en el océano acompañada de dos grandes
perros, Mahomet y Shadow. Luego daba largos paseos a caballo,
siempre a gran velocidad y por las rutas más peligrosas. Por las
tardes hacía excursiones por los *châteaux* cercanos. A María Festetics el lugar le resultó insufriblemente pretencioso debido a que
la zona estaba invadida por nuevos ricos que se habían hecho con
fastuosos castillos y vivían una vida que la condesa tildó de
«escandalosa». «Son la chusma perfecta, con todos los vicios de la

antigua nobleza, pero con ninguna de sus virtudes».[22] Sissi estaba
de acuerdo, aunque lo peor para ella, sin duda, era que los modales de los lugareños dejaban que desear. «La gente aquí es muy
insolente y sin modales —escribió a Franz—. Ayer me siguieron
otra vez, así que fui en carruaje directamente a Fécamp y volví
en barco. Mientras estoy montando me encuentro muchas veces
con gestos desagradables en las carreteras y en los pueblos. Los
niños, los conductores de vehículos... todos intentan asustar a los
caballos».[23] La prensa tampoco fue muy amable con ella. Se quejaron del dispendio descomunal del viaje y un diario republicano,
L'Univers, publicó que cabalgaba por los campos cultivados sin
preocuparse en lo más mínimo. Lo cual, todo hay que decirlo,
probablemente fuera cierto.

En el viaje de vuelta, Sissi aprovechó para visitar París de
incógnito. Paseó tranquilamente por la ciudad y se extasió al ver
la *Venus de Milo*, con aquel rostro tan perfecto del que se quedó
prendada. También fue a Les Invalides a ver la tumba de Napoleón y pasó por delante de un parque donde había elefantes,
avestruces y camellos que la gente podía montar. Ella no se aven-
turó, pero sí algunas damas de su séquito. Desde la barrera, Sissi
se divirtió enormemente al verlas.

A los pocos días de llegar a Gödöllő murió su perro Shadow.
Sissi sintió su pérdida enormemente y guardó el luto correspon-
diente. También hizo que lo enterraran debidamente en los jardines de palacio y que pusieran una lápida.

Otra muerte la esperaba: a finales de enero de 1876, murió
Ferenc Deák, el famoso político húngaro al que había estado tan
unida. A Sissi le hubiese gustado ir a acompañarlo a su lecho de
muerte, pero no se lo permitieron. Sí que fue, en cambio, a su
capilla ardiente, y se la vio llorar desconsolada.

Su muerte le dejó un gran vacío y, quizás para llenarlo, decidió marcharse de nuevo a Inglaterra. Por mediación de María alquiló una finca campestre, Easton Neston, en Towcester, y desde allí visitó las fincas del duque de Grafton y Althorp House, la enorme casa de lord Spencer, una antepasado directo de la princesa Diana de Gales. Sissi se llevó muy bien con los Spencer y lady Spencer, una mujer muy agradable, le organizó una cena en su honor. Aparte de visitas a aristócratas, Sissi participaba en cacerías a diario, por lo que acabó tan morena «como un liebre salvaje».[24]

Esta vez, aunque intentó de nuevo pasar desapercibida, no lo consiguió. Periódicos de toda Europa hablaron largo y tendido de sus caros pasatiempos. En Viena, la corte redobló sus insultos y el pueblo, en esta ocasión, les dio la razón. Sus popularidad se acabó de desplomar. «¡Cómo osa la emperatriz gastarse semejante dispendio de dinero cuando tantos súbditos no tienen nada para comer!», se quejaron. A ella semejantes críticas le molestaron muchísimo.

Por aquel entonces, Sissi conoció a un hombre por el que perdería la cabeza: el capitán William George Middleton, o Bay Middleton, como lo conocía todo el mundo, un escocés pelirrojo, alto, corpulento, algo arrogante y bastante altivo al que ella encontró fascinante desde el principio. Bay, de treinta años, nueve menos que ella, era el *equerry*, el caballerizo, del conde John Spencer, y tenía fama de ser el mejor jinete de Inglaterra. Sissi había conocido al conde Spencer en su primer viaje a Inglaterra y, cuando regresó en 1874, fue a visitarlo a su mansión campestre de Althorp House. Allí es donde Sissi y Bay se conocieron: fue el conde quien propuso que Bay ayudase a la emperatriz de Austria en sus cacerías.

Él, al principio, dudó, pero ella insistió tanto que él acabó cediendo. Sus métodos, eso sí, no fueron precisamente dulces y agradables: Bay chillaba y le daba órdenes tajantes. En vez de deprimirse o ahogarse en el llanto, esta vez Sissi aceptó sus indicaciones sin rechistar y cumplió con todas las instrucciones. Valoraba sus cumplidos, reconocía sus críticas y se dejaba aconsejar por él en lo relativo a la compra de nuevos caballos. Gracias a él, Sissi se acabó convirtiendo en una amazona magistral, una de las pocas mujeres de toda Europa capaz de participar en las durísimas cacerías inglesas en igualdad de condiciones que los hombres.

Por supuesto, flirtearon abiertamente y la emperatriz desplegó todas sus armas de seducción para atraerlo: se hacía la difícil y la inalcanzable con él, luego le retiraba la atención. No hay duda de que jugaba con él, pero también se debió sentir muy atraída por aquel hombre mucho más joven que la retaba continuamente. Ambos se empezaron a ver siempre que podían; cada año, Sissi viajaba a Inglaterra o iba a Irlanda y él se desplazaba unas semanas a Gödöllő. Todos en la corte húngara, por supuesto, lo miraron con envidia: era el hombre que concentraba todas las atenciones de la reina. A diferencia de lo que hacía con Andrássy, con el que siempre mantenía ciertas distancias en público, con Bay no se escondía y era *vox populi* que tenían una relación.

Eso no quiere decir que no tuvieran riñas. Una vez, en Gödöllő, harto de que los demás lo insultaran y lo miraran con desdén, él se fugó del castillo sin decir nada a nadie y se fue a un burdel próximo. Allí le robaron todo lo que llevaba encima y acabó en el cuartel de policía. Al regresar al castillo, todos se rieron de él y algunos le echaron en cara que hubiera puesto en evidencia a la mismísima reina de Hungría. Sissi estaba furiosa, pero el desplegó todo su encanto, que era inmenso cuando quería, y ella lo acabó perdonando. El resto del verano montaron juntos a caballo a diario.

La suya fue la relación más intensa que Sissi tendría y, probablemente, la única que se debió consumar físicamente. No hay duda de que Andrássy fue seguramente el gran amor de su vida en lo relativo al gran impacto que tuvo en su manera de ser, pero, aunque la idolatraba hasta límites insospechados, nunca olvidaba que era la emperatriz de Austria y la reina de Hungría y que le debía un respeto reverencial. Siempre hubo una barrera entre ellos. Con Bay, sin embargo, no hubo tantos remilgos y los dos pudieron ser más libres de expresar su amor. No vivían en una corte a la vista de altos dignatarios, sino que se encontraban en castillos resguardados de miradas ajenas y rodeados de altas murallas para que el mundo exterior no se fijara en ellos. Semejante burbuja pudo hacer que Sissi se sintiera lo suficientemente segura como para colmar sexualmente su unión.

Su relación duró varios años, hasta 1882, cuando Bay se casó y su prometida le exigió que dejara de ver a aquella preciosa emperatriz y reina. Rodolfo, el hijo de Sissi, también se opuso fuertemente a su unión y se sabe que se llegó a enfrentar a su madre. No obstante, se tiene constancia de que volvieron a verse en secreto y que continuaron con una intensa correspondencia. Una sobrina de Sissi apuntó en sus memorias que se reunieron misteriosamente en Ámsterdam al cabo de unos años y, en 1888, él volvió a ir a Gödöllő. Probablemente, ella nunca lo olvidaría.

14

Últimos años

Después de cumplir los cuarenta años, Sissi comenzó su última y gran transformación, el giro que la llevó a convertirse en esa mujer culta, apasionada de la Grecia antigua y de la mitología por la que hoy es conocida.

De nuevo, fue María Festestics quien la ayudó a dar forma a esta nueva versión de sí misma. Preocupada porque la emperatriz no acabara como su hermana María, sin más quehacer que montar a caballo y rodearse de una corte frívola, y consciente de que Sissi necesitaba una ocupación que la entretuviese —Festestics consideraba que estaba demasiado ociosa—, le recomendó que redoblara sus esfuerzos intelectuales. Después de haber visto aquella imagen majestuosa de la *Venus de Milo* en París, Sissi se quedó tan impresionada que se entregó a la lectura de los clásicos. Lo hizo con la misma pasión con la que se había entrenado para competir en las cacerías inglesas: pasaba horas enteras leyendo historias de dioses griegos, ninfas y mortales, devoró toda la obra de Homero (llegó a saberse gran parte de la *Ilíada* y la *Odisea* de memoria), y se obsesionó con el personaje de Aquiles, el gran héroe de la guerra de Troya, un hombre con el que se sentía identificada. «Era fuerte y de gran personalidad —lo describía—, y desdeñó a los reyes y las tradiciones».

Tanto le atraía la antigua Grecia que decidió aprender su idioma. Uno de sus tutores, Konstantinos Christomanos, publicaría tras la muerte de Sissi unas memorias donde explicó cómo era su relación con ella y también la personalidad de la emperatriz a estas alturas. Christomanos la describió como una mujer de una inteligencia portentosa, aunque errática y presa de convulsiones obsesivas: si algo captaba su atención, como el idioma griego o la mitología, se entregaba a la tarea con un fervor que bordeaba lo enfermizo. Durante horas podía hacer ejercicios, pero una vez superada la novedad, se olvidaba del tema y se centraba en otra ocupación. De ahí que lograra dominar algunos idiomas —el húngaro y el griego—, pero que nunca supiera hablar francés, por ejemplo.

Sissi también aparecía en las memorias como una mujer caprichosa, profundamente aburrida y sin más quehacer que ocuparse de mantener su belleza. Dado que ya no montaba a caballo con tanta intensidad, se centró en los paseos interminables y, a partir de los cincuenta años, se aficionó a la esgrima. Christomanos describió cómo la emperatriz caía presa de los nervios cuando no dedicaba largas horas de deporte y también explicó los problemas de ciática que desarrolló a medida que se hizo mayor, y que provocaron que tuviera que ir a varios balnearios para curas puntuales. En algunos de ellos, se vio con Bay Middleton.

Su marido, desesperado por que pasara en Austria alguna temporada y consciente de que Sissi no quería volver ni al Hofburg, ni a Schönbrunn ni a Laxenburg, le regaló una preciosa mansión de veraneo en el parque de Lainz, rodeada de hermosos bosques repletos de ciervos. Sissi supervisó los planos y la decoración y acabó dando forma a la casa de sus sueños, la Hermesvilla, un nombre en honor a su dios griego favorito, Hermes, el mensajero de Zeus, protector de los viajeros y guía de las almas al inframundo, al Hades. La casa acabaría repleta de esculturas mitológicas y referencias a la literatura, con estatuas de Aquiles y bustos de poetas. La habitación de Sissi estaba decorada con grandes frescos inspirados en el *Sueño de una noche de verano*, su obra favorita de Shakespeare. Los pintó un joven artista por entonces prácticamente desconocido. Su nombre era Gustav Klimt.

Pero no solo se rodeó de referencias mitológicas, bastante avanzada a su tiempo, Sissi mandó instalar baños y grifos modernos, toda una innovación por entonces. Sissi miraba maravillada cómo aquellos artilugios tecnológicos eran capaces de conducir el agua, aunque consciente de que aquella revolución podía dejar sin trabajo a varias personas de su séquito, pidió que los recolocaran debidamente en otros puestos.

En Hermesvilla pasaría Sissi algunas semanas al año. El resto del tiempo lo dedicaría a viajar. Al poner fin a su relación con Bay también abandonó las cacerías, por lo que, en vez de ir a Inglaterra o a Irlanda, se centró en viajes culturales, normalmente fuera del imperio. El primero fue un largo crucero de un mes por el Egeo a bordo del yate Miramar. El objetivo era ir a ver las excavaciones arqueológicas de Micenas, pasar por Constantinopla y acabar en Suez, pero también hizo una parada en Corfú, aquel lugar donde siempre se había sentido tan a gusto. Desde Viena se había dispuesto que el barón Alexander von Warsberg, el cónsul austríaco en la isla, la acompañaría esta vez. El barón era el mayor experto del imperio en literatura griega y había publicado dos libros sobre el tema, *Paisajes de la Odisea* y *El reino de Odiseo*, por lo que resultó el guía perfecto para la emperatriz, deseosa de conocer los tesoros arqueológicos del Mediterráneo. Juntos visitaron Ítaca, la patria de Odiseo-Ulises, navegaron a pequeños islotes cercanos y Sissi quedó especialmente encantada con un diminuto montículo en medio del mar que, según la *Odisea*, había sido un barco que se había convertido en piedra por la ira de Neptuno. También fueron a Lefkada, donde la leyenda aseguraba que había muerto la poetisa Safo.

El 21 de octubre el yate Miramar cruzó los Dardanelos y se dirigió a Constantinopla, pero complicaciones políticas impidieron que pudiera bajar del barco. Solo pudo visitar las famosas ruinas arqueológicas de Troya, descubiertas recientemente. Sissi se quedó conmovida por la visión de aquellas paredes antiguas que atesoraban tantos siglos de historia. Paseó por entre las callejuelas empedradas tocando los vestigios de aquella ciudad trágica, asediada y destruida. Luego subieron a una pequeña colina donde se decía que estaba la tumba de Aquiles. ¡Su amado Aquiles! El corazón de Sissi latió con fuerza al verse frente al pequeño montículo donde se suponía que se conservaban los restos. A su séquito le pareció que la tumba era de poca monta —tan solo unas piedras y un agujero en el centro—, pero a la emperatriz le gustó tanto que, en cuanto regresó al barco, se puso a escribirle una poesía: el sol, la luna y los astros, venía a decir, visitaban cada noche la tumba de aquel soldado aguerrido y le rendían homenaje con su luz cegadora y prístina.

Antes de regresar a Viena, Sissi pasó por Rodas y Chipre y luego puso rumbo a Ámsterdam, donde un tal doctor Metzger curó sus dolores de cuello (que en los últimos años eran intensos). También estuvo unos días en el balneario de Baden-Baden. De nuevo en Austria, y para sorpresa de la corte, a la emperatriz se la vio interesada en asistir a los bailes, aunque solo fuera porque su hija Valeria ya estaba en edad de merecer y ella quería supervisar a los posibles candidatos. No tardó en darse cuenta de que el archiduque Franz Salvator se fijaba mucho en ella y de que Valeria parecía estar encantada con sus atenciones.

Una antigua profecía decía que 1886 sería un año de catástrofes porque la Semana Santa caía muy tarde y, desgraciadamente, los malos augurios se cumplieron.

Desde hacía años, las excentricidades del rey Luis de Baviera habían sido tan continuas y escandalosas que un médico de Múnich llegó a la conclusión de que estaba loco. Nuevos arrebatos de comportamientos irracionales y compulsivos vinieron a confirmar este diagnóstico: su manera de hablar era incomprensible, sostenía largos monólogos en la mesa con huéspedes imaginarios y golpeaba a los criados. Sus extravagancias llegaron a acarrearle deudas millonarias.

En mayo de 1886 se decidió que Luis debía abdicar. Se le llevó al castillo de Berg, perfectamente acondicionado para servirle de prisión, y se lo puso bajo la supervisión del doctor Gudden, un especialista en enfermedades mentales, el cual no dudó en atarlo y ponerle una camisa de fuerza. Pocos días después de haber llegado, la noche del 13 de junio, y para gran horror de todas las cortes europeas, los cadáveres del rey Luis y de su médico fueron hallados ahogados en el lago. Nunca se pudo averiguar a ciencia cierta lo que había pasado, aunque todo apuntaba a que Luis probablemente pudo haber intentado escapar y que el doctor habría forcejeado con él hasta que, desgraciadamente, ambos cayeron al lago.

En cuanto se enteró de la noticia, Sissi quedó en estado de *shock*, sin poder articular palabra durante horas, demasiado impactada incluso para poder llorar. «El rey Luis no era un loco… —balbuceó al cabo de un buen rato—. Tan solo era un excéntrico que vivía en el mundo de las ideas. Si lo hubieran tratado con un poco más de delicadeza, seguramente no hubiese acabado de manera tan terrorífica».[1] La desaparición de su primo le hizo pensar que ella terminaría igual, seguramente suicidándose o encontrando su final en las peores circunstancias. Ella era, al fin y al cabo, una Wittelsbach y aquella dinastía estaba llena de casos de locura.

Durante días, pensó en la muerte de manera obsesiva, apenas probó bocado ni pudo dormir. Deambulaba por los pasillos del Hofburg como alma en pena, con la mirada perdida y el rostro pálido. A sus cuadernos regresaron versos sobre la muerte, el sufrimiento y la locura: «Mi corazón, lleno de pena y tristeza / empuja a mi espíritu hacia abajo». Sissi parecía fuera de sí, hablaba del mundo de los espíritus y gritaba que Dios era cruel, vengativo e injusto. Su hijo Rodolfo llegó a pensar seriamente que su madre se quitaría la vida.

Sissi no fue al entierro de Luis, pero envió una corona de flores y un pequeño ramito de lirios del valle cortados por ella misma. Ordenó que lo pusieran entre las manos del cadáver y que lo enterrasen con él. Mientras las flores partían hacia Baviera, Sissi puso rumbo a Bründlfeld, al mayor asilo psiquiátrico de Viena. Necesitaba que los médicos le explicasen cómo alguien podía llegar a semejante estado de desesperación para poder perder la cordura. Insistió en ver a los pacientes más graves, incluso el ala donde estaban los considerados peligrosos. Se sorprendió al descubrir que una mujer tenía toda su celda llena de imágenes de ella. Al verla, la enferma se le acercó y, bruscamente, le arrancó el sombrero. Sissi se quedó de piedra.

—¿Cómo puede pretender ser la emperatriz de Austria? —chilló la mujer—. ¡Yo soy la emperatriz de Austria!

Sissi se refugió en la lectura de Heine, su poeta favorito. Sentía que solo sus poemas la entendían y la calmaban, él expresaba mejor que nadie la desesperación por la falsedad en el mundo, la vacuidad y desolación por la vida sin sentido, la mentira de las apariencias. Heine hablaba del destino inexorable, cómo empujaba y condenaba a una existencia triste, solitaria y amarga. Sissi encontró en aquellas palabras el sosiego que buscaba: «Heine es

mi compañero y lo será siempre y en todo lugar», escribió a Valeria.[2] Se obsesionó tanto con él que empezó a colocar bustos del
poeta por todas sus residencias, coleccionó cualquier documento
o posesión que aún se conservara de él y, cuando se enteró de que
el sobrino de Heine, un tal barón Heine-Geldern, vivía en Viena,
organizó rápidamente un encuentro.

Pero su admiración se tornó en perturbación: lo llamaba «su
maestro» y llegó a decir que había visto su fantasma, que el espíritu de Heine la había querido poseer y que había notado una
noche cómo llamaba a su alma y la arrancaba de su cuerpo. Su
familia, por supuesto, se alarmó por aquellos delirios, y la propia
Valeria escribió en su diario lo intranquila que estaba al ver a su
madre en semejante estado de nervios.

Pero Sissi no creyó que sus alucinaciones fueran nada extraño, con el tiempo, llegó a estar convencida de que Heine estaba
intentando dictarle a través de ella una nueva obra, nuevos versos. De ahí que comenzara a escribir con una pasión enfervori-
zada. El resultado fueron dos volúmenes de poemas, seiscientas
páginas en total, agrupados en dos colecciones: *Winterlieder*
(Canciones de invierno) y *Nordseelieder* (Canciones del mar del
Norte). No le dijo a nadie lo que estaba escribiendo, tan solo a
Valeria, a Ida Ferenczy y a Andrássy y, sorprendentemente, dejó
por escrito que quería que los poemarios se publicaran tras su
muerte. Depositó los manuscritos originales en un baúl en los
archivos del Hofburg e indicó que, cuando ella muriera, debían
ser entregados a su hermano Carlos Teodoro. Este se encargaría
de custodiarlos y de asegurar que llegasen intactos a 1950, la
fecha que Sissi escogió para que vieran la luz. En una carta,
también especificó que deseaba que los beneficios por su venta
fuesen destinados a «los prisioneros políticos de la monarquía
austro-húngara y sus familias», aunque nunca detalló a cuáles se
refería exactamente (probablemente, serían los revolucionarios
húngaros).

Prácticamente nadie entendió aquella súbita vena creativa. Tan solo la reina Elisabeth de Rumanía la comprendió. Era una mujer de gran porte y cultura, de ojos verdes, mejillas sonrosadas y algo excéntrica en su manera de vestir, que había triunfado en la literatura gracias a sus obras de teatro en francés, sus poemas en alemán y sus colecciones de folclore en rumano. Por supuesto, semejante inclinación intelectual había escandalizado a las cortes europeas y, aunque la reina siempre publicaba con pseudónimo (Carmen Sylva), muchos le echaban en cara su osadía y su capacidad intelectual.

Sissi la llegó a considerar más que a una amiga, fue una hermana espiritual para ella, una mentora y modelo de inspiración. Ambas compartían la pasión por Safo, el interés por Heine y el mismo desprecio hacia el absolutismo y los rituales de la monarquía. Carmen Sylva era abiertamente republicana y llegó a escribir en su diario: «La forma de gobierno republicana es la única racional; nunca podré entender a esos pobres ilusos que continúan tolerándonos [a los reyes]».[3] Sissi estaba de acuerdo, en algunos de sus poemas aparecía su marido y ella criticaba abiertamente sus políticas. En una breve poesía de 1886, dejó claro lo que pensaba de la realeza: «Vosotros, buenas gentes del reino / con vuestro sudor y sangre apoyáis / bienintencionadamente a esta progenie depravada».[4]

A pesar de sus ideas, Carmen acabaría amoldándose a su rol como reina consorte y desarrollando una importante labor cultural para sus súbditos. Sissi, sin embargo, siguió manteniéndose lo más alejada posible de la corte y viviendo en su mundo mágico. «Carmen Sylva me es muy querida y me resulta muy entretenida e interesante, pero sus pies están firmemente anclados en el suelo; nunca podrá entenderme», escribió la emperatriz a su hija Valeria.[5]

Sissi pasó el fin de año de 1889 con su familia en Múnich. «Parto con el corazón roto —escribió a su madre—. He disfrutado mucho de este tiempo de descanso contigo, querida Mimi [así es como llamaba a su madre]».[6] Aquellos días fueron los últimos de verdadera calma que viviría, pronto una nueva tragedia retumbaría en su vida.

A estas alturas, Sissi mantenía con Franz una relación a distancia. Apenas se veían y las cartas entre ellos eran escasas y, con el tiempo, bastante frías. En las pocas ocasiones en que coincidían, tampoco tenían temas de conversación. Ella deseaba hablar solo de la poesía de Heine y la filosofía de Schopenhauer, propuestas que al emperador no le interesaban en absoluto. Ya no había nada que los uniese ni que los atara y ambos se habían buscado relaciones sentimentales por su cuenta: Sissi con Bay Middleton y Franz con una retahíla de condesas y, más tarde, con la actriz Katharina Schratt.

Franz y Katharina se conocieron en diciembre de 1871, cuando en una de sus esporádicas visitas a Viena, Sissi acompañó a su marido al teatro a ver *La fierecilla domada*, de William Shakespeare. En cuanto la vio, Franz se quedó prendado de aquella actriz de dieciocho años, morena y voluptuosa. No la volvería a ver hasta diez años más tarde: Schratt partió de viaje al extranjero a triunfar en teatros de Rusia y Prusia. Al regresar a Viena estaba en la cúspide de su fama y también de su belleza. El teatro imperial la contrató como actriz principal y, siguiendo la tradición, tuvo que ir a ver al emperador para presentar sus respetos. Ella acudió vestida con sus mejores galas, pero se mostró tímida y comedida, muy intimidada por los oropeles de palacio. A él le encantó aquella actitud apocada y cohibida. Se enamoró de ella de inmediato, con la misma intensidad con la que se había enamorado de la jovencísima Sissi años antes. Ella captó la situación y no dudó en beneficiarse de ella. Al cabo de poco tiempo solicitó una audiencia para pedirle dinero —Schratt estaba casada con un tal Nikolaus Kiss von Ittebe que vivía abrumado por las deudas— y Franz no dudó en solventar rápidamente algunos de sus problemas.

El emperador empezó a acudir al teatro del Hofburg con frecuencia y, discretamente, conversaba con su actriz predilecta en algunos bailes a los que esta asistía, una brecha del protocolo (el emperador tenía muy restringido con quién podía hablar) que no pasó desapercibida. Sissi, por supuesto, se enteró de lo que sucedía y, en vez de mostrarse celosa, ayudó a su marido a tener encuentros furtivos con su amada. Les facilitó sus propias estancias para que pudieran verse sin levantar demasiadas sospechas e intercedió para que también dispusieran de los apartamentos de Ida Ferenczy. Incluso le regaló al emperador un retrato de la actriz en 1886.

Se sabe que su relación empezó a ser seria precisamente a partir de aquel año. Al menos, esa fue la primera vez en que Franz fue a ver a Katharina a su casa en la Villa Frauenstein. A partir de ahí se vieron en Schönbrunn y se rumorea que fue la propia emperatriz quien llevó a la Schratt por primera vez a las habitaciones de Franz.

Sissi no se incomodó en ningún momento por la situación. Más bien sentía conmiseración y bastante pena al ver a su marido consumido, amargado, frustrado en su rol y sin nadie a quien acudir. De ahí que decidiera ayudarlo: Schratt no le parecía agradable ni especialmente bella —y siempre sospechó que se aprovechaba de él y de su dinero—, pero entendió que ella le podía dar cariño y compañía. La actriz fue la única con la que estableció una gran complicidad en toda su vida, su única verdadera amiga y cómplice. Sabemos que eran amantes —ella le escribía regularmente para informarle de su menstruación—, pero Katharina fue mucho más que eso para él: fue una confidente y, con los años, ejercería incluso de verdadera esposa. Los criados acabaron por verla como la auténtica compañera del emperador y en las memorias de Eugen Ketterl, su ayudante de cámara, se habla de ella con total naturalidad, dando a entender que su relación estaba perfectamente aceptada. En 1889, Schratt se instaló definitivamente en una casa cerca del parque que rodeaba Schönbrunn y adquirió otra villa en Bad Ischl. Con los años, hasta llegaría a sentarse con la familia imperial, un auténtico escándalo que ruborizó a Valeria. «Frau Schratt, la señora Schratt, ha comido con nosotros, ha dado un paseo con nosotros y ha permanecido con nosotros hasta tarde —escribió—. No puedo expresar lo embarazoso que son estas tardes para mí y cómo de incomprensible me resulta que mamá encuentre su presencia tan agradable».

Por cuestiones como esta, entre muchas otras, María Valeria acabó distanciándose de su madre. A pesar de los esfuerzos que Sissi había hecho desde que su hija nació para que estuvieran unidas y su hija se criara lo más alejada de la corte, al final resultó que Valeria era un calco de su padre —seria, responsable, más apegada a la tradición de lo que a su mujer le hubiese gustado—. El único hijo con el que Sissi se identificó fue con Rodolfo. Fue el más parecido a ella, física y espiritualmente, incluso compartió con él la misma pasión por los perros. Sissi continuaba rodeada de canes, cuanto más grandes mejor, que la seguían a todas partes y vivían con ella en sus aposentos. «¡Perros en el comedor imperial!», se oía en Schönbrunn cada vez que la emperatriz se dignaba a ir. Su marido estaba de acuerdo, nunca entendería esa pasión por tener siempre los perros a su lado. Pero no solo serían perros, Sissi acabó con un verdadero zoológico, sobre todo con una colección de pájaros exóticos importante. Una vez pidió que le regalasen un tigre, pero no lo consiguió. Sí que obtuvo un mono, un oso que bailaba y un sinfín de loros, cacatúas y periquitos.

Rodolfo también era un entusiasta de los animales y viajó varias veces a tierras lejanas en expediciones científicas. Le hubiera gustado ir a la universidad y estudiar ciencias naturales, pero su padre se negó en rotundo: no le parecía la formación idónea para el heredero al trono. Rodolfo se tuvo que conformar con convertirse en un ornitólogo aficionado, pero, aunque no tuvo nunca titulación académica, llegó a producir algunas obras que se ganaron el respeto de los expertos.

Rodolfo también heredó la vena liberal de su madre, aunque llegó a límites más extremos. «Durante la Revolución francesa, el rey, la nobleza y el clero fueron castigados por sus propias perversidades y por aquellas de sus ancestros», le expuso un día a su tutor, el conde Latour von Thurmburg. «El castigo fue implacable y doloroso, pero fue una catástrofe necesaria y bienvenida», añadió.[7] Sobre la monarquía pensaba: «Ha perdido su antiguo poder y depende de la veracidad y el amor del pueblo... Se ha convertido en una ruina muy poderosa, que quizás sobreviva de hoy para mañana, pero que acabará despareciendo para siempre. Ha sobrevivido durante unos siglos mientras las personas eran ciegas, pero su final ha llegado».[8] Se sabe que Rodolfo llegó a publicar artículos de periódico (con pseudónimo, por supuesto) en contra de su padre y lo que él representaba, y a los diecinueve años redactó un pequeño panfleto en contra de la nobleza y la aristocracia. Las clases altas, esgrimía, solo tenían el poder de la tradición, pero no se habían ganado los privilegios ni con el trabajo ni con el esfuerzo ni con el mérito. Es más que probable que Sissi desconociera la labor editorial de su hijo, pero si se hubiese enterado, seguramente habría estado totalmente de acuerdo con sus palabras.

Abrumado por todo el peso de la tradición y sin amigos a los que acudir, Rodolfo se convirtió en un jovencito taciturno y rebelde, un perfecto Wittelsbach con sus excentricidades y deseos de libertad. También tenía muchos problemas de ansiedad y arrastraba desde la infancia importantes depresiones. «Pensamientos de todo tipo se acumulan en mi cabeza —escribió una vez a su tutor—. Todos son confusos, todo el día mi cabeza hierve y lucha contra sí misma; algunos pensamientos se esfuman, otros son recurrentes, todos me poseen y me dicen cosas incongruentes, a veces serenas y felices, otras negras como un cuervo repleto de furia».[9] Las relaciones con su padre, tensas y marcadas por un protocolo inexpugnable, no ayudaron en absoluto y no hay duda de que Rodolfo acabó odiando a Franz con todas sus fuerzas.

Las diferencias con su padre se agudizaron en cuanto Rodolfo fue declarado mayor de edad, el 24 de julio de 1877, un mes antes de cumplir los diecinueve años. El príncipe empezó a recibir una pensión anual de cuarenta y cinco mil *guldens*, una cantidad más que generosa (un catedrático de universidad cobraba dos mil). El trabajo de Latour von Thurmburg se dio por acabado y Franz escogió a los nuevos miembros del séquito de su hijo: el vicealmirante Karl von Bombelles (hijo del tutor de Franz en su juventud) fue nombrado chambelán mayor, una decisión que se demostraría fatídica, pues fue él quien introdujo al príncipe en los placeres de una vida disoluta, repleta de mujeres y alcohol.[10]

Pocos años después, se decidió que Rodolfo se casaría con la princesa Estefanía de Bélgica, hija del rey Leopoldo II, una mujer distinguida, ciertamente bella y elegante, aunque sosa y aburrida de carácter. Siguiendo la tradición, Sissi se desplazó en tren hasta Bruselas para conocer a su futura nuera. Como siempre, anunció de antemano que no quería recibimientos oficiales de ninguna clase, pero su deseo no fue atendido. Sissi viajó de noche y, a las cuatro de la madrugada, se despertó de repente por el ruido estridente de cañones, sonido de trompetas y trombones, los acordes del himno nacional y aplausos insistentes. Todo su séquito saltó de la cama de golpe y se preguntaron atónitos qué estaba pasando. Resultó que habían llegado a Tournai, el primer pueblecito pasada la frontera belga, y que las autoridades municipales les habían organizado una bienvenida por todo lo alto. Cuatro horas más tarde, a las ocho en punto, esta vez ya en Bruselas, más orquestas y cañones los estaban esperando. En el andén estaban Rodolfo y su prometida. Sissi descendió ataviada con un traje azul oscuro, falda recta, mangas abullonadas y pieles de marta cibelina.[11] Otra vez la emperatriz era un ejemplo de la última moda: aquella imagen ayudó sobremanera a dejar atrás las faldas amplias de décadas pasadas y a apostar por una nueva silueta más estilizada.

Su primera impresión de Estefanía no pudo ser peor: era tan solo una chiquilla (aún ni menstruaba) y se mostraba tímida y muy ingenua. De regreso a Viena, la emperatriz le dijo a su marido: «Será un milagro que salga bien».[12] La boda, celebrada en una doble ceremonia (primero en Bruselas y luego en Viena), atrajo a la realeza de toda Europa. El matrimonio, sin embargo, no fue feliz, como Sissi había temido. Tuvieron una hija, la archiduquesa Elisabeth, pero tras su nacimiento, él volvió a los brazos de sus amantes. En 1886 fue internado en un balneario para curar una supuesta dolencia pulmonar, aunque la verdad es que sufría gonorrea, una enfermedad venérea.

Se sabe que contagió la enfermedad a su esposa y que esta se quedó tan dolida que se apartó definitivamente de su marido, lo que no solo provocó la ruptura del matrimonio, sino una crisis institucional. En Austria estaba vigente la ley sálica, por la cual las mujeres no podían heredar el trono, y había muchas presiones para que Rodolfo tuviera un hijo varón. Pero a él la continuidad de la dinastía le daba lo mismo y disfrutó de un sinfín de amoríos, entre ellos con la bailarina húngara Mizzi Kaspar. Bebía demasiado, yacía con prostitutas y dilapidaba grandes fortunas de dinero. Durante años llevó una vida de excesos, aunque pocos conocían realmente el alcance de sus aventuras. El príncipe tomó las debidas precauciones para que prácticamente nadie en la corte se enterara y solo un ayuda de cámara, Johann Loschek, y su cochero, un tal Bratfisch, conocían adónde iba y en qué compañías pasaba el heredero las noches.

De todos modos, no había que ser muy perspicaz para darse cuenta de que Rodolfo se estaba consumiendo físicamente y que, en los últimos años, se había convertido en una sombra de lo que había sido. Su vida le frustraba, su matrimonio le agobiaba, su futuro como emperador le daba pánico. No hay duda de que pensó varias veces en suicidarse y, según algunos biógrafos, llegó a proponer a una dama que le acompañara a un castillo campestre llamado Husarentemple, situado en Mödling, y que allí murieran juntos.[13] Pero la mujer corrió a la policía y el plan se frustró. Pronto, no obstante, encontró a otra compañera con la que culminar su plan. Su nombre era María Vetsera.

Descendiente de barones húngaros y de una riquísima familia de banqueros turcos, Vetsera estaba considerada una de las damas más bellas de la corte. «No era muy alta, pero su figura sinuosa y el seno exuberante la hacían parecer más adulta a sus diecisiete años —la describió una amiga—. Coqueta por instinto, inconscientemente inmoral en sus actitudes, casi una oriental en su sensualidad y, sin embargo, una dulce criatura». Rodolfo y ella se conocieron en noviembre de 1888 cuando una prima de Rodolfo les presentó en una carrera de caballos, pero lo suyo fue amor a primera vista. Por las cartas que se han conservado de ella podemos deducir que fue una relación muy fogosa. «Estuve anoche con él desde la siete hasta las nueve —escribió María a su institutriz—. Ambos hemos perdido la cabeza. Ahora nos pertenecemos por completo».

Se sabe que Rodolfo llegó a escribir al Vaticano para que anularan su matrimonio con Estefanía y le dejaran casarse con María. Su padre, por supuesto, se enteró y lo convocó a una reunión el día 26 de enero. El encuentro debió ser muy tenso: al cabo de una hora, Rodolfo salió de la estancia con el rostro desencajado. Franz llegó a desmayarse por los nervios. Uno de sus ayudantes, el general Margutti, se lo encontró sin sentido en su despacho.

Desesperado porque su unión no llegara a materializarse, Rodolfo ideó un plan tan romántico como irrealizable. Iría a una cacería a Mayerling con Felipe de Sajonia y el conde de Hoyos,

María también acudiría de incógnito al lugar y ambos fingirían un secuestro. Una de las primas del príncipe, la condesa Larisch, que conocía los planes, llegó a avisar al jefe de la Policía local de la desaparición de la joven.

Pero los planes se debieron truncar en algún momento y, la noche del 29 de enero de 1889, decidieron suicidarse juntos: se encerraron con llave en una habitación, él tomó un revólver, disparó a su amante y luego se disparó a él mismo. A las ocho y media de la mañana del día siguiente, el ayudante de cámara del príncipe, Johann Loschek, como no pudo abrir la puerta por estar cerrada, la derribó a hachazo limpio. Al entrar, encontró los cadáveres: ambos estaban en la cama, pero el de ella yacía boca arriba y el de él estaba recostado en un borde y con un brazo colgando. El de él estaba aún caliente, pero no el de ella. Posteriormente se supo que había muerto aproximadamente una hora antes que Rodolfo. Rápidamente se descubrieron las cartas de despedida que ambos escribieron antes de quitarse la vida. Él dirigió una a su mujer. «Te ves libre de mi funesta presencia —le decía—. Sé buena con la pobre pequeña [su hija], ella es todo lo que queda de mí. Voy tranquilo hacia la muerte». En una nota a su hermana María Valeria reconoció: «Muero a pesar mío». El príncipe tenía treinta años.

El conde de Hoyos corrió a la estación, tomó el primer tren a Viena y fue directo al Hofburg. Se topó con un ayudante del emperador, el conde Von Paar, le explicó lo sucedido y le dijo que se lo dijera a Franz. Pero el conde se negó en rotundo: «Solo su majestad la emperatriz le puede decir algo semejante al emperador».

Sissi estaba en una de sus lecciones de griego leyendo a Homero. Ida Ferenczy fue quien le dio la noticia. Sorprendentemente, no rompió a llorar ni se quedó sin palabras. Estuvo muy contenida y, con gran entereza, dejó el libro y fue a ver al emperador. Luego se dirigió al apartamento de Ida Ferenczy, en donde estaba Katharina Schratt esperando a Francisco José y le dijo a la actriz que fuera a reconfortar a su marido.

Sissi no tenía aún todos los detalles y le habían dicho que, probablemente, su hijo había sido envenenado. Así se lo contó a Valeria.

—Rodolfo estaba muy, muy enfermo —le explicó entre lágrimas—. No había remedio para él. Lo han encontrado hoy muerto.

—¿Se ha quitado la vida? —contestó Valeria aturdida.

—No, no, por supuesto que no. ¿Por qué piensas eso? —Sissi no daba crédito—. Lo más probable es que esa mujer lo envenenara.

La corte, deseosa de evitar un escándalo aún mayor de lo que ya era, hizo publicar un comunicado donde se explicaba que el príncipe había muerto a causa de una súbita apoplejía. Más tarde, y presionados por las pruebas, tuvieron que cambiar su versión. Un certificado oficial reconocía el suicidio, aunque establecía que había sido motivado por una enajenación mental. A Franz esta versión le tranquilizó: su hijo, pensó, no podía haber estado en plenas facultades al cometer un acto como aquel. Tenía que haber sido la locura, aquella maldita maldición de los Wittelsbach que corría por sus venas.

Sissi también pensó que la culpa había sido, de algún modo, suya. Que Rodolfo había heredado la locura de sus antepasados, la vena melancólica y excéntrica que les hacía perder la cordura. Durante días se la vio llorar y gritar desconsolada, sin que nadie pudiera consolarla. Cuando su hijo fue trasladado a Viena, embalsamado y expuesto en la capilla ardiente, acudió a verlo y, con las lágrimas rodándole por las mejillas, lo besó en los labios. Aquella misma noche, la emperatriz se presentó de repente en los aposentos de Valeria:

—¡No es verdad! —gritó—. ¡No es verdad! ¡Es imposible que Rodolfo sea la persona que está ahí expuesto! ¡Nos están mintiendo! ¡Debo ir a comprobarlo! ¡Debo saber dónde está mi verdadero hijo!

Sissi tenía tanta pena dentro que parecía ida, y Franz, alarmado al verla, llegó a implorarle que no asistiera al funeral oficial. Sabía lo mucho que odiaba los actos oficiales y estaba seguro de que no podría aguantar que la corte la observara. Valeria se quedó con ella y Franz, acompañado de Gisela, abrió la mañana siguiente el cortejo fúnebre.

—Creo que lo he llevado bastante bien —reconoció Franz al regresar—. Pero en la cripta no pude más y rompí a llorar desconsolado.

Sissi se escapó una noche de palacio y, cubierta con un denso velo negro, tomó un carruaje de la calle y se dirigió al monasterio de los Capuchinos, donde habían enterrado a su hijo. Estaba segura de que su espíritu se le presentaría y le explicaría lo que había sucedido. Necesitaba creer que, una vez frente a su tumba, volvería a verlo. Hizo que le abriesen las verjas y que la condujesen por los lúgubres túneles. Al llegar, pidió que la dejasen sola.

—¡Rodolfo! ¡Rodolfo! —chilló—. ¡Rodolfo, soy mamá! ¡He venido a verte! ¡Muéstrate ante mí!

Pero no sucedió nada.

A la mañana siguiente, Sissi le reconoció a su hija Valeria que estaba dejando de creer en Dios: «Siempre he tenido el presentimiento, y ahora es una convicción, de que el gran Jehová quiere conducirme a una vida en la intemperie, donde pase el resto de mi vida adulta como una ermitaña, enteramente consagrada a Él, en contemplación y adoración de su divina gloria». Valeria no supo qué contestar.

Sissi cayó en tal depresión que pensaba continuamente en la muerte. Su estado nervioso se agravó tanto que, en medio del llanto, se ponía a reír histéricamente. Los rumores de su locura fueron tan intensos que llegaron a la prensa y varios periódicos, tanto austríacos como extranjeros, publicaron relatos sensacionalistas sobre su situación. El diario francés *Le Matin* aseguró que acunaba a todas horas una almohada y que creía que era su hijo recién nacido.[14] El de Sissi fue uno de los primeros casos de amarillismo mediático a gran escala, de linchamiento de un personaje público sin piedad en la prensa escrita de medio mundo. Tal como ella había temido durante años, se había convertido en un animal de circo, en un pasatiempo para las masas, las cuales solo querían disfrutar con ella, verla sufrir, lamentarse, destruirse ante sus ojos.

Las damas de Sissi, sobre todo Ida Ferenczy, la convencieron para que se dejara ver más y disipara algunos rumores. Sissi aceptó viajar a Baden-Baden, luego a un balneario de Ámsterdam y, más tarde, a Merano. Pero fue un error: de vuelta, mientras volvía en tren desde Frankfurt y se dirigía a la Hermesvilla, uno de los vagones del tren donde viajaba descarriló. Todos los coches sacudieron súbitamente con fuerza a sus pasajeros y la emperatriz cayó al suelo. Todos salieron ilesos, pero Sissi creyó que la maldición que la perseguía la había atacado de nuevo.

Más malas noticias se sucedieron: al llegar a Viena, se enteró de que Andrássy se estaba muriendo de cáncer de vesícula. «¿Por qué tuve que nacer? —lloró la emperatriz desconsolada—. ¡Mi vida no tiene sentido! ¡Solo hay dolor!».

Franz, desesperado por que su mujer recuperara el ánimo, la alentó a viajar de nuevo, esta vez por mar. Sissi partió en el Miramar rumbo a Corfú. De nuevo, aquel paisaje idílico contribuyó a calmar su espíritu. Era el único lugar donde su alma encontraba el descanso.

Sissi decidió que pasaría el resto de su vida en aquella isla mística y se hizo construir una villa, un precioso castillo en la parte superior de una colina que daba a un acantilado en la bahía de Benitses, cerca de la aldea de Gastouri. Un arquitecto de Nápoles planeó el edificio siguiendo las estrictas instrucciones de Alexander von Warsberg, el cual le pidió que diseñara una construcción que recordara a las casas de la antigua Pompeya. Muchos capiteles y columnas que se habían rescatado de Troya sirvieron de inspiración.

En cuanto estuvo lista, Sissi le puso el nombre de Achilleion, en honor de Aquiles. Era un edificio de un blanco muy puro. En la fachada principal había un pórtico con columnas. De ahí se pasaba a un salón de paredes azules y pilastras blancas, enmarcado con columnas blancas y rojas. En el techo había un fresco de *Las cuatro estaciones*. A un lado había una chimenea de mármol coronada con esculturas de Atenea y Hebe; al otro lado, Sissi mandó instalar una escalera con columnas dóricas y más estatuas mitológicas, esta vez de Zeus y su mujer, Hera. En el techo de la escalera había un fresco dedicado a *El triunfo de Aquiles*, del artista austríaco Franz Matsch. Sissi pidió expresamente que el rostro del héroe fuera angelical y bello. El resto del espacio estaba decorado con esculturas y mosaicos, pilastras y cerámicas.

En los aposentos de Sissi las paredes eran de color verde agua y los muebles, austeros, también inspirados en antiguas villas. El amplio vestidor tenía puertas adornadas con cabezas de Medusa. Desde las ventanas se divisaban los amplios jardines repletos de figuras clásicas y bustos de filósofos griegos.

A pesar del empeño que puso en que su refugio en Corfú fuera perfecto, su alma estaba demasiado atormentada como para quedarse en un solo lugar demasiado tiempo. Mientras se construían los cimientos ella puso rumbo a Sicilia, Palermo, Malta y recabó en Túnez, donde disfrutó visitando Cartago. No regresó a Viena hasta el 4 de diciembre. En la estación solo la esperaba Valeria. Rodolfo ya no estaba, como había estado siempre, allí, mirándolo con sus ojos despiertos cuando ella salía del vagón. Sissi no pudo contener las lágrimas. Aún no había asimilado su muerte.

En enero fue a Mayerling, a ver el lugar en el que se había quitado la vida su hijo. El emperador y ella habían decidido transformarlo en un monasterio y la habitación donde murió Rodolfo, en una capilla. Allí oró con el fervor de los poseídos, intentando buscar respuestas en letanías que sus labios temblaban al pronunciar. Pero nunca las hallaría. «¡Nada en el mundo puede explicar semejante tragedia!», se repetiría.

Pocos días más tarde, le informaron de que Andrássy había muerto. Un mes después, sería su hermana Néné la que fallecía. Sissi llegó a tiempo para darle su último adiós:

—Mi querida Sissi… —suspiró Néné con voz trémula al verla.

—Néné, dulzura… —Sissi no pudo decir nada más. Un nudo le atenazaba la garganta.

—Sissi, tienes que prometerme que serás feliz. —Néné hizo un esfuerzo para sonreír.

—Néné, amor de mi vida, nunca podré serlo si no me perdonas. Yo te robé la alegría… Ambas hemos tenido que llevar pesadas losas en nuestras vidas…

—Mi querida Sissi, eso es porque las dos hemos amado siempre.

Los últimos días de Néné fueron una pura agonía. Sissi gritó de dolor al ver a su hermana exhalar su último aliento. «¡No, Dios, no! —chilló—. ¿Por qué me odias tanto? ¿Yo qué te he hecho?».

Ni siquiera la boda de Valeria, el 31 de julio de 1890, logró animarla. «El matrimonio es una institución sin sentido —le reconoció a Ida Ferenczy—. Una es vendida de niña a la edad de quince años y toma un juramento que es incapaz de entender y que no podrá más deshacer».

Después del enlace, Sissi partió de nuevo: fue a Baviera a ver a su madre y luego a Inglaterra. En la costa de Dover tomó el barco Chazalie. A media travesía, una espeluznante tormenta balanceó la nave con una fuerza inusitada y tremebunda. Sissi, creyendo que era un mensaje que le enviaban los dioses del Olimpo, se ató a un mástil y vio cómo las olas se rompían en su rostro. Su séquito la miraba consternado.

De Inglaterra, el barco avanzó hacia Portugal y después hacia Italia. Sissi visitó Pompeya y Capri antes de partir hacia Corfú. El Achilleion la esperaba. Un día, en la inmensa terraza, le dijo a Ida Ferenczy: «Este es el lugar donde quiero ser enterrada».[15]

El 26 de enero de 1892, Sissi se enteró de que su madre había muerto el día anterior a causa de una neumonía. Tenía ochenta y tres años. Justo al día siguiente, Valeria dio a luz a su primera hija, una niña a la que puso el nombre de Elisabeth.

Sissi fue a ver a su nieta y luego se embarcó en un sinfín de viajes: Atenas, Karlsbad, Suiza. Un año visitó España (Valencia, Málaga, Granada, Sevilla, Cádiz). Su barco pasó por delante de Barcelona y de Mallorca rumbo a la Riviera y a Turín. Otro año fue al lago Como, a Milán, Génova y Nápoles. Con bastante frecuencia acudía a un hotel de Cap Martin.

La prensa no paró de criticar semejantes dispendios (Sissi se gastaba grandes fortunas en sus desplazamientos) y el sensacionalismo sobre su vida siguió. Algunos medios aseguraron que la emperatriz había perdido completamente el juicio y que creía que Franz también se había suicidado como su hijo. Otros publicaron que ella misma se había intentado suicidar ahogándose en un lago. *Il Secolo*

de Milán dio un paso más y puso por escrito que la emperatriz ya
no quería ir a Corfú porque tenía miedo de que algún bandido la
secuestrase. Aunque la noticia era completamente falsa, había, no
obstante, algo de verdad en ella: Sissi odiaba tanto quedarse más de
unos meses seguidos en un solo sitio que reconoció a su marido
que quizás debería vender su villa. «Da igual dondequiera que esté.
Si alguien me dice que tengo que quedarme en algún lugar para
siempre, incluso el paraíso se convierte para mí en el infierno».[16]

En los últimos años de su vida, Sissi envejeció mucho y muy
rápido. Aunque seguía estando muy delgada, su rostro estaba lleno
de arrugas y ordenó que nadie volviera a fotografiarla. Estaba tan
obsesionada con no engordar, que se sometió a dietas imposibles
de nuevo y había días en que solo comía naranjas. Sus nuevas
damas de compañía (como la condesa Sztáray o la condesa Mikes)
se horrorizaron al comprobar la cantidad de horas que la emperatriz destinaba a la gimnasia. También se preocuparon de su salud,
sus dolores de huesos eran tan intensos que la emperatriz tomaba
píldoras de hierro, mejunjes a base de sulfuro e incluso se inyec-
taba cocaína. En su botiquín llevaba siempre una jeringa personal
para sus dosis. Para aliviar sus dolencias consultó a varios médicos
y uno de ellos, el profesor Schott, le recomendó tomarle una
radiografía, entonces una técnica revolucionaria. Pero ella se negó:
«No me gusta que me fotografíen. Cada vez que lo han hecho me
ha traído mala suerte».[17]

Epílogo

En los últimos años, Sissi viajó con frecuencia a Suiza, un lugar que muchos en la corte de Viena consideraban peligroso por ser una república y por tener fama de acoger a peligrosos socialistas y anarquistas. Pero a Sissi semejantes temores le dieron completamente igual y precisamente se sintió atraída por el espíritu liberal y democrático del pequeño Estado. Siempre que iba le gustaba pasarse por Ginebra, donde se hospedaba en el hotel Beau Rivage.

Seguramente, Sissi nunca supo que se estaba construyendo un nuevo edificio de correos en Lausana y que muchos obreros italianos habían acudido a trabajar en las obras. Entre ellos había un tal Luigi Lucheni, un hombre de unos veinticinco años, de mediana estatura, anchos hombros y rostro de pocos amigos. Siempre llevaba encima un cuaderno con anotaciones sobre el anarquismo y leía periódicos como *Il Socialista*.

A algunos conocidos les había comentado alguna que otra vez que quería matar a alguien importante. Cometer un atentado que saliese en los periódicos de todo el mundo. La presa le daba igual: un rey, un príncipe, un ministro. Lo importante era que tuviera un gran impacto. Pensó en el príncipe Enrique de Orleans, pero en cuanto los periódicos anunciaron que la emperatriz de Austria y reina de Hungría iba a pasar unos días en Ginebra, supo que había encontrado a la víctima perfecta.

Sissi se hospedaba en el hotel Beau Rivage. El día anterior a su muerte, mantuvo una conversación premonitoria con la condesa Sztáray:

—Soy creyente, pero tengo miedo a la muerte, aunque a veces la deseo. Es el momento justo de la muerte y la incertidumbre de no saber qué pasará después lo que me hace temblar —dijo.

—Pero, majestad, en el otro mundo hay paz y alegría...

—¿Cómo lo sabéis? Nadie ha vuelto para contárnoslo.[1]

Sissi pasó mala noche. Había luna llena y los rayos la deslumbraban. A la mañana siguiente, insistió en ir al centro a escuchar un nuevo artilugio musical del que le habían hablado. Su dama y ella se desplazaron a la tienda del señor Bäcker, en la *rue* Bonivard. Regresaron tan solo con veinte minutos de margen para tomar un barco. Sissi aprovechó para beber un vaso de leche.

En cuanto salió por la puerta, Lucheni la estaba ya esperando.

Agradecimientos

La historia, siempre caprichosa, ha relegado muchas veces a mujeres fascinantes a papeles frívolos e insustanciales. Elisabeth de Wittelsbach, princesa de Baviera, emperatriz de Austria y reina de Hungría ha sido una de sus víctimas: ella, que fue un personaje complejo y muy avanzado a su tiempo, fue reducido durante décadas a un mero estereotipo.

Debía tener yo doce o trece años cuando leí por primera vez *Elisabeth, emperatriz de Austria-Hungría o el hada maldita*, la magnífica biografía novelada sobre Sissi que escribió Ángeles Caso. Aquel libro, una suerte de diario inventado pero muy bien documentado, me permitió descubrir que la Sissi que yo conocía a través de las películas era un mito fantasioso, muy alejado de la verdadera personalidad de aquella mujer singular. A partir de ahí, seguí leyendo con fruición todo lo que se publicaba sobre ella y con los años puede embarcarme en obras publicadas en inglés, francés y alemán, y que aportaban mucha información sobre su vida y su época. Así fui dándome cuenta de que la archiduquesa Sofía tenía poco que ver con la imagen de suegra malvada en la que había sido encasillada, que Francisco José no había sido tan buen emperador como nos habían vendido y que aquel imperio que parecía esplendoroso en realidad estaba podrido por dentro y sufría demasiadas grietas internas.

Con toda esta nueva información decidí que había llegado el momento de volver a explicar su vida y, sobre todo, rescatarla de los mitos y mentiras en los que Sissi había sido sepultada. Me propuse hacerlo desde la ecuanimidad, sin caer en extremos perniciosos: Elisabeth de Wittelsbach es un personaje fabuloso pero lleno de aristas, con una personalidad tan carismática como consentida y errática. A mi entender, un autor no debe justificar al objeto de sus indagaciones, mucho menos maquillar la realidad, sino simplemente exponer su carácter con todos sus matices. Eso es lo que he intentado hacer.

Que este libro haya podido ver la luz se debe a la ayuda inestimable de muchas personas que me apoyaron en el largo del proceso de escritura, comenzando por mis editoras, Ymelda Navajo y, sobre todo, Berenice Galaz, quienes creyeron en el proyecto desde el principio. Un agradecimiento especial va a todo el equipo de El Independiente y, sobre todo, a Casimiro García Abadillo, por haberme dado la oportunidad de escribir sobre mujeres fascinantes de la realeza.

Doy unas gracias infinitas a mis padres, mi hermano y toda mi familia, las decenas (literalmente) de tíos y primos, demasiados como para nombrarlos a todos, pero sin los cuales nada de esto hubiese sido posible. Muchas gracias a Cristina Aced por estar siempre ahí escuchándome con estoicismo; a Xavier Peytibi, un verdadero crack al que admiro muchísimo; a Ana Alonso, por toda la ayuda, nuestras conversaciones y todos nuestros vermuts pendientes; a Mireia Castelló y Patrycia Centeno, por compartir vinos y conversaciones estimulantes; a toda la troupe de Beers&Politics (Jacobo Requena, Sergio Pérez Diáñez, Sonia Lloret, Alexandra Vallugera y compañía); a todas las personas que me han acompañado profesionalmente y, en especial, a Carol Álvarez, Toni Aira, Rafa López, Sergi Mas, Iu Forn, Lluís Viñas, Gabi Colomé, Dani

Gámez, Sergi Sabaté, José Rodríguez, Alberto Villagrasa y Raimond Blasi. Muchas gracias (*moltes gràcies!*), muy especialmente, a todo el equipo del *Tot es Mou* de TV3, empezando por la gran Helena García Melero.

Un reconocimiento especial va a aquellas personas que, desgraciadamente, ya no podrán ver este libro. A mis abuelos, Valentina y Xisto, Gerónima y Miguel; a mis tíos Consuelo, Joaquín, Valentín y Rafael; a Feliz, Baudilio y Francesc. Todos ellos lo leerán desde el cielo.

Notas

Prólogo.   La mujer detrás del mito

[1] Kate Connolly, «The Rehabilitation of Romy Schneider», *The Guardian*, 29 de septiembre de 2008.

2.   «Adiós a mi juventud»

[1] Christopher Hibbert, *Napoleon's Women*, W. W. Norton, Nueva York, 2004, p. 178.
[2] *Ibidem*, p. 182.
[3] *Ibidem*, p. 175.
[4] *Ibidem*, p. 183.
[5] *Ibidem*, p. 184.
[6] *Ibidem*, p. 187.
[7] Robert Waissenberger (ed.), *Vienna in the Bedermeier Era, 1815-1848*, Rizzoli, Nueva York, 1986, p. 21.
[8] *Ibidem*, p. 14.
[9] *Ibidem*, p. 21.
[10] *Ibidem*, p. 14.
[11] *Ibidem*.
[12] Andrew Wheatcroft, *The Habsburgs: Embodying Empire*, Penguin, Londres, 1996, p. 245.

[13] Jean-Paul Bled, *Sophie de Habsbourg. L'impératrice de l'ombre*, Place des Éditeurs, París, 2018.

[14] *Ibidem*.

[15] Alan Palmer, *Twilight of the Habsburgs. The Life and Times of Emperor Francis Joseph*, Grove Press, Nueva York, 1994, p. 4.

[16] *Ibidem*, p. 4.

[17] *Ibidem*, p. 13.

[18] *Ibidem*, p. 9.

[19] *Ibidem*, p. 10.

[20] Andrew Wheatcroft, *The Habsburgs…*, ob. cit., p. 254.

[21] *Ibidem*, p. 255.

[22] Steven Beller, *Francis Joseph*, Longman, Londres, 1996, p. 32.

[23] Alan Palmer, *Twilight of the…*, ob. cit., p. 17.

[24] Steven Beller, *Francis Joseph…*, ob. cit., p. 34.

[25] Eugene Bagger, *Francis Joseph. Emperor of Austria – King of Hungary,* Putnam's Sons, Nueva York, 1927, p. 85.

[26] Alan Palmer, *Twilight of the…*, ob. cit., p. 20.

[27] *Ibidem*, p. 24.

[28] *Ibidem*, p. 26.

[29] *Ibidem*, p. 40.

[30] *Ibidem*, p. 46.

3. Bad Ischl

[1] Tatiana A. Kapustina, «Nicholas I», *Russian Studies in History* 34 (3), 1995, pp. 7-38.

[2] W. Bruce Lincoln, *Nicholas I. Emperor and Autocrat of All the Russias*, Indiana University Press, Bloomington, 1978, p. 56.

[3] Alan Palmer, *Twilight of the…*, ob. cit., p. 54.

[4] W. Bruce Lincoln, *Nicholas I…*, ob. cit., p. 272.

[5] *Ibidem*.

[6] Alan Palmer, *Twilight of the…*, ob. cit., p. 62.

[7] *Ibidem*, p. 67.

[8] *Ibidem*, p. 65.

[9] Brigitte Hamann, *The Reluctant Empress*, Knopf, Nueva York, 1986, p. 8.

[10] *Ibidem*, p. 9.

[11] Alan Palmer, *Twilight of the…*, ob. cit., p. 66.

[12] *Ibidem.*

[13] Egon Caesar Conte Conti, *Elizabeth, Empress of Austria*, Yale University Press, New Haven, 1936, p. 13.

[14] Brigitte Hamann, *The Reluctant...*, ob. cit., p. 13.

[15] *Ibidem.*

[16] *Ibidem*, p. 15.

[17] *Ibidem*, p. 26.

[18] *Ibidem*, p. 24.

[19] Según descubrió la biógrafa Brigitte Hamann, Mailáth estaba tan desesperado por su situación económica que se acabó suicidando al cabo de un año. Se ahogó en el lago Starnberg.

4. Matrimonio

[1] Gene Smith, *Maximilian and Carlota: a Tale of Romance and Tragedy*, Morrow, Nueva York, 1973, p. 36.

[2] *Ibidem.*

[3] David Duff, *Eugenie and Napoleon III*, Morrow, Nueva York, 1978, p. 49.

[4] *Ibidem*, p. 50.

[5] Brigitte Hamann, *The Reluctant...*, ob. cit., p. 46.

[6] Alan Palmer, *Twilight of the...*, ob. cit., p. 78

5. La vida en la corte

[1] Vivian Herbert, *Francis Joseph and his Court. From the Memoirs of Count Roger de Rességuier*, John Lane Company, Nueva York, 1917, pp. 71-73.

[2] *Ibidem*, p. 33.

[3] *Ibidem*, p. 76.

[4] Brigitte Hamann, *The Reluctant...*, ob. cit., p. 53.

[5] Eugen Ketterl, *The Emperor Francis Joseph I. An Intimate Study*, Skeffington & Son, Londres, 1929, p. 39.

[6] *Ibidem*, p. 28.

[7] *Ibidem*, p. 45.

[8] Vivian Herbert, *Francis Joseph...*, ob. cit., p. 32.

[9] Marguerite Cunliffe-Owen, *Within Royal Palaces*, Enterprise Publishing, Filadelfia, 1892, p. 547.

[10] Alberto von Margutti, *The Emperor Francis Joseph and his Times*, Hutchinson, Londres, 1921, p. 178.

[11] George Richard Marek, *The Eagles Die: Franz Joseph, Elisabeth, and their Austria*, Harper & Row, Nueva York, 1974, p. 26.

[12] Alberto von Margutti, *The Emperor…*, ob. cit., p. 179.

[13] «1869. Dinner at the Hofburg Palace», Royal-Menus.com.

6.   Maternidad

[1] Egon Caesar Conte Corti, *Elizabeth…*, ob. cit., p. 53.

[2] «Drawn on the Spot: War Artists and the Illustrated Press», National Army Museum. www.nam.ac.uk/explore/illustrated-press.

[3] Orlando Figes, *The Crimean War: a History*, Metropolitan Books, Nueva York, 2010, p. 238.

[4] *Ibidem*, p. 274.

[5] Hugh Schofield, «The Most Fashionable Englishwoman in Paris», BBC News, 18 de marzo de 2017.

[6] Orlando Figes, *The Crimean War…*, ob. cit., p. 321.

[7] *Ibidem*, p. 322.

7.   Primeras tragedias

[1] *Ibidem*, p. 324.

[2] Jane Stoddart, *The life of empress Eugenie*, E. P. Dutton & Co., Nueva York, 1906, p. 73.

[3] *Ibidem*, p. 75.

[4] Fenton Bresler, *Napoleon III: A Life*, Carroll & Graf, Londres, 1999, p. 290.

[5] *Ibidem*, p. 288.

[6] *Ibidem*.

[7] *Ibidem*, p. 289.

[8] Gene Smith, *Maximilian and Carlota…*, ob. cit., p. 70.

[9] Jean des Cars, *Sissi: impératrice d'Autriche*, Perrin, París, 1995, p. 111.

[10] Gene Smith, *Maximilian and Carlota…*, ob. cit., p. 44.

[11] *Ibidem*, p. 64.

[12] Brigitte Hamann, *The Reluctant…*, ob. cit., p. 75.

[13] *Ibidem*.

[14] Alan Palmer, *Twilight of the…*, ob. cit., p. 93.

8. Solferino

[1] Jasper Godwin Ridley, *Napoleon III and Eugenie*, Viking Press, Nueva York, 1980, p. 421.

[2] Alan Palmer, *Twilight of the…*, ob. cit., p. 96.

[3] *Ibidem*.

[4] Fenton Bresler, *Napoleon III…*, ob. cit., p. 296.

[5] Gene Smith, *Maximilian and Carlota…*, ob. cit., p. 72.

[6] *Ibidem*, p. 75.

[7] Ángeles Caso, *Elisabeth, emperatriz de Austria-Hungría o el hada maldita*, Editorial Planeta, Barcelona, 1994, p. 70.

[8] *Ibidem*, p. 72.

[9] Alan Palmer, *Twilight of the…*, ob. cit., p. 101.

[10] Brigitte Hamann, *The Reluctant…*, ob. cit., p. 85.

[11] *Ibidem*, p. 87.

[12] Alan Palmer, *Twilight of the…*, ob. cit., p. 105.

[13] Brigitte Hamann, *The Reluctant…*, ob. cit., p. 87.

[14] *Ibidem*.

[15] *Ibidem*, p. 86.

[16] *Ibidem*.

[17] Alan Palmer, *Twilight of the…*, ob. cit., p. 107.

[18] Brigitte Hamann, *The Reluctant…*, ob. cit., p. 88.

[19] *Ibidem*, p. 87.

[20] Alan Palmer, *Twilight of the…*, ob. cit., p. 108.

[21] *Ibidem*, p. 110.

9. Madeira

[1] Nellie Ryan, *My Years at the Austrian Court*, J. Lane, Londres, 1915, p. 20.

[2] *Ibidem*.

[3] *Ibidem*.

[4] Brigitte Hamann, *The Reluctant…*, ob. cit., p. 96.

[5] *Ibidem*.

[6] Jasper Ridley, *Garibaldi*, The Viking Press, Nueva York, 1974, p. 395.

[7] Alan Palmer, *Twilight of the...*, ob. cit., p. 120.

[8] *Ibidem*, p. 120.

[9] Brigitte Hamann, *The Reluctant...*, ob. cit., p. 101.

[10] Jean des Cars, *Sissi: impératrice...*, ob. cit., p. 160.

[11] Brigitte Hamann, *The Reluctant...*, ob. cit., p. 100.

[12] Jean des Cars, *Sissi: impératrice...*, ob. cit., p. 193.

[13] Egon Caesar Conte Corti, *Elizabeth...*, ob. cit., p. 94.

10. Corfú

[1] Gene Smith, *Maximilian and Carlota...*, ob. cit., p. 81.

[2] *Ibidem*, p. 82.

[3] Nellie Ryan, *My Years at...*, ob. cit., p. 24.

[4] Jean des Cars, *Sissi: impératrice...*, ob. cit., p. 172.

[5] Brigitte Hamann, *The Reluctant...*, ob. cit., p. 107.

[6] *Ibidem*, p. 108.

[7] *Ibidem*.

[8] *Ibidem*.

[9] Alan Palmer, *Twilight of the...*, ob. cit., p. 125.

[10] *Ibidem*, p. 126.

[11] Maura Hametz y Heidi Schlipphacke (eds.), *Sissi's World: The Empress Elisabeth in Memory and Myth*, Bloomsbury, Londres, 2018.

[12] En noviembre de 1862, la reina María dio a luz a una niña en el convento de las Ursulinas en Augsburgo. La niña fue entregada a su padre biológico y, tras el parto, María regresó a Roma con su marido. Con los años, el rey Fernando se operó de su fimosis y María le confesó su secreto. Ambos consiguieron superar sus diferencias y llevaron una vida bastante plácida.

11. La nueva emperatriz

[1] Alan Palmer, *Twilight of the...*, ob. cit., p. 128.

[2] Fenton Bresler, *Napoleon III...*, ob. cit., p. 303.

[3] *Ibidem*, p. 315.

[4] Alan Palmer, *Twilight of the...*, ob. cit., p. 132.

[5] Brigitte Hamann, *The Reluctant...*, ob. cit., p. 119.

[6] *Ibidem*, p. 117.

[7] Egon Caesar Conte Corti, *Elizabeth...*, ob. cit., p. 111.

[8] Greg King y Penny Wilson, *Twilight of Empire: The Tragedy at Mayerling and the End of the Habsburgs*, St. Martin's Press, Nueva York, 2017, p. 27.

[9] *Ibidem*.

[10] Brigitte Hamann, *The Reluctant...*, ob. cit., p. 120.

[11] Greg King y Penny Wilson, *Twilight of Empire...*, ob. cit., p. 28.

[12] *Ibidem*, p. 41.

[13] Greg King, *The Mad King: The Life and Times of Ludwig II of Bavaria*, Carol Publishing Group, Nueva Jersey, 1996, p. 21.

[14] Greg King y Penny Wilson, *Twilight of Empire...*, ob. cit., p. 70.

[15] Brigitte Hamann, *The Reluctant...*, ob. cit., p. 127.

[16] *Ibidem*, p. 135.

[17] Eugen Ketterl, *The Emperor Francis...*, ob. cit., p. 61.

[18] Elisabeth de Feydeau, *L'eau de rose de Marie-Antoinette et autres parfums voluptueux de l'histoire*, Éditions Prisma, París, 2017.

[19] Brigitte Hamann, *The Reluctant...*, ob. cit., p. 136.

[20] Marie Larisch, *My Past. Reminiscences of the Courts of Austria and Bavaria*, G. P. Putnam's Sons, Londres, 1913, p. 96.

[21] Elisabeth de Feydeau, *L'eau de rose...*, ob. cit.

[22] Marie Larisch, *My Past...*, ob. cit., p. 100.

[23] *Ibidem*, p. 99.

12. Hungría

[1] Egon Caesar Conte Corti, *Elizabeth...*, ob. cit., p. 121.

[2] *Ibidem*.

[3] Brigitte Hamann, *The Reluctant...*, ob. cit., p. 152.

[4] *Ibidem*, p. 155.

[5] *Ibidem*, p. 159.

[6] *Ibidem*, p. 159.

[7] *Ibidem*, p. 162.

[8] *Ibidem*, p. 163.

[9] Alan Palmer, *Twilight of the...*, ob. cit., p. 146.

[10] *Ibidem*, p. 147.

[11] Gene Smith, *Maximilian and Carlota...*, ob. cit., p. 212.

[12] *Ibidem*, p. 214.

[13] *Ibidem*, p. 222.

[14] *Ibidem*, p. 227.

[15] *Ibidem*, p. 235.

[16] *Ibidem*, p. 236.

[17] Brigitte Hamann, *The Reluctant...*, ob. cit., p. 173.

[18] Egon Caesar Conte Corti, *Elizabeth...*, ob. cit., p. 163.

13.   Valeria

[1] Polly Cone, *The Imperial Style: Fashions of the Hapsburg Era*, Rizzoli, Nueva York, 1980, p. 145.

[2] Greg King, *The Mad King...*, ob. cit., p. 156.

[3] Egon Caesar Conte Corti, *Elizabeth...*, ob. cit., p. 185.

[4] *Ibidem*, p. 280.

[5] *Ibidem*, p. 185.

[6] David Duff, *Eugenie and Napoleon III...*, ob. cit., p. 187.

[7] *Ibidem*.

[8] *Ibidem*.

[9] *Ibidem*, p. 189.

[10] *Ibidem*, p. 190.

[11] Egon Caesar Conte Corti, *Elizabeth...*, ob. cit., p. 195.

[12] *Ibidem*.

[13] David Duff, *Eugenie and Napoleon III*, ob. cit., p. 210.

[14] *Ibidem*, p. 196.

[15] Brigitte Hamann, *The Reluctant...*, ob. cit., p. 203.

[16] Egon Caesar Conte Corti, *Elizabeth...*, ob. cit., p. 202.

[17] Brigitte Hamann, *The Reluctant...*, ob. cit., p. 218.

[18] *Ibidem*.

[19] Egon Caesar Conte Corti, *Elizabeth...*, ob. cit., p. 285.

[20] Zanardi Landi, *The Secret of an Empress*, Jean Wick, Nueva York, 1914.

[21] *Ibidem*, p. 1.

[22] Egon Caesar Conte Corti, *Elizabeth...*, ob. cit., p. 264.

[23] *Ibidem*.

[24] *Ibidem*, p. 274.

14. Últimos años

[1] Egon Caesar Conte Corti, *Elizabeth...*, ob. cit., p. 350.

[2] *Ibidem*, p. 352.

[3] Brigitte Hamann, *The Reluctant...*, ob. cit., p. 291.

[4] *Ibidem*, p. 294.

[5] *Ibidem*, p. 292.

[6] Egon Caesar Conte Corti, *Elizabeth...*, ob. cit., p. 388.

[7] Greg King y Penny Wilson, *Twilight of Empire...*, ob. cit., p. 31.

[8] *Ibidem*, p. 32.

[9] *Ibidem*, p. 31.

[10] *Ibidem*, p. 34.

[11] Egon Caesar Conte Corti, *Elizabeth...*, ob. cit., p. 301.

[12] *Ibidem*, p. 301.

[13] *Ibidem*, p. 390.

[14] *Ibidem*, p. 400.

[15] *Ibidem*, p. 426.

[16] *Ibidem*, p. 438.

[17] *Ibidem*, p. 461.

Epílogo

[1] Egon Caesar Conte Corti, *Elizabeth...*, ob. cit., p. 473.

Bibliografía

Para no aturdir al lector, se han destacado únicamente en las notas aquellas referencias imprescindibles, el criterio es que sean lo más escuetas posibles. Sin embargo, para la elaboración del texto se han empleado numerosas referencias, libros y manuales que cito a continuación.

BLED, Jean-Paul, *Sophie de Habsbourg. L'impératrice de l'ombre*, Place des Éditeurs, París, 2008.

BRESLER, Fenton, *Napoleon III: A Life*, Carroll & Graf, Londres, 1999.

CARS, Jean des, *Sissi: impératrice d'Autriche*, Perrin, París, 1995.

CASO, Ángeles, *Elisabeth, emperatriz de Austria-Hungría o el hada maldita*, Planeta, Barcelona, 1994.

CHEVRIER, Raymond, *Histoire de Sissi*, Pierre Waleffe, París, 1968.

CHRISTOMANOS, Constantin, *Elisabeth de Bavière*, Mercure de France, París, 1900.

CONE, Polly, *The Imperial Style: Fashions of the Hapsburg Era*, Rizzoli, Nueva York, 1980.

CONTE CORTI, Egon Caesar, *Elizabeth, Empress of Austria*, Yale University Press, New Haven, 1936.

CUNLIFFE-OWEN, Marguerite, *Within Royal Palaces*, Enterprise Publishing, Filadelfia, 1892.

DREYER, Aloys, *Maximilian, Herzog in Bayern. Schriftsteller und Komponist*, Munich, 1919.

DUFF, David, *Eugenie and Napoleon III*, Morrow, Nueva York, 1978.

FEYDEAU, Elisabeth de, *L'eau de rose de Marie-Antoinette et autres parfums voluptueux de l'histoire*, Éditions Prisma, París, 2017.

FIGES, Orlando, *The Crimean War: a History*, Metropolitan Books, Nueva York, 2010.

GODWIN RIDLEY, Jasper, *Napoleon III and Eugenie*, Viking Press, Nueva York, 1980.

HAMANN, Brigitte, *The Reluctant Empress*, Knopf, Nueva York, 1986.

HAMETZ, Maura y SCHLIPPHACKE, Heidi (eds.), *Sissi's World: The Empress Elisabeth in Memory and Myth*, Bloomsbury, Londres, 2018.

HASLIP, Joan, *The lonely empress*, Weidenfeld and Nicolson, Londres, 1965.

HERBERT, Vivian, *Francis Joseph and his Court. From the Memoirs of Count Roger de Rességuier*, John Lane Company, Nueva York, 1917.

HIBBERT, Christopher, *Napoleon's Women*, W. W. Norton, Nueva York, 2004.

HOLLER, Gerd, *Sophie. Die heimliche Kaiserin. Mutter Franz Josephs I.*, Viena, 1993.

JOHNSTON, William M., *Vienne Impériale*, Fernand Nathan, París, 1980.

KETTERL, Eugen, *The Emperor Francis Joseph I. An Intimate Study*, Skefftington & Son, Londres, 1929.

KING, Greg, *The Mad King: The Life and Times of Ludwig II of Bavaria*, Carol Publishing Group, Nueva Jersey, 1996.

— y WILSON, Penny, *Twilight of Empire: The Tragedy at Mayerling and the End of the Habsburgs*, St. Martin's Press, Nueva York, 2017.

LANDI ZANARDI, Karoline, *The Secret of an Empress*, Jean Wick, Nueva York, 1914.

LARISCH, Marie, *My Past. Reminiscences of the Courts of Austria and Bavaria*, G. P. Putnam's Sons, Londres, 1913.

LINCOLN, W. Bruce, *Nicholas I. Emperor and Autocrat of All the Russias*, Indiana University Press, Bloomington, 1978.

MARGUTTI, Alberto von, *The Emperor Francis Joseph and his Times*, Hutchinson, Londres, 1921.

MORAND, Paul, *La dame blanche des Habsbourg*, Librairie Académique Perrin, París, 1979.

PALMER, Alan, *Twilight of the Habsburgs. The Life and Times of Emperor Francis Joseph*, Grove Press, Nueva York, 1994.

RICHARD MAREK, George, *The Eagles Die: Franz Joseph, Elisabeth, and their Austria*, Harper & Row, Nueva York, 1974.

RIDLEY, Jasper, *Garibaldi*, The Viking Press, Nueva York, 1974.

RYAN, Nellie, *My Years at the Austrian Court*, J. Lane, Londres, 1915.

SMITH, Gene, *Maximilian and Carlota: a Tale of Romance and Tragedy*, Morrow, Nueva York, 1973.

STODDART, Jane, *The life of Empress Eugenie*, E. P. Dutton & Co., Nueva York, 1906.

SZTÁRAY, Irma, *Aus dem Letzten Jahren des Kaiserin Elisabeth*, Adolf Holzhausen, Viena, 1909.

TSCHUPPIK, Karl, *Elisabeth, impératrice d'Autriche*, Plon, París, 1933.

WAISSENBERG, Robert (ed.), *Vienna in the Bidermeier Era, 1815-1848*, Rizzoli, Nueva York, 1986.

WHEATCROFT, Andrew, *The Habsburgs: Embodying Empire*, Penguin, Londres, 1996.

Índice